몸의
일기

Journal
d'un
corps

Journal d'un corps

Daniel Pennac

몸의 일기

Journal d'un corps

다니엘
페나크
장편소설

Daniel
Pennac

조현실
옮김

문학과지성사
2015

다니엘 페나크 장편소설

몸의 일기

제1판 1쇄 2015년 7월 17일
제1판 10쇄 2023년 6월 27일

지은이 다니엘 페나크
옮긴이 조현실
펴낸이 이광호
펴낸곳 ㈜문학과지성사
등록번호 제1993-000098호
주소 04034 서울 마포구 잔다리로7길 18 (서교동 377-20)
전화 02) 338-7224
팩스 02) 323-4180 (편집) 02) 338-7221 (영업)
전자우편 moonji@moonji.com
홈페이지 www.moonji.com

ISBN 978-89-320-2762-3

이 도서의 국립중앙도서관 출판예정도서목록(CIP)은 서지정보유통지원시스템 홈페이지(http://seoji.nl.go.kr)와
국가자료공동목록시스템(http://www.nl.go.kr/kolisnet)에서 이용하실 수 있습니다.
(CIP제어번호: CIP2015017950)

출간에 부쳐

내 친구 리종에겐——내겐 둘도 없이 소중한 오랜 친구지만, 참으로 성가시게도 하는 친구다——곤란한 선물을 하는 재주가 있다. 내 침실의 3분의 2를 차지하고 있는 이 미완성의 조각 작품하며, 우리 집 복도와 식당에 가져다 놓고 몇 달씩 건조시키고 있는 유화들도 그렇고. 자기 화실은 꽉 차 있다는 게 핑계다. 지금 여러분 손에 들린 이 책은 리종에게서 가장 최근에 받은 선물이다. 어느 날 아침 갑자기 우리 집에 들이닥친 그녀는, 막 먹으려고 차려놨던 식탁을 치워버리고는 거기다 공책 한 더미를 내려놓았다. 얼마 전에 돌아가신 자기 아버지가 남긴 것이라 했다. 벌겋게 충혈된 눈을 보니 밤새워 그걸 읽은 게 분명했다. 그날 밤 나도 똑같이 밤을 샜다. 리종의 아버지. 과묵하고 냉소적이고 대쪽같이 곧았던 분. 국제적 명성을 쌓은 석학이었지만 그걸 대수롭지 않게 여겼던 분. 난 평생 그분을 대여섯 번밖에 뵙지 못했지만, 늘 대하기가 어려웠다. 그분에 관해 도저히 상상할 수 없는 일이 한 가지 있다면, 그건 바로 평생 동안 이 글을 써왔다는 사실일 것이다! 난 충격에 빠진 채로, 오랜 기간 그분의 주치의였던 친구 포스텔에게(그는 말로센 집안의 가정의였다) 의견을 물어봤다. 즉각 대답이 돌아왔다. 출간해요! 생각할 것도 없어요. 당신 책 내는 출판사에 보내서 출간해달라고 해봐요! 한 가지 문제가 있었다. 웬만큼 세상에 알려진 사람의 원고를 익명으로 출간해달라고 부탁하는 건 만만한 일이 아니었다! 존경하는 훌륭한 출판인에게 그런 호의를 강요한 데 대해 뭔가 가책을 느껴야 하는 걸까? 그 판단은 독자 여러분에게 맡기겠다.

D. P.

차례

일러두기

1. 이 책은 Daniel Pennac의 *Journal d'un corps*(Paris: Éditions Gallimard, 2012)를 우리말로 옮긴 것이다.

2. 본문의 주석은 모두 옮긴이의 것이다.

3. 강조하기 위해 본문에서 이탤릭체로 표기한 것은 고딕체로, 대문자는 볼드체로 표기했다.

4. 맞춤법과 외래어 표기는 1989년 3월 1일부터 시행된「한글 맞춤법 규정」과 『문교부 편수자료』『표준국어대사전』(국립국어연구원)을 따랐다.

2010년 8월 3일

사랑하는 리종에게

지금쯤 넌 내 장례를 마치고 집에 돌아와 있겠구나. 당연히 슬픔에 빠져 있을 테지. 하지만 파리가 널 기다리고 있다는 걸 잊지 말거라. 친구들이며 작업실이며 그리다 만 작품들, 갖가지 계획. 그중엔 오페라 극장의 무대장치 프로젝트도 있다고 했지. 그뿐이냐, 넌 정치에 대한 열정도 있는 데다 쌍둥이 딸의 미래도 생각해야 하잖니. 그게 바로 삶, 네 삶이란다. 네가 집에 도착할 때쯤이면 뜻밖에도 변호사 R에게서 편지 한 통이 날아올 게다. 딱딱한 공문체의 그 편지엔, 아버지가 네게 남겨놓은 짐을 보관하고 있다고 씌어 있지. 우와, 아버지로부터 사후의 선물을 받다니! 당연히 넌 얼른 달려가겠지. 그런데 변호사가 네게 전해주는 건 괴상한 선물이야. 다름 아닌 내 몸! 살과 뼈로 된 몸이 아니라, 내가 평생 동안 몰래 써온 일기장(네 엄마만이 최근 들어 알게 되었지). 놀랄 게다, 아무렴. 우리 아버지가 일기를 썼다니! 아빠, 도대체 어떻게 된 거예요, 너무 점잖아서 다가가기조차 힘들던 양반이, 그것도 평생 동안! 딸아, 이건 내면 일기는 아니란다. 너도 알겠지만, 난 끊임없이 요동치는 정신의 상태를 반추하는 데 대해선 거부감을 갖고 있거든. 마찬가지로 내 직업 생활, 사상, 강연 활동, 또 에티엔이 거창하게 '투쟁'이라고 불렀던 사회운동, 한마디로 사회인으로서의 아버지나 세태에 관한 얘기도 전혀 발견할 수 없을 거다. 그래, 리종, 이건 오로지 내 몸에 관한 일기란다. 내가 그다지 '육체적인' 아버지가 아니었기에 넌 더욱 놀라겠지. 자식들이건 손주들이건, 내가 벌거벗고 있는 건 한 번도 본 적이 없었을 게다. 수영복 입은 것도 거의 못 봤을걸. 그러니 거울 앞에서 이두박근을 휘두르고 있는 날 훔쳐본 적은 더더욱 없을 테고. 게다가 안타깝게도 난 너희들을 잘 안아주지도 못했던 것 같구나. 브뤼노나 너에게 내 안의 상처를 드러내고 얘기하느니 차라리 죽는 편이 낫다고 생각했으니까──어쩌다 말하는 수가 있다 해도, 그건 타이밍을 잘 계산한 뒤였단다. 우리 사이에서 몸은 대화의 주제가 되지 않았다. 그리고 난 브뤼노와 너, 너희 둘도 자기 몸의 성장 과정을 알아서 헤쳐가도록 내버려뒀다. 그걸 특별한 무관심이나 쑥스러움의 결과라고는 생각지 말아다오. 1923년에 태어난 나는 솔직히 그 시대의 전형적인 부르주아였단다. 여전히 세미콜론을 사용하는 세대, 파자마를 입은 채로 아침을 먹는다는 건 생각도 못 했던 세대지. 반드시 샤워를 하고, 말끔히 면도하고, 정장을 제대로 차려입고서야 나타났지. 몸이라는 것에 관해 비로소 생각해보게 된 건 너희 세대에 이르러서였다. 적어도 몸을 어떻게 사용하고, 몸을 어떻게 꾸미느냐 하는 점에서 말이다. 그러나 수수께끼로 가득 찬 정신과 배설의 펌프로서의 몸이 갖고 있는 관계에 대해선, 우리 시대 못지않게 오늘날에도 누구나 말하기를 꺼리는 것 같다. 옷을 다 벗어 던진 포르노 배우들이나 맨몸에다 서슴없이 그림을 그려대는 보디 아트 예술가들이 몸에 관해 누구보다도 더 조심스럽다는 건 가까이서 들여다보면 확인할 수 있는 일이다. 의사들은 또 어떠냐 (넌 마지막으로 청진기를 대본 게 언제니?). 요즘 의사들은 몸에 손을 대려고도 하지 않더군. 의사들에게 몸은 아주 단순한 것, 세포들의 조합일 뿐이지. X선 촬영, 초음파 검사, 단층촬영, 피 검사의 대상, 생물학, 유전학, 분자생물학의 연구 대상, 항체를 생성해내는 기관. 실론을 말해줄까? 이 시대의 몸은 분석을 하면 할수록, 겉으로 드러내면 드러낼수록 널 존재한다는 거야. 노출과 반비례하여 소멸되는 거지. 내가 매일 일기를 쓴 건 그와는 다른 몸, 그러니까 우리의 길동무, 존재의 장치로서의 몸에 관해서란다. 사실 매일 썼다곤 할 수 없지. 모든 걸 다 적었으리라고도 기대하지 말거라. 난 매일매일의 느낌을 적은 게 아니란다. 열두 살 때부터 여든여덟 살 마지막 해에 이르기까지 놀라운 일이 생길 때마다—우리 몸은 놀랄 거리를 제공하는 데 인색하지 않지—기록을 한 거란다. 그리고 너도 보면 알겠지만, 몸의 존재마저 잊고 산 삶의 고비마다 한참씩 침묵을 지키기도 했다. 그러나 내 몸이 정신에게 신호를 보내온다 싶으면, 그때마다 매번 손에 펜을 쥐고 놀라운 현상들을 주목했지. 그때그때 형편 되는 대로 최대한 꼼꼼하게 묘사한 거야. 비록 과학적 근거는 없지만 말이다. 사랑하는 내 딸, 이게 바로 내 유산이다. 이건 생리학 논문이 아니라 내 비밀 정원이다. 여기야말로 여러 면에서 우리가 공동으로 가꾼 영토지. 너에게 이걸 맡기마. 왜 하필 너냐고? 널 열렬히 사랑했기 때문이지. 살아 있는 동안 네게 이 말을 하지 못한 게 아쉽구나. 죽어서라도 이 작은 즐거움을 누리는 걸 허락해다오. 그레구아르가 살아 있었다면, 아마도 그 애한테 이 일기장을 남겨주었을 거다. 의사로서도 흥미를 느꼈을 테고, 손자로서도 재미있어했을 테니까. 내가 그 녀석을 얼마나 사랑했는지! 너무 젊어서 세상을 떠난 그레구아르, 이젠 할머니가 된 너, 너희 둘이 내게 든든한 행복의 토대가 되어주렴. 내가 떠날 기나긴 여행의 장비가 되어주렴. 그래, 넋두리는 이 정도로 해두자. 이 공책들은 네 맘 내키는 대로 처리해라. 아버지가 딸에게 주는 선물로는 생뚱맞다고 여겨지면 쓰레기통에 던져버려도 그만이다. 맘이 내키면 식구들에게 나눠주어도 좋고. 필요하다고 여겨지면 출간을 해도 상관없다. 단 그 경우에 저자는 익명으로 하고──이름은 아무래도 좋겠지 ── 인명과 지명도 바꿔라. 민감한 문제들이 어느 구석에 도사리고 있을지는 아무도 모르니까. 전체를 다 출간하려고 하지는 마라. 그러면 일이 너무 버거워질 테니까. 게다가 세월이 흐르면서 공책 몇 권은 잃어버린 데다, 중복되는 부분들도 너무 많다. 그런 건 건너뛰어라. 예를 들어 팔굽혀펴기와 복근 운동을 한 횟수를 기입해놓은 어린 시절의 일기나, 성(性)의 전문가라도 된 양 연애 사건들을 열거해놓은 청소년 시절의 일기 같은 것들 말이다. 결론적으로, 이 공책들을 갖고 네가 하고 싶은 것을 네가 하고 싶은 대로 하려무나. 그럼 아무 문제없을 거다.

널 사랑했다.

아빠

1. 첫날(1936년 9월)

내가 단 한 번도 부르지 않았던
유일한 사람은 바로 엄마였다.

64세 2개월 18일   1987년 12월 28일 월요일

　그레구아르와 친구 필리프가 어린 파니에게 황당한 장난을 치는 바람에 나도 얼떨결에 이 일기의 기원, 다시 말해 이 일기를 쓰기 시작한 계기가 되었던 트라우마를 떠올려보게 되었다.

　정리하길 좋아하는 모나는 오래된 살림살이들을 전부 태워버리기로 했다. 대부분 마네스 아저씨가 살았던 시절부터 있었던 것들이다. 덜그럭거리는 의자들, 곰팡이 핀 침대 틀, 벌레 먹은 수레들, 쓰지 못하는 타이어들. 한마디로 대대적인 소각 살균 작전이었다. (이건 그래도 다락방을 완전히 비우는 것보다는 덜 끔찍하다.) 그 일을 맡은 사내 녀석들은 잔다르크의 화형식을 재연하기로 마음먹었다. 성녀의 역할을 맡기 위해 동원된 파니가 비명을 내지르는 바람에 난 일하다 말고 나와봤다. 그레구아르와 필리프는 하루 종일 파니에게 잔다르크의 훌륭한 점을 떠들어댔다. 파니로서는 여섯 살 평생에 한 번도 들어보지 못한 얘기였다. 녀석들이 천국의 좋은 점을 어찌나 과장했던지, 파니는 희생의 순간이 가까워오자 기뻐서 뛰며 손뼉까지 쳤다. 그러나 막상 자기가 산 채로 뛰어들

어야 할 장작불을 보자 아이는 울부짖으며 내게로 뛰어왔다. (모나와 리종은 마르그리트를 데리고 시내에 나가고 없었다.) 아이의 작은 손이 맹수의 발톱처럼 사납게 날 움켜쥐었다. 할아버지! 할아버지! 난 "그래, 그래" "됐어" "아무것도 아니야"만 되풀이하며 아이를 위로하려고 했다. [사실 아무것도 아닌 게 아니었다. 상당히 심각한 일이었는데, 난 그때까지도 시성식(諡聖式)의 계획에 대해선 모르고 있었다.] 파니를 무릎에 앉히고 보니 아이의 몸이 흠뻑 젖어 있었다. 게다가 너무 겁에 질린 나머지 실례까지 한 터라, 온몸이 더러워져 있었다. 심장이 무섭도록 빨리 뛰고 호흡도 가빴다. 턱에 얼마나 힘을 주고 있던지, 경련을 일으키지나 않을까 겁날 정도였다. 따뜻한 욕조의 물에 파니를 담갔다. 그러자 비로소 아이는 엉엉 울며 멍청한 오빠들이 자기에게 한 짓을 더듬더듬 일러바치기 시작했다.

그 순간 문득 이 일기를 쓰기 시작했던 때가 떠올랐다. 1936년 9월. 열두 살이었던 난 곧 열세 살이 될 참이었다. 난 보이스카우트 단원이었다. 어렸을 땐 '루브토louveteau[1])' 단원이었는데, 이런 이름이 붙은 건 『정글북』의 인기 때문이었다. 이제 난 스카우트다, 루브토가 아니다, 이건 내게 중요한 사실이었다. 난 더 이상 어린애가 아니다, 다 컸다, 어른이다. 여름방학이 끝나갈 무렵 난 알프스 산맥 어딘가에서 열린 스카우트 캠프에 참가했다. 그날은 우리 단기(團旗)를 훔쳐간 다른 팀과 전쟁 중이었다. 단기를 찾으러 가야 했다. 게임의 법칙은 간단했다. 각자 반바지의 벨트 등

---

1) '새끼 늑대'라는 뜻으로, 12세 이하의 보이스카우트 단원을 가리킨다.

쪽에다 머플러를 끼워 넣었다. 적들도 마찬가지였다. 우린 그 머플러를 '목숨'이라 불렀다. 상대 팀을 공격하여 우리 단기를 되찾아오는 것뿐 아니라, 최대한 많은 목숨을 빼앗아오는 것도 중요했다. 우린 그걸 '머리 가죽'이라고도 부르며 벨트에 매달고 다녔다. 목숨을 가장 많이 빼앗아오는 자는 무시무시한 전사, '추격의 에이스'로 추대됐다. 그건 세계대전 때 비행사들이 격추한 비행기 수만큼의 독일기를 비행기 동체에 달고 다니던 걸 흉내 낸 것이었다. 아무튼 우리는 전쟁놀이를 했다. 난 힘이 별로 좋지 않았기 때문에 싸움 초반부터 함정에 빠져 목숨을 잃고 말았다. 적 두 명이 날 땅바닥에 처박았고, 세번째 녀석이 목숨을 빼앗아갔다. 그러고는 내가 죽는 한이 있더라도 다시는 싸움에 끼어들 생각을 못하게 할 심산이었는지, 날 나무에 묶어둔 채 그냥 가버렸다. 숲 한가운데에서 소나무에 묶인 내 다리와 팔에 송진이 들러붙었다. 적들은 빠져나갔다. 전선은 멀었다. 멀리서 이따금씩 들려오던 고함 소리도 점점 뜸해지더니 결국엔 아무 소리도 들리지 않았다. 숲의 무거운 적막이 내 상상력을 일깨웠다. 고요 속에서도 갖가지 소리가 다 들렸다. 바스락바스락, 휘이휘이, 숨소리, 날짐승들의 울음소리, 나뭇가지 사이를 지나는 바람 소리…… 우리 전쟁놀이 때문에 놀라 숨어 있던 짐승들이 이제 슬슬 다시 나타나는 것 같았다. 늑대는 아닐 거야, 분명히. 난 다 컸어, 사람을 잡아먹는 늑대 따위는 이제 믿지 않아. 그래, 늑대는 아니야. 하지만 멧돼지라면? 나무에 묶여 있는 남자아이에게 멧돼지가 뭘 할 수 있을까? 아무 짓도 하지 않을 거야. 귀찮아서라도 하지 않을 거야. 혹시 암컷이라면? 새끼를 데리고 나온 암컷이라면? 그래도 무섭지 않아. 난 어떤 일도 일어날 수 있는 이 상황에서 던질 만한 질문들은 다 던져보았다. 몸을 자유롭게 해보려고 애를 쓰면 쓸수록 끈은 더욱 조여오고 송진도 살갗에 더 들러붙었다. 송진이 굳으면 어떡하지? 한 가지는 확실했다. 내가 끈을 풀 수는 없으리라는 것. 보이스카우트 대원은 절대로 풀리지 않는 매듭을 묶을 줄 안다는 것. 난 너무나 외로웠지만 아무도 날 찾을 수 있을 것 같지 않았다. 그 숲은 사람들이 자주 찾는 곳이긴 했다. 월귤나무 열매나 산딸기를 따러 오는 사람들과 마주친 적이 많았다. 전쟁놀이도 이제 끝났으니 누군가가 날 풀어주러 올 것 같기도 했다. 적들은 날 잊어버린다 해도 우리 팀에선 내가 없어졌다는 걸 알아차릴 테고, 그러면 어른들한테 알려서 날 풀어주겠지. 그러니 두려워할 건 없다. 난 내게 닥친 재앙을 꿋꿋이 견뎠다. 그 상황에서 상상할 수 있는 온갖 끔찍한 상황을 이성의 힘으로 별 어려움 없이 제어하고 있었다. 개미 한 마리가 샌들 위로 기어올라오더니 곧 맨다리로 올라와 간질였다. 개미 한 마리쯤이야 내가 못 당해낼 바 아니었다. 개미 자체는 공격성이 없을 거란 판단이 들었다. 설사 문다 해도, 설사 반바지 속으로, 팬티 속으로 기어들어온다 해도 심각할 건 없었다. 그깟 고통쯤은 이겨낼 수 있었다. 숲에서 개미에게 물리는 것은 드문 일이 아니지 않은가. 따끔하지만 금방 괜찮아진다는 건 누구나 아는 사실이다. 내 정신 상태는 이렇듯 곤충학자처럼 차분했다. 그러나 그것도, 내가 묶여 있던 나무에서 2~3미터 떨어져 있는 다른 소나무 발치에서 개미집을 발견하기 전까지의 얘기였다. 거대한 소나무 잎 더미에서 검은 야생의 생명들이 우글거리고 있었다. 움직임이 느껴지지 않는 괴상한 우글거림. 내가 상상력을 도저히 제어할 수 없게 된 건, 두번째 개미가 내 샌들 위로 기어오르기 시작하면서부터였다. 이젠 따끔하고 말고의 문제가 아니었다. 곧 이 개미들에게 덮여 산 채로 먹혀버리는 것 아닌가. 그렇다고 아주 구체적인 장면들까지 그려지진 않았다. 가령 개미들이 내 다리를 따라 기어올라 내 성기와 항문을 먹어치운다거나, 눈·귀·콧구멍을 통해 몸속으로 들어와 창자와 뼛속의 구멍들을 통해 몸속을 돌아다니면서 날 먹어치운다든가 하는 상상을 한 건 아니다. 또 내가 소나무에 묶인 인간 개미집이 되어 죽은 입을 통해 일개미들을 토해내고, 그 개미들은 3미터 앞에서 우글거리고 있는 무시무시한 위장(胃腸) 속으로 나를 조금씩 조금씩 옮겨가는, 그런 장면이 떠오른 것도 아니다. 그러한 형벌을 상상할 여유조차 내겐 없었다. 공포의 울부짖음, 그 자체가 바로 형벌이었으니까. 눈은 감고 입은 있는 대로 벌린 채 내지르는 살려달라는 절규가 온 숲을 뒤덮고, 더 나아가 그 너머 세계까지도 뒤덮을 것 같았다. 내 목소리가 천 개의 바늘로 부서지며 내는 날카로운 소리. 사내아이의 목소리를 통해 내 몸 전체가 울부짖고 있었다. 절박한 건 입만이 아니었다. 괄약근까지도 똑같이 절박하게 울부짖고 있었다. 몸이 비워지면서 다리를 따라 뭔가 흘러내렸다. 바지가 가득 찼다. 설사를 한 것이다. 똥과 송진이 섞이면서 내 공포도 더해졌다. 똥 냄새가 개미들을 취하게 만들 테고, 다른 짐승들까지 끌어들일 수도 있었다. 살려달라는 절규 속에 허파도 산산조각이 났다. 눈물과 침과 콧물과 송진과 똥이 내 온몸을 뒤덮고 있었다. 그런데도 개미집은 내게 관심을 보이지 않았다. 개미집은 여전히 수없이 많은 소소한 일을 처리하느라 안에서만 묵묵히 움직이고 있었다. 방황하고 있는 개미 두 마리 외에는, 아마도 백만 마리는 될 개미들이 내 존재를 까맣게 모르고 있었다. 난 그걸 눈으로 보고, 알아채고, 이해했지만 이미 너무 늦은 걸까. 너무 큰 공포에 사로잡힌 나머지 현실 감각을 완전히 잃은 상태였다. 내 몸 전체가 산 채로 잡아먹힐지도 모른다는 공포를 표현하고 있었다. 그건 개미들과는 아무 상관없이 내 정신이 홀로 떠올린 공포였다. 물론 나도 그 사실을 다 알고 있었다. 그래서 혼란스러웠다. 나중에 샤플리에 신부님이, 정말로 개미들한테 잡아먹힐 거라 믿었냐고 물었을 때, 난 아니라고 대답했다. 또 연극을 한 게 아니냐고 물었을 때, 맞다고 대답했다. 비명을 질러대서 날 구해준 사람들을 질겁하게 만드는 게 재미있더냐고 물었을 땐, 잘 모르겠다고 대답했다. 친구들 앞에 아기처럼 똥범벅이 되어 나타난 게 창피하지도 않던? 난 창피하다고 했다. 신부님은 내 옷을 벗길 엄두도 못 내고 우선 대충 큰 똥덩어리들만 물에다 씻기며 온갖 질문을 해댔다. 이건 보이스카우트 제복이야. 똑바로 들어, 이건 제복이라고. 숲을 산책하던 그 부부가 보이스카우트에 대해 어떤 인상을 갖게 될지 한 번이라도 생각해봤니? 아뇨, 죄송합니다, 그 생각은 못 했습니다. 솔직히 말해봐, 이 연극이 그래도 재미있었지? 안 그래? 거짓말하지 마, 재미를 느끼지 않았다고 말하진 말라고! 넌 그걸 즐겼던 거야, 그렇지? 이 질문에는 어떻게 대답해야 할지 알 수가 없었다. 그 당시엔 이 일기를 쓰고 있지 않았으니까. 그때 이후 평생 써온 이 일기의 목표는 이랬다. 몸과 정신을 구별하고, 내 상상력의 공격으로부터 내 몸을 보호하고, 또 내 몸이 보내는 부적절한 신호에 대항해 내 상상력을 보호하는 것. 너의 어머니는 뭐라고 하실까? 어머니가 뭐라고 하실지 생각해봤니? 아뇨, 아뇨. 난 엄마 생각은 하지도 않았었다. 신부님이 그 질문을 한 순간 난 깨달았다. 그렇게 비명을 질러대면서도 내가 단 한 번도 부르지 않았던 유일한 사람은 바로 엄마였다는 것을.

난 집으로 돌려보내졌다. 엄마가 날 데리러 왔다. 그다음 날, 난 이 일기를 쓰기 시작했다. 첫 문장은 이랬다. 이젠 두려워하지 않을 거야. 이젠 두려워하지 않을 거야. 이젠 두려워하지 않을 거야. 이젠 두려워하지 않을 거야. 이젠 절대 두려워하지 않을 거야.

2. 12~14세 (1936~1938)

그것과 닮아야만 한다면
꼭 닮고야 말 것이다.

12세 11개월 18일   1936년 9월 28일 월요일

이젠 두려워하지 않을 거야. 이젠 두려워하지 않을 거야. 이젠 두려워하지 않을 거야. 이젠 두려워하지 않을 거야. 이젠 절대 두려워하지 않을 거야.

12세 11개월 19일   1936년 9월 29일 화요일

내가 두려워하는 것들
——엄마.
——거울.
——친구들. 특히 페르망탱.
——곤충. 특히 개미.
——통증.
——겁먹었을 때 똥 싸는 것.
이런 목록을 만드는 것도 바보 같은 짓이다. 난 두렵지 않은 게

없으니까. 어떤 식으로든 늘 두려움이 찾아온다. 전혀 예상하지 못하고 있다가도, 단 2분 만에 완전히 공포에 사로잡히는 식이다. 숲에서도 그랬다. 내가 개미 두 마리에 벌벌 떨리라고 상상이나 했겠는가? 열세 살씩이나 돼갖고 말이다! 그전에도 상대 팀 애들이 날 공격했을 때 난 아무런 저항도 하지 못하고 땅바닥에 몸을 던지고 말았다. 죽은 사람처럼 꼼짝 못하고 있는 채로 깃발을 빼앗겼고, 나무에 묶였다. 난 **두려워서 죽을 뻔했다**, 정말 죽는 줄 알았다!

해결책

— 엄마가 두렵다고? 엄마가 없는 것처럼 행동해.

— 친구들이 두렵다고? 페르망탱에게 말해.

— 거울이 두렵다고? 거울을 똑바로 들여다봐.

— 아플까 봐 두렵다고? 아픈 건 바로 두려움 때문이야.

— 똥 쌀까 봐 두렵다고? 두려워하는 게 똥 싸는 것보다도 더 구역질 난다.

두려움의 목록을 만드는 것보다도 더 멍청한 짓은 해결책의 목록을 만드는 짓이다. 절대로 실행에 옮길 리가 없을 테니.

12세 11개월 24일   1936년 10월 4일 일요일

집으로 쫓겨온 이후로 엄마는 화를 풀지 않는다. 오늘 저녁에도 엄마는 내가 비누칠도 하기 전에 욕조에서 끌어냈다. 그러고는 다짜고짜 욕실 거울에 내 모습을 비춰보게 했다. 미처 몸을 닦지도 못한 상태였다. 내가 무슨 도망이라도 치려고 한 것처럼 엄마는

내 어깨를 잡았다. 손가락 힘이 얼마나 센지 아팠다. 엄마가 계속 되풀이했다. 네 모습을 봐, 네 모습을 봐! 난 주먹을 꽉 쥐고 눈을 감았다. 엄마가 소리쳤다. 눈 떠! 네 모습을 봐! 네 꼴을 좀 보라니까! 추웠다. 이가 부딪칠까 봐 턱에 힘을 주고 있었다. 온몸이 떨렸다. 네 모습을 똑바로 보기 전엔 여기서 안 내보낼 거야! 네 모습을 봐! 그러나 난 눈을 뜨지 않았다. 너, 눈 안 뜰래? 네 꼴을 안 보겠다 이거지? 계속 그렇게 연극을 할 거니? 좋아! 네 꼴이 뭐 같은지 내가 얘길 해줘? 내 눈에 보이는 저 녀석이 뭘 닮았는지 아니? 네 생각엔 뭘 닮은 것 같니? 뭘 닮았어? 내가 말해줘? 넌 아무것도 안 닮았어! 넌 **정말이지 아무것과도** 안 닮았어! (엄마가 말한 걸 **전부** 그대로 옮긴 거다.) 엄마는 문을 쾅 닫고 나가버렸다. 눈을 떠보니 거울에 김이 서려 있었다.

12세 11개월 25일   1936년 10월 5일 월요일

만일 아빠가 엄마의 그 발작을 봤다면 내 귀에 대고 이렇게 말했을 것 같다. 아무것과도 안 닮은 사내 녀석이라고? 거 참 **희한하네! 정말로** 아무것과도 안 닮았다면 **도대체** 뭘 닮아야 하는 거냐? 『라루스 사전』[1]의 인체 해부도? 아빠는 내게 말할 때 단어 하나하나에 꼭꼭 힘을 주어 발음했다. 글 쓸 때 진하게 강조하듯이. 그리고 나선 내게 생각할 시간을 주기 위해 입을 다물고 있었다.

---

1) 프랑스의 라루스 출판사에서 간행한 백과사전.

『라루스 사전』의 인체 해부도라면, 아빠가 그걸 갖고 내게 해부학 공부를 시켜줬기 때문에 익숙하다. 난 인간이 어떻게 만들어져 있는지 안다. 비장 동맥이 어디 있는지도 알고, 각각의 뼈와 신경과 근육의 이름노 훤히 꿰고 있다.

13세 생일   1936년 10월 10일 토요일

엄마가 또 깨끗한 손수건으로 도도를 닦아주었다. 식사 시간이 되어 식구들이 다 모이길 일부러 기다렸던 게 틀림없다. 도도가 자쿠스키[2] 접시를 돌렸다. 엄마는 도도에게, 접시들을 놔주면 "정말 고맙겠다"고 부탁한 뒤 다정하게 끌어당겼다. 어루만져주기라도 할 것처럼. 그러나 엄마는 어루만져주는 대신 손수건을 꺼내더니 도도의 귓등에서 시작하여 팔꿈치 안쪽 접힌 살을 지나 무릎에 이르기까지 샅샅이 닦아주었다. 도도는 꼿꼿이 서 있었다. 물론 손수건은 새까매졌다. (엄마가 모두에게 보여주었다!) 손톱 역시도 깔끔하지 않았다. 어이구, 총각, 이렇게 더러워서야 우리 집 딸내미 역할을 하겠나! 어서 가서 씻고 와요! 엄마는 도도를 가리키며 비올레트 아줌마에게 시켰다. 꼼꼼히 씻겨! 배꼽도 빼놓지 말고! 10분 안에 끝낼 수 있지? 이렇게 심술을 부릴 때면, 엄마는 늘 경쾌한 아가씨의 목소리를 낸다.

---

2) 채소, 생선 따위의 러시아식 전채 요리.

어렸을 적 아줌마는 날 씻기면서, 루이 14세의 궁정이 얼마나 더러웠는지에 관해 얘기해주곤 했다. 마치 거기서 살다가 방금 나온 사람처럼 아주 생생한 묘사였다! 냄새가 얼마나 지독했는지 아니, 내 말 믿어도 돼! 귀족들이 몸에다 향수를 뿌려댄 건, 양탄자 밑으로 먼지를 밀어 넣는 거나 똑같은 짓이었다고. 또 나폴레옹이 (이집트 원정에서 돌아올 때) 조세핀에게 보냈다는 쪽지 얘기도 아줌마의 단골 소재였다. "곧 도착할 테니 씻지 말고 기다리시오." 우리 꼬마 도련님, 내가 이 얘기를 왜 해주는지 알아? 꼭 몸에서 재스민 향기를 풍겨야만 사랑받을 수 있는 건 아니란 얘기야. 그렇다고 딴 데 가서 이런 소리 하진 마라!

청결함에 관해선 아빠가 했던 말이 생각난다. 어느 날 내가 아빠 등을 때수건으로 밀어주고 있을 때 아빠가 말했었다. 우리가 벗겨낸 이 때는 다 어디로 갈까? 너 한 번이라도 생각해본 적 있니? 우리 몸을 깨끗이 하느라고 우린 또 뭘 더럽히고 있는 건지.

13세 1개월 2일   1936년 11월 12일 목요일

해냈다! 해냈다! 옷장에 덮어씌워놓았던 천을 벗겨내고 거울에 비친 내 모습을 봤다! 이젠 끝낼 때가 됐다고 마음을 다잡은 결과다. 난 천을 벗겨내고, 주먹을 꽉 쥐고, 숨을 크게 한 번 내 쉬고, 눈을 뜨고, 내 모습을 봤다! **내 모습을 봤다!** 생전 처음으로 날 보는 것 같았다. 한참 동안 거울 앞에 서 있었다. 거울에 있는 건 진

짜 내가 아니었다. 그건 내 몸이지 내가 아니었다. 그건 친구라고
도 할 수 없을 만큼 낯설었다. 난 계속 물었다. 네가 나니? 네가 나
라고? 내가 넌가? 이게 우린가? 난 미친 게 아니었다. 나도 잘 알
고 있었다. 내가 어떤 **인상**(印象)과 함께 놀고 있다는 걸. 거울 속
의 아이는 내가 아니고 거울 속에 버려져 있는 어떤 사내아이일
뿐이라는 **인상**. 거울 속의 아이는 언제부터 거기 있었는지가 궁금
했다. 이 괴상한 장난은 엄마를 화나게 했지만 아빠는 조금도 걱
정을 하지 않았다. 아들아, 넌 미친 게 아니야, **넌 네 느낌과 놀고
있는 거야.** 네 나이의 아이들이라면 다 그렇지. 넌 네 느낌에게 질
문을 던지지. 아마 끝없이 계속 물을 거다. 어른이 돼서도. 아주 늙
어서까지도. 잘 기억해두렴. **우린 평생 동안 우리의 감각을 믿기 위
해 노력을 해야 한단다.**

거울에 비친 내 모습. 내겐 그게 정말로 옷장 속에 버려진 아이
처럼 보였다. 그 느낌은 두말할 것 없이 진짜였다. 천을 벗겨내면
서 난 누굴 보게 될지 잘 알고 있었다. 그런데도 난 깜짝 놀랐다.
마치 그 소년이 내가 태어나기도 전부터 거기 버려져 있던 조각상
인 것처럼. 난 그를 바라보며 한참 서 있었다.

바로 그때 아이디어가 하나 떠올랐다.

난 방에서 나와 까치발로 걸어 서재로 갔다. 『라루스 사전』을
펼쳐 자를 대고 인체 해부도를 오렸다. (아무도 모를 것이다. 엄마
는 식탁에서 도도의 엉덩이 밑에 받쳐줄 때 말고는 사전을 쓰는
법이 없으니까.) 난 다시 방으로 돌아와 문을 잠그고 발가벗은 뒤,
인체 해부도를 거울 위에 붙여놓고 그와 내 몸을 비교해보기 시작
했다.

사실을 말하자면 우리 둘은 **닮은 구석이 하나도 없다.** 해부도의 남자는 성인 운동선수이다. 그는 어깨가 넓은 데다 근육질의 두 다리 위에 똑바로 서 있다. 나, 나는 전혀 다르다. 난 어린 데다 물렁물렁하고, 허옇고, 가슴은 파여 있고, 너무 말라서 어깨뼈 밑으로 신문을 끼워넣을 수도 있을 정도다. (비올레트 아줌마의 **말을 그대로 옮기자면.**) 하긴 우리에게도 공통점이 있긴 하다. 둘 다 **속이 비치고,** 정맥도 보이고, 뼈도 셀 수 있다는 점. 그러나 내 몸에선 근육은 하나도 보이지 않는다. 내겐 피부와 정맥과 물렁물렁한 살과 뼈가 있을 뿐이다. 엄마 말처럼 아무것도 **제대로** 된 게 없다. 사실이다. 그래서 누구라도 내 깃발을 빼앗아갈 수 있고, 나무에 묶어놓을 수도 있고, 숲에다 내버릴 수도 있고, 물에 씻길 수도 있고, 놀릴 수도 있고, 내가 아무것과도 닮지 않았다고 말할 수도 있는 것이다. 넌 날 지켜주진 못하겠지, 응? 넌 내가 개미들한테 먹히도록 내버려둘 거지, 그치? 그리고 또 날 똥범벅으로 만들어놓을 테지!

그렇지만 **나,** 나는 널 지켜줄 거야! 나로부터도 지켜줄 거야! 내가 네게 근육을 만들어줄게. 신경도 강하게 단련시켜줄게. 매일매일 널 돌봐줄게. 그리고 네가 **느끼는 모든 것**에 관심을 가져줄게.

13세 1개월 4일   1936년 11월 14일 토요일

아빠가 이런 말을 했었다. 모든 사물은 **무엇보다도 먼저** 관심의 대상이다. 따라서 내 몸도 관심의 대상이다. 난 내 몸의 일기를 쓸

것이다.

13세 1개월 8일   1936년 11월 18일 수요일

　내 몸의 일기를 쓰려는 또 다른 이유는, 모두들 다른 얘기만 하
고 있기 때문이다. **몸이란 몸은 전부 다 거울 달린 옷장 속에 버려
져 있나 보다.** 일기를 아주 간략하게 쓰는 뤼크나 프랑수아즈를
봐도, 그 짧은 일기에다 온갖 잡다한 얘기를 다 쓴다. 감정, 느낌,
우정과 사랑과 배신의 이야기, 끝도 없는 변명들, 남들에 대해 생
각하는 바, 남들이 자기에 관해 생각한다고 믿는 바, 여행 갔다 온
얘기, 읽은 책 얘기 등등. 그러면서도 자기들의 몸에 관해선 결코
얘기하는 법이 없다. 이번 여름에 프랑수아즈를 보면서도 그런 걸
느꼈다. 걔는 '절대 비밀'이라면서 내게 자기 일기를 읽어주었지
만, 에티엔의 얘길 들어보면 다른 애들에게도 다 읽어준 모양이다.
걔는 감정에 사로잡혀 일기를 쓰긴 했지만 그게 **어떤** 감정이었는
지는 거의 기억을 하지 못하는 것 같다. 그걸 왜 썼어? 나도 모르
겠어. 그렇다면 걔는 자기가 쓰고 있는 것의 **의미**도 제대로 알지
못하는 것이다. 난 오늘 내가 쓴 것이 50년 뒤에도 같은 의미를 갖
고 있길 바란다. 정확히 같은 뜻! (50년 뒤면 난 예순세 살이 되겠
지.)

13세 1개월 9일   1936년 11월 19일 목요일

　내가 느끼는 갖가지 두려움에 관해 다시 생각해보다가, 몸이 일으키는 반응들의 목록도 만들어보았다. 텅 빈 공간에 있을 땐 두려움에 불알이 축 늘어진다. 맞을까 봐 두려울 땐 몸이 마비된다. 두려운 일이 생길까 봐 두려울 땐 하루 종일 불안하다. 불안하면 배가 아파진다. 감정이 복받치면(즐거운 감정일지라도) 소름이 돋는다. 그리움에 젖을 땐(가령 아빠를 생각할 때) 눈가에 눈물이 맺힌다. 놀라면 펄쩍 뛴다(문이 꽝 닫힐 때에도!). 공포에 사로잡히면 오줌이 마려워진다. 아주 작은 걱정거리만 있어도 울음이 나온다. 화가 나면 숨이 막힌다. 창피하면 몸이 움츠러든다. 내 몸은 모든 것에 반응한다. 하지만 **어떻게** 반응하게 될지 미리부터 알고 있었던 적은 한 번도 없다.

13세 1개월 10일   1936년 11월 20일 금요일

　곰곰이 생각해봤다. 내가 느끼는 모든 것을 **정확히** 묘사하기만 한다면, 내 일기는 내 정신과 내 몸 사이의 **대사**(大使) 역할을 할 것이다. 또 내 감각들의 **통역관**이 될 것이다.

13세 1개월 12일   1936년 11월 22일 일요일

난 이 일기장에다 강렬한 느낌들, 심각한 두려움들, 질병들, 사건들뿐 아니라 내 몸이 느끼는 것(혹은 내 정신이 내 몸에게 느끼게 하는 것)을 **하나도 빼놓지 않고** 묘사할 것이다. 예를 들어 살갗을 어루만지는 바람, 귀를 틀어막고 있을 때 침묵 속에서도 내 안에서 나는 소리, 비올레트 아줌마의 냄새, 티조의 목소리 등등. 티조는 벌써 어른이 다 된 것 같은 목소리를 낸다. **꺼끌꺼끌한 목소리**. 담배를 하루에 세 갑씩 피우는 사람처럼. 세 살밖에 안 된 주제에! 어른이 되면 지금처럼 목소리가 날카롭진 않겠지만 꺼끌꺼끌한 건 여전할 것이다. 말끝에 웃음을 터뜨리는 것도 똑같을 테고. 내가 장담한다. 마네스 아저씨를 똑 닮을 게 뻔하다. 비올레트 아줌마는 아저씨가 화내는 모습을 이렇게 묘사했었다. 걔는 그냥 소리 지르고 싶은 대로 맘껏 소리를 질러대지. 제 목소린데 누가 뭐라겠어!

13세 1개월 14일   1936년 11월 24일 화요일

우리 목소리는 바람이 우리 몸을 통과하면서 연주하는 음악이다. (항문으로 빠져나가지 못한 바람 말이다.)

13세 1개월 26일   1936년 12월 6일 일요일

생미셸에서 돌아오는 길에 토했다. 토하는 것보다 더 짜증나는
일도 없다. 토한다는 건 몸이 부댓자루 뒤집히듯 뒤집어지는 것이
다. 살가죽을 뒤집는 것이다. 그것도 마구 흔들어대면서. 살가죽
을 뜯어내면서. 저항해봤자 뒤집어지는 건 마찬가지다. 안이 밖으
로 나온다. 비올레트 아줌마가 토끼 가죽을 벗길 때와 아주 똑같
다. 살가죽의 이면(裏面). 그게 바로 구토다. 토한다는 건 창피하기
도 하고 말할 수 없이 화나는 일이다.

13세 1개월 28일   1936년 12월 8일 화요일

뭔가를 기록하기 전엔 꼭 마음을 진정시킬 것.

13세 2개월 15일   1936년 12월 25일 금요일

어제저녁 엄마가 준 선물은 바로 이 질문이었다. 넌 **정말로** 네
가 크리스마스 선물을 받을 자격이 있다고 생각하니? 난 보이스
카우트 때 사건이 또 생각나서, 아니라고 대답했다. 그러나 내가
그렇게 대답한 건 사실 무엇보다도 엄마한테서 아무것도 받고 싶
지가 않았기 때문이다. 조르주 삼촌이 2킬로그램짜리 아령 두 개
를 선물해주었고, 조제프 아저씨는 근육을 발달시키는 운동기구

를 주었다. 두 개의 나무 손잡이 사이에 고무줄 다섯 개가 연결되어 있는 것인데, 손잡이를 쥐고 최대한 여러 번 잡아 늘이면 된다. 사용 설명서에는 그 기구를 사용하기 전의 남자 모습과 6개월 후 이 같은 남자의 모습을 찍은 사진이 들어 있다. 그는 알아볼 수 없을 정도로 변해 있다. 가슴은 두 배로 커졌고, 근육이 살아 있는 목은 꼭 황소의 목 같다. 그런데도 **하루에 10분씩** 운동한 게 전부라니.

13세 2개월 18일   1936년 12월 28일 월요일

에티엔과 둘이서 기절 놀이를 했다. 재미있었다. 한 사람 뒤에 또 한 사람이 서서 두 팔로 앞사람을 안고 가슴을 최대한 세게 누르는 동안, 앞사람은 숨을 내쉬어 허파를 비운다. 한 번, 두 번, 세번, 온 힘을 다해 눌러 가슴속에 공기가 하나도 남지 않게 되면 귀에선 윙윙 소리가 나고, 머리가 빙빙 돌고, 기절해버리는 것이다. 그 느낌은 감미롭다. 어디론가 **떠나는** 듯한 느낌이야, 에티엔은 말했다. 그렇다, 아니면 거꾸로 뒤집힌 듯한 느낌, 혹은 물에 **빠진** 듯한 느낌…… 아무튼 정말 묘한 쾌감이다!

13세 3개월   1937년 1월 10일 일요일

도도가 한밤중에 날 깨웠다. 울고 있었다. 왜 우냐고 물어봐도

통 대답을 하지 않았다. 그럼 날 왜 깨운 거냐고 물어봤더니, 그제
야 얘길 했다. 오줌 줄기가 멀리까지 안 나가서 친구들이 놀렸다
는 것이다. 어디까지 나갔냐고 물으니, 바로 앞에 떨어졌단다. 엄
마가 안 가르쳐줬니? 아니. 지금 오줌이 마려워? 응. 오줌 누기 전
에 고추 껍질을 깠었냐고 물었다. 그게 뭔데? 난 도도를 발코니로
데리고 나가 고추 껍질을 어떻게 까는 건지 시범을 보였다. 어렸
을 때 비올레트 아줌마가 목욕시켜주면서 가르쳐준 것이다. 고추
껍질을 올리고 눠야 오줌이 사방으로 튀지 않거든. 나도 도도에게
똑같이 시켰다. 고추 껍질을 올려봐. 도도의 작은 고추 끝이 밖으
로 나오면서 오줌 줄기가 아주 멀리, 베르주라크 씨네 집 앞에 세
워둔 호치키스[3] 자동차 지붕 위까지 뻗었다. 그러니까 도도가 보
도의 폭만큼이나 멀리까지 오줌을 눈 것이다. 도도는 기분이 좋은
지 오줌을 누면서 낄낄거렸다. 이번엔 고추를 흔들어대며 오줌발
을 더 멀리까지 보냈다. 난 엄마가 깰까 봐 걱정이 되어 도도의 입
을 손으로 틀어막았다. 입이 막힌 채로도 도도는 계속 웃어댔다.

13세 3개월 1일   1937년 1월 11일 월요일

  남자들이 오줌 누는 방식엔 세 가지가 있다. 1) 앉아서 누기.
2) 서서 고추 껍질을(사전에 나온 대로 말하자면 음경 포피) 안 까
고 누기. 3) 서서 고추 껍질을 까고 누기. 껍질을 까면 훨씬 더 멀

---

3) 20세기 중반 프랑스의 자동차 브랜드명.

리까지 오줌 줄기를 보낼 수 있다. 그런데도 엄마가 도도에게 그걸 가르쳐주지 않았다니 **말도 안 된다!** 하긴, 그런 건 본능적으로 깨달아야 하는 것 아닐까? 그렇다면 왜 도도는 그걸 혼자서 터득해내지 못했을까? 비올레트 아줌마가 내게 가르쳐주지 않았다면 난 어땠을까? 남자들이 고추 껍질 깔 생각을 못 해서 평생 자기 발 위로 오줌을 뿌리는 일이 있을 수 있을까? 선생들(뢸리에 선생, 피에랄 선생, 오샤르 선생 등등)의 강의를 들으면서도 난 하루 종일 이 문제에 관해 곰곰이 생각했다. '세상 돌아가는 이치'(엄마식으로 표현하자면)에 관해선 한없이 많은 것을 알고 있으면서도 고추 껍질을 깔 생각은 한 번도 해보지 못했다면! 가령 뢸리에 선생 같은 사람도 세상 모든 사람에게 온갖 걸 다 가르쳐주고 싶어 하지만, 정작 자기 발 위로 오줌을 싸고는 왜 그렇게 됐는지를 궁금해할 수도 있다. 틀림없다.

13세 3개월 8일   1937년 1월 18일 월요일

잠들 때 내가 좋아하는 놀이가 있다. 또다시 잠드는 즐거움을 위해 잠에서 깨어나는 것. 잠이 들려는 순간 깨어나는 그 기분은 뭐라 말할 수 없이 달콤하다! **잠드는 기술**을 가르쳐준 건 아빠였다. 너 자신을 잘 살펴봐! 눈꺼풀이 무거워지고, 근육이 풀리고, 머리 무게가 베개 위에 실리고, 이제 네가 생각하는 게 실은 **생각되어지지도** 않는다는 걸 느끼게 되지. 마치 아직 잠들지 않았다는 걸 알면서도 꿈꾸기 시작하는 것처럼 말이야. 혹은 곧 잠에 떨어

질 준비가 된 채로 벽 위를 균형 잡고 걸어가는 것 같다고 할까. 바로 그거야! 그러다 잠 쪽으로 기울어진다고 느껴지면 얼른 머리를 흔들면서 깨어나야 해. 그러곤 벽 위에 머물러 있어야지. 깨어 있는 몇 초 동안 스스로에게 이렇게 중얼거려봐. 난 다시 잠들 거다! 그건 황홀한 **예감**이지. 잠드는 즐거움을 한 번 더 즐기기 위해선 또다시 깨어나도 좋아. 흔들리기 시작하면 널 꼬집어도 돼. 가능한 한 자주 표면 위로 돌아오다가 **마지막에야** 비로소 잠 속으로 빠져드는 거야. 아빠는 잠드는 기술을 계속 속삭여주었고 난 열심히 들었다. 한 번만 더, 한 번만 더! 아빠 덕분에 난 매일 저녁 잠에게 이렇게 부탁한다.

13세 3개월 9일   1937년 1월 19일 화요일

죽는다는 것도 그런 것 아닐까. 너무 겁내지만 않는다면, 죽는 순간에도 행복감을 느낄 수 있을 것 같다. 어쩌면 우리가 아침마다 잠에서 깨어나는 것도 그 달콤한 죽음의 순간을 늦추기 위한 방편에 지나지 않을지 모른다. 아빠가 돌아가셨을 때, 아빠는 마지막으로 잠이 든 것이다.

13세 3개월 20일   1937년 1월 30일 토요일

방금 전 코를 풀다 보니 문득 도도가 어렸을 때 개한테 코 푸는

법을 가르쳐주느라 애썼던 기억이 났다. 도도는 코를 풀 줄 몰랐다. 코 밑에 손수건을 갖다 대고 자, 코 풀어, 하고 시켜도 입으로 숨을 내쉴 뿐이었다. 그게 아니면 숨을 전혀 쉬지 않을 때도 있었다. 속으로만 숨을 쉬는 바람에 뺨만 공처럼 부풀어 오르고, 밖으로 나오는 건 아무것도 없었다. 그 당시엔 난 도도가 바보인 줄로만 알았다. 그러나 그게 아니었다. 인간은 자기 몸에 관해 무엇이건 다 배워야만 하는 것이다, 모조리 다. 걷는 법, 코 푸는 법, 씻는 법. 누가 시범을 보여주지 않는다면 할 줄 아는 게 아무것도 없게 될지 모른다. 처음엔 아무것도 할 줄 모른다, 아무것도. 다른 동물들처럼 멍청하다. 배울 필요가 없는 건 단지 숨 쉬는 것, 보는 것, 듣는 것, 먹는 것, 오줌 싸는 것, 똥 싸는 것, 잠드는 것 그리고 깨는 것뿐이다. 그러나 그마저도! 들리긴 하지만 **제대로 듣는** 법을 배워야 한다. 보이긴 하지만 **제대로 보는** 법을 배워야 한다. 먹을 순 있지만 고기를 자르는 법을 배워야 한다. 똥을 쌀 줄은 알지만 변기까지 가는 법을 배워야 한다. 오줌을 쌀 줄은 알지만 발 위에다 오줌을 누지 않으려면 **조준하는** 법을 배워야 한다. 배운다는 것은 다른 무엇보다도 우선 **자기 몸을 제어하는** 법을 배우는 것이다.

13세 3개월 26일   1937년 2월 5일 금요일

자네 **추론**의 핵심 단어들을 그렇게 **음성학적으로** 강조할 정도로 날 **바보** 취급하는 건가? 륄리에 선생이 반 애들 앞에서 내게 물었다. 내 말투를 흉내 내며 말했기 때문에 당연히 애들 모두가 웃음

을 터뜨렸다. 자네가 그렇게까지 강조하지 않는다고 해서, 설마 역사 선생인 내가, 낭트 칙령의 폐지가 **유상(有償)의 실책**이라는 걸 몰랐으리라고 생각하나? 게다가 자네 또래의 학생이, **유상의 실책**이라는 표현을 쓰는 건 좀 **현학적이라는** 생각이 들지 않나? 너무 **고상한 척**하는 것 아냐? 난 자네가 좀더 **소박해지길** 바라네. 자네의 **지식**으로 우릴 **짓누르지는** 말아줬으면 좋겠네.

내 말투 때문에 아빠가 이렇게 놀림당하는 걸 보고 있자니 엄청난 슬픔이 몰려왔다. (강조하려는 말을 또박또박 힘주어 발음하는 내 말투는 아빠에게서 배운 것이다. 그러니 놀림당한 건 결국 아빠다.) 나도 뢸리에 선생의 날카로운 목소리를 흉내 내면서 대꾸하고도 싶었지만, 뺨이 달아오르고 눈물이 나올까 봐 숨도 못 쉬고 있는 처지라 아무 대답도 하지 못했다. 수업 끝나는 종이 울리자 끔찍했다. 교실에서 나가 아이들을 바깥에서 다시 만날 생각을 하니, 안 돼! 생각만 해도 몸이 굳었다. 실제로도 마비가 됐는지 두 다리가 움직일 생각을 하지 않았다. 나는 그냥 앉아 있었다. 이제 내게 몸이란 건 없었다. **옷장 속으로 다시 들어가버린 것이다!** 난 가방 속과 책상 위에서 잃어버린 물건을 찾는 시늉을 했다. 얼마나 창피하던지! 그러나 창피함을 떨쳐내야 한다는 의지로 마침내 몸을 일으킬 힘을 냈다. 결국 그들이 날 놀려댄다 해도 그건 중요하지 않다. 설사 날 때리거나 죽이는 한이 있더라도 난 상관없다.

맙소사, 바깥에선 비올레트 아줌마가 기다리고 있었다. 장 보러 나왔다가 틈을 내서 날 데리러 온 것이었다. 우리 도련님, 뭘 걱정거리라도 있어? 얼굴에 다 씌어 있는데! 내 얼굴에? 오리 알처럼 하얘졌잖아. 무슨 소리야? 맞아! 아닌 척해봤자 얼굴은 못 속이는 법이야. 마네스도 그렇거든. 한번 화내면 하루 종일 얼굴이 시뻘 겋지. 심장이 쿵쾅쿵쾅 뛰는 소리도 들리는데, 들리긴 뭐가 들려! 하지만 아줌마 아닌가. 이미 다 눈치챈 것이었다. 집에 돌아와 아 줌마가 간식을 만들어주었다(빵, 레지네,[4] 찬 우유). 이젠 학교에 데리러 오지 좀 말라고 부탁했다. 우리 꼬마 도련님이 혼자서 해 내겠다 이거지? 네 나이엔 다 그래. 아무도 겁내지 마, 머리에다 혹을 달고 와도 내가 다 치료해줄 테니까.

13세 3개월 27일   1937년 2월 6일 토요일

나도 이젠 아기가 아니니 그렇게 또박또박 힘주어 얘기해줄 필 요가 없다고 했을 때, 아빠는 이렇게 대답했다. 그건 안 될 것 같은 데. 나한테는 **영국 피**가 흐르고 있어서.

13세 4개월   1937년 2월 10일 수요일

엄마는 처음엔 내가 학교에 가지 않으려고 연극을 하는 걸로 생 각했다. 천만에, 난 정말로 구협염[5]에 걸렸다. 처음 이틀간은 열이 심하게 올랐다. 40도도 넘을 정도로! 잠수복을 입고 쿠르부용[6] 속

---

4) 배와 포도즙을 섞은 과일 잼.
5) 인후염·급성 편도염 등의 인두 및 편도에 생기는 염증을 말한다.

에 들어앉아 있는 꼴이었다(비올레트 아줌마의 **말씀**). 의사는 혹시 성홍열일까 봐 겁을 냈다. 꼬박 열흘을 누워 있었다. 처음엔 몸 **안의** 어떤 손이 목을 조르는 것 같으면서 아무것도 삼킬 수 없는 증상으로 시작됐다. 침조차도. 너무나도 고통스러웠다! 그런데도 우리 몸은 **쉬지 않고** 침을 만들어낸다. 하루에 몇 리터나 될까? 우린 그 많은 침을 삼킨다. 침을 뱉는 건 예의 바르지 않기 때문에. 침을 만들어내고, 삼키고. 이것도 숨 쉬는 것과 마찬가지로 몸의 자동적인 기능이다. 그 기능이 없다면 우리 몸은 말라비틀어질 것이다. 전혀 생각지도 못하는 채 우리 몸이 하고 있는 온갖 일을 다 기술하려면, 공책이 얼마나 많이 필요할 것인가. 자동적으로 이루어지는 기능들은 **셀 수도 없겠지**? 그에 관해 평소엔 아무런 관심도 갖지 않다가, 그중의 한 가지만 말썽이 나도 오로지 그것에 관해서만 생각하게 된다! 내가 불평을 너무 많이 한다 싶으면, 아빠는 세네카[7]의 이 문장을 인용하곤 했다. **사람은 누구나 자기가 가장 무거운 짐을 지고 있다고 생각한다**. 과연 우리 몸의 여러 기능 중의 한 가지라도 말썽이 나면, 그런 생각을 하게 되긴 한다! 우린 세상에서 가장 불행한 사람이 된다. 구협염 초기에, 내 몸엔 오로지 목밖에 없었다. 아빠는 이런 말도 했다. 사람은 한 가지에 **집중하지**. 모든 문제는 거기서 생겨나는 거란다! 사람들 눈엔, 틀을 벗어난 건 아무것도 존재하지 않아. 아들아, 넌 그 틀을 깨기 바란다.

---

6) 백포도주에 향료를 섞어서 만든 수프.

7) Lucius Annaeus Seneca(B.C. 4~A.D. 65): 고대 로마 철학자.

13세 4개월 6일   1937년 2월 16일 화요일

일주일 내내 내 방은 병실이 되었다. 비올레트 아줌마는 부엌에서 가글액을 끓였다. 그러고는 창가에다 아빠의 게임 테이블을 갖다 놓고 하얀 테이블보를 덮은 뒤 거기다 가글액을 준비해뒀다. 생미셸의 수녀님이 아줌마에게 약초 찜질하는 법을 가르쳐주었다. 약초 가루를 아끼지 말고 넣으세요, 자매님(자매님? 자기 할머니뻘 되는 사람한테!).

아줌마는 하얀 테이블보 위에다 다시 천을 깔고, 거기다 아마 가루가 든 반죽을 붓고 겨자 가루를 뿌린 뒤 천의 네 귀퉁이를 접어서 내 목 위에 붙여놓았다. 그때부터 15분간의 고문이 시작되는 것이다. 간지럽고, 뜨겁고, 화끈거리는 게 바늘 천 개가 한꺼번에 목을 뚫고 지나가는 것 같다. 화끈거리는 것 말고는 아무것도 생각할 수가 없다 보니, 아픈 건 좀 잊게 되는 게 사실이다. **이게 바로 '고통의 대체'라고 하는 거야. 일종의 사기지!**(아빠의 말씀) **아픈 걸 잊으려면 더 독하게 나가야 해!**(아줌마의 말씀) 그중에서도 최악인 것은, 생미셸에서 온 수녀님이 목에 약을 발라주는 것이다. 목 깊숙이 막대를 집어넣자마자 난 곧 수녀님의 앞치마 위에 토하고 말았다. 내가 얼마나 고약하게 욕을 했던지, 수녀님은 다신 오지 않겠다고 했다. 그 때문에 엄마랑 한바탕했다. 너 치료 안 할 거야? 너 알부민 결핍증에 걸릴래? 류머티즘에 걸리고 싶어? 너 그러다 죽을 수도 있어! 심장까지 망가질 수 있다고. 아줌마라면 약을 바르는 것도 문제가 되지 않는다. 우리 꼬마 도련님, 입을 크게 벌려봐, 목구멍이 닫히지 않게 계속해서 숨을 쉬어. 닫지 말라니

까[성문(聲門)을 말하는 거나] 그러어어엏지. 그리고 오줌이 초록색으로 나오더라도 놀라지 마, 약 색깔이 파래서 그런 거니까! 그렇다. 메틸렌의 파란색이 오줌의 노란색이랑 섞여서 오줌이 초록색이 되는 거다. 아줌마가 말해주길 잘했다. 안 그랬다면 정말이지 놀라 자빠졌을지도 모른다.

13세 4개월 7일   1937년 2월 17일 수요일

찜질, 가글, 목에 바르는 약, 휴식, 다 좋다. 하지만 최고의 치료는 아줌마 냄새를 맡으면서 잠드는 것이다. 아줌마는 내 집이다. 아줌마에게선 왁스, 채소, 장작불, 까만 비누, 표백제, 오래된 포도주, 담배 그리고 사과 냄새가 난다. 아줌마가 날 품 안에 안고 숄로 덮어줄 때, 난 내 집으로 들어간다. 숄을 뒤집어쓰고 있으면 아줌마의 말소리가 웅얼웅얼 들린다. 그 소리를 들으며 난 잠이 든다. 깨어 보면 아줌마는 없지만 숄은 여전히 날 덮고 있다. 우리 도련님이 꿈속에서 길 잃을까 봐 덮어준 거야. 길 잃은 개들도 사냥꾼의 옷 냄새를 맡고 돌아오거든!

13세 4개월 8일   1937년 2월 18일 목요일

내 몸은 아줌마의 몸이기도 하다. 아줌마 냄새는 내게 제2의 피부다. 내 몸은 아빠의 몸이기도 하고, 도도의 몸이기도 하고, 마네

스 아저씨의 몸이기도 하다…… 우리의 몸은 동시에 다른 사람들의 몸이기도 하다.

13세 4개월 9일   1937년 2월 19일 금요일

다리에 힘은 없지만 더 이상 열은 나지 않는다. 의사는 걱정 말라고 한다. 만일 성홍열이라면 '이미 증세가 나타났으리라는se dé-clarer' 거다. 이 표현이 귀에 쏙 들어왔다. 왜냐하면 아줌마가 자기 남편 얘기를 할 때도 "그 양반이 사랑을 고백했을se déclarer 때 정말 귀여웠다"고 말하기 때문이다! (그분은 전쟁 초 1914년 9월에 전사했다.) 전쟁을 선포하는 것도 '스 데클라레se déclarer'라 표현하니, 이 동사에는 인생의 희로애락이 다 들어 있는 셈이다.

13세 4개월 10일   1937년 2월 20일 토요일

형, 아직도 좋아? 뭐가? 열나는 것 말이야. 아직도 좋으냐고. 열나는 걸 내가 왜 좋아해? 학교에 안 가도 되니까 좋은 게 당연하지! 도도는 내 침대에 다시 기어들어올 수 있게 돼서 무척 기분이 좋은가 보다. 계속 종알댄다. 형, 열이 더 나게 하고 싶으면 체온계를 뜨겁게 해봐. 그렇다고 난로 위에다 올려놓으면 안 돼. 그럼 터져버리거든. 그보다는 체온계 꼭대기를 톡톡 두드리는 편이 나아. 아래쪽 말고 동그란 쪽 말이야. 손톱으로 살살 두드리면 온도가

오르거든. 엄마가 감시하고 있어도 이불 속에서 할 수 있어. 그렇다고 너무 세게 하면 안 돼. 잘못하면 수은이 새어 나오니까. 알았지? (잠시 조용하더니 다시 또 떠들기 시작한다.) 그리고 또 압지를 이용하는 방법도 있는데, 알아? 신발 속에 압지를 넣는 거야. 발바닥이랑 신발 사이에 넣고 걷기 시작하면 열이 난다고. 그게 무슨 말도 안 되는 소리냐? 정말이야! 누가 그랬는데? 내 친구가.

13세 4개월 15일   1937년 2월 25일 목요일

엄만 내가 어떻게 비올레트 아줌마의 레지네를 좋아할 수 있는지 신기해한다. 엄마 주장으론, 그 '끔찍한' 걸 떠 먹느니 차라리 굶어죽겠단다! 심지어 레지네 단지를 내 방에 갖다 놓으라고까지 한다. 난 그 괴상한 걸 부엌에 놔두는 것도 싫어, 알겠니! 냄새만 맡아도 구역질이 난다니까!

난 레지네의 모든 점이 다 좋다. 냄새, 색깔, 맛, 농도까지. 후각·시각·미각·촉각, 다섯 가지 감각 중에 네 가지 감각이 충족되는 즐거움이란! 그만한 게 또 있을까!

1) 냄새. 산딸기. 티조, 로베르, 마리안과 함께 포도 덩굴 아래에서 노닥거리고 있는 나. 그늘이 따뜻하다. 산딸기 향이 난다. 기분 좋다.

2) 색깔. 보라색 바탕 위에 거무스름하다. 빵에 발라 우유에 담그면 보라색 무리가 생겨난다. 어두운 보라색으로 시작해 빨강과 엷은 보라의 온갖 색조를 거쳐 아주 연한 파란색으로 퍼진다. 멋

지다!

3) 맛. 산딸기 맛. 그러나 산딸기보다는 덜 시다.

4) 농도. 잼과 젤리의 중간이다. 너무 되지도 않지만 그렇다고 흘러내리시노 않는다. 아줌마는 오디를 갖고도 똑같은 걸 만든다.

5) 아! 깜빡할 뻔했다, 온도. 밤사이 단지를 창가에 놔뒀다가 빵에 발라 따끈한 우유에 담가 먹으면, 차가움과 뜨거움의 대조가 기가 막히다.

그러나 내가 무엇보다도 좋아하는 건, 그게 바로 **비올레트 아줌마의 레지네**라는 점이다. 엄마가 그걸 그렇게 싫어하는 것도 바로 그 이유 때문인 게 확실하다.

의문: 누군가에 대한 특별한 감정이 미각에까지 영향을 끼치는 걸까?

13세 4개월 17일   1937년 2월 27일 토요일

방금 욕실에서 도도가 눈을 씻었다. 모래 장사 때문이다. 매일 밤 모래 장사가 지나간다고 비올레트 아줌마가 말해준 뒤로, 도도는 눈이 근질근질해지기만 하면 눈을 씻으러 간다. 내가 설명해주었다. 눈을 근질근질하게 하는 건 모래 장사가 아니라 **잠**이라고, '모래 장사'라는 말의 뜻은 '잠이 온다'는 거라고. 도도는 펄쩍 뛰었다. 아냐, 진짜 모래 장사야! 도도는 아직도 **이미지의 제국**에 살고 있다. 난 거기서 벗어나려고 이 일기를 쓴다.

13세 4개월 27일   1937년 3월 9일 화요일

조르주 삼촌이 내 편지에 답장을 보내줬다. 비올레트 아줌마 말고, 애들이 묻는 질문에 답을 해주는 어른은 삼촌밖에 없다. 삼촌의 아들 에티엔이 나보다 아는 게 훨씬 많은 것도 그 덕분인 것 같다.

사랑하는 조카에게

[……] 내가 '대머리가 된 게 어떤 공포나 충격 때문은 아니냐'고 물었지. [……] 난 세계대전을 겪으면서 대머리가 되었단다. 나만 그런 건 아니지. 어느 날 아침 눈을 떠 보니 철모 속에 머리카락이 수북이 빠져 있더구나. 그다음 날 아침에도, 또 그다음 날 아침에도 마찬가지였지. 난 몇 주 동안에 대머리가 되어버렸어. 의사는 그게 원형 탈모증이라면서, 곧 다시 날 거라고 하더구나. 나긴 쥐뿔이 나! [……]

또 '대머리들의 대표로서' '머리에도 소름이 끼쳐본' 적이 있는지 대답해달라고도 했지. 글쎄, 적어도 한 번은 그런 적이 있었던 것 같구나. 전쟁 직후에 극장에서 사라 베르나르를 봤을 때지. 사라 베르나르의 목소리가 어땠었는지 넌 상상도 못할걸. [……]

'월경이라는 것'에 관해서도 물었는데, 거기에 대해선 나도 대답해줄 수가 없구나. 여자는 남자에게는 수수께끼 같은 존재란다. 아쉽게도 남자는 여자에게 그런 존재가 못 되는 것 같다만. [……]

쥘리에트 숙모도 네게 안부 전하란다. 네 어머니께도 우리의 인

사를 전해드리렴. 파리에 올 일이 있으면 언제든 와서 네 이두박
근을 보여주기 바란다.

조르주 삼촌이

월경에 관한 삼촌의 대답은, 그 문제가 내 나이에 걸맞지 않는
다는 걸 점잖게 이해시키기 위한 것이리라. 어느 정도 그럴 줄 예
상은 했었다. 안 그래도 이미 비올레트 아줌마에게서 기본적인
설명은 들은 터였다. 내가 그걸 물어봤던 건, 페르망탱이 자기 누
나에 관해 했던 얘기 때문이다. "우리 누나 '생리' 때라서 건드렸다
간 큰일 나." 자세한 건 사전에서 찾아보았다.

월경. 『라루스 사전』.

월경에는 세 단계가 있다. 1. 시작 단계. 사춘기에 해당한다. 2. 정
착 단계. 여성의 가임기에 해당한다. 3. 중지 단계. 폐경기라고도
한다.
월경 주기, 즉 연속된 두 월경 시작일 사이의 기간은 사람에 따라
다른데 25일에서 30일 사이이다.
월경은 임신 기간에는 거의 다 중지되고, 출산 시에도 중단되는
게 보통이다.

13세 5개월   1937년 3월 10일 수요일

조르주 삼촌과 아빠의 대화가 생각난다. 아빠가 몸을 잘 일으키지도 못하는 상태가 되었을 때다. 거의 먹지도 못했다. 조르주 삼촌은 제발 기운을 차리라고 당부했다. 거의 애원하다시피 했다. 눈에 눈물까지 그렁그렁 맺힌 채. 이젠 안 돼, 아빠가 말했다. 난 **속이 대머리거든!** 네 머리털이 안 나는 것처럼 내 속도 다시 자랄 순 없어. 조르주 삼촌과 아빠는 서로를 정말로 사랑했다.

13세 5개월 6일   1937년 3월 16일 화요일

아빠가 미리 얘기해줬었다! 하지만 아는 것과 실제로 일이 닥치는 건 전혀 다른 문제다! 난 잠에서 깨자마자 침대에서 뛰어내렸다. 잠옷 바지가 젖어 있었고 두 손도 온통 끈적끈적했다! 이불에도 묻어 있었다. 사실상 온 사방에 묻어 있었다는 게 정확한 말일 것이다. 가슴이 쿵쾅쿵쾅 뛰었다. 바지를 벗으면서 난 아빠가 얘기해줬던 걸 떠올렸다. 그걸 사정(射精)이라고 해. 밤사이에 그 일이 일어나더라도 겁먹지 마라. 다시 오줌을 싸기 시작한 건 아니니까. **그건 새로운 미래가 시작된다는 신호야.** 놀라지 말고 얼른 적응하는 편이 나아. 넌 앞으로 평생 정자를 만들어낼 테니까. 처음엔 뜻대로 조절이 안 될 거야. 성기를 만지작거리며 쾌감을 느끼는가 싶다가 어, 어느새 끝나버리지! 그러다 점차 익숙해지면 절제할 줄도 알게 되고, 결국엔 최선의 요령을 깨우치게 될 게다.

잠옷 바지가 풀칠한 종이처럼 엉덩이에 들러붙어 있었다. 욕실에서 씻는 동안 도도도 옆에 붙어 있었다. 도도는 완전히 흥분해 있었다. 이건 아무것도 아냐, 이걸 정자라고 하거든. 아기를 낳기 위해 필요한 거지. 절반은 남자애들한테 있고, 다른 절반은 여자애들한테 있어!

13세 5개월 7일   1937년 3월 17일 수요일

살갗 위에서 말라버린 정액이 갈라진다. 그 모양이 꼭 운모 같다.

13세 5개월 8일   1937년 3월 18일 목요일

이젠 아빠 얼굴이 정말로 생각나질 않는다. 그러나 목소리는 기억난다. 오! 맞다! 아빠가 내게 말해준 게 **모두** 기억난다. 아빠의 목소리는 실은 헐떡임이었다. 아빠는 내 귀에 입을 바싹 대고 중얼거렸었다. 가끔씩 내가 정말로 기억을 떠올리고 있는 건지, 아니면 아빠가 아직도 내 안에서 속삭이고 있는 건지 헷갈릴 때가 있다.

13세 5개월 18일   1937년 3월 28일 일요일

또다시 옷장 거울 위에 인체 해부도를 붙여놓았다. 그것과 닮아

야만 한다면 꼭 닮고야 말 것이다.

13세 5개월 19일   1937년 3월 29일 월요일

  작전 개시. 페르망탱을 찾아갔다. 근육을 강화시키는 기술을 가
르쳐달라고 부탁했다. 페르망탱은 처음엔 들은 척도 하지 않았다.
날 아예 가망 없는 아이로 단정 짓고는 나와 같은 수준에서 놀 순
없다고 했다. 내가 네 수학 숙제를 다 해줘도? 그제야 녀석은 정색
을 했다. 왜 그러는데? 팔뚝 근육(이두박근, 삼각근 같은 것들을
말하는 거겠지) 만들어서 여자애들 꼬시게? 로마 병사의 갑옷처
럼 되고 싶은 거니? (아마도 복부 근육을 말하는 거겠지. 복직근,
내복사근, 외복사근.) 그럼 복근 운동을 해야지. 펌프질도 엄청 해
야 되고! 페르망탱은 나보다 두 살밖에 많지 않은데도 벌써 운동
엔 전문가 수준이다. 평소에도 축구나 피구 같은 단체 운동을 하
면 걔가 속한 팀이 꼭 이긴다. 걔는 여러 운동 클럽에 가입해 있는
데 나보고도 같이 가자고 한다. 말도 안 된다. 난 우선 옷장 속으로
부터 나오는 게 급선무다. 단체 운동은 생각도 못 한다. 팔굽혀펴
기(그는 '펌프질'이라고 부른다) 정도가 딱 내 수준에 맞는다. 그
리고 복근 운동도. 이 정도는 혼자서도 할 수 있다. 그 외에도 끈
운동, 봉 운동, 오래 달리기 그리고 자전거 타기도 가르쳐주기로
했다. (비올레트 아줌마가 자기 자전거를 빌려줄 것이다.) 또 수영
도. 마네스 아저씨가 이미 가르쳐주긴 했지만, 아저씨가 날 물속
에 던지면 난 개구리 흉내를 내며 떠 있는 걸로 만족하는 수준이

다. 페르망탱이 달리기, 자전거 타기 그리고 수영을 가르쳐주는 대신 난 개의 작문과 영어 숙제를 해주기로 했다. 잘됐다.

13세 6개월 1일   1937년 4월 11일 일요일

　팔굽혀펴기(펌프질)는 발끝과 뻗은 팔 사이의 몸을 직선으로 하여 땅과의 각도를 15도 정도로 유지한 상태에서 턱이 땅에 닿을 때까지 팔을 굽혔다가 다시 일으키는 운동으로, 팔의 힘이 허락하는 한 여러 차례 되풀이하는 것이다. 몸에 힘을 빼면 안 되고, 팔을 굽혔을 때 등이 구부러지거나 무릎이 땅에 닿으면 안 된다. 가슴은 땅에 닿을락 말락 해야 한다. 팔운동을 더 하고 싶으면 발을 침대 끝에 올려놓고 할 수도 있다. 이게 기본적인 팔굽혀펴기다. 음악에서도 기본 주제의 변주가 있듯, 팔굽혀펴기에도 변형된 방식들이 수없이 많다. 페르망탱이 시범을 보여주었다. 손뼉 치며 팔굽혀펴기: 팔뚝의 힘으로 몸을 높이 올려서 손이 다시 땅에 닿기 전에 손뼉을 치는 것이다. (처음부터 하려고 들지 마. 머리가 먼저 땅에 닿으면 이가 부러질 수도 있으니까.) 등 뒤로 손뼉 치며 팔굽혀펴기: 같은 동작이지만 몸을 더 세게 들어 올려 등 뒤에서 손뼉을 치는 것이다. (이건 아예 생각도 하지 마. 아니면 매트리스 위에서 해보던지.) 더 어려운 것으로, 회전하며 팔굽혀펴기: 처음 동작으로 돌아오기 전에 몸을 한 바퀴 돌리는 것이다. 한 팔로만 짚고 팔굽혀펴기, 또 세 손가락으로 짚고 팔굽혀펴기(산악대원들에게 아주 좋은 운동) 등등.

*

리종에게 남기는 말

사랑하는 리종에게

　다음 네 권의 공책은(1937년 4월~1938년 여름) 건너뛰어도 좋을 전형적인 것들이로구나. 거기엔 온통 내 근육 조직의 진화를 기록한 도표밖에 없으니 말이다(이두박근, 위팔, 상반신, 넓적다리, 장딴지, 복근 벨트……). 사춘기에 접어들면서부터 난 내 몸을 측정하는 데 시간을 다 보낸 것 같다. 1미터짜리 줄자를 손에 들고, 원시인 역할과 민속학자 역할을 동시에 했지. 지금 생각하면 웃기지만, 난 그땐 정말로 『라루스 사전』의 인체 해부도와 똑같아져야겠다고 작정을 했었으니까! 보이스카우트에서 쫓겨난 뒤로, 비올레트 아줌마는 방학만 되면 날 브리아크로 내려보냈지. 거기서 난 운동을 하는 대신 들과 숲에서 일을 했단다. 마네스 아저씨와 마르타 아줌마는 도시 아이가 농장 생활에 그토록 열성적으로 달려드는 걸 보고 신기해했지. 그분들은 내가 단지 근육운동의 범주에서 그 일들을 택했으리라곤 상상도 못 했던 거야. 장작 패는 건 이두박근과 위팔을 위한 것이었고, 건초를 창고에 채우는 일은 넓적다리, 복근 그리고 등 근육을 위한 것이었고, 염소들 뒤를 쫓아다니고 열심히 수영을 한 건 가슴을 멋지게 키우기 위한 것이었다. 지금 생각하면 내 궁극의 목적에 관해 그분들을 속였다는 게 좀 후회가 된다만, 비올레트 아줌마만은 속지 않았단다. 난 아줌마와

단둘이서만 비밀을 나눈다는 게 무엇보다도 즐거웠다.

리종, 문득 이런 생각이 드는구나. 내 어린 시절에 관해 너희들에게 한 번도 얘기해준 적이 없으니, 넌 내 고난의 시작에 대해서도 별로 아는 게 없으리라는. 그렇지? 아버지의 죽음, 노기등등한 엄마, 옷장 속에 버려진 어린 몸, 그리고 어느새 학자나 된 듯 무게를 잡으며 글을 쓰기 시작한 열세 살짜리 남자아이. 이제 네게도 몇 마디 들려줘야 할 때가 온 것 같구나.

난 단말마의 고통 속에서 태어났다. 아버지는 세계대전에 참전했다 살아 돌아왔다. 살아 있지만 죽은 거나 다름없는 그 수많은 사람 중의 하나였지. 머릿속은 공포로 가득 차 있고, 허파는 독일군의 가스로 문드러진 채, 아버지는 살아남기 위해 부질없는 노력을 했다. 아버지의 말년(1919~1933)은 그의 평생 중에 가장 영웅적인 투쟁의 시기였다. 그 갱생의 시도로 인해 나도 이 세상에 나오게 된 거고. 엄마는 나를 임신함으로써 자기 남편을 구원하려 했던 거야. 자식은 남편에게 무엇보다도 큰 기쁨을 줄 것이다, 자식이야말로 생명 자체니까! 상상컨대 아버지는 처음엔 이 계획에 대해 의욕도 기력도 없었던 것 같다. 하지만 엄마가 아버지의 원기를 충분히 회복시켜준 덕에, 1923년 10월 10일 내가 태어나게 되었다. 그 작전은 완전한 실패였지. 바로 다음 날 아버지가 다시 위독해졌으니 말이다. 엄마는 이 실패에 대해 아버지와 나, 우리 둘 다를 용서하지 못했다. 내가 태어나기 전엔 두 분의 관계가 어땠었는지 알 수 없지만, 내 귀엔 지금도 엄마가 끊임없이 쏟아내던 원망이 생생하게 들려온다. '자기 생각대로만 하고' '분발하려 들지도 않고' '아무것에도 상관하지 않고' '죽치고 가만히 앉아 있기만' 하는 아버지가 '온갖 걸 다 생각해야 하고 온갖 일을 다 해야 하는' 고달픈 삶에 엄마를 '홀로' 내팽개쳐뒀다는 것이다. 죽어가는 사람에게 퍼붓는 이 독설을, 난 어린 시절 내내 음악처럼 들으며 지냈다. 아버지는 아무 대답도 하지 않았다. 연민 때문이기도 했겠지만—자신에게 욕을 퍼붓는 그 여인이야말로 불행했으니까—무엇보다도 진이 다 빠져서 그랬던 것 같다. 그러나 엄마에게는 그 쇠약함조차도 무심함의 음흉한 발로로 보였던 것 같다. 그 여인은 자기 남자로부터 기대했던 것을 얻어내지 못했으니까. 신경질적인 기질을 타고난 이들에게는 그것만으로도 원한과 경멸과 고독 속에서 살아갈 충분한 이유가 되지. 그럼에도 불구하고 엄마는 머물러 있었다. 엄마는 아버지를 떠나지 않았다. 당시에는 이혼이라는 게 없었으니까. 있다 해도 거의 없었지. 아무튼 요즘보다는 적었다. 아니면 우리 집안에만 없었거나, 엄마네 집안에만 없었거나. 모르겠다.

나를 낳았어도 아버지가 소생하지 못하자 엄마는 날 엄밀한 의미에서 쓸모없는 대상, 아무 짝에도 써먹을 게 없는 존재로 여겼고 아버지에게 날 떠맡겨버렸다.

그런데 난 그 남자를 존경했다. 당연히 난 아버지가 죽어가는 줄 몰랐다. 따라서 아버지의 무기력함을 부드러움의 표현으로 여겼고 그것 때문에 아버지를 좋아했다. 그리고 아버지를 좋아했기 때문에 모든 점에서 아버지를 흉내 냈다. 나 자신도 병든 아이가 되어버릴 정도로. 아버지처럼 나도 거의 움직이지 않았고, 조금만 먹었고, 행동은 극도로 느렸고, 키는 커도 살은 찌지 않았다. 한마디로 난 몸을 가지지 않으려고 노력했던 것이다. 아버지처럼 나도 말을 하지 않았고, 모든 것을 향해 무기력한 사랑에서 나오는 그윽한 시선을 보내면서 부드러운 아이러니를 통해 날 표현했다. 내 고환 한쪽은 고집스럽게 드러나길 거부했다. 마치 절반만 살기로 결심이라도 한 것처럼. 여덟 살인가 아홉 살쯤 됐을 때 시술을 통해 억지로 제자리에 돌려놓기는 했지만, 난 오랫동안 나 자신을 반쪽이 불완전한 존재로 여겼다.

엄마는 아버지와 나, 우리 두 사람을 귀신이라고 불렀다. "이 두 귀신 때문에 진저리가 나!" 엄마가 문을 꽝 닫으며 내뱉는 푸념이었다. (엄마는 집을 떠날 재주도 없으면서 늘 도망치는 척하며 세월을 보냈다. 그래서인지 문이 꽝 닫히던 기억은 지금도 생생하다.) 그리하여 난 태어나서 첫 10년간을, 오로지 이 사라져가는 아버지와 함께 보냈다. 아버지는 무모한 낙관주의로 인해 생겨난 아이를 세상에 버려두고 떠나야 한다는 걸 미안해하는 눈길로 날 바라보았다. 그러니 날 아무 대책 없이 내버려두고 간다는 건 말도 안 되는 일이었다. 기운이 없는 가운데에도, 아버지는 날 가르치려 들었다. 그렇다고 되는대로 아무렇게나 하는 게 절대 아니었다. 세상을 떠나기 전 몇 년간은 소멸해가는 아버지의 의식과 개화하는 내 의식이 불꽃 튀게 경쟁한 시기였다. 자신이 죽고 나서도 아들은 읽고, 쓰고, 동사 어미 변화를 알고, 수를 세고, 계산을 하고, 생각을 하고, 기억을 하고, 추론을 할 줄 알아야 했다. 적당히 입을 다물 줄도 알되 그렇다고 생각을 하지 않아도 안 되었다. 그게 아버지의 계획이었다. 논다고? 그럴 시간이 없었다. 게다가 무슨 몸으로 논단 말인가? 난 노래 놀이에서 흔히 보이는 여약하고 어리바리한 아이, 기운이 넘쳐나는 또래 아이들 옆에서 잔뜩 주눅 들어 있는 아이들 중의 하나였다. "이 녀석은 저 귀신의 그림자라니까!" 엄마는 날 손가락으로 가리키며 이렇게 말했다.

하지만 내 머리가 얼마나 좋았는지 아니! 게다가 아주 일찍 틔었지! 글 읽는 법을 배우기도 전에 이미 난 수많은 우화를 외고 있었다. 아버지와 나는 기나긴 비밀집회에서 그 우화들의 교훈을 함께 논하곤 했다. 아버지는 그걸 '작은 철학' 연습이라고 불렀지. 거기다 또 사상의 수채화라고 할 만한 모럴리스트들의 경구들도 덧붙였다. 그런 경구들은 사실 슬쩍 맛만 보여줘도 아이에게 큰 배움이 되는 법이거늘, 아버지야말로 그렇게 했다. 아버지는 자신의 해석을 내게 속삭여줬다. 목소리에 워낙 힘이 없다 보니 그럴 수밖에 없기도 했겠지만——마지막 2년 동안엔 아버지는 속삭일 수밖에 없었다——어쩌면 불변의 진리를 다정한 고백의 형태로 들려주고 싶었던 것인지도 모르겠다. 결과적으로 난 아주 일찌감치 폭넓은 지식을 갖추게 되었고, 그걸 유일한 사랑의 유산으로 소중히 여겼다. 네가 어렸을 적 브뤼노와 넌 날 놀려대곤 했지. 내가 구두끈을 묶으면서 혹은 설거지를 하면서 몽테뉴의 문구, 홉스의 짧은 경구, 라퐁텐의 우화, 파스칼의 사상, 세네카의 교훈 등을 노래하듯이 읊는다고 해서 말이다("아빠 혼자서 말을 해, 아빠 혼자서 말을 해!"). 기억나지? 그게 바로 내 어린 시절 습득한 작은 철학의 흔적들이란다.

여섯 살이 되어 학교에 들어가야 했을 때도 아버지는 계속 날 당신 곁에 두고 싶어 했다. 이 계획을 무산시키기 위해 엄마가 불러들인 장학사는——이름이 자르댕 씨였던가——우리가 속삭이며 나누는 대화의 수준과 폭과 다양성에 기절초풍했지. 그러곤 아버지에게 내 교육을 맡기기로 결정했단다. 그러나 아버지가 세상을 뜨자마자 엄마는 곧장 날 국가 교육기관에 맡겼다. 정식으로 시험을 치르고 6학년으로 들어갔지. 내가 어떤 종류의 학생이었을지는 상상에 맡기마. 내 지식의 깊이나, 내가 책처럼 쓰고 말한다는 사실보다도(왕자의 조언자처럼 속삭이고, 듣기 거북한 악센트로 내 말의 요지를 강조했지) 선생님들이 특히 감탄한 건 바로, 엄격한 아버지가 내게 가르쳐준 공증인 투의 완벽한 글쓰기였다. 읽기 쉬워야 해. 네가 제대로 이해하지도 못하는 생각을 난해한 글로 감추려 한다는 의심을 갖게 하면 안 된다. 아버지는 이렇게 가르쳤다. 그러니 쉬는 시간에 운동장에서 다른 애들이 날 어떻게 대했을지는 짐작이 갈 거다. 그 불쌍한 괴짜 녀석을 선생님들이 보호해주지 않았다면 어떻게 됐을까.

아버지의 죽음으로 인해 난 이중으로 고아가 되었다. 아버지를 잃은 것뿐 아니라 아버지의 존재의 흔적도 모조리 잃었으니. 미망인들이 간혹 그렇듯이——고통에 미치거나 자유에 취하거나——아버지가 돌아가신 바로 다음 날부터 엄마는 아버지의 존재를 기억나게 할 만한 건 모조리 다 없애버렸다. 옷은 교구로 보냈고, 물건들은 쓰레기통에 버리거나 고물상으로 보냈다. 그러자 이번엔 내가 아버지의 유령이 되어버렸다! 손으로 만질 수 있는 아버지의 추억은 아주 작은 것마저도 다 사라져버렸기에, 나는 몸이 없는 그림자처럼 집 안을 떠돌았다. 먹는 것도 점점 줄고, 말은 한 마디도 하지 않았고, 거울에 대한 끔찍한 공포만 나날이 커져갔다. 내 몸이 나라고 느껴지지 않다 보니, 서울에 비쳐진 내 모습도 의심스러웠던 것이다. (눈치 빠른 넌, 거울과 사진에 대한 내 경계심을 가끔 지적했었지. 그건 어린 시절 느꼈던 그런 공포의 후유증일 게다.) 그 증상은 밤이면 낮보다도 더 심해져서 거울 앞을 지난다는 생각만 해도 피가 얼어붙는 것 같았다. 거울 속에 내 영상이 들어 있다는 생각이 머리에서 지워지지 않았지. 불이 다 꺼져서 내 모습을 볼 수 없을 때조차도. 한마디로 열 살 먹은 네 아비는 몸도 부실했지만 정신에도 문제가 있었던 것이다. 그래서 엄마는 어떻게든 날 변화시켜보려고 유아 보이스카우트에 가입시켰다. 나중엔 정식 보이스카우트 단원이 되었지. 야외 활동과 '몸의 정신!'이야말로 (엄마는 이 말을 진심으로 강조했었다) 내게 결정적인 도움이 되리라고 생각한 거지. 그건 절대적인 신념이었다. 그러나 그곳은 고환을 하나밖에 못 가졌던 아이가 경험을 쌓을 만한 그런 환경은 아니었단다.

그래, 내게 진정으로 몸을 준 사람은 비올레트 아줌마였다. 내가 뻔뻔하게 불알의 기능을 즐기게 될 정도가 된 것도 그분 덕택이었지. 아줌마는 우리 집에서 청소와 빨래와 요리를 도맡아 했었다. 마네스 아저씨의 누나이자 티조와 로베르와 마리안의 고모이지. 엄마는 정말 놀랄 만한 속도로 하인들의 인내심을 고갈시켰다. 그들은 고용되자마자 이 세상의 온갖 죄목을 다 뒤집어쓰고 쫓겨나야 했다. 그런데 비올레트 아줌마는 달랐어. 무슨 수를 써서라도 우리 집에 붙어 있기로 작정을 했지. 그건 바로, 맘을 못 붙이고 떠돌고만 있는 미숙아를 몰래 입양하기 위해서였어. 그 덕분에 난 아줌마의 날개 아래에서 자라났단다. 보이스카우트 활동 덕에 엄마도 날 보지 않고 살 수 있어 좋았는데, 내가 거기서 쫓겨나는 바람에 아줌마가 대신 날 책임지게 됐지. 방학 때마다——여름방학은 몇 달씩 됐다——날 자기 동생 마네스 아저씨와 올케 마르타 아줌마의 농장으로 보내 거기서 지내도록 해줬어. 그 덕에 난 오랫동안 엄마를 보지 않아도 됐지. 내 어린 시절 유일하게 사랑했던 비올레트 아줌마는 무슨 일이든 쉬운 방향으로 해결해줬어. 너도 알게 되겠지만, 이 일기에서 아줌마는 세상 떠난 지 한참 지나서까지도 여전히 중요한 존재란다.

자, 내 자서전은 이만. 이제 다시 원래 얘기로 돌아가자꾸나. 마네스 아저씨와 마르타 아줌마네 농장에서 보낸 1938년의 여름. 너도 느끼겠지만, 난 거기서 정말 잘 지냈단다.

*

14세 9개월 8일   1938년 7월 18일 월요일

어지럼증을 극복해보려고, 과일 저장하는 다락방에다(높이가 4미터나 된다) 내 침대를 놔달라고 마네스 아저씨에게 부탁해봤다. 아저씨가 허락했고, 마르타 아줌마도 동의했다. 올라가는 건 문제없을걸. 사다리가 가파르니까 위쪽만 쳐다봐. 그러나 내려오는 건 또 다른 문제였다! 처음엔 난 미친 사람처럼 사다리를 움켜쥐었다. 중간에 5분씩 멈춰 있기도 했다. 밑에서 날 기다리던 로베르가 소리쳤다. 아래쪽은 내려다보지 말고 숨을 크게 쉬어. 앞만 쳐다봐! 아니면 그냥 손을 놔버리던가. 그럼 순식간에 내려올 거 아냐!

정정

플뤼샤 아저씨네 집 밑 곳간에서 하는 다이빙 놀이도 또 다른 도전이다! 지난주까지만 해도 난 어지럼증 때문에 용기를 내지 못했었다. 마리안이 날 놀려댔다. 티조도 해, 걔도! 다섯 살밖에 안 됐는데! 로베르 왈, 넌 바닷가에 가는 거 안 좋아하냐? 로베르는 그걸 바닷가에 간다고 표현했다. '밀알이 모래처럼 노랗기' 때문이란다. 사다리에 오르기 전에 옷을 홀라당 벗는다. 그래야 옷에 낱알이 붙지 않는다. 원래 다이빙은 금지되어 있는데, 옷에 낱알이라도 붙어 있으면 명백한 증거가 된다. 만일 마네스 아저씨나 플뤼샤 아저씨가 단 한 알이라도 발견하게 되면 우린 그날로 끝장이다(로베르의 **말씀**). 마룻대의 높이는 7미터, 대들보는 5미터나 된다. 낱알은 2미터 높이까지 쌓여 있다. 사다리를 타고 올라가서 대들보 위를 달리다가 뛰어내린다. 허공 속을 3미터나 나는 거다! 소리를 내선 안 된다! 누가 듣기라도 하면, 그래서 **발가벗은 채** 밑 속으로 뛰어드는 현장을 들키기라도 하면, 그땐 우리 엉덩이는 뼈도 못 추린다(이 역시 로베르의 말씀). 지난주까지만 해도 난 대들보 위에서 달려가는 건 꿈도 못 꿨다. 거기 서 있는 것조차도 힘들었다. 티조는 달려가서 뛰어내리는데, 난 엉금엉금 기어가 눈을 감은 채로 뛰어내려야 했다. 처음엔 마리안이 날 밀었다. 난 겁에 질려 비명을 질렀다. 우린 적어도 5분 동안은 움직이지 않고 밀알 속에 숨어 있었다. 티조가 곧 튀어 오르려고 하면 로베르가 꼭 붙들고 입을 틀어막았다. 다행히 아무도 내 비명 소리를 듣지 못했다. 난 세 번 연속 혼자서 뛰어내려야 했다. 그게 최소한의 자격 요건이었다. 소리 지르지 말고! 대들보 위에 똑바로 서! 그리고 눈을 뜬 채로 뛰어내려. 3미터를 뛰어내릴 때의 창자가 목까지 올라오는 느낌, 바스락 소리와 함께 내 몸이 밀알 더미 속에 만드는 구멍, 벌거벗은 살 위로 튕기는 밀알의 열기, 너무도 생생한 어루만짐…… 그 쾌감이란! 이젠 나도 아주 잘한다. 가끔씩 티조하고 둘이서만. 하지만 난 여전히 어지럼증을 느낀다. 어지럼증은 **조절**할 순 있지만 절대로 **고쳐지진** 않는다.

14세 9개월 21일   1938년 7월 31일 일요일

어지럼증은 여전하지만 이젠 상관하지 않는다. 그러니까 감각이 몸을 마비시키지 못하도록 제어할 수 있단 얘기다. 야생 동물이 길들여지듯 감각도 길들여진다. 오히려 두려움의 기억이 쾌감을 배가시킬 수도 있다! 이건 물에 대한 나의 공포에도 통하는 얘기다. 예전에 야생 고양이를 길들였던 것처럼 이젠 나도 물에 뛰어들 수 있다. 밀알 속으로 다이빙하기, 송어 낚시하기, 물릴까 봐 겁먹지 않고 강아지 마스투프에게 먹이 주기, 싸움박질하고 있는 티조 데려오기, 이게 다 두려움을 극복한 사례들이다. **너의 아르콜레 다리**[8]**로군**. 아빠가 있었다면 이렇게 말했을 것이다.

---

8) 나폴레옹이 오스트리아와의 전투에서 승리를 거둔 곳.

14세 9개월 25일   1938년 8월 4일 목요일

두려워한다고 해서 피할 수 있는 건 아무것도 없어. 무슨 일이든 당할 수 있는 거야! 그렇다 해도 신중할 필요는 있지. 아빠가 말했었다. 신중함이란 지성을 갖춘 용기란다.

14세 10개월   1938년 8월 10일 수요일

송어 두 마리. 세번째 건 놓쳤다. 지난해까지만 해도 살아 있는 송어를 손에 잡는다는 건 너무 징그러워서 생각도 못 했었다. 펄떡이는 그 생명이 날 감전시킬 것만 같아 얼른 놔줘야 했다. 그런데 이게 웬일, 내가 한두 마리 잡는 동안 로베르는 예닐곱 마리씩 잡으니 원. 티조까지 가세하는 날엔 강에 물고기 씨가 마르겠군!

14세 10개월 10일   1938년 8월 20일 토요일

통증을 받아들이는 두 가지 **태도**.

오늘 아침 소젖을 짜고 있는데, 한 놈이 양동이를 넘어뜨렸다. 로베르는 무릎을 꿇은 채 양동이에 남아 있던 우유를 도랑에 쏟아부었다. 그러고는 다시 일어서려는데, 웬 **나무판자가 따라 올라오는 게 아닌가**. 판자에 박힌 못 위로 무릎을 꿇고 있었던 것이다! 로베르는 못을 뽑아내고는 별다른 조치도 없이 또다시 일을 시작했

다. 빨리 소독을 해야 하지 않겠느냐고 해도, 젖을 다 짜고 난 뒤에 하겠다는 것이었다. 아프지 않느냐고 물었다. 좀 아프네. 한편 난 오후 간식 시간에 빵을 자르다가 엄지손가락을 베었다. 피가 솟는 걸 보는 순간, 곧 토할 것 같으면서 머리가 어질어질했다. 난 기절하지 않으려고 벽에 등을 대고 미끄러져 바닥에 주저앉았다. 로베르와 나 사이엔 이렇듯 엄청난 차이가 있다. 왜 이렇게 다르냐고 엄마한테 묻는다면 이렇게 대답할 것이다. "그런 인간들은 뭘 느낄 줄도 모르는 거지, 차이는 무슨!" 엄마는 비올레트 아줌마에 대해서도 그런 식으로 얘기했었다(가령 아줌마가 딸을 잃고도 울지 않았을 때). 그러니까 내가 기절할 뻔한 건, 내 고매한 교양 수준 덕분이란 말인가. 말도 안 되는 소리! 로베르는 나와 동갑내기지만 자기 몸과 사이좋게 지내는 것일 뿐이다. 그게 다다. 그의 몸과 그의 정신은 **함께** 자라났고, 그 둘은 좋은 친구여서 놀랄 일이 생길 때마다 매번 다시 사귀어야 할 필요가 없는 것이다. 로베르의 몸이 피를 흘린다 해도 로베르는 놀라지 않는다. 반면에 내 몸이 피를 흘리면 난 놀라 기절을 한다. 로베르, 그는 자기 몸이 피로 가득 차 있다는 것을 잘 알고 있다! 몸으로 살아가고 있으니 피를 흘리는 것도 당연하지. 돼지를 잡을 때 돼지가 피를 흘리는 것처럼 말이다. 그런데 난, **뭔가 새로운 사건이 생길 때에만 비로소 내게 몸이 있다는 걸 깨닫는다!**

14세 10개월 13일   1938년 8월 23일 화요일

　다락방으로 올라가는 사다리를 치우고 대신 밧줄을 매달아놓았
다. 다른 목적이 아니라 티조가 올라오지 못하게 하기 위해서다.
나도 지금 당장은, 벽에 발을 딛지 않고는 절반밖에 못 올라가는
실력이다.

14세 10개월 14일   1938년 8월 24일 수요일

　티조는 나 어렸을 때와는 영 딴판이다. 운동신경이 대단히 발달
해 있다. 그 나이의 애들은 보통 동글동글하고 오동통한 법인데,
녀석은 그렇지 않다. 걔는 신경과 근육과 힘줄로만 이루어진 거미
같다. 전혀 움직임이 없다가도 한순간에 극도로 민첩해진다. 느린
동작은 절대 없다. 얼마나 재빠른지, 걔의 넘치는 에너지가 또 어
떤 재앙을 일으킬지 도저히 예측할 수가 없다. 밧줄을 타고 내 다
락방까지 기어오르는 데 채 3주도 안 걸릴 것 같다. 지난주에는 오
소리를 쫓아가다 땅굴 속까지 기어들어갔었다. 마네스 아저씨는
땅을 한참 파서, 강아지라도 구해내듯 아들을 구해냈다. 오소리는
대단히 불쾌해했지만 **티조를 할퀴지는 않았다!** 물지도 않았다. 티
조가 개였다면, 오소리가 배를 갈라버렸을 텐데(야생 동물도 어린
애를 알아보는 걸까?). 티조는 흙투성이가 된 채로 깔깔댔다. 걔는
매일같이 이런 종류의 사건을 일으킨다. 그러다가도 밤만 되면 착
한 아이처럼 얘기를 해달라고 조른다. 침대에 똑바로 누운 채 덥

수룩한 검은 머리카락 아래 눈을 크게 뜨고 열심히 듣는다(어제는 『엄지 공주』였다). 그럴 때 티조의 얼굴엔 온갖 감정이 다 나타난다. 불안, 초조, 당혹, 연민. 그러다간 또 한바탕 웃음을 터뜨리고 금세 잠이 든다.

14세 10개월 18일   1938일 8월 28일 일요일

웅덩이에 뛰어들 때 계산을 잘못했다. 물에 완전히 수직으로 뛰어들면서 몸의 방향을 미처 제때 틀지 못해 바닥을 짚은 것이다. 그 바람에 손바닥과 무릎이 벗겨졌다. 물속에선 별 느낌이 없었는데 바깥에 나오니 말도 못하게 쓰라렸다!('불에 달구듯 아프다'는 표현이 딱 맞을 만큼). 비올레트 아줌마가 마네스 아저씨의 칼바도스[9]로 소독해주겠다고 했을 때, 아프지 않겠느냐고 묻지 않을 수 없었다. 당연히 아프지, 무슨 소리야. 마네스가 뭐 시시한 술이나 먹는 줄 아니! 자, 다리 내놔봐. 난 의자를 꼭 붙든 채 다리를 내밀었다. 준비됐어? (티조는 지대한 관심을 갖고 시술 과정을 지켜봤다.) 난 눈을 꽉 감고 이도 악문 채 됐다고 신호를 보냈다. 아줌마가 드디어 상처를 문지르기 시작했지만 웬걸, 아무것도 느낄 수가 없었다! **아줌마가 나 대신 소리를 질러댔기 때문이다.** 산 채로 가죽이라도 벗기는 것처럼 진짜로 고통스러워하는 비명이었다!

---

9) 사과를 원료로 만든 브랜디. 프랑스 칼바도스 지방에서 나며 알코올 도수는 40~50퍼센트이다.

처음엔 너무 놀랐지만 디조와 난 동시에 웃음을 터뜨렸다. 어느새 알코올이 증발하며 무릎이 시원해졌다. 그러면서 아픈 것도 좀 가셨다. 난, 두번째 무릎엔 그게 안 통할 거라고 큰소리쳤다. 나도 이제 속임수를 다 아니까. 내기할래? 다른 쪽 다리도 내놔봐. 아줌마는 이번엔 또 **다른** 비명을 질렀다. 고막이 찢어질 것처럼 지독하게 날카로운 새 울음소리였다. 마찬가지 결과. 이번에도 아무것도 느끼지 못했다. 꼬마 도련님, 이게 바로 **청각 마취**라고 하는 거야. 마지막으로 손을 닦아주는 동안엔 아줌마도 비명을 지르지 않았다. 그 침묵이 비명보다도 더 놀라울 지경이었다. 아픔이고 뭐고 느낄 새도 없이 그렇게 모든 게 끝나버렸다.

결국, 정신을 딴 데로 돌릴 수만 있다면 다친 사람도 통증을 못 느낀단 얘기다. 아줌마도 마네스 아저씨가 어렸을 때 치료해주다가 그 비법을 터득했다고 한다. 아저씨도 겁이 많았어요? 아줌마는 빙그레 웃었다. 마네스도 어린애였는걸, 뭐.

14세 10개월 20일   1938년 8월 30일 화요일

자려고 다락방에 올라와 보니 티조가 침대에 누워 있었다. 그러니까 녀석이 밧줄을 타고 올라온 것이렷다! 차마 쫓아낼 순 없었다. 돌려보내고 싶어도 방법이 없었다. 줄에 묶어서 줄과 **함께** 내려보낼 수도 없는 노릇이고! 티조는 강아지처럼 쌔근쌔근 잘 자고 있다. 그렇게 뛰어다니고 소리를 지르고 하다가도, 잠자는 걸 보면 영락없는 아이다. 폭탄이 터진다 해도 깰 것 같지 않다. 티조만

했을 때 난 언제나 잠이 얕았었는데. 몸은 지쳤어도 정신은 늘 말똥말똥했었다. 그리고 잠에서 깨는 순간엔 핀셋으로 심장을 떼어내는 것 같은 섬뜩한 느낌이 들곤 했다! 너도 너의 엄마랑 똑같네. 불안증이 있는 거잖아. 프랑수아즈의 얘기다. 맞는 말이다. 그래도 여기선 집에 있을 때보다 훨씬 덜하다.

14세 10개월 23일   1938년 9월 2일 금요일

　물웅덩이에서 발가벗고 있는 내 모습을 비올레트 아줌마가 봤다. 오디를 따는 바람에 손과 팔이 살인자처럼 새빨개져서 몸을 씻고 있던 중이었다. 아줌마가 날 물끄러미 바라봤다. 도련님, 분수 옆에 풀이 돋았네! (털이 나는 것에 관해선 누구도 언급하지 않는 법인데, 아줌마는 기어코 얘길 한다.) 겨드랑이에도 돋았니? 난 팔을 쳐들고 아줌마가 직접 확인하게 했다. 아줌마도 이젠 내 몸에 관해 잘 모른다. 날 씻겨주지 않은 지도 벌써 3년이 다 되어간다. 우릴 가장 잘 알던 사람도 우리가 커버리면 더 이상은 우릴 속속들이 알지 못한다. 모든 게 비밀이 되어버린다. 그러다가 죽는 순간엔 다시 모든 게 다 드러난다. 아빠를 마지막으로 씻겨드린 건 비올레트 아줌마였다.

마네스 아저씨가 내게 권투를 해보라고 권했다. 넌 유연하고 순발력도 있고 근육도 좋아서, 다 크면 권투하기 좋은 몸이 되겠어. 그러니까 권투를 꼭 해봐. 아저씨 자신도 군 복무 중에 부대에서 챔피언이었단다. 권투에서 가장 흥미로운 건 공격을 살짝 피하는 동작이다. 아저씨는 헛간 바닥에다 서로 마주 보게 발자국을 그려놓았다. 각자 자기 위치에 선 채 내가 주먹으로 아저씨를 치는 연습을 한다. 자, 때려봐, 날 건드려보라고. 이건 게임이야. 난 내 자리에, 아저씨는 자기 자리에 서면, 내 주먹이 닿는 거리에 아저씨가 있게 되고, 난 아저씨를 건드려야 하는 것이다. 그런데 아저씨에게 닿을 수가 없다. 처음에 내가 살살 움직이니까 아저씨는 계속 되풀이했다. 더 빨리! 더 세게! 더 빨리! 더 세게 치라니까! 날 건드려보라고! 다시! 다시! 아무래도 안 된다. 아저씨는 어떻게 때려도 다 피한다. 아저씨가 뒤로 물러서면 내 주먹은 쳐보지도 못하고 녹초가 돼버린다. (이럴 땐 팔꿈치가 아프다.) 아저씨가 몸을 낮추면 난 그 위로 지나간다. (그러면 난 균형을 잃는다.) 아저씨가 몸을 휙 돌려버리면 옆구리를 치게 된다. (이러면 내 발자국 표시에서 벗어나게 된다.) 어떤 땐 얼굴을 이쪽저쪽으로 돌리면서 피하기도 한다. 그럼 또 실패다. 스치기만 하지 놓치는 것이다. 아저씨는 이 모든 동작을, 등 뒤에서 두 손을 꼬고 발은 제 위치에 놓은 채로 한다. 내 주먹들은 허공을 찌를 뿐이다. 내가 이쪽을 치는 척하면서 저쪽을 치면, 아저씨는 웃으면서 도망친다. 어, 요 녀석이 꾀를 부려! 유령을 상대로 권투를 한다는 건 말도 안 되게 피곤한 일이다! 숨을 헐떡이고, 어깨며 팔꿈치며 힘줄이 다 아프고, 신경이 곤두서면서 힘이 다 빠진다. 바로 이때 상대는 반격할 기회를 잡는다. 아저씨는 두세 번 손바닥을 움직이는 것만으로도 내 허리와 턱과 코를 다 건드린다. 아저씨에게는 상상을 초월하는 유연함과 순발력이 있다. 하지만 비올레트 아줌마 얘기론, 아저씨는 1923년 이후로 몸이 두 배로 불었다고 한다. 그해는 아저씨가 군 복무를 했던 때이기도 하고, 내가 태어난 해이기도 하다.

14세 10개월 27일   1938년 9월 6일 화요일

다섯 살 먹은 아이가 4미터나 되는 밧줄을 타고 올라간다고 하면 누가 믿을까? 아무도 믿지 않을 것이다. 그러나 이거야말로 티조가 매일 저녁 하는 짓이다. 그러면서도 티조는 아주 순하다. 소동을 일으킨 후엔 즉시 잠든다. 잠에서 깨면 나와 함께, 마네스 아저씨가 대들보에 매달아놓은 밀기울 부대를 치고 논다. 아저씨는 거기다 숯으로 자기 얼굴을 그려놓았다. 날 지워봐, 이게 숙제야. 그림이 다 지워질 때까지 연습을 해야 해. 이 자화상은 아저씨랑 많이 닮았다! 더부룩한 머리, 눈썹, 콧수염만으로도 충분하다. 분명히 마네스 아저씨다.

　비올레트 아줌마가 죽었다. 아줌마가 죽었다. 아줌마가 죽었다.
아줌마가 죽었다. 아줌마가 죽었다. 아줌마가 죽었다. 아줌마가
죽었다. 아줌마가 죽었다. 아줌마가 죽었다. 아줌마가 죽었다. 아
줌마가 죽었다. 아줌마가 죽었다. 아줌마가 죽었다. 아줌마가 죽
었다. 아줌마가 죽었다. 아줌마가 죽었다. 아줌마가 죽었다. 아줌
마가 죽었다. 아줌마가 죽었다. 아줌마가 죽었다. 아줌마가 죽었
다. 아줌마가 죽었다. 아줌마가 죽었다. 아줌마가 죽었다. 아줌마
가 죽었다. 아줌마가 죽었다. 아줌마가 죽었다. 아줌마가 죽었다.
아줌마가 죽었다. 아줌마가 죽었다. 아줌마가 죽었다. 아줌마가
죽었다. 아줌마가 죽었다. 아줌마가 죽었다. 아줌마가 죽었다. 아
줌마가 죽었다. 아줌마가 죽었다. 아줌마가 죽었다. 아줌마가 죽
었다. 아줌마가 죽었다. 아줌마가 죽었다. 아줌마가 죽었다. 아줌
마가 죽었다. 아줌마가 죽었다. 아줌마가 죽었다. 아줌마가 죽었
다. 아줌마가 죽었다. 아줌마가 죽었다. 아줌마가 죽었다. 아줌마
가 죽었다. 아줌마가 죽었다. 아줌마가 죽었다. 아줌마가 죽었다.
아줌마가 죽었다. 아줌마가 죽었다. 아줌마가 죽었다. 아줌마가
죽었다. 아줌마가 죽었다. 아줌마가 죽었다. 아줌마가 죽었다. 아
줌마가 죽었다. 아줌마가 죽었다. 아줌마가 죽었다. 아줌마가 죽
었다. 아줌마가 죽었다. 아줌마가 죽었다. 아줌마가 죽었다. 아줌
마가 죽었다. 아줌마가 죽었다. 아줌마가 죽었다. 아줌마가 죽었
다. 아줌마가 죽었다. 아줌마가 죽었다. 아줌마가 죽었다. 아줌마
가 죽었다. 아줌마가 죽었다. 아줌마가 죽었다. 아줌마가 죽었다.

아줌마가 죽었다. 아줌마가 죽었다. 아줌마가 죽었다. 아줌마가 죽었다. 아줌마가 죽었다. 아줌마가 죽었다. 아줌마가 죽었다. 아줌마가 죽었다. 아줌마가 죽었다. 아줌마가 죽었다. 아줌마가 죽었나. 아줌마가 죽었다. 이젠 끝났다.

*

리종에게 남기는 말

사랑하는 리종에게

이쯤에서 또, 다음 공책을 건너뛰어도 괜찮을 것 같다. 거기선 같은 문장이 끝없이 되풀이돼 있는 것만 보게 될 테니까. 비올레트 아줌마가 죽었다, 정말로. 어린애였던 내게, 아줌마는 절대 죽어선 안 되는 존재였다. 너도 알다시피 아줌마는 내 보호하에 있었기 때문이지. 난 이미 늙어버린 아줌마에게서 큰 힘을 얻었고, 그 힘으로 자연스레 아줌마의 보호자 역할을 맡았지. 내가 아줌마 곁에서 살고 있는 한은 아줌마에게 어떤 일도 일어나선 안 되었다. 그런데도 아줌마는 죽었다. 아줌마는 죽고, 난 살아 있었다. 나밖에 없었다. 내가 아줌마 죽음의 유일한 증인이었다. 그날 오후, 내가 강의 흐름을 거슬러 올라가면서 송어 다섯 마리를 잡는 동안 아줌마는 빨간 천으로 된 접이식 의자에 앉아 날 기다리고 있었다. (내게 맨손 송어 낚시를 가르쳐준 것도 아줌마였지. 물고기를 돌쪽으로 몰아, 물뱀은 겁낼 것 없어, 작은 짐승이 큰 짐승을 잡아먹진 않으니까.) 난 아줌마의 바구니에 송어 다섯 마리를 던져 넣었고(아줌마는 그것들을 돌 위에 철썩 내려쳐서 죽였다), 아줌마는 죽었다. 여섯번째 송어를 잡아갖고 왔을 때. 아줌마는 바닥에 쓰러진 채 숨을 헐떡이며 공기를 찾고 있었다. 내가 급히 뛰어오느라 막 놓쳐버린 송어처럼. 난 아줌마 이름을 부르며 등을 두드렸다.

뭘 잘못 삼켜 질식한 거라 생각했던 거지. 그러고는 윗옷의 단추를 벗기고, 내 옷을 강물에 적셔다가 냉찜질을 해주었다. 그러는 내내, 아줌마는 공기 한 줌이라도 움켜쥐어 숨을 쉬어보려고 안간힘을 쓰고 있었다. 아줌마를 살려내야 할 공기가 지금은 아줌마의 숨을 막고 있었던 것이다. 이 생명의 배반에 아줌마의 눈은 초점을 잃었고, 물에 빠진 사람이 지푸라기라도 붙잡듯 손으로 내 팔을 움켜쥐었다. 그러곤 아무 말도 하지 못했다. 자기가 죽을 거란 얘기도 못 했다. 손가락이 얼음장처럼 찼다. 비명 소리조차 나오지 않았다. 기도(氣道)가 끔찍하게 찢어졌다. 거친 신음 소리, 새파랗게 질린 얼굴. 아줌마는 죽어가고 있었던 것이다. 아줌마와 나, 우리 둘은 그걸 알고 있었다. 아줌마, 죽으면 안 돼! 난 소리쳤다. 살려달라고도, 도와달라고도 하지 않았다. 아줌마, 죽으면 안 돼! 계속 이 말만 되풀이했다. 그러다 한순간, 아줌마의 눈이, 바로 내 앞에 있는 눈이 아무것도 쳐다보고 있지 않다는 걸 깨달았다. 내 품 안에 안긴 아줌마의 몸이 갑자기 무거워졌다. 그건 죽은 여자의 무게였다. 우리 둘은 더 이상 움직이지 않았다. 아줌마를 그토록 헐떡이게 했던 공기도 다 빠져나갔다. 난 그냥 가만히 있었다. 로베르와 마리안이 우릴 발견했을 때까지도 송어는 여전히 살아 있었다.

엄마 손에 이끌려 집에 돌아왔지만, 난 내 방에 틀어박혀 '아줌마가 죽었다', 이 한 문장만 끝도 없이 써 내려갔다. 공책이 빼곡하게 찰 때까지. 네가 보고 있는 바로 이 공책 말이다. 내 일기의 여덟번째 공책. 이 공책이 다 채워지면 다른 공책들도 '아줌마가 죽었다', 이 한 문장으로 새까맣게 채우리라. 이게 바로 내 계획이었지. 한 권 한 권, 내 힘이 다 빠져버릴 때까지 숨도 쉬지 않고 쓰리라. 아줌마가 죽었다. 내 글씨체를 통해 판단해보건대, 그건 차분한 결심이었다. 지금의 내 단정한 글씨체가 그때 이미 다듬어져 있었지. 유려한 곡선, 굵고 가는 선의 조화. 제3공화국 스타일의 단호한 외침, 극심한 고통을 다스리는 충실한 글쓰기. 난 너무 지쳐 손에서 펜을 놓칠 때까지 계속 '아줌마가 죽었다'를 외쳤다. 글씨 쓰느라 피곤한 게 아니었다. 배가 비어서 피곤한 거였다. 왜냐하면 난 단식투쟁을 시작했었으니까. 엄마는 아줌마의 장례식에도 오지 않았다. 엄마는 죽은 아줌마에 대해서도, 살아 있는 아줌마에게 했던 것과 똑같이 함부로 말했다. 엄마가 아줌마의 기억을 더럽히고 있었고——내가 더럽히긴 뭘 더럽혀. 난 내 생각을 말하고 있을 뿐이야!——그래서 난 더 이상 엄마와 함께 살지 않기 위해 단식투쟁을 시작했다. 엄마는 생각이란 걸 하지 않는 사람이란 사실을 그땐 몰랐다. 엄마 역시, 자신의 모호하면서도 독단적인 느낌들을 '의견' '확신' '신념', 심지어 '감정' '생각'이라고까지 '정색을 하고' 말하면서 자신의 판단을 합리화하는 수많은 사람 중의 하나였던 것이다. 비올레트는 음흉해. 비올레트는 천박해. 비올레트는 제 주제를 몰라. 아마 도둑질도 했을걸. 비올레트는 게을러. 술주정뱅이야. 폭식을 해. 비올레트한테선 냄새가 나. 비올레트는 그렇게 죽어도 싸. 나는 엄마와 함께 살고 싶지 않았다. 기숙학교에 보내주지 않으면 죽어버리겠다, 그게 내 슬로건이었다. 그리고 단식투쟁은 압력의 수단이었다.

*

14세 11개월 3일   1938년 9월 13일 화요일

단식이라고? 네가? 내일 다시 얘기하자! 엄마가 잘못 생각하고 있다. 난 견딜 수 있다. 그건 그렇게 끔찍한 것도 아니다. 난 속임수를 쓰지 않는다. 숨어서 먹는다거나 하지 않는다. 배가 너무 고플 땐 물을 한 컵 마신다. 영성체 전에도 물 마실 권리는 있지 않던가. 식사 때마다 엄마는 똑같은 음식을 갖다 준다. 도도가 음식투정할 때 하듯이. 음식을 낭비하면 안 돼! 엄마는 정말로 아무것도 이해하지 못한다. 흥미롭다. 자신은 다른 사람들에 관해 뭐든 다 알고 있다고 생각하지만 실은 거의 아무것도 이해하지 못하는 사람을 보는 게. 그러나 엄마한테는 흥미를 갖고 싶지도 않다. 난 이제 '엄마'라는 말을 절대로 안 쓸 것이다.

14세 11개월 4일   1938년 9월 14일 수요일

화장실에 마지막으로 갔다. 이젠 정말로 몸이 텅 비었다. 위에서(혹은 장?) 꾸륵꾸륵 소리가 난다. 소화기가 쓸데없이 일을 하고 있기 때문이다. 정말로 배가 고프면 잠잘 때 몸을 웅크리게 된다. 위를 꽉 움켜쥐는 셈이다. 비어 있다는 걸 잊기 위해 위를 압박하는 건지도 모른다. 하루 종일 먹는 생각밖에 나지 않는다. 침이 달콤해진다. 뭘 줘도 다 먹을 수 있을 것 같다. 도도는 자기도 기숙학교에 데려가주길 바란다. 자기도 여기 혼자 남아 있긴 싫다나.

14세 11개월 5일   1938년 9월 15일 목요일

  어제저녁엔 이불을 씹었다. 이건 속임수가 아니다. 단지 입안에
뭘 넣고 싶었던 것뿐이다. 잠이 드는 순간에도 계속 씹고 있었던
것 같다. 도도가 그걸 알고 날 협박했다. 자길 기숙학교에 데려가
주지 않으면 엄마한테 이르겠다는 거다. 날 안 데려가면, 제일 맛
있는 것들을 전부 다 갖다 놓고 형 앞에서 막 먹을 거야. 우린 함
께 웃음을 터뜨렸다.

14세 11개월 6일   1938년 9월 16일 금요일

  오늘 아침 그 여자가 날 안으려고 했다. 난 침대에서 뛰어내렸
다. 그 여자가 내 몸을 만지는 게 싫다. 하지만 머리가 어지러워서
넘어지고 말았다. 그 여자는 날 일으켜 세우려고 했지만, 난 그 여
자가 날 건드리지 못하게 하려고 침대 밑으로 굴러들어갔다. 그
여자는 날 기숙학교에 넣을 게 아니라 정신병원에 넣어야겠다고
했다. 그러곤 또 덧붙였다. 연극하지 마. 숨어서 먹는 거 내가 다
봤어! 그 여자는 자기 맘을 편하게 하려고 그러는 건지 계속 이 말
만 되풀이한다고 한다. 이건 도도가 해준 얘기다.

14세 11개월 7일   1938년 9월 17일 토요일

  음식은 에너지다. 이제 내겐 에너지가 없다. 내 몸을 위한 에너지가 마침내 다 떨어져버린 것이다. 그래도 내 결심엔 문제가 없다. 조금도 변하지 않았다. 그 여자가 기숙학교에 가는 걸 허락할 때에만 비로소 다시 먹고, 다시 말할 것이다. 어떤 학교가 됐든 상관없다.
  누워 있어선 안 된다. 잠을 자서도 안 된다. 밖으로 나가야 한다. 걸어야 한다. 덜 먹을수록 몸은 더 무거워지고, 거리도 더 멀게 느껴진다. 길에서 걸을 땐 가로등을 하나씩 세면서 간다. 가로등 하나에 다다르면 잠시 멈춰 서서 숨을 고른다. 그리고 다음 가로등을 바라보면서 다시 걷기 시작한다. 한 번 산책 나갈 때마다 적어도 가로등 열 개만큼은 걸어야 한다. 갈 때 열 개, 돌아올 때 열 개. 늙어서도 아마 이런 식으로 걸어 다니게 되겠지. 가로등을 세면서.

14세 11개월 8일   1938년 9월 18일 일요일

  그 여자가 새 요리사를 고용했다. 이름은 롤랑드. 이제 그 여자는 더 이상 내 방엔 오지 않기 때문에 롤랑드가 내 식사를 가져다준다. 그 여자는 롤랑드에게 내가 좋아하는 음식들을 준비하게 한다. 오늘 아침엔 토마토와 바질을 넣은 파스타였다(비올레트 아줌마가 병조림으로 만들어놓은 그 소스!). 저녁땐 그라탱 도피누아와 레지네를 넣은 요거트. 난 아무것에도 손을 대지 않았다. 단지

접시들 위로 몸을 숙이고 숨을 깊이 들이쉬었다. 향을 더 잘 맡기 위해 머리 위에 냅킨을 쓰고. 토마토와 바질의 향이 정말로 날 가득 채운다. 먹지 못해 몸속에 숭숭 뚫린 구멍들 안으로 냄새가 골고루 퍼진다. 육두구 향도 마찬가지다. 음식을 먹은 건 아니어도 포만감이 느껴진다. 롤랑드가 손도 대지 않은 접시들을 도로 가져간다. 그녀는 아마 자기가 재수 없이 미친 사람들의 소굴에 들어왔다고 생각할 것이다. 도도는 내가 정말로 영악하다고 말한다.

바질을 넣은 토마토소스. 지난 8월에 아줌마가 그걸 만들 땐 나도 도왔다. 꼬마 도련님, 병조림은 너무 오래 두고 먹으면 안 돼요. 한 달 반이나 두 달, 그 이상은 안 돼. 오래되면 바질이 기름을 변질시켜서 역한 냄새가 나거든(그때 이미 아줌마는 말할 때 약간 헐떡였던 게 사실이다). 난 울었다.

14세 11개월 9일   1938년 9월 19일 월요일

팔굽혀펴기가 어려워졌다. 팔에 힘이 하나도 없다. 열 번을 넘기기가 힘들다. 단식을 하기 전엔 횟수를 세지도 않았었는데. 살이 빠지는 건 내가 원하는 바이니 상관없지만, 근육까지 잃고 싶진 않다. 이젠 몸속에 잃을 지방도 별로 남아 있지 않다. 내복에, 벨벳 셔츠에, 커다란 스웨터를 껴입고 아빠의 담요까지 뒤집어썼는데도 춥다. 배고픔 때문에 그럴 것이다. 지방이 분해되면서 추위를 느끼는 거겠지. 비올레트 아줌마도 내가 이렇게 울고만 있는 걸 보고 싶어 하진 않았을 것이다. 꼬마 도련님, 그만해줘. 몸속이

텅 비면 어쩔래. 그러다 해골바가지 되겠다! 오래전 아빠가 돌아가셨을 때 아줌마는 날 위로하려고 동네 축제에 데리고 갔었다. 난 활쏘기 게임에서 설탕 12킬로그램을 탔다. 게임장 주인은 벌컥 화를 냈다. 이 녀석 활쏘기 선수 아냐. 너 때문에 망해먹겠다, 그만 쏴! 그때 난 겨우 열 살 반밖에 안 됐었는데! 그가 차로 집까지 데려다주었고, 우린 설탕 부대를 그에게 도로 줘버렸다. 아줌마, 아줌마, 아줌마…… 난 계속 아줌마를 불렀다. 아줌마, 아줌마, 아줌마, 아줌마, 쉬지 않고. 눈물이 한 방울도 남지 않을 때까지 울면서. 아줌마, 아줌마, 아줌마, 아줌마, 이 말에 아무런 의미도 없어질 때까지.

14세 11개월 10일　　　　　　　　　　1938년 9월 20일 화요일

오늘 아침엔 음식 접시를 창밖으로 내던져버렸다. 먹고 싶은 유혹이 너무 강해서였다. 롤랑드는 다신 아무것도 갖다 주지 않았다. 점심때도, 저녁때도. 옷장 거울에 비친 내 갈비뼈를 보며 아빠 생각을 했다. 아빠도 역시 가로등을 세며 걸었겠지. 그러다 결국엔 아예 밖에 나가지 않게 되었겠지. 이젠 아빠의 얼굴이 그다지 선명하게 떠오르진 않지만, 내 머리 위에 얹혀 있던 아빠 손의 무게는 아직도 느껴진다. 앙상하기 그지없는 팔 끝에 달린 손은 무척 컸다. 또 굉장히 무거웠다. 아빠는 손을 들어 올리는 데도 필사의 노력을 해야 했다. 그래서 늘 아빠가 내 손 위에 당신 손을 얹으면, 내가 그 손을 내 머리 위로 가져가곤 했다. 그러곤 아빠의 손이 떨

어지지 않게 잘 붙들고 있어야 했다. 어떤 땐 내 머리를 아빠 무릎 위에 올려놓기도 했다. 그게 아빠에겐 더 쉬웠다. 아빠가 배고파하는 건 한 번도 본 적이 없다. 그러면서도 아빠는 식탁에 굉장히 오래 앉아 있었다. 식사가 끝나고 그릇을 다 치운 후에도. 아마 일어설 기운도 없었기 때문일 것이다. 아빠는 또 말하고 싶어 하지도 않았다. 하루는, 파리 한 마리가 아빠 코 위에 앉았다. 아빠는 파리를 쫓으려는 동작조차 하지 않았다. 식탁에 앉은 사람들 모두가 그 파리를 지켜보고 있었다. 아빠가 말했다. 이 녀석은 벌써 날송장으로 아나 봐.

14세 11개월 11일   1938년 9월 21일 수요일

먹지 않을 땐, 말하고 싶은 마음도 없어진다. 설사 말을 하고 싶다 해도 말하기가 어려울 것이다. 입을 다물고 있는 건 힘든 일이 아니다. 도리어 마음이 안정된다. 도도, 난 그에게 손가락 끝으로 작은 신호들을 보낸다. 그걸로 충분하다. 도도는 다 알아듣는다. 오랫동안 말을 하지 않고 있는 것, 그건 자기 내면을 속속들이 청소하는 것과도 같다. 이젠 침도 나오지 않는다. 입이 바싹 말라버렸다. 난 대부분의 시간을 침대 위에서 보낸다.

화장실에 가다가 계단에서 넘어졌다. 그 여자는 집에 없었디.
필이 퍼렇게 멍들었다. 넓적다리와 가슴에도 멍이 들었다. 여기저
기가 아팠다. 특히 숨 쉬기가 힘들었다. 한 번에 들이마실 수 있는
공기의 양이 극히 적었다. 숨을 쉴 때마다, 자전거를 한참 타고 났
을 때처럼 가슴이 찢어졌다. 롤랑드가 날 침대에 데려다주었다.
그녀는 내 멍든 모습을 보고 기겁을 했다. 특히 머리 뒤에 난 혹을
보고는 "이걸 어쩌면 좋지!" 이 말만 계속 되풀이했다. "이걸 어쩌
면 좋지!" 롤랑드가 의사를 불렀다. 뼈가 부러지진 않았지만 갈비
뼈 하나가 금이 간 것 같다고 했다. 의사가 방에서 나가고 나서 한
바탕 시끄러웠다. 의사는 "어떻게 이런 일이 있을 수 있냐"고 소리
쳤다. 롤랑드는 어쨌든 자기 잘못은 아니라고 변명하며 "그러게
말이에요!"만 되풀이했다. 주인아주머닌 어디 계시지? 전들 그걸
어떻게 알아요? 난 잠이 들었다. 날 깨운 건 조르주 삼촌이었다.
삼촌은 바캉스가 끝난 뒤에도 파리로 돌아가지 않고 있었다. 9월
말까지 조제프 아저씨와 자네트 아줌마네 집에 머물면서, 에티엔
을 데리고 나비 사냥을 다닐 거라고 했다. 삼촌이라면 얘기할 만
했다. 난 삼촌에게 기숙학교 얘길 했다. 삼촌도 좋은 생각이라고
했다. 거기 가면 친구들도 많이 사귈 수 있을 게다. 롤랑드가 와서,
그 여자가 돌아왔다고 알려줬다. 거실 문은 닫혀 있었지만 두 사
람이 얼마나 큰 소리로 싸우던지, 한 마디 한 마디 다 정확하게 알
아들을 수 있었다. 조르주 삼촌의 목소리: 완전히 미쳤군요! 그 여
자의 목소리: 걔는 내 아들이에요! 삼촌의 목소리: 걔는 자크 형

의 아들이에요! 그 여자의 목소리: 자크는 아버지도 아니었어요! 엄청 화난 삼촌의 목소리: 걔는 내 조카예요. 내가 삼촌이니 내 말도 좀 들으라고요! 점점 더 날카로워지는 그 여자의 목소리: 서방님이 나한테 교육에 관해 충고를 하겠단 거예요? 그것도 내 집에서! 다른 곳도 아닌 내 집에서! 거실 문이 꽝 닫혔고, 그 여자의 방문도 닫혔다. 한참 동안 침묵이 흘렀고 난 다시 잠이 들었다. 또다시 날 깨운 건 조르주 삼촌이었다. 삼촌이 말했다. 기숙학교 문제는 내가 책임질 테니 에티엔네 기숙학교로 들어가. 자, 이제 뭐 먹고 싶니? 뭘 먹으면 기분이 제일 좋아질 것 같아? 난 차가운 우유와 레지네를 바른 토스트를 먹고 싶다고 대답했다. 삼촌은 쟁반을 들고 오면서, 다시는 이런 짓을 하지 말라고 했다. 자기 건강을 갖고 장난치는 건 안 돼. 네 몸은 장난감이 아니거든! 얼른 먹고 옷 입어, 조제프 아저씨네 집으로 가자.

.

3. 15~19세 (1939~1943)

그렇게 되면 어른들이 스스로를 책임지라고 충고할 때도,
거짓말할 위험 없이 그러마 하고 약속할 수 있을 것 아닌가.

15세 8개월 4일   1939년 6월 14일 수요일

　기숙사 친구들이랑, 내가 생각해도 참 황당한 짓을 저질렀다. 엉뚱한 실험을 한 것이다. 다 내 잘못이었다. 난 잠을 깨는 단계에서 우리의 오감이 어떤 역할을 하는지 확인하고 싶었다. 그것도 과학적으로. 잠을 깨는 건 여러 감각 중의 하나가 반드시 신호를 보내서다. 예를 들어 청각: 문 닫히는 소리에 깬다. 시각: 다마스 선생이 침실의 불을 켜는 순간에 눈이 뜨인다. 촉각: 엄마는 언제나 날 흔들어 깨웠다. 사실 흔들 필요까진 없었다. 엄마가 내 옆을 스치기만 해도 소스라치게 놀라 잠을 깼었으니까. 후각: 에티엔 애기론, 조르주 삼촌 집에선 초콜릿과 구운 빵 냄새만으로도 충분히 잠에서 깰 수 있단다. 이제 남은 건 미각을 시험하는 일이었다. 미각을 자극하는 것만으로도 잠을 깨울 수 있을까? 이렇게 해서 우리의 실험이 시작됐다. 에티엔이 내 입에 소금을 조금 넣어주는 순간 난 잠에서 깼다. 다음 날엔 내가 곱게 갈은 후추를 에티엔의 입술 사이로 밀어 넣었는데, 결과는 마찬가지였다. 그러자 이번엔 **오감을 동시에** 자극시키면 어떤 일이 일어날지도 궁금해졌다. 청

각, 촉각, 시각, 후각 그리고 미각까지. 그럼 어떤 식으로 깨어나게 될까? 에티엔은 우리 실험에 '총체적 기상(起床)'이라는 제목까지 붙였다. 그는 진정으로 새로운 '모험을 시도'하는 최초의 실험 대상이 되고 싶어 했다. 나 역시 그런 욕심이 있었기 때문에 우린 동전을 던졌고 내가 이겼다. 실험 내용은, 동시에 다섯 가지 자극을 주어서 날 깨우는 것이었다. 이름을 부르고, 몸을 흔들고, 눈이 부시게 하고, 입에다 소금을 넣고, 독한 냄새를 맡게 하는 것. 에티엔은 후각 실험 재료를 구하기 위해 사무실에 내려가 화장실 타일을 청소하는 암모니아를 좀 훔쳐왔다. 오늘 아침 드디어 우리는 정규 기상 시간 15분 전에 실험을 감행했다. 말맹은 날 흔들었고, 루아르는 내 입에 식초 한 숟갈을 넣었고, 포미에는 눈에 손전등을 갖다 댔고, 자프랑은 코 밑에 암모니아 묻힌 솜을 갖다 댔고, 에티엔은 귀에다 대고 내 이름을 크게 불렀다. 그러자 난 끔찍한 비명을 내지르더니, 더 이상은 아무 말도 하지 못하고, 눈만 휘둥그레 뜨고, 몸은 당긴 화살처럼 긴장된 채 꼼짝 못하고 있었다고 한다. 에티엔이 날 진정시키려 애쓰는 동안 다른 애들은 다 자기 침대로 돌아갔다. 다마스 선생이 왔을 때도, 난 여전히 같은 상태였다. 내 마비 상태는 30분도 넘게 지속되었다. 의사가 불려왔다. 의사는 '강경증(強勁症)'[1]이란 진단을 내렸고, 난 양호실로 옮겨졌다. 의사는 또 어쩌면 내가 간질 환자일지도 모르니 잘 지켜보라고 했다. 의사가 떠난 뒤 다마스 선생은 블라슈 선생에게, 에티엔을 불러다가 **실제로** 무슨 일이 있었는지를 조사하라고 시켰다. 에티엔은 자

---

1) 동작이 마음대로 되지 않아 꼼짝 못하는 상태.

긴 아무것도 모른다고 딱 잡아뗐다. 내가 악몽을 꾸는 것처럼 비명을 지르기에 정신 차리게 하려고 애를 써봤지만 소용이 없었다고. 블라슈 선생은 그 말을 믿진 않았지만 에티엔을 돌려보내지 않을 수도 없었다. 나로 말할 것 같으면, 난 아무것도 기억이 나지 않는다. 양호실에서 잠을 깼을 때 어안이 벙벙하고, 머리가 좀 띵했다. 밀대로 꽉 눌린 것 같은 느낌이랄까.

실험의 결론. 잠들어 있는 사람의 오감을 동시에 자극하면 그를 죽일 수도 있다.

16세   1939년 10월 10일 화요일

머리카락에 기름이 낀다. 비듬(어두운 색깔의 옷을 입으면 아주 잘 보인다). 얼굴엔 빨간 여드름 두 개(한 개는 이마에, 또 한 개는 오른쪽 뺨에). 코 위엔 검은 점 세 개. 젖이 부푼다. 특히 오른쪽 젖이. 그 위를 누르면 아프다. 바늘로 찌르는 것처럼 날카로운 통증. 여자애들은 어떨까? 1년 동안 몸무게가 10킬로그램이나 늘고 키는 12센티미터나 컸다. (또 권투를 할 수 있을 만큼 팔도 길어졌다. 마네스 아저씨의 말이 맞았다.) 무릎이 아프다. 밤에도. 성장통. 아줌마는 말했었다. 성장통이 없어지는 순간부터 키가 다시 줄어들기 시작하는 거라고. 욕실의 큰 거울에 비친 내 모습. **나 같지 않다!** 아니, 더 정확히 말하자면 나도 모르는 새 거울 속의 나만 커버린 것 같은 느낌이다. 이렇다 보니 요즘엔 내 몸이 호기심의 대상이 돼버렸다. 내일은 또 무슨 놀랄 일이 생길까? 몸이 우릴 또 어

떻게 놀라게 할지는 아무도 모른다.

16세 4개월 27일   1940년 3월 8일 금요일

에티엔 얘기론, 들라루에 신부님이 자습 감독을 하면서 자위행위를 한다고 한다. 우리가 이불 속에서 하는 짓을 신부님은 교탁 밑에서 하는 것이다. 그건 정상이라고도 비정상이라고도 할 수 없다. 그저 **장소를 잘못 택한** 것일 뿐. 물론 너무 자주 그러는 것 같긴 하지만. 공공장소에서 자위행위를 한다는 건 나로선 상상할 수도 없는 일이지만, 위험 요인이 클수록 쾌감도 더 짜릿해질 거라는 건 이해할 수 있는 바이다. 에티엔은 또, 들라루에 신부님이 자기 가방에서 뭔가를 꺼내는데, 아무래도 사진 같다고 했다. 아무튼 잡지는 아닌 것이, 『파리 플레지르』보다 훨씬 작다는 것이다. 신부님은 문제의 그것을 들여다보며 몰래 자위를 한단다. 사실인 것 같긴 한데, 확인할 순 없다. 들라루에 신부님은 늘 커다란 가방을 교탁 위에 얹어놓는데, 그게 선생님과 우리 사이에 벽이 되기 때문이다. 에티엔은 강조한다. 맞아, 내 말이 틀림없다니까. 오른손으로. 저거 봐! 그렇다면 신부님은 오른손잡이다. 오른손잡이가 왼손으로 자위를 제대로 하기란 거의 불가능하다. 전문가의 견해다.

링 코너에 선 채로, 루아르에게 KO패당했다. 내가 자세를 낮추지 않은 데다 로프가 내 몸을 지탱해주었기 때문에, 루아르는 내 상태를 곧장 알아채지 못한 채 내가 완전히 쓰러질 때까지 계속 밀어붙였다. 내 첫번째 KO패였다(이게 마지막이길 바란다). 흥미로운 경험이었다. 우선 난 루아르의 뛰어난 수비 실력에 감탄했다. 무릎과 가슴과 목을 구부리는 실력. 그는 수비 자세를 취하고 있는 내 아래쪽으로 슬그머니 들어와 용수철처럼 튀어 올랐다. 내가 미처 균형을 잡지 못한 채 그의 재빠른 움직임에 감탄하면서 난 망했구나 하고 생각하는 순간, 그의 주먹이 내 턱 밑을 쳤다. '출렁' 소리가 났다. 머릿속이 액체로 가득 찬 것처럼. 그가 공격하는 동안 옆에서 떠드는 소리들이 계속 들리긴 했지만 무슨 얘긴지 알아들을 수는 없었다. 이 녀석이 내 **전원을 아예 꺼버렸군** 하는 생각이 들었다. 그러나 그 반무의식 상태에서도 난 아주 명확하게 생각을 할 수 있었고, 게다가 추론까지도 했다. 몸을 움직일 수 없었던 그 잠깐 동안 이런 생각이 들었다. 이건 아주 훌륭한 반격이로군, 아주 세! 반격의 순간, 우리 **두** 몸의 무게가 부딪쳤으니 충격이 오는 게 당연하지! 또 이런 생각도 했다. 이제 넌 네가 가장 재빠르다고 생각하게 되겠구나. 그뿐 아니다. 이런 생각까지 했다. 가장 빠르다고 주장하려면, 정말 최고로 **빨라야 해**. 넘어지는 순간, 난 내가 기절할 거라는 걸 알았다. 그러나 혼수상태는 7~8초밖에 지속되지 않았다.

16세 5개월 1일   1940년 3월 11일 월요일

KO의 후유증. 오늘 아침 잠을 깨니 눈이 속에서부터 아팠다. 눈알이 눈구멍 밖으로 튕겨져 나올 것 같았다. 낮에는 괜찮아졌다.

16세 6개월 6일   1940년 4월 16일 화요일

오늘 저녁 식당 메뉴는 시금치 퓌레를 곁들인 삶은 달걀. 말맹은, 오늘 낮에 잔디를 깎았다는 사실을 주목하라고 한다. 사실 깎긴 깎았다. 말맹의 말에 따르자면, 매번 그런 식이라고 한다. 아무리 믿지 않으려 해도——설마 사람한테 잔디를 먹일까——말맹의 관찰이 내 미각에 영향을 주었는지, 시금치 퓌레에서 진짜로 풋내가 나는 것 같았다. 잔디를 막 깎았을 때 공기 속에 떠도는 바로 그 냄새. 풀 냄새 그 자체. 확신한다. 아무래도 이젠 시금치만 먹으면 그 냄새가 날 것 같다. 평생토록. 말맹의 맛.

16세 6개월 9일   1940년 4월 19일 금요일

들라루에 신부님이 자습 시간에 아주 대놓고 자위행위를 한다. 문제의 그 가방 속에 필요한 자료들이 들어 있었던 것도 사실이다. 여자 누드가 그려진 엽서. 이젠 그것도 없어졌다. 세탁실에 물이 샌다면서(내가 새게 해놓았다) 내가 신부님을 그곳으로 유인한 동

안 에티엔이 사진들을 훔쳐낸 것이다. 딱한 신부님은 도둑을 맞고서도 뭐라 대놓고 말할 수도 없고, 분노와 수치와 의심이 뒤섞인 채로 당황한 기색이 역력했다. 에티엔과 나는 그 여인들을 우리가 이용하기로 했다. 무려 125명이나 됐다! 신부님이 무슨 핑계를 대고 기숙사를 수색할 수도 있는 일이기 때문에, 우린 그걸 아무도 찾으러 오지 않을 성당에다 감춰놓았다. 가끔 우린 그중에서 한 명씩을 고른다. 우리 사랑의 유일한 대상을. 그러고는 각자 자기 애인을 사랑해준다. 다음 애인을 만날 때까지.

여자애들도 남자 사진을 갖고 그런 짓을 할까? 벌거벗은 채 극형을 받고 있는 예수나 성 세바스티아누스[2]를 그린 그림을 보며 황홀함을 느낄까?

16세 6개월 15일   1940년 4월 25일 목요일

젖가슴(여자의 젖가슴)에 관해. 여자의 젖가슴보다 더 매혹적이고, 더 감동적이고, 더 복합적인 경배의 대상이 과연 있을까. 엄마는 자주 말했었다. 너 때문에 내 젖에 종기가 다 났었어. 엄마가 직접 내게 젖을 먹이던 시기를 말하는 것이다. 그 시기는 엄마 일생 중에 아주 짧은 기간이었을 텐데도, 엄마는 마치 몇 년 후까지도 그 후유증을 겪고 있는 것처럼 얘기했다. 처음엔——아주 어렸을

---

[2] 14세기 이래 르네상스, 바로크, 현대까지 회화와 조각으로 끊임없이 등장하는 초기 기독교의 순교자.

때—나도 종기가 대체 뭔지 궁금했다. 사전을 찾아보고 나선(**피부 조직이나 기관에 생긴 고름 덩어리**) 젖에 난 종기의 모습을 상상해보려고 애썼다. 비록 성공하지는 못했지만—곪은 젖을 상상한 디는 건 내 힘에 부치는 일이었다—난 진정으로 안쓰러움을 느꼈다. 엄마에 대해서가 아니라 일반적인 여자들의 젖가슴에 대해서 말이다. 아기가 이빨로 물어뜯어 곪게 만든다고 상상하기엔, 여자 몸의 그토록 아름다운 기관이 너무 연약해 보이지 않는가! 그러나 마리안이 자기 가슴을 보여주며 만져보라고 했을 때, 그건 연약해 보이지 않았다. 오히려 작고 딱딱했다. 옅은 장밋빛이 도는 유두륜은 꽤 커서, 젖꼭지와 더불어 주교의 모자 같은 모양을 이루고 있었다. 젖꼭지는 자개단추처럼 빛이 났다. 사실 마리안은 그때 열네 살밖에 안 됐으니, 그녀의 젖가슴은 한창 만들어지고 있던 중이었다. 우리의 신성한 하렘의 엽서들을 통해 판단하자면, 젖가슴은 나이와 더불어 많이 변한다. 점점 커지면서 말랑말랑해진다. 유두륜은 상대적으로 작아지고 젖꼭지는 오뚝 일어서면서, 윤기는 덜해지고 더 통통해진다. 에티엔은 좀더 자세히 보라고 나비 채집가의 돋보기까지 빌려주었다. 젖가슴은 점점 더 부드러워지면서 갖가지 형태를 띤다. 피부는 여전히 고운 채로. 특히 아래쪽 피부, 유방과 가슴이 만나는 지점의 피부가 그렇다. 여자 몸의 그토록 아름다운 기관이 **기능적**이기까지 하다는 사실은 참으로 놀라울 뿐이다. 그 신기한 것이 아기들을 먹이는 데 쓰이다니. 아기들은 젖꼭지를 게걸스럽게 잡아당기고 주변에 침을 묻히면서 신성모독을 저지르고 있다! 한마디로 난 여인의 젖가슴을 숭배한다. 우리 125명 여자 친구의 젖가슴, 다시 말해 **모든** 여인의 **모든**

젖가슴을 숭배한다. 크기가, 형태가, 무게가, 밀도가, 혈색이 어떻든 간에. 내 손바닥은 여자들의 젖가슴을 안기 위해 존재하고, 내 손바닥의 살갗은 여자들의 부드러운 살갗을 어루만지기 위해 그토록 부드럽다. 내가 진짜로 그걸 확인해보기까지는 그리 많은 시간을 기다릴 필요가 없을 것이다!

16세 6개월 17일   1940년 4월 27일 토요일

몽테뉴, 제3권, 5장

  생식의 행위는 너무도 자연스럽고, 필요하고, 또 정당한 것인데도, 사람들이 감히 드러내놓고 말할 엄두를 내지 못하고, 점잖은 대화에선 아예 금기시하게 된 연유가 뭘까? 죽이다, 훔치다, 배반하다, 같은 말들은 아무 거리낌 없이 말하면서도 생식에 관한 말은 입 밖으로 내뱉질 못하다니. 말로 표현하지 못하는 만큼, 생각은 더 많이 하는 건 아닌지 모르겠다.

16세 6개월 18일   1940년 4월 28일 일요일

  자위행위를 할 때 아주 절묘한 순간이 있다. 난 그걸 곡예의 단계라 부른다. 사정하기 바로 직전, 그러나 아직 사정을 하지는 않은 순간 말이다. 분출할 준비가 된 채 대기하고 있는 정액을 온 힘

을 다해 억누르는 것이다. 귀두의 끝이 빨개지고, 귀두 자체가 엄청나게 부풀어서 금방이라도 터질 것 같을 때, 음경을 손에서 놓아버린다. 음경이 떨리는 걸 내려다보면서 온 힘을 다해 성액을 붙들고 있다. 주먹을 꽉 쥐고, 눈을 질끈 감고, 이를 악물고 있다 보면 내 몸도 함께 떨린다. 바로 이 순간이 곡예의 단계다. 감긴 눈꺼풀 뒤로 눈알이 뒤집히고, 숨이 가빠지는 그 순간, 자극적인 이미지들을──우리 여자 친구들의 젖가슴, 엉덩이, 넓적다리, 매끈한 피부──애써 쫓아내다 보면, 분화구 바로 앞까지 다다른 정액도 녹아내리고 있는 기둥 속에 그냥 멈춰 있다. 그렇다. 폭발 직전의 화산을 생각하면 된다. 그러나 용암이 도로 내려가버리도록 놔둬선 안 된다. 뭔가에 놀라게 되면, 가령 다마스 선생이 침실의 문을 연다든가 하면, 그땐 정말로 도로 내려가버린다. 그래선 안 된다. 정액에게 U턴을 시키는 건 건강에 아주 나쁘다는 걸 난 거의 확신한다. 정액이 다시 내려간다는 느낌이 드는 순간, 바로 엄지와 검지로 귀두의 끝을 감싸고 정액이 계속 끓어오르는 상태를 유지하도록 기술을 발휘해야 한다(용암, 맞다, 아니면 수액이라고 할까. 그런 순간의 음경은 마디가 많은 곧은 가지처럼 보이기까지 한다!). 아, 아주 신중하고 또 정확해야 한다. 1밀리미터도 채 안 되는 차이가 결과를 좌우한다. 음경 전체가 극도로 민감해져 있어, 귀두 위로 숨만 한 번 훅 쉬어도, 혹은 이불이 살짝 닿기만 해도 폭발할 수 있을 정도다. 아직도 한 번, 두 번은 더 참을 수 있다. 그리고 그건 매번 진정한 쾌감을 준다. 그러나 절대적 쾌감을 맛보는 건 바로 마지막으로 모든 걸 잃는 순간, 정액이 모두 솟아나와 손등 위로 뜨겁게 흘러내리는 순간이다. 아! 놀라운 승리! 그것 역시 묘사하기가 힘들다. 안에 들어 있던 모든 것이 바깥으로 나오고, 동시에 엄청난 쾌감이 우릴 삼켜버린다…… 이 분출은 동시에 삼키는 것이기도 하다! 용암이 불타고 있는 분화구 속으로 곡예사가 추락하는 것이다! 아! 그 어둠 속에서의 아찔한 눈부심! 에티엔은 그걸 '절정'이라 부른다.

16세 6개월 20일   1940년 4월 30일 화요일

이 감각의 절정을 묘사하기 위해 쓰는 표현들은 너무 추해서 치욕스러울 정도다. '자기 몸을 흔들다se branler'라는 말을 들으면 왠지 신경증 환자가 떠오른다. '자기 몸을 주물럭거리다se tripoter'라는 말은 바보같이 들린다. '자기 몸을 어루만져주다se caresser'는 할머니한테 응석부리는 것 같다. '수음하다se masturber'는 구역질 난다(이 말에선 뭔가 흐물흐물한 게 느껴진다, 라틴어 마스투르바리masturbari도 마찬가지고). '자기 몸을 만지다se toucher'는 아무 의미도 없는 말이다. "몸을 만졌나요?" 고해성사할 때 이렇게 묻는다. 물론이지! 몸을 만지지 않고 세수는 어떻게 한담? 에티엔을 비롯한 여러 친구와 이 문제에 관해 한참 동안 의견을 나눴다. 적합한 표현을 하나 찾은 것 같긴 하다. **'자기 몸을 손으로 쥐다**se prendre en main.' 그렇게 되면 어른들이 '스스로를 책임지라se prendre en main'고 충고할 때도,[3] 거짓말할 위험 없이 그러마 하고 약속할 수 있

---

3) 프랑스어 se prendre en main을 직역하면 '자기 몸을 손으로 쥐다'라는 뜻이 되

을 것 아닌가.

거위 놀이! 기막힌 아이디어! 우리 125명의 여자 친구와 어떻게 즐길까를 연구하다 내린 결정이다. 가장 예쁜 여자들을 골라 거위 놀이의 이미지로 이용하는 것이다. 정확히 말하자면, **총각 딱지 떼기 거위 놀이.** 이게 바로 게임의 이름이 될 것이다. 예순세 개의 칸을 따라 이동한 후에, 이긴 사람이 총각 딱지를 뗄 권리를 갖는다. **당신이 승리했다. 그녀 곁으로 가라!** 내기 돈도 있다. 그 돈을 모아 공동 기금을 조성한다. 우리는 여덟 명으로 클럽을 결성하기로 했다. 그래야 돈도 빨리 모일 것 아닌가. 말맹, 자프랑, 그리고 루아르도 끼기로 했다. 모두 이 아이디어에 열광했다. 결승전은 바칼로레아 구두시험을 치르고 나서, 여름방학이 시작되기 직전에 가질 것이다. 승리자가 모인 돈 전체를 갖게 되는데, 조건은 동정(童貞)을 잃는다는 유일한 목적을 위해 그 돈을 쓰는 것이다. 당연히 보고서도 작성해야 한다. 이상이 우리의 결정 사항이다. 게임의 상징 이미지는 모나리자의 얼굴로 정했다. 그녀의 수수께끼 같은 미소는 온갖 해석을 다 가능하게 하기 때문이다.

지만, '스스로를 책임지다'라는 비유적인 의미도 있다.

총각 딱지 떼기 거위 놀이

게임 규칙

게임은 주사위 두 개로 한다.

시작하기 전에 먼저 지갑을 두둑이 채워놓아야 한다. 주사위는 매번 두 번씩 던져, 나온 두 숫자를 합한다.

처음 주사위를 던져 얻은 숫자의 합이 다음과 같다면:

2 더 자랄 때까지 기다려라. 세 차례 실격.

4 당신의 속옷을 살펴보던 어머니가 의심스런 얼룩 때문에 충격을 받고 당신을 의사에게 데려간다. 의사는 몽정을 방지하는 기구를 권한다. 3번 칸으로 되돌아가라. 두 차례 실격.

6 다마스 선생이 당신을 고독한 쾌락의 현행범으로 체포하고 냉수 샤워를 시킨다. 5번 칸으로 되돌아가라. 두 차례 실격.

8 속으로 음탕한 생각을 하는 죄를 저질렀다. 7번 칸으로 되돌아가 고백하라. 한 차례 실격.

10 잡념 때문에 머리가 어지럽다. 조용히 9번 칸으로 되돌아가 마음을 깨끗이 비워라.

12 조르주 삼촌이 우연히 당신의 더럽혀진 내의를 발견하고 드디어 남자가 되었다고 축하해준다. 주사위를 두 번 더 던져 나온 숫자의 합만큼 앞으로 나아가라.

두번째로 주사위를 던져 도달하게 된 칸이 다음과 같다면:

15 (이 칸의 그림은 수수께끼 같은 미소를 짓고 있는 모나리
자) 그녀가 당신을 보고 웃고 있다! 처음부터 게임 다시 시
작.

19 여자애들의 맘에 들기 위해선 강해져야 한다. 체육관에 가
서 근육을 키워라. 벌점 3점. 두 차례 실격.

21 (모나리자) 그녀가 당신에게 웃어줬지만, 그건 빈정대는
미소다. 17번 칸으로 되돌아가 우울한 생각을 곱씹어라.

23 여자들의 마음에 들려면 수영을 잘해야 한다. 강습을 받아
라. 벌점 4점. 한 차례 실격.

27 (모나리자) 그녀에게 키스하려다 뺨을 맞는다. 13번 칸으
로 되돌아가 좌절감을 곱씹어라.

29 여자애들 마음에 들려면 춤을 출 줄 알아야 한다. 강습을
받아라. 벌점 5점. 한 차례 실격.

33 (모나리자) 그녀의 눈에 당신이 더럽게 보인다. 11번 칸으
로 되돌아가서 씻어라.

39 (모나리자) 그녀의 눈에 당신의 머리가 너무 흉하게 보인
다. 31번 칸으로 되돌아가 머리를 다듬어라. 벌점 1점.

41 사랑은 눈멀게 한다. 정신이 맑아지길 기다려라. 한 차례
실격.

43 혀에 백태가 끼고, 입에선 악취가 난다. 몸을 정화시켜라.
한 차례 실격.

45 (모나리자) 그녀의 눈에, 당신은 옷을 잘 못 입은 걸로 보인

다. 37번 칸으로 되돌아가 양복을 한 벌 맞춰라. 벌점 10점.

47 뽀루지가 났다. 치료를 받아라. 한 차례 실격.

51 (모나리자) 그녀가 보기에 당신은 너무 교양이 없다. 1번 칸으로 되돌아가 교육을 다시 받아라.

53 외모를 다듬느라고 소중한 시간을 허비한다. 한 차례 실격.

57 (모나리자) 그녀가 당신에게 한 짓을 아무한테도 말하지 말아라. 그녀는 황홀해하고 당신도 마찬가지다. 주사위를 한 번 더 던져라.

59 사랑은 날개를 달아준다. 즐겨라.

61 이 놀이를 하다가 다마스 선생에게 들킨다. 모두가 출발 지점으로 되돌아가라.

63 당신이 승리했다. 그녀 곁으로 가라! 단지 안에 모인 돈도 당신이 다 가질 수 있다!

게임에 이기려면 정확히 63번 칸에 도달해야 한다. 63보다 큰 숫자가 나온 경우엔 넘치는 수만큼 뒤로 다시 출발해야 한다.

16세 7개월 2일   1940년 5월 12일 일요일

가끔씩 한밤중에 불안 때문에 잠이 깰 때면(아빠나 비올레트 아줌마의 꿈을 꾸기 때문일 때가 많다), 함께 자고 있는 아이들 모두가 나와 한 몸을 이루고 있다는 느낌이 들면서 차츰 마음이 차분해지곤 한다. 커다란 하나의 몸이 함께 숨 쉬며 잠들어 있는 것이

다. 꿈꾸고, 잠꼬대하고, 땀 흘리고, 몸을 긁고, 사지를 흔들고, 코를 훌쩍거리고, 기침을 하고, 방귀 뀌고, 코를 골고, 자위를 하고, 악몽을 꾸고, 놀라서 깨고, 또다시 잠이 든다. 그런 순간에 내 마음을 움직이는 건 동지애가 아니라, 우리의 공동 침실이(우린 62명이다) 하나의 거대한 몸뚱어리를 형성하는 것 같은 인상이다. 우리들 중 누구 하나가 죽어도, 거대한 공동의 몸은 계속 살아 있을 것만 같다.

*

리종에게 남기는 말

한마디 덧붙이자면 이 일기는, 이틀 전인 5월 10일에 독일의 침공이 있고 나서 쓴 것이다.[4] 제2차 세계대전이 일어난 것이다. 인류가 또다시 잔칫상을 차린 것이지. 그날 난 아버지를 기억하며, 그 축제엔 참가하지 않겠다고 결심했다. 그러나 너도 알다시피 상황은 다르게 전개되었지.

*

---

4) 독일이 네덜란드, 벨기에, 룩셈부르크를 침공한 것을 가리킨다.

16세 8개월 13일   1940년 6월 23일 일요일

  등은 구부정하고, 시선은 멍하고, 움직임은 굼뜬 사람들과 마주
친다. 어떤 이들은 얼이 빠져 있다. 말 그대로 완전히 정신이 나간
것이다. 수염은 덥수룩하고 이가 들끓는 피난민들이 누더기를 걸
치고 낯선 도시의 길들을 헤매 다닌다. 지난달까지만 해도 그들이
파리에서 정상적인 삶을 살고 있었다는 사실이 믿기지 않는다. 떠
도는 몸뚱이들⋯⋯

                                              다음 날

  거위 놀이의 결승전은 **무기한** 연기되었다. 루아르의 형이 됭케
르크에서 전사했다. 그는 형을 유난히도 좋아했었다. 우리가 총각
딱지를 떼려면 더 나은 시절을 기다려야 할 것 같다.

16세 9개월 14일   1940년 7월 24일 수요일

  여기는 메라크. 너도밤나무 껍질에 가슴팍, 발바닥, 팔 안쪽과
넙적다리까지 긁혔다. 산 채로 살갗이 벗겨진 것이다. 아니 가죽
이 벗겨졌다는 게 더 맞을라나. 티조 때문이다. 티조가 까마귀 새
끼 한 마리를 새집에서 끌어내리려고 작정했는데, 부모 새들이 이
입양 계획에 적대적이었던 것이다. 티조도 자기 목표를 놓치지 않

으려 했기 때문에 까마귀들은 티조를 맹렬히 공격했다. 티조는 새끼를 가슴에 품은 채 다른 손으로는 부모 새들을 쫓아내려 했다. 이 모든 일이 높이가 족히 6미터는 되는 가지 위에 걸터앉은 채로 일어났으니! 나무 발치에선 마르타 아줌마가 아들에게 새를 놔주라고 고함을 질러댔고, 마네스 아저씨는 까마귀들을 쫓기 위해 총을 찾으러 갔다. 한마디로 각자 자기 새끼를 지키느라 난리였다. 아저씨가 정말로 총을 쏠 거라고 철석같이 믿은 나는 급히 나무를 기어올라갔다. 처음 3미터는 원숭이처럼 혹은 전기 기술자처럼, 가지도 없는 나무둥치를 손과 발바닥으로 껴안으면서 올라갔다. 가재잡이를 하고 오던 길이라, 난 맨발에 수영복만 입고 있는 상태였다. 올라가는 데는 아무 문제가 없었다. 마치 살아 있는 몸을 껴안는 것 같은 느낌이었다. 내려올 때는 티조의 무게 때문에 몸이 자꾸 뒤쪽으로 젖혀져, 나무에 몸을 붙이려고 애썼다. 그러나 티조가 왼팔로 내 목을 졸랐기 때문에 (오른손으론 새로 생긴 친구를 꼭 쥐고 있었다) 좀더 빨리 내려오기 위해 나무를 붙든 손을 조금 느슨하게 했다. 바로 이 단계에서 나무껍질에 긁혀 살갗이 벗겨진 것이다. 특히 너무 급히 내려오는 것 같아 속도를 늦추려 하는 바람에 더 심하게 긁히고 말았다. 땅을 밟았을 때 난 피투성이가 돼 있었고, 까마귀 새끼는 티조의 사랑에 질식해 죽어 있었다. 마르타 아줌마가 소리소리 질렀다. 저 자식은 정말 안 하는 짓이 없다니까! 일곱 살밖에 안 먹은 놈이 별의별 사고를 다 쳐요! 물론 난 찰과상을 소독하기 위해 독한 술로 마사지를 받는 특권을 누렸다. 이번엔 청각 마취가 없었다. 마르타 아줌마는 비올레트 아줌마가 아니니까. 내가 주먹을 꽉 쥐고 아픔을 참고 있는 동안 티조는 어느새 자기 때문에 죽은 까마귀 새끼를 묻어주느라 여념이 없었다. 아저씨는 그런 막내아들을 한 대 쥐어박을 기세더니, 결국 포기하고 말았다. 그러는 아저씨의 목소리에는 자랑스러워하는 기색도 없지 않았다. 하여간 이 고약한 녀석은 겁내는 게 없다니까! 결국 죄 없는 나만, 전신이 화끈화끈 달아오르는 바람에 이불도 못 덮고 벌거벗은 채 다리를 벌리고 자야 했다. 이거야말로 지옥의 모습이 아닐까. 불꽃 없이 계속 타는 연소, 한없이 긴 밤 내내 잠 못 드는 것. 마르시아스[5]의 형벌.

16세 9개월 23일   1940년 8월 2일 금요일

그래도 어쨌든 나무를 기어오르는 즐거움이란! 특히 참나무나 너도밤나무를 오를 땐. 그럴 땐 몸 전체가 활짝 펴진다. 두 발과 두 손이 평소와는 다른 놀라운 능력을 발휘한다. 나무를 붙드는 동작이 얼마나 재빠르고 또 얼마나 정확한지! 그리 높이 올라가는 건 아니다. 그건 등산이 아니라(진짜 산에선 현기증이 날 것 같다), 그냥 나뭇잎 사이를 자유롭게 통과하는 것이다. 여기가 어디지? 땅도 아니요, 하늘도 아니요, 자라나는 생명의 폭발 한가운데에 머무는 느낌. 아, 나무들 속에서 살고 싶다.

---

5) 그리스 신화에 나오는 마르시아스 강의 정령. 가죽을 벗기는 형벌을 받는다.

16세 11개월 6일   1940년 9월 16일 월요일

책에 머리를 파묻고 있다가 머리가 무겁다고 느껴질 땐, 밀기울을 채운 부댓자루를 상대로 권투 연습을 한다. 마네스 아저씨는 이번엔 부댓자루에다 자기 얼굴 대신 라발[6]의 얼굴을 그려놓았다. 자! 이 얼굴이 지워질 때까지 쳐봐! (숱 많은 머리, 처진 속눈썹, 퉁명한 아랫입술, 입가에 문 담배까지, 꽤 닮았다!) 부댓자루가 꺼칠꺼칠해 손마디가 긁히는 바람에 손에다 양말을 신겼다.

16세 11개월 10일   1940년 9월 20일 금요일

아직 메라크에 있다. 헛간에서 테니스를 쳤다. 구석 벽에다 네트 높이의 선을 하나 그었다. 석회 벽과 바닥이 울퉁불퉁해서 공이 어디로 튈지 예측이 불가능하다. 반사 신경을 키우는 데는 더이상 좋은 훈련이 없다. 테니스뿐인가. 티조 패거리들과 낟알 속으로 다이빙하기, 말 안 듣는 염소들 쫓아다니기, 천하무적 로베르와 함께 농장에서 일하는 것까지 덧붙인다면, 여기서의 생활은 특공대 훈련에 필적한다.

---

6) Pierre Laval(1883~1945): 프랑스의 정치가. 제2차 세계대전 중 페탱에 협력하여 비시 정부의 부총리와 법무장관을 지냈으며 전후 전범으로 처형되었다.

17세 1개월 14일   1940년 11월 24일 일요일

마네스 아저씨가 지푸라기 밑에 숨어 있던 낫에 종아리를 베었다. 아저씨 부부의 치료법: 평소처럼 독한 술로 상처를 소독하고, 외양간에 가서 똥 묻은 시커먼 거미줄을 걷어다 붕대 대신 그걸로 상처를 덮는다. 이게 독을 빨아들이거든. 아저씨는 평소처럼 간결하게 말한다. 그런 아저씨에게 파상풍 얘기 같은 걸 꺼낸다는 건 생각도 못 할 일이다. 그분들은 늘 그렇게 해왔지만 그것 때문에 죽진 않았다. 거미줄의 성분에 수렴의 효과뿐 아니라 상처를 아물게 하는 기능도 있나 보다. 하지만 똥은? 어쨌든 분명한 사실은, 지금까지 이 집안에서 그 약을 바르고 죽은 사람은 한 명도 없다는 것이다.

17세 2개월 17일   1940년 12월 27일 금요일

메라크에 들른 조르주 삼촌이 내게 물었다. 혹시 의사가 되고 싶진 않냐고. (우리 에티엔은 그 길을 가기로 했거든.) 난 싫다. 내 입장에선 몸의 질병들에 대해 오히려 고마워해야 하지 않겠는가! 만일 아빠가 환자가 아니었대도 엄마가 날 낳을 생각을 했을까! 또 환자들을 치료한다는 것도…… 그러려면 우선, 몸을 도덕적인 관점에서만 바라보는 사람들이 이러쿵저러쿵 떠들어대는 얘기들을 바로잡아주는 데 많은 시간을 허비해야 할 것이다. 가령 노에미 아줌마는 자기가 왜 기종(氣腫)에 걸려야만 하는지 '이유'를 모

르겠다고 난리다. 그런 아줌마에게, 이유를 따지는 건 아무 의미가 없는 일이라고 설득할 만한 인내심이 내겐 없다. 그럼 넌 뭘 하며 살고 싶은데? 삼촌이 물었다. 난 내 몸을 관찰해보고 싶다. 아식도 내겐 내 몸이 속속들이 익숙하지 않기 때문이다(물론 대놓고 이렇게 대답하진 않았다). 의학 연구가 아무리 진척되었다 해도, 이 낯선 느낌을 없애주진 못할 것이다. 루소가 산책길에 식물채집을 했던 것처럼 나도 내 몸을 채집하고 싶다. 죽는 날까지, 그리고 오로지 나 자신만을 위해. 그것이 언젠가 누군가에게 **쓸모 있는** 것이 되어도 좋겠지만 말이다. 어떤 직업을 갖느냐, 그건 또 다른 문제다. 어쨌든 이 일기에는 직업에 관해선 쓰지 않을 것이다.

17세 5개월 8일   1941년 3월 18일 화요일

어제저녁 에티엔과, 볼테르와 루소에 관한 논쟁을 한바탕 벌였다. 에티엔은 냉소적인 볼테르 편에 섰고, 난 루소의 대변인 역할을 맡았다. 인상적이었던 건 논쟁 자체가 아니라(솔직히 말해 논쟁할 거리도 별로 없었다), 에티엔의 색다른 아이디어였다. 긴 자를 하나 들고 오더니, 한쪽 끝은 내 배에 갖다 대고 다른 쪽 끝은 자기 배에 대는 것이었다. 둘 중 어느 쪽이든 자기주장을 강조하느라 상대방 쪽으로 나아가면, 자가 두 사람의 배를 찔렀다. 얼마나 아프던지! 반대로 둘 중 어느 쪽이든 뒤로 물러나면, 자는 바닥으로 떨어져버렸다. 그러면 논쟁도 끝나는 거다. 이거야말로 자로 재듯 절도 있는 mesuré[7] 논쟁 아닌가. 특허를 받아도 될 만한 게임이다.

17세 5개월 11일   1941년 3월 21일 금요일

가끔씩 전혀 예기치 않은 순간에 욕망이 솟구쳐 날 사로잡는 일이 있다. 심지어 책을 열심히 읽고 있는 중에도 그런 적이 있다. 신경의 자극으로 해면체가 부풀어 오르는 것이다. 독서를 하면서 자위를 하다니. 아폴리네르나 피에르 루이스[8] 같은 작가의 책을 보다가 그랬다면 또 모르겠다. 『사회계약론』을 읽으면서 자위를 하고 있는 날 보면 루소가 얼마나 깜짝 놀랄 텐가! 오호라, 정신과만 관련된 깜찍한 오르가슴.

18세 9개월 5일   1942년 7월 15일 수요일

바칼로레아를 준비하는 동안엔 일기를 전혀 쓰지 않았다. 고등사범학교 입시 준비반에 다닌 올해에도. 마치 몸이 없는 듯이 살았다. 단지 기분 전환으로 복싱, 공치기 그리고 수영 정도. 밭에서 마네스 아저씨를 몇 번 도와주기도 했다. 소 세 마리, 양 여섯 마리의 탄생을 지켜봤다. 그러나 돼지 잡는 건 여전히 못하겠다. 먹는 건 문제없지만. 공부하는 동안에도 딱한 돼지 녀석이 쓰다듬어달라고 온다. 인간에 대한 동물의 이 미련한 신뢰.

---

7) 프랑스어 동사 mesurer는 '자로 재다'라는 의미이며, 거기서 파생된 형용사 mesuré는 '절도 있다'란 뜻이다.
8) Guillaume Apollinaire(1880~1918), Pierre Louÿs(1870~1925): 프랑스의 작가로, 에로틱한 소설작품을 남겼다.

　　테니스. G 집안의 세 형제에게 연타를 날렸다. 세 차례 경기, 총 여섯 세트 중 누 게임 이상을 이긴 녀석이 한 명도 없었다. 그들은 처음부터 날 기죽이려고 작정을 한 듯했다. 맏아들은 이름 앞에 붙이는 de를 갖고 면박을 줬다. 귀족 가문을 부를 땐 'de G'라 하지 않고 짧게 'G'라고만 한단다. 제대로 된 교육을 받았다면 de를 생략할 줄 안다는 거다. 그걸 모르는 사람도 있나! 그래, 좋다. 또 다른 문제는, 내가 반바지나 즈크화를 갖추지 않았다는 것이다. 아무리 개인 코트에서라고 해도(이 경우엔 그들의 코트였다), '우스꽝스런 복장'으로 경기를 하는 건 '적절치 않다'는 것이다. 자기들은 제대로 차려입었으니 그럴 만도 했다. 결국 내게 필요한 유니폼을 빌려주었다. 반바지, 반팔 셔츠, 양말, 새하얀 즈크화. 난 창고commun[9]에서 내복 묶는 허드레 끈을 하나 주워 반바지를 묶었다(일부러 너무 큰 바지를 준 건 아닌지?). 그러고는 결정적인 세 번의 연타를 날렸다. 몽모랑시 공작의 후예들이 평민 중에서도 최하층민에게 당하는 꼴이라니! 이로써 행여 그들의 누이가 내게 호감을 가진다 해도 그 사랑은 포기할 수밖에 없게 됐다. 어쨌든 난 비올레트 아줌마의 원수를 갚아준 셈이 됐다 —— 세 형제는 아줌마를 모르지만. 아줌마는 젊은 시절 그 집안을 위해 일했지만

---

9) 프랑스어 commun은 '큰 건물의 부속 건물'이라는 뜻도 있지만, '서민'이라는 뜻도 있다. 여기선 자신이 서민이라는 걸 냉소적으로 표현하기 위해 이 단어를 쓴 것으로 보인다.

서른두 살 먹은 그 집 도련님의 동정을 잃게 했다는 이유로 쫓겨났다고 했다(이 얘긴 진짜다).

경기 내내 그들의 건방진 짓거리에 대항할 수단이라곤 내 몸밖에 없다는 사실이 오히려 짜릿한 쾌감을 주었다. 그 몸이란 것도 교육이라곤 받아보지 못한 것이었으니. 난 테니스란 걸 배워본 적이 없었다. 마네스 아저씨네 곳간 벽에다 대고 혼자서 공 쳐본 것과 경기를 구경해본 게 내 경험의 전부였다. 배워본 적도 없이 공을 치다 보니 **제대로 된 동작**이라곤 없이, 순간순간의 상황에 몸이 적응해나가는 수밖에 없었다. 난 쉴 새 없이 뛰어다녔지만 대부분이 힘만 빼고 보기에도 괴로운 잘못된 동작들이었다(가쁜 숨, 곤두박질, 균형 잃은 몸, 제멋대로 노는 사지, 곡예 수준의 몸짓). 그러나 이 움직임이 '경기할 줄 아는 것'과는 거리가 멀다는 사실이 오히려, 몸의 자유와 더불어 계속해서 새로워진다는 신선한 느낌을 주었다. 같은 동작은 단 한 번도 없었다! 내 다리와 라켓의 움직임을 보며 난 계속 놀라고 또 즐거워했다. 준비된 타격 같은 건 없었다. 어떤 동작도 바로 전의 동작과 달랐다. 어떤 동작도 고매하신 상대가 보여주는 정통적인 동작과는 걸맞지 않았다. 따라서 난 그들에게 예측불가의 상대였다. 내 공들은 그들이 예상하는 궤도를 철두철미 벗어나서 그들을 당혹스럽게 만들었다. 만만해 보이면서도 치명적인 내 공들 앞에서 그들은, 내가 싸움의 규칙에 따르지 않는다는 것에 분노하여 하늘로 머리를 치켜 올리면서도 거만한 태도로 저항했다. 내 신속함, 유연함, 능숙함, 반사신경이 나도 놀라웠다(아, 공을 치는 그 짧은 찰나에 느껴지는 정확함!). 그리고 무엇보다도 난 피곤하지 않았다. 난 오는 공을 다 받아쳤다. 내 몸을 자유롭게 쓴다는 게 황홀했다. 내 광대 짓이 적을 무장해제시켰다. 그리고 그들의 편안함이 무너지는 걸 보는 게 기뻤다. 날 기쁘게 한 건 내 승리가 아니라 그들의 패배의 표성이었다. 발미[10]에서도 우린 이미 교양이 없었다(그리고 여전히 내겐 퀼로트[11]가 없다). 내 맹세: 삶의 모든 영역에서 테니스 치듯이 살리라!

19세 15일   1942년 10월 25일 일요일

무대는 어느 술집. 한 아가씨와 함께 있다. 당신과 마찬가지로 그녀도 대학생이다. 두 사람은 서로를 그윽하게 바라본다. 그러다 갑자기 그녀가 달려든다. 손 좀 보여줘. 그녀는 다짜고짜 당신의 손을 잡고 손바닥을 아주 주의 깊게 들여다본다. 마치 그녀가 당신에 관해서 알아야 할 모든 것이 생명선, 애정선, 지능선, 행운선 등에 달려 있기라도 한 것처럼. 내 손금을 연구한 여자들이 지금까지 여럿이었다. 그러나 해석이 서로 일치하는 경우는 한 번도 없었다. 다들 뭘 아는 척하긴 했지만, 같은 소릴 하는 사람은 없었

---

10) 프랑스의 지명, 이곳에서 1792년 9월 프랑스와 프로이센-오스트리아 연합군 사이에 전투가 벌어져, 프랑스가 승리를 거둔다. 농민 출신의 의용군이 귀족 군대를 격파한 최초의 전투이다.
11) culotte: 17세기 말부터 18세기 말까지 귀족들이 입던 무릎 길이의 반바지. '퀼로트를 입지 않았다'는 뜻의 '상퀼로트sans culotte'는 프랑스 대혁명을 주도한 서민 계층을 가리킨다.

다. 미신에 이토록 심취하는 것은 흉흉한 시기의 징조일까? 하늘의 별들 말고는 믿을 게 없다는 뜻일까? 선택의 결정적 기준: 눈을 감은 채로 내 손에 뛰어드는 여자를 택할 것.

19세 1개월 2일   1942년 11월 12일 목요일

독일 군인들이 한 몸처럼 발맞추어 행진한다. '거대한 한 몸'의 가증스런 버전.

19세 2개월 17일   1942년 12월 27일 일요일

춤추는 데 죽어라 소질 없는 나. 프랑수아즈, 마리안 그리고 또 다른 친구들까지도 날 춤의 세계로 인도하려 애를 써왔다. 어제 저녁엔 또 에르베네 집에서, 눈부시게 아름다운 에르베의 여동생 비올렌이 그랬다. 그냥 따라오기만 해요. 아무것도 안 해도 돼요. 그러나 난 금세 리듬을 잃었고, 내 몸은 파트너의 품 안에서 그냥 무거운 짐 덩어리가 되어버렸다. 박자를 따라잡으려고 괴상하게 뛰어오르기를 몇 번 하고 나니 주눅만 들 뿐이었다. 춤은 내 몸과 정신이 어울리지 못하는 몇 안 되는 영역 중의 하나다. 더 정확히 말하자면 내 몸의 절반은 특별히 열등하다. 손은 원하는 대로 박자를 맞출 수 있지만 발은 따르기를 거부한다. 하지가 마비된 오케스트라 지휘자, 내가 바로 그렇다. 동작이 조금만 복잡해지면,

머리가 빙빙 돌기 시작한다. 그런데 춤은 본질적으로 원운동이요, 회전하는 기술 아닌가. 한 자리에서 뱅글뱅글 돌지 않고는 춤을 출 수가 없다. 현기증, 구역질, 창백함. 왜 그래요? 몸이 안 좋아요? 아니, 괜찮아. 근데 비올렌, 우리 저기 가서 얘기 좀 할까. 난 아름다운 비올렌에게 사정을 설명하려 들지만, 그녀는 저것 봐요, **누구나 다** 춤출 수 있어요! 하고 놀란다. 나만 빼고 누구나 다겠지. 그건 오빠가 춤추고 **싶어** 하지 않기 때문이에요! 얼른 해봐요! 야, 친구들이 춤추면서 얼마나 득을 보는지 뻔히 아는 내가 왜 안 추고 싶겠냐? 오빤 자연스럽게 따라가질 않고 머리를 너무 써요. 좀 **단순해야** 하는데. 단순하지 않다고? 그럼 침대를 갖다 줘, 제기랄, 당장 침대를 갖다 달라고! 이렇게 퍼붓는 대신 난 비올렌에게 해명을 하고 있었다. 이 현상은 나로서도 이해할 수 없는 것이라고 말이다. 팔과 다리를 함께 써야 하는 다른 상황들, 예를 들어 복싱이나 테니스 같은 걸 할 땐 내 사지가 완벽하게 조화를 이룬다고. 피구를 할 때도 내가 워낙 월등하게 잘하니까 친구들이 다들 나랑 같은 팀에 들어오려고 서로 싸울 정도였다고. 이 눈부신 아가씨에게 난 계속 자랑을 했다. 열다섯 살 땐 피구의 에이스로 뽑히기도 했다고. 그리고 연이어서 피구의 장점들까지 피력했다. 닥쳐라 자식, 이러면서도 난 계속 주저리주저리 떠들었다. 피구는 신체의 뛰어난 자질을 요구하는 완벽한 경기야. 팔, 머리, 다리의 완벽한 일치가 필요하거든, 언젠가는 축구도 피구 옆에선 펭귄들의 장난으로밖엔 안 보이게 될지 몰라. 이 멍청아, 왜 그렇게 사설이 기냐? 네 밑에 눕히고만 싶은 이 매력적인 아가씨의 품 안에서 시멘트 부대처럼 군 게 못마땅해서 피구 얘기로 괴롭히는 거냐? "비올렌, 그게 얼마나 고도의 선략을 요하는 운동인지 아니." 머저리야, 입 닥쳐. 그 운동은 여드름투성이 불한당들 두 팀이 죽어라 공을 주고받고 열 내며 시간을 죽이는 폭력적인 놀이일 뿐이야. 네가 아무리 그 운동에 뛰어나다 해도 이 여자애를 침대에 눕힐 수는 없을걸. 오히려 네 무용담에 지쳐, 목이 마르다면서 **한잔** 마시러 가버릴지도 모른다고.

19세 2개월 19일   1942년 12일 29일 화요일

그런데도 그녀가 왔다. 바로 그날 밤에. 그러나 결과는 춤보다도 더 한심했다. 늦은 밤, 집 안 전체가 잠든 시간이었다. 에르베네 집의 내 방에서 이것과 비슷한 체크 게임 테이블에 앉아 서글픈 춤 이야기를 쓰고 있는데, 등 뒤에서 문이 열렸다. 어찌나 조심스러웠던지, 문이 다시 닫히는 순간에야 소리를 듣고 몸을 돌렸다. 그때 난 봤다. 비올렌이 모슬린 비슷한 하얀 천으로 된 잠옷을 입고 서 있는 것을. 그리스 옷을 입은 것처럼 한쪽 어깨는 드러나 있었다. 다른 쪽 어깨에는 가느다란 끈이 묶여 있었는데, 작은 매듭이 나비의 날개 같았다. 그녀는 아무 말도 하지 않고 미소를 짓지도 않고 내게 의미심장한 눈길을 보냈다. 나 역시 아무 말도 할 수가 없었다. 둥근 어깨에 긴 두 팔은 하얗고 가늘었다. 손은 엉덩이 옆에 늘어뜨리고 있었고, 맨발이었다. 호흡이 빨랐고, 봉긋이 선 젖가슴은 풍만했고, 잠옷은 젖꼭지에서부터 바닥까지 쭉 늘어뜨려져 있어 맨몸과 천 사이에 빈 공간이 만들어져 있었다. 내 눈은

그녀의 허리, 배, 넓적다리, 다시 말해 그녀의 몸 전체의 형태를 그려보려 애썼지만, 내 옆에 놓인 작은 램프는 그녀의 몸을 투명하게 드러내주지 않았다. 그녀의 실루엣이 보이려면 램프가 그녀 뒤에 있어야 했다. 처음엔 그 생각밖에 들지 않았다. 투명함을 가로막는 램프의 잘못된 위치 말이다. 램프가 그녀의 뒤에 놓여 있었더라면 달랐을 텐데. 우리는 둘 다 움직이지 않았다. 난 몸을 일으키지도 못했다. 그녀를 향해 작은 몸짓 하나도 하지 못했다. 그녀는 계속 서 있었고, 뒤에서 문이 다시 닫혔다. 나는 앉아 있는 채로 몸을 4분의 3쯤 돌리고, 손은 테이블 위에 놓은 채 공책을 만지작거리다 덮어버리면서, 만년필 펜촉의 잉크가 마르겠구나 하는 생각을 했다. 그러면서도 불투명한 옷감 뒤에 숨겨져 있는 비올렌의 실루엣을 상상하는 데 골몰하느라 만년필 뚜껑을 닫진 못했다. 그토록 비올렌의 하얀 실루엣은 눈부셨다. 그때 그녀의 왼팔이 가슴을 따라 올라갔다. 어깨 높이까지 오면서 손가락을 펴, 엄지와 검지는 잠옷 끈의 끝을 잡고 슬며시 잡아당겨 매듭을 풀었고, 잠옷이 옷감의 무게 때문에 발밑으로 떨어지면서 맨몸이 드러났다. 그보다 더 아름다운 여인의 몸을 또다시 볼 수 있을 것 같지 않았다. 황금빛 램프 불빛 속에 갑자기 던져진 몸. 하나님, 얼마나 아름다운 몸인가요, 얼마나 아름다운 몸인가요. 난 속으로 되풀이했다. 만일 빛이 영원히 꺼졌다면, 난 그 아름다움의 추억과 함께 죽었을 것이다. 난 하마터면 비명을 지를 뻔했지만, 그러면서도 몸을 일으키진 못했다. 놀람과 찬탄으로 내 몸은 완전히 마비되어 있었다. 얼마나 아름답고 얼마나 완벽한가. 그뿐 아니라 감사의 느낌도 들었던 것 같다. 지금까지 아무도 그런 선물을 준 적이 없었으니까. 마음은 그런데도 엄지조차도 움직일 수가 없었다. 오히려 움직인 건 그녀였다. 그녀는 침대로 가서 누웠다. 그녀는 오라는 신호를 보내지 않았다. 팔을 내밀지도 않고, 말도 하지 않고, 미소조차 짓지 않고, 그냥 내가 오길 기다렸다. 그리고 난 그렇게 했다. 마침내 그녀에게로 가서 그녀의 발 앞에 서 있었다. 그녀에게서 눈을 뗄 수가 없었다. 야, 너도 옷을 벗어야지. 난 속으로 중얼거렸다. 네 차례야, 임마. 난 실행에 옮겼다. 서투르게, 조심스럽게, 용기라고는 전혀 없이, 등을 돌리면서 침대 끝에 앉았다. 날 내주기보다는 날 감추면서. 그러고 나서 난 그녀 곁에 슬그머니 누웠다. 아무 일도 일어나지 않았다. 난 애무를 하지도 포옹을 하지도 않았다. 내 안의 무언가가 죽어 있었기 때문에. 아니, 결국은 죽을 테니까 생겨나려고도 하지 않았기 때문에. 내 심장이 몸 전체에 피를 다 보내주면서도, 정작 기다리고 있는 곳에는 보내주지 않았기 때문에. 내 피는 뺨을 달구고, 머리로 솟구쳐 올라가고 관자놀이에 격렬히 부딪히곤 했지만, 내 다리 사이로는 한 방울도 흘러가지 않았다. 한 방울도. 안 되는구나, 라는 생각조차도 들지 않았다. 두 다리 사이에 아무런 느낌도 없었다. 이 생각밖에 들지 않았다. 내 두 다리 사이엔 아무것도 없구나. 그녀는 날 도와주지 않았다. 그녀 역시 말 한마디도 없었고 움직이지도 않더니 갑자기 일어서서 나갔고, 그녀 뒤로 문이 닫혔다.

성 불능. 비올렌이 확실하게 진단을 내려준 셈이다. 집에 돌아오는 길로, 난 옷장 거울 앞에 벌거벗고 섰다. 그러고는 내 몸의 체계적인 단련을 위해 유년기부터 관리해온 바를 총점검해봤다. 팔굽혀펴기, 복근 운동을 비롯한 온갖 종류의 신체 단련에 관한 열성 덕에 나 자신이 무언가와, 즉 또다시 거울 틈에 끼워놓은 『라루스 사전』의 인체 해부도와 닮은 청년이 되어 있다는 데는 의심의 여지가 없었다. 비교를 해보니, 내 근육들은 모두 제자리에 자리를 잡고 완벽하게 모습을 드러내고 있었다. 커다란 흉근, 이두박근, 삼각근, 복근, 요골근, 경골근. 그리고 몸을 돌리면 굴근, 비장근, 둔근, 배근, 상박근, 승모근까지 뭐 하나 빠지는 게 없었다. 인체 해부도는 나를 꼭 빼닮은 초상이었다. 그렇다면 진짜 성공한 것이다. 거울 앞에서 평생을 보내도 좋을 만큼. '정말로 아무것과도' 닮지 않았던 내가 인체 해부도와 똑같이 되다니! 거기다 한 가지 덧붙이자면, 이젠 두려운 것도 없어졌다. 아무것도 두렵지 않다. 두려워질까 봐 두려워하던 것도 없어졌다. 내 몸을 조각해낸 이 열정이라면 제어하지 못할 두려움은 없었다. 내 깃발을 또 훔쳐가려고 해봐, 어떻게 되나. 나무에 또 날 묶어봐봐! 그래, 잘났다, 자식. 하지만 육체와 정신이 균형을 이룬 그 걸작도 아름다운 비올렌의 옆에 뉘었을 땐 아무짝에도 쓸모없는 몸뚱어리에 지나지 않았잖아. 딱한 녀석, 넌 **정말이지** 아무것과도 닮지 않았어. 다시 운동을 시작해. 네가 좋아하는 공부도 해. 몸을 훈련시키고 시험공부도 해. 넌 '스스로를 단련하고' '출세하는' 데 딱 적합한 사람이니까. 맙소사, 늘어진 성기가 남자에게 남기는 이 **찌질하다는** 자괴감! 성기를 손에 쥐고 흔들어댄 게 얼마나 여러 번이었던가! 욕구가 성기를 부풀렸던 게 얼마나 여러 번이었던가! 그러게 말이다, 얼마나 여러 번이었지? 백 번? 천 번? 오로지 상상의 힘만으로도 피로 가득 찼던 정맥의 잔가지들! 숫총각의 강렬한 욕망이 분출할 때, 몸속 깊숙한 곳에서부터 얼마나 많은 정액이 끌어올려졌던가? 그것도 한번 계산해봐야 한다. 몇 리터? 불쌍한 들라루에 신부님에게서 훔친 엽서들 앞에서 남자 노릇을 하느라 몇 리터는 쏟아냈을 터인데. 그런데 결국 비올렌의 침대에선 이 몸이 죽어버렸으니. 춤 하나도 못 추고. 준비 단계는 우스꽝스러웠고, 실행 단계에선 찌질했다. 네가 그토록 극복했다고 자랑하던 그 두려움 때문이 아니라면, 무엇 때문에 마비되었겠는가. 이게 바로 오늘 아침 거울 앞에 벌거벗고 서서 『라루스 사전』의 인체 해부도를 들여다보며 혼란스럽게 떠올린 생각들이다. 그럼 다음번엔? 다음번에는 어떻게 될까? 이제 네 몸은 **어떤 정신 상태**에서 여인의 몸에 다가갈 엄두를 낼 것인가? 이게 내가 오늘 아침 생각했던 것이요, 지금 그걸 글로 쓰고 있다. 인체 해부도는 여전히 내 눈앞에 놔둔 채로. 그런데 갑자기 눈에 들어온 게 있다. **인체 해부도의 다리 사이에도 아무것도 없다는 것!** 음경도 고환도 그려져 있지 않다! 가장 가까이 있는 요근과 치골근이라는 두 근육은 그것들과는 아무 관련도 없다. 인체 해부도의 두 다리 사이엔 아무것도 없다. 음경은 근육이 아니라 치자, 좋다. 신체의 한 기관인 건 맞는데, 그렇다면 이 기관의 본질은 뭐지? 해면질. 피를 머금고 있는 해면. 마찬가지로 피의 순환을 보여주는 인체 해부도에도 그 부분엔 아무것도 그려져 있지 않다. 몸 전체에, 서혜부까지도 피가 흐르는데, 생명의 출발점이라 할 수 있는 성기엔 생명을 보내주는 혈관이 전혀 없다. 두 다리 사이에 아무것도 없다. 라루스 가문에선 음경은 축출됐다. 수치스런 부분. 성령의 짓궂은 장난. 그건 적당히 처리해. 라루스 씨는 고자다.

19세 2개월 22일   1943년 1월 1일 금요일

깜빡 잊고 빼놓은 얘기가 있다. 내가 옷장 앞에 벌거벗고 서 있는 걸 엄마가 문 열고 들어오다가 발견했다. 무슨 일이냐? 네가 그렇게 멋져 보이니?

19세 2개월 24일   1943년 1월 3일 일요일

음경: 페니스, 베르주, 망브르, 비트, 퀘, 핀, 뇌, 폴라르, 좁, 브라크마르, 비루트, 다르, 비트, 지지 등.[12] 고환: 부르스, 쿠이유, 루스통, 주아예즈, 파르티, 루비뇰, 루페트, 발쇠즈, 글라우이, 룰로, 누아 등.[13] 남자의 생식기를 가리키는 이 음란한 어휘들을 생

---

12) pénis, verge, membre, bite, queue, pine, nœud, polard, zob, braquemart, biroute, dard, vit, zizi.

13) bourses, couilles, roustons, joyeuses, parties, roubignoles, roupettes, valseuses, glaouis, rouleaux, noix.

리학자는 죽어도 안 쓰고 싶겠지.

   비올렌 사건의 뜻밖의 결말. 시작은 이랬다. 길거리에서 에티엔
과 언쟁이 있었다. 걔는 자기 친구 에르베의 여동생에 대한 내 태
도를 '말도 안 되는 짓'이라고 나무랐다. 네 방으로 여자애를 끌어
들여놓고 건드리지도 않다니, 그게 얼마나 굴욕적인 일이었을지
모르겠냐? 내가 이제 에르베 얼굴을 어떻게 보냐? 널 초대한 것도
바로 나란 말이야! 에티엔은 길길이 날뛰었고 난 그 아가리에 주
먹이라도 날릴 심산이었다. 다행히도 그가 한 말 중에 한마디가
날 진정시켰다. 걔가 예쁘지 않은 건 사실이야, 그래, 안 예뻐. 하
지만 그렇기 때문에 더더욱 그러면 안 되는 거지! 그건 너도 원래
알고 있었을 거 아냐. 걜 처음 본 것도 아니고! 걔가 몇 달 전부터
자기 오빠한테 네 얘길 했었대! 그리고 지금은 몇날 며칠 울고만
있단다! 넌 사람을 죽인 거나 마찬가지야. 내가 에르베를 진정시
키느라고 얼마나 힘들었는지 아냐! 비올렌이 안 예쁘다고? 비올
렌이? 그래, 비올렌도 자기가 못생겼다고 생각해. 얼굴이 너무 밋
밋하다고. 자기 말로는 잉어같이 생겼다나. 피부도 너무 칙칙하고.
걔네 오빠 입으로 한 소리야. 너도 걔가 못났다고 생각하지? 그
치? 비올렌이 못생겼다고? 아니, 난 그렇게 생각하지 않아. 오, 아
니지, 절대 아니지! 그 눈부시게 아름다운 아이가 못생겼기 때문
에 거절당했다고 생각하다니! 내 잘못 때문에! 상처 입고 눈물을

흘리다니! 비올렌 혼자서 고통의 거울 앞에 마주하고 있겠군! 나와 똑같이! 그렇다면 두 사람 다 수치, 공포, 무지 그리고 고독에 빠져 있었던 얘기네?

19세 3개월 6일   1943년 1월 16일 토요일

오늘 저녁 에티엔은 우리 둘 사이의 서먹함을 깨버리겠다는 갸륵한 배려 속에 이 상황의 역설적인 유머를 강조했다. 자기 동생이 강간당하지 않았다고 해서 화가 난 오빠라니! 이거야말로 현대적이지 않냐! 그래서 난 그에게 다 얘기했다. 그는 딱 부러진 결론을 내렸다. 숫총각의 불능이라 이 말이지? 너도 남들 하듯이 해봐. 사창가로 가는 거야. 거기야말로 그 문제에 관한 한 아주 훌륭한 학교니까! 너도 갔었어? 아니. 그럼 루아르는? 걔도 안 갔어. 그럼 말맹은? 갠 가기 싫대. 창녀는 페탱주의자라서.

우린 여기까지만 얘기했다.

*

리종에게 남기는 말

사랑하는 리종에게

이쯤에서 상황을 좀더 잘 이해하도록 설명을 덧붙여야겠구나.

네가 어릴 때 보던 만화엔 '그러는 한편'이라는 표현이 잘 나왔지. 정말로 '그러는 한편' 마르세유의 옛 항구에선 테러가 있었다. 정확히 1월 3일의 일이었지. 독일 군대를 상대하던 사창가에 폭탄이 떨어진 것이다. 다른 하나는 스플랑디드 호텔의 식당에 떨어졌고, 희생자가 여럿이었다. 그 뒤에도 약탈은 계속됐지. 그로 인해 내 친구 자프랑을 잃었다. 그러고는 독일군이 파니에에 다이너마이트를 터뜨렸다. 건물 1,500채가 파괴되었고, 내 왼쪽 귀의 고막도 상당 기간 손상되었었다. 1월 말엔 밀리스[14]가 결성됐고 2월엔 STO[15]의 징집이 시작되었다. 이 악화된 상황 속에서 억압받는 이들에게 에티엔은 이렇게 설명했다. 자기는 거기서 오히려 전쟁의 결정적인 전환점을 본다고. 독일이 신경을 곤두세운다는 건, 바로 나치의 종말이 시작되고 있다는 걸 의미한다는 것이었다. 그의 말이 맞았다.

*

19세 6개월 9일   1943년 4월 19일 월요일

자프랑의 실종을 둘러싸고 구내식당에서 한바탕 소란이 있었다. 자프랑 편을 들어주던 말맹이 궁지에 몰리는 바람에, 그를 구하려 날쌘 주먹을 날렸다. 성적 모멸감을 느끼고 난 뒤라 그런지

---

14) Milice: 비시Vichy 정부가 대(對) 레지스탕스용으로 조직한 친독 의용대.
15) Service du Travail Obligatoire: 비시 정부에 의한 대독협력 강제 노동국.

힘이 열 배는 더 세진 것 같았다. 세상 사람들이여, 못난 숫총각을 조심하시오. 무슨 끔찍한 짓을 저지를지 모르니. 내 몸이 제구실을 하는 영역이 적어도 한 군데는 있다는 것만으로도 너무나 감사했다. 난 인체 해부도를 완벽하게 이해한 덕에 아픈 부위만 골라서 때리는 잔인한 쾌감을 즐겼다. 겁 없이 싸우는 희열이란! 88킬로그램이나 나가는 루아르의 거구도 그럭저럭 상대해냈다. 퇴학을 당할지도 모르겠다. 그렇게 되면 아무 데도 소속되지 않은 채로 시험 준비를 해야 한다. 자격이 주어진다면……

19세 6개월 13일   1943년 4월 23일 금요일

퇴학 통지서를 주머니에 넣은 채 집으로 돌아가는 기차에서 에티엔을 만났다. 에티엔은 같은 칸에 타고 있던 다른 세 명의 승객에게—남자 두 명과 여자 한 명—아주 진지한 표정으로 물었다. 마치 무릎 위에 펴놓은 의학 서적에서 무슨 굉장한 정보라도 얻은 것처럼. 우리 생식기와 관련된 신경과 동맥의 이름이 **수치스런 신경** 그리고 **수치스런 동맥**이라는 사실을 아냐고. 한 사람은 신문에서 머리를 들어 올리고, 한 사람은 풍경에서 눈을 떼고, 또 한 사람은 눈을 찡긋하더니, 아니, 그런 건 모르고 있었다는 의미의 겸연쩍은 미소를 지었다. 에티엔은 냉랭한 어조로 말을 이어갔다. 국가적인 혁명이 일어나는 이런 시기에 그와 같은 관점은 본질적으로 문제를 야기한다고. 그는 책의 표지를 들여다보더니 큰 소리로 저자의 이름을 읽었다. 그러고는 국가 원수가 매주 일요일마다

프랑스의 인구를 다시 늘려야 한다고 독려하는 마당에, 생식 기관을 수치스러운 대상으로 여긴다는 것은 고의적인 반애국적 태도라고 주장했다. 이 문제에 관심이 없어 보이시긴 합니다만, 어떻게 생각하세요? 그는 마치 우리가 서로 모르는 사이인 것처럼 내게 물었다. 난 놀란 시늉을 하고는, 다른 세 명의 승객에게 질문하는 듯한 눈길을 보내고 나서 조심스럽게 대답했다. 그 신경과 동맥은 **국가 재건 신경**과 **대가족 동맥**이라고 다시 이름을 지어줘야 한다고. 아무도 장난을 눈치채지 못했다. 사람들은 생각에 잠긴 모습이었다. 그러고는 세상에서 가장 진지하게 내 제안에 동의했다. 여자 승객은 다른 제안들을 내놓기까지 했다.

더러운 세상.

19세 6개월 16일   1943년 4월 26일 부활절 월요일

페르망탱이 동료 둘을 데리고 날 징집하러 집에 들렀다. 페르망탱은 내가 퇴학당한 걸 모르고, 방학이라 집에 있는 줄로만 알고 있었다. 엄마가 그를 반갑게 맞아 내 방에 데려다주었다. 군복을 입고 밀리스 대원의 베레모를 쓴 그의 모습이 꼭 코메디아 델라르테[16] 배우 같았다. 걸음걸이도 우스꽝스러웠다. 난 시험공부를 하고 있던 중이었다. 난 다른 사람들이 했다면 웃었을 것 같은 '과장

---

16) commedia dell'arte : 16세기부터 18세기에 걸쳐 이탈리아에서 발달한 가벼운 희극.

된 말투로' 오랜 친구에게 선언했다. 밀리스에는 절대로 들어가지 않을 것이고 그러한 제안조차도 모욕으로 느낀다고. 그는 동료들에게(두 명 다 모르는 녀석들이었는데, 그중 한 명도 군복을 입고 있었다) 몸을 돌리더니 말했다. 모욕이라고? 천만에, 이거야말로 모욕이지! 그러고는 내 얼굴에 침을 뱉었다. 페르망탱은 아주 어렸을 때부터도 아무한테나 침을 뱉었다. 나야말로 개가 아직까지 침을 뱉지 않은 몇 안 되는 친구들 중 하나였다. 그러니 침 때문에 놀라긴 했어도 그가 뱉었다는 사실 자체는 놀랄 일도 아니었다. 그렇게 생각한 덕에 난 냉정을 잃지 않을 수 있었다. 난 반발하지도 않았고 피할 생각도 하지 않았다. '퉤' 소리가 들리더니 침이 날아오는 게 보였고, 침이 이마에 닿은 뒤 코와 왼쪽 광대뼈 사이로 흘러내렸다. 그냥 미지근한 물이 튄 것 같은 느낌이었다. 닦지도 않았다. 난 그 상황이 상징하는 굴욕감은 잊고 오로지 감각에만—별 특별할 것 없는—집중했다. 하긴 내가 반발했다면 날 죽였을지도 모르겠다. 침은 물처럼 빨리 흘러내리지 않았다. 거품이 있기 때문에 조금씩 조금씩 내려오며, 증발되는 대신 그냥 말라버렸다. 또 다른 두 녀석 중 군복을 입은 녀석이 (페르망탱과 그는 무장하고 있었다) 말하길, 자기네는 어쨌든 남자들만 징집한다고 했다. 난 아무 대꾸도 하지 않았다. 흘러내리고 남은 침이 입술의 왼쪽 끝 위에서 흔들리고 있는 게 느껴졌다. 한순간, 그걸 혀로 핥아버릴까도 생각했다. 그래서 보낸 자에게 다시 돌려보낼까. 하지만 참았다. 난 그냥 상황을 받아들이기로 했다. 또 보자. 페르망탱이 내게서 눈을 떼지 않은 채 말했다. 그는 내 방을 뒷걸음질 쳐 나가면서 나를 향해 손가락을 내밀고 연극 대사를 외듯 되풀이했다.

또 보자, 비겁한 자식아. 지금 난 공부를 다시 시작하기에 앞서 이 일기를 쓰고 있다. 내일 난 메라크로 도망친다.

4. 21~36세(1945~1960)

모나의 사랑의 구두점.
이 쉼표를 내게 맡기면 느낌표로 만들어줄게.

*

리종에게 남기는 말

사랑하는 리종에게

그 침공 뒤 이 일기에도 2년간의 공백이 있음을 확인할 수 있을 게다. 페르망탱이 동지 두 명을 데리고 메라크까지 날 찾으러 왔었다. 그 이유야 뻔했지. 날 고약한 운명 속으로 끌어들이려는 것. 다행히도 마침 티조가 그들을 알아보고 알려줘서(티조는 그때 아홉 살밖에 안 됐었지만, 너도 알고 있는 그의 명민함은 그때 이미 갖춰져 있었단다) 난 도망칠 수 있었다. 그 일이 있고 나선 지하운동으로 숨어드는 것밖에 다른 방도가 없었지. 그 길로 이끈 건 마네스 아저씨였다. 난 로베르와 아저씨가 레지스탕스[1]에 참여하

---

1) 제2차 세계대전 당시 나치의 점령에 저항하여 유럽, 특히 프랑스에서 일어난 지하운동 및 단체.

고 있는지도 모르고 있었지. 아저씨는 일부러 레지스탕스에 관해 험담을 늘어놓곤 했는데, 난 원래 아저씨의 말이라면 무조건 믿었 거든. 아저씨는 점령자에 대해서도 그다지 좋은 소리를 하진 않았 기 때문에 고독한 야인이라는 평판을 유지하고 있었지. 아저씨가 당에 입당했다는 사실은 내 평생 가장 놀랐던 일들 중의 하나였단 다. 게다가 아저씨는 끝까지 공산주의자였지. 베를린 장벽, 헝가 리, 굴락,[2] 스탈린주의의 몰락, 온갖 우여곡절에도 불구하고. 아 저씨는 이것저것 따질 줄을 모르는 사람이었던 거야.

내 청년기의 이 시기에 대해 너희들에게 한 번도 얘기해주지 않 았던 건, 레지스탕스에 끼어든 게 얼떨결에 이루어진 일이었기 때 문이다. 페르망텡 패거리들만 아니었다면, 난 아마도 전쟁이 끝날 때까지 권투 연습이나 하고 책들이나 뒤적이며 살았을 것이다. 좋 은 성적을 내고, 이런저런 학위들을 따고, 사회적 지위를 쟁취하는 것, 그거야말로 돌아가신 아버지의 기억에 바쳐야 할 숙제라고 생 각했거든. 전쟁엔 절대 참가하지 않아야 해! 아버지가 저주할 거야! 이런 마음이었지. "사람이 살면서 가장 가슴 아픈 일은 서로 싸우느 라 시간을 보낸다는 것 자체가 아니라, 거기에서 살아남는다는 것 이지." 아버지는 이렇게 말했었다. 페르망텡이 내게 침을 뱉지 않았 어도 내가 그 고통 속에 몸을 던졌을까. 나의 참여는 단지 날아온 침의 궤적과만 관련 있었을 뿐, 그 이상의 아무것도 아니었단다.

어쨌든 1943년 봄부터 1945년 봄까지(라트르 장군[3]의 부대에

---

2) Gulag : 옛 소련의 강제노동수용소.

3) Jean de Lattre de Tassigny(1889~1952): 제2차 세계대전 중 연합군의 프랑스

입대한 기간) 난 공부를 포기했고, 일기를 쓰는 것도 중단해야 했다. 글이라는 것이 뒤에 남겨놓는 긴 궤적은 은둔 생활과는 양립하기 어려운 것이었거든. 글 때문에 무너져버린 동지들이 얼마나 많았는지! 내면 일기도, 편지도, 메모도, 주소록도, 그 어떤 흔적도 남겨선 안 됐다. 특히 마지막 10개월간 내게 맡겨졌던 접선의 임무를 수행하는 동안엔! 그 기간 내내 난 내 몸에 대한 관심을 끊고 지냈다. 몸은 관찰의 대상 이상의 것이 될 수 없었고, 훨씬 더 중요한 다른 일들이 기다리고 있었기 때문이지. 이를테면 목숨을 유지하는 것, 과업과 임무를 제대로 수행하는 것, 영원히 끝날 것 같지 않던 몇 주 동안 극도의 긴장 상태를 줄곧 유지하는 것 등등. 실제론 아무 일도 일어나지 않았었지만 말이다. 비밀 부대원의 삶은 악어의 삶과 비슷한 데가 있었다. 참호 속에서 내내 숨죽이고 있다가 한순간 튀어 올라와 공격하고는, 또다시 급히 숨어 다음 공격을 기다리는 것. 공격과 공격 사이에도 경계 태세를 늦춰선 안 되지. 신경을 긴장시키고, 훈련을 되풀이하고, 모든 가능성에 귀 기울여야 한단다. 그러니 몸의 사소한 문제들은 외부의 위협 앞에선 정말 아무것도 아니었지.

은밀한 전쟁을 치르는 동안 자신의 건강 문제에 관해 조금이라도 신경 써본 자가 과연 있었을지 의문이다. 이건 정말 한번 연구해볼 만한 주제다. 동지들 중에서 아픈 사람은 거의 본 적이 없거든. 온갖 시련을 다 겪으면서도 말이야. 배고픔, 목마름, 불편함, 불면, 기진맥진, 두려움, 외로움, 감금, 지루함, 상처. 그런데도 몸

남부 상륙작전에 프랑스의 제1군 사령관으로 참전.

은 잘 버텨냈다. 우리는 병에 걸리지 않았다. 어쩌다 이질에 걸리는 것 정도. 냉기를 느끼다가도 수행해야 할 과업을 생각하면 금세 몸이 데워지는 식이었지. 심각할 게 없었다. 우리는 배가 텅 빈 채로 잠을 잤고, 발목을 삔 채로 걸었고, 몰골은 추했지만, 병에 걸리진 않았으니까. 내 관찰이 모두에게 다 해당되는지는 모르겠지만, 어쨌든 내가 주변에서 확인한 바로는 그렇다. 반면 STO에 끌려간 청년들의 경우에는 그렇지 않았다. 그들은 파리처럼 쓰러졌다. 노동 재해, 우울증, 전염병, 온갖 종류의 감염, 그곳을 벗어나고픈 자들의 자해 등으로 작업장은 점차 비어갔다. 그 무상의 노동력들은 그들의 몸만을 목적으로 하는 작업에 건강을 갖다 바친 거지. 반면 우리의 경우엔 정신이 동원된 셈이고. 저항 정신, 애국심, 점령자에 대한 증오, 복수의 욕구, 정쟁에 대한 취향, 정치적 이상, 박애, 해방에 대한 기대. 이름을 어떻게 갖다 붙이든, 그게 무엇이었든, 그건 우리 건강 상태를 좋게 해주었다. 우리 정신은, 전쟁이라는 위대한 몸을 위해 우리 몸을 기꺼이 써야 한다고 부추겼다. 그렇다고 해서 경쟁이 없었던 건 아니지. 각자 자기의 정치적 성향에 따라 평화를 준비했고, 자기 식대로 해방된 프랑스에 대한 꿈을 꾸고 있었지만, 레지스탕스는 그 양상이 아무리 다양하다 하더라도, 침략자에 대한 투쟁 속에선 언제나 단 하나의 몸일 뿐이었다. 평화가 돌아오자 우리 각자는 그 거대한 몸으로부터 떨어져 나와 다시금 세포들의 덩어리로, 다시 말해 모순 가득한 존재로 되돌아왔다.

네가 그렇게 좋아했던 팡슈를 알게 된 건 전쟁이 끝나기 몇 주 전이었다. 팡슈는 의사가 아니면서도, 우리 부상자들이 쌓여 있던 버려신 벽돌공장에서 티고난 익과 기술을 발휘하고 있었다. 너도 알다시피, 내가 팔을 잃지 않은 것도 팡슈 덕분이란다. 네가 모르는 사실이 한 가지 있는데, 그건 내가 팡슈에게 비올레트 아줌마의 청각 마취술을 전수해주었다는 거다. 팡슈는 그 방식을 아주 성공리에 적용했지. 붕대를 갈 때마다 어찌나 요란하게 소리를 질러대던지, 우리 뇌 깊숙한 곳에서부터 고통이 다 빠져나가는 것 같았단다. 네가 모르는 게 또 한 가지 있구나. 팡슈는 네모난 얼굴, 찢어진 눈, 브르타뉴 억양, 강인한 성격을 지녔지만, 너나 나처럼 브르타뉴 사람은 아니었다는 거지. 그녀의 원래 이름은 콘치타, 브르타뉴로 망명 온 스페인 집안의 딸이었지. 감사하게도 우리 공화국을 위해 '프랑수아즈'라는 새 이름을 받은 거고. '팡슈'란 별명은 원래 남자한테 붙이는 애칭인데 선머슴 같은 그 친구를 놀리느라 브르타뉴의 동료들이 지어준 이름이란다.

*

21세 9개월 4일   1945년 7월 14일 토요일

프랑스 공화국 임시정부의 이름으로 또 나에게 맡겨진 권력에 근거하여 ······[4]

---

[4] 프랑스 공화국 임시정부는 1944년 알제리에서 샤를 드골 장군을 수반으로 성립되었다. 1944년 8월 파리 해방과 함께 파리로 이전하고 1946년 10월 프랑스 제4공화국이 성립되기까지 헌법 제정과 프랑스 통치에 임했다.

기념식 중에 난 뭐 때문에 울었던 걸까? 비올레트 아줌마가 돌아가신 후론 운 적이 없었는데. 최근에 팔꿈치가 으스러지는 바람에 아파서 운 걸 빼면 말이다. 어쨌거나 난 기념식 내내 참지 못하고 계속 울었다. 흐느낌도 없이 계속 울었다. 몸을 비우듯. 눈물을 닦지도 않고. **그**가 팡슈와 나, 우리 둘에게 훈장을 주었을 때도 난 계속 울고 있었다. **그**는 화를 내기는커녕, 내게 남자답다고 칭찬해주었다. 이젠 자네도 울 권리가 있어! 내가 풀칠한 종이처럼 뻣뻣이 서 있는데도 불구하고 **그**는 나를 망설임 없이 안아주었다. **그** 역시도 눈물을 닦지 않았다. 그거야말로 어찌됐든 영웅다운 모습이었다! 2년 만에 다시 쓰는 이 일기에서 내가 우선 주목하고 싶은 건 바로 그 눈물이다. 오늘 아침 난 실제로 **내 몸 안의 눈물을 전부 다** 쏟아버렸다. 더 정확히 말하자면, 그 있을 수 없는 살육의 기간 동안 내 정신이 축적해온 눈물을 모조리 쏟아버린 것이다. 눈물은 자아의 배설이다. 그 엄청난 양이란! 우리는 울면서 오줌 눌 때보다 훨씬 더 시원하게 자신을 비운다. 맑은 호수에 몸을 던지는 것보다도 더 깨끗이 자신을 청소한다. 그 정화의 과정이 모두 끝나고 나면 종착역에 정신의 짐을 내려놓을 수 있게 된다. 그리고 눈물로 표현된 정신은 비로소 몸과도 좋은 관계를 회복할 수 있다. 내 몸도 오늘 밤엔 잠을 잘 잘 것이다. 안도의 울음을 실컷 울었으니. 이제 끝났다. 사실 이미 몇 달 전에 다 끝난 것이었지만, 확실히 마침표를 찍기 위해선 이러한 의식이 필요했던 것이다. 끝났다. **그**가 훈장을 준 건 바로 그래서다. 내 **레지스탕스**의 끝. 눈물에 영광 있으라!

21세 11개월 7일   1945년 9월 17일 월요일

시험 준비를 다시 시작했다. 지적 노동을 할 때 느끼게 되는 몸
의 감각이 고스란히 되살아난다. 책들의 고요한 떨림, 손가락 끝
에 느껴지는 종이의 결, 종이의 섬유 위에서 펜이 사각거리는 소
리, 풀의 자극적인 향, 잉크의 광택, 꼼짝 않고 있는 몸의 무게, 너
무 오랫동안 다리를 꼬고 앉아 있는 탓에 저린 발끝. 그 바람에 일
어서려다가 뒤뚱거리며 가방에 부딪치기도 한다. 계속 앉아만 있
을 순 없다. 몸을 흔들어대며 펀치를 날리기도 한다. 좌우에서 스
트레이트를 퍼붓고. 훅, 어퍼컷, 연타, 라운드(이젠 확실히 왼쪽 주
먹이 완전하게 펴지지 않는다. 그러나 훅이나 어퍼컷은 여전히 칠
수 있다). 머리로는 복싱의 리듬에 맞춰 시구를 암송한다. 수세기
에 걸쳐 다듬어진 문장들을 머리가 깨질 정도로 외는 동안 팔은
춤추고, 주먹은 때리고, 땀은 흐른다. 세탁통에서 퍼낸 차가운 물.
몸에 물을 끼얹어봐, 몸을 말려, 옷을 다시 입어, 공부를 시작해, 공
부를 시작하라고. 그리하여 또다시 부동의 자세. 문장들 위를 날아
다니는 듯한 그 느낌! 순례하는 매는 인쇄된 책이라는 너른 들판
위를 탐색 중이다. 귀한 사상들이여, 그대는 내 먹이요 내 풀밭. 어
서 몸을 숨겨보시게. 내가 가서 그대를 먹어치우고 소화까지 시켜
버릴 테니! 빌어먹을, 지금 무슨 소릴 지껄이고 있는 거지? 오늘 저
녁엔 여기서 멈추자. 눈꺼풀이 모래처럼 무거워지고 펜은 자꾸만
빗나간다. 잠을 자자. **대지 위에 몸을 눕히고 잠을 자자꾸나.**

잠시 짬을 내어 내가 썼던 일기의 한 부분을 다시 읽어보았다. (며칠 전에 비소가 공책들을 돌려주었다. 자기가 감추고 있었다고 했다. "정말 하나도 안 읽었어, 진짜야!") 일기에서 도도를 다시 만난 순간, 흠칫 놀라며 가슴이 뭉클해졌다. 도도는 내가 엄마와 함께 살 때 가상으로 만들어낸 동생이다. 그 정도로 내겐 **육체적으로** 함께할 동반자가 필요했었다. 난 도도에게 오줌 누는 법을 가르쳤고, 먹기 싫은 걸 먹는 법도 가르쳤고, 참는 법도 가르쳤다. 또 성의 진실도 교육했다. 내 고추를 잡고 흔들어봐, 지금 커지고 있지! 도도는, 거만하고 거짓말쟁이고 멍청한 허풍쟁이인 엄마에 대항하여 내가 몰래 만든 존재였다. 도도가 나였다고는 말 못하겠다, 그렇다. 그러나 그는 내 존재의 실체를 확실히 드러내는 훈련 그 자체였다. 나는 내가 거의 존재하지 않는다고——설사 존재한다 해도——느꼈다. 죽어가는 아버지 그리고 엄마가 '삶'이라 일컫는 거짓 사이에 낀 채로. 엄만 늘 말했다. 삶은 이런 게 **아냐**, 삶은 저런 게 **아냐**…… 도도는 비록 상상 속의 존재였지만, 그 연약한 작은 육신은(도도가 무섭다며 내 침대로 와 옆에서 잘 때, 난 그 애가 내는 숨소리를 들었다) 거룩하신 어머니께서 말씀하시는 '삶'과는 또 다르게 현실적이었고 구체적이었다. 그러고 보니 요 몇 년 동안 내 귀에는 페탱 원수의 목소리가 엄마 목소리의 완벽한 복제로 들렸던 것 같다. 그가 조국에 관해 말할 때, 그 떨리는 목소리로 삶에 관해 들려준 얘기는 똑같이 고집스럽고, 고리타분하고, 소심하고, 위선적이고, 가소로운 거짓말이었다. 나의 내면 깊은 곳에서, 레지스탕스에 들어간 건 도도였다. 그리고 훈장을 받은 것도 도도였다. 그러나 적어도 그가 그걸로 허풍을 떨고 다니진 않을 거라고 난 확신한다.

22세 3개월 1일   1946년 1월 11일 금요일

몇 년간의 신고(辛苦)의 세월 뒤에 이제야 커피 맛을 되찾았다. 진하고 쓴 새까만 커피. 입안에서 머금고 있다가 곧 한 모금 삼키면, 만족한 혀가 가볍게 한 번 입맛을 다신다. 가슴뼈 뒤의 타는 듯한 감각은 일격을 가하며 정신을 번쩍 들게 하고, 심장박동을 가속화하고, 신경세포를 뒤흔든다. 그러나 가끔은 아주 고약할 때도 있다. 전쟁 전엔 훨씬 나았던 것 같은데. 도대체 왜 요즘엔 커피가 덜 맛있을까? 과거에 대한 향수?

22세 5개월 17일   1946년 3월 27일 수요일

악몽의 문제. 최근 2년 동안엔 거의 꾸질 않았다. 평화가 돌아오자 또다시 악몽이 공세를 취한다. 내 생각엔 악몽이란 정신의 산물이라기보다 신체 기관이 뇌를 통해 배설하는 것이 아닐까 싶다. 악몽을 기록함으로써 그것들을 길들여보는 건 어떨까. 침대 발치에 수첩을 놓고 깨자마자 꿈 내용을 적어보는 것이다. 이렇게 함으로써 꿈을 이중으로 제어할 수 있게 된다. 꿈은 기록되는 순간

이야기로 구조화되며, 또한 그 과정에서 우릴 두렵게 하는 능력이 모두 사라지는 것이다. 그리하여 악몽은 공포의 대상이 아니라 호기심의 대상이 된다. 어쩌면 꿈도, 내가 자기를 기다리고 있다가 종이 위에 꼼짝 못하게 가둬놓을 거라는 걸 미리 알고 있을지 모른다. 그리고 그게 무슨 문학적인 명예라도 되는 양 의기양양해할지도 모른다, 멍청이! 내용이 아무리 무시무시하다 해도 악몽의 특질은 이미 다 잃어버린 것을. 오늘 밤에도 끔찍한 꿈을 꾸면서 난 또렷이 생각을 했다. 깨어나자마자 잊지 말고 기록하자. 이번 꿈은 로장[5] 헌병의 팔 하나가 떨어져 나와 하늘에다 글씨를 쓰고 있는 것이었다.

22세 6개월 28일   1946년 5월 8일 수요일

승전 1주년 기념일. 요 몇 달간의 전투 같은 삶 덕분에 잠잠하던 온갖 병이 승전을 축하하기라도 하는 듯 한꺼번에 터져 나왔다. 코감기, 복통, 불면증, 악몽, 불안, 발열, 기억의 혼미(손목시계와 지갑을 어디 뒀는지 모르겠다. 팡슈의 주소, 수에토니우스[6]에 관한 강의 일정, 실습 스케줄 등등도 다 잊어버렸다). 한마디로 몸의 나사가 풀린 것이다. 아무래도 내 몸이 예전의 허약한 어린애의 몸과 다시 연결된 것 아닌가 싶다. (아무것도 아냐, 신경이 날카로워

---

5) 프랑스의 지명.

6) Gaius Tranquillus Suetonius (?69~?140): 로마 시대의 전기 작가.

서 그래. 비올레트 아줌마는 가볍게 말했었다) 오늘 아침만 해도 잠에서 깼을 때 신경이 날카롭고, 코가 막히고, 설사가 나고, 목이 아프고, 체온은 38.2도나 됐다. 이불을 세 겹이나 뒤집어쓰고 잤는데 감기라니. 너무나 맛있는 포토푀[7]를 먹고 잤는데 설사라니. 몸이 다시 편안해지니까 저항을 하는 걸까? 불안증으로 말하자면, 두 시간 동안의 정신노동으로 목을 가로막고 있던 덩어리를 녹이는 데 충분했다. 플리니우스[8] 영감의 글을 번역하면서 마음이 차분히 가라앉은 것이다. 반대로 이질은 나를 무릎 꿇렸다. 지금도 샌드백이나 겨우 칠 수 있는 정도다. 전쟁이여 만세. 전쟁이야말로 좋은 건강의 조건이란 말인가? 내가 죽음의 무도 속에 들어가 있던 이 2년 동안엔 나 대신 세상이 신경증을 앓았었나 보다.

23세   1946년 10월 10일 목요일

파리에 도착하면서 팡슈네 집에 들렀다. 내일은 정부청사에서 면접이 있다. 팡슈가 어디 잘 곳은 있냐고 물었다. 14구에 있는 한 호텔. 야, 지뢰, 내가 이렇게 살아 있는데 호텔에서 자는 게 말이 되냐. 그것도 생일에. (세상에, 어떻게 이런 것까지 기억을 하지!) 팡슈는 날 로슈슈아르 가에 있는 커다란 아파트로 데려갔다. 그곳은 전시에 징발되었던 곳인데, 음악가 대여섯 명이 거기에 죽치고

---

7) pot-au-feu: 고기와 채소 등을 넣고 푹 끓인 요리.
8) Gaius Plinius Secundus (23?~79): 고대 로마의 정치가, 군인, 학자.

있었다. 그들은 마시고, 웃고, 맘껏 먹고, 생각이란 도무지 하지 않는 족속들 같았다. 아무럼 어때, 즐거우면 됐지. 그러더니 갑자기 또 지하로 우르르 몰려간다고 했다. 팡슈가 오베르캄프 가에 있는 방공호 한 군데를 알고 있었는데, 그곳을 멋들어진 나이트클럽으로 꾸며놓았다는 것이다. 자, 가자! 난 머뭇거렸다. 기차 여행의 여독이 풀리질 않아 피곤했다. 내일의 면접을 망치는 건 생각할 수도 없는 일이었고, 그걸 놓치면 또다시 집에 죽치고 있을 수밖에 없을 테니. 아냐, 난 자야 해. 그러자 팡슈가 침대가 하나 놓인 방을 보여주었다. 너 목욕도 하고 싶니? 목욕? 진짜 욕조 안에서 목욕을 할 수 있어? 그게 가능해? 덕분에 열일곱 시간 동안 철로를 달려오느라 으스러진 몸을 욕조 안에서 다시 추스릴 수 있었다. 목욕한 뒤, 난 따뜻해진 몸에 아무것도 걸치지 않은 채 금방 잠이 들었다. 그러다 한밤중에 잠에서 깨어났다. 누군가가 내 이불 속으로 들어왔던 것이다. 그 몸뚱어리도 나처럼 발가벗은 채였는데 따스했다. 포동포동한 데다 더할 나위 없이 여성적인 몸. 그녀의 말은 세 마디가 다였다. 쉿, 움직이지 마, 내가 알아서 할게. 그러고는 날 삼켜버렸다. 내 성기는 곧 그녀의 입속에서 실력을 발휘했다. 기특하게도 녀석은 부풀어 오른 상태를 계속 유지하고 있었다. 그러는 사이 그녀의 두 손은 내 배를 어루만지고, 가슴까지 미끄러져 올라와 어깨를 매만지고, 다시 팔과 엉덩이를 따라 내려가며 도자기 빚듯 살살 주무르더니, 당당하게 버티고 있는 탐스런 궁둥이를 붙들고 한참을 가만히 있었다. 그동안에 부드럽고 도톰한 입술과 말랑말랑한 혀도 작업을 하고 있었다. 오! 계속해, 제발, 계속해줘. 파동이 올라오는 게 분명히 느껴지면서 배가 텅 빈 듯

했다. 참아, 참아, 벌써 끝내면 안 돼. 폭발하는 화산을 도대체 어떻게 가라앉히란 말인가? 어디서부터 가라앉히지? 주먹을 불끈 쥐고 눈꺼풀에 힘을 줘봐도, 입술을 깨물어봐도 소용없었다. 내몸에 올라탄 여자 기수를 낙마시키지 않으려 몸을 있는 대로 뒤틀어봤지만, 상승되는 기운을 억누를 순 없었다. 속삭임. 그만, 살살, 조금만 더, 그만, 그만. 내 손은 그녀의 어깨를 밀었다. 조금만 더, 참아봐. 이젠 어깨를 아무리 웅크려도, 손가락으로 아무리 저지해봐도 참을 수가 없었다. 그녀가 손가락으로 주무르기까지 하는데 어떻게 더 참으란 말인가. 반듯하게 자라난 순진한 청년은 입 밖으로 말은 하진 못했지만 속으로 생각했다. 입안에선 안 돼, **설마 그럴 생각은 아니겠지**. 이건 거의 확신에 가까웠다. 입안에선 안돼. 하지만 그녀는 내 손을 밀어내고 날 꼼짝 못하게 했다. 그러고는 날 자기 입 속에 집어넣고 오래, 끈질기게, 단호하게, 완벽하게 내 숫총각의 정액을 마셨다. 그러는 사이 난 내 몸 깊숙한 곳에서 쾌감을 느꼈다.

모든 게 끝났을 때, 그녀는 내 귀까지 미끄러져 올라오더니 속삭였다. 팡슈가 네 생일이라고 해서. 나 정도면 괜찮은 선물이 아닌가 싶더라고.

23세 3일   1946년 10월 13일 일요일

내 생일 선물의 이름은 쉬잔, 퀘벡에서 온 폭파 전문가로, 정확히 말하자면 지뢰 탐지사이다. 그 일이야말로 **인내와 정확성이 요**

구되는 작업이다. 쉬잔 덕분에 면접은 잘 치렀다. 생의 에너지가 넘쳐나는 기분이었다. 잠 못 드는 밤이 계속됐다. 모두 모여 아침을 먹을 때 쉬잔이 태연하게 설명했듯이, 우리는 단순한 '오럴 섹스'로 쾌감을 느낀 게 아니라, '사랑'을 하며 밤을 지샌 것이었다. 내가 즐기고 나면 '그녀가 즐길 차례였고', 그러고 나선 또 내가 즐겼고, 그다음엔 우리 둘 다 즐겼다. 둘이 동시에 폭발했다고 할까. 그러고 나서도 우린 한두 차례 더 '말을 탔다.' "이 남차가 품코 있는 사랑의 에너치는 청말 믿을 수 없을 만큼 많다니카!" 그녀의 퀘벡 말투가 인상적이었다. 식탁에 둘러앉은 이들이 웃고 있는 동안 난 대양을 사이에 두고 수세기에 걸쳐 형성된 그 억양에 대해 공상을 해봤다.[9] 루이즈 라베[10]도 쉬잔과 같은 악센트로 시를 낭송하지 않았을까 하는 엉뚱한 상상도. 쉬잔에게 화답하느라 팡슈가 코르네유[11]의 시구를 읊었다. **왜냐하면 욕망은 효과가 뒷걸음질칠 때 배가되기 때문이다.** 코르네유의 말투는 또 어땠을까?

23세 4일   1946년 10월 14일 월요일

날것 그대로의 악센트가 좋다!

---

9) 캐나다 동부의 퀘벡Quebec 주는 주민의 80퍼센트 이상이 프랑스계로 이루어져 있고, 영어보다는 프랑스어를 많이 사용하며, 독특한 억양이 있다.
10) Louise Labé(1524~1566): 16세기 프랑스의 여류 시인. 자유분방한 정열이 넘쳐흐르는 연애시를 썼다.
11) Pierre Corneille(1606~1684): 17세기 프랑스의 극작가.

23세 5일   1946년 10월 15일 화요일

  늙은 직장 우두머리와 젊은 구직자의 대면에는 뭔가 육체적인,
거의 동물적인, 아무튼 원초적으로 성적인 면이 있다. 이것이 적
어도 내가 방금 치른 면담에서 느낀 감상이다. 두 명의 수컷이 서
로를 관찰한다. 늙은 지배자와 기어오르려는 젊은이. 지식과 의도
의 이 탐색전에선 온화함이란 찾아볼 수가 없다. 너 어디까지 알
아? 어디까지 올라가고 싶어? 우두머리가 냄새를 맡는다. 어떤 함
정을 파놓은 거야? 후보자도 냄새를 맡는다. 두 세대가 대치한다.
죽어가는 세대와 그 빈자리를 차지하려는 세대. 결코 점잖지 않다.
얼핏 보이는 것과 달리, 교양이나 학위들은 거기서 별 역할이 없
다. 불알과 불알의 대결이다. 넌 우리 계급의 일원이 될 자격이 있
냐? 이게 바로 우두머리의 관심사다. 넌 아직도 살아갈 만한 자격
이 있어? 이게 구직자의 질문이다. 찌든 정액과 새 정액의 냄새 속
에서 으르렁, 으르렁.

23세 16일   1946년 10월 26일 토요일

  방금 전 사랑을 끝내고 엎드려 있을 때였다. 땀범벅에 녹초가
된 채 느긋한 맘으로 졸기 시작하는데, 등과 엉덩이와 목과 어깨
위로 시원한 물방울이 한 방울씩 불규칙적으로 떨어졌다. 느리고
감미롭게 똑 똑 똑. 다음 방울은 언제 어디로 떨어질지 알 수 없는
데다 물방울이 하나씩 떨어질 때마다 지금까지 한 번도 건드려진

적이 없는 내 몸의 새로운 지점들을 발견하게 되어, 물방울은 더더욱 매력 있었다. 궁금함을 더는 못 참고 몸을 돌려봤다. 쉬잔이 한 손에 물컵을 들고, 지뢰를 찾을 때처럼 집중한 채 손가락 끝으로 물을 뿌리고 있었다. 주근깨와 점 들이 흩뿌려져 있는 그녀의 살갗은 별들이 빛나는 하늘이다. 난 볼펜으로 별자리를 그려놓았다. 큰곰자리, 작은곰자리…… 이번에 네 차례야. **네 하늘**도 좀 보자. 쉬잔이 말했다. 하지만 내 몸 위에는 아무것도 없다. 앞쪽에도 뒤쪽에도. 점이라곤 찾아볼 수가 없다, 정말로. 완전한 백지다. 난 아쉬운데, 쉬잔은 자기 방식대로 해석한다. 넌 완전 신제품이구나.

23세 3개월 11일   1947년 1월 21일 화요일

쉬잔이 자기 고향 퀘벡으로 돌아가버렸다. 이제 모두에게 전쟁은 끝났다. 이 헤어짐을 점잖게 기념했다.

오른쪽 뺨에 할퀸 상처.

왼쪽 귓불에 깨문 상처.

목 오른쪽, 동맥이 뛰고 있는 지점에 빨린 자국.

목 왼쪽, 턱 아래에 또 다른 빨린 자국.

윗입술에 깨문 자국. 부풀고 퍼렇게 멍듦.

가슴뼈의 위쪽 끝으로부터 왼쪽 젖꼭지에 이르기까지 대략 1센티미터 간격으로 평행하게 할퀸 상처 넷.

등 위쪽에 비슷한 칼자국들.

오른쪽 젖꼭지 위에 빨린 자국.

엄지 안쪽 살에 깊이 깨문 자국.

너무 혹사당해 진이 다 빠져버린 불알.

그리고 마지막 표시로서 내 왼쪽 서혜부의 파인 곳에 입술 자국. "루즈 자국이 다 지워질 때쯤엔 새로운 삶을 살기 시작해야 할 거야."

팡슈는 이번에도 또 내 상처를 치료해준 셈이다. 쉬잔이 내 침대에 들어온 건 단지 내 생일이었기 때문만은 아니었다는 것이다. 아니라고? 아냐. 네 총각 딱지를 떼어주라는 지령을 받고 갔던 거야. 정말? 정말이라니까! 우린 지뢰, 너 때문에 헷갈렸어. 연락병들은 정숙한 경우가 아주 드물거든. 그 일이 얼마나 위험하고 얼마나 긴장되니. 대부분은 임무 수행이 끝나자마자 침대 속으로 들어가는 게 보통이라고. 미친 듯이 사랑하면서 전쟁을 잊으려 했던 거지. 처녀, 총각들에겐 생의 에너지와 안아줄 품이 필요했으니까! 그런데 지뢰, 넌 안 그랬어. 보면 다 알지. 그래서 의심이 생겼던 거야. 사제? 숫총각? 고자? 불감증? 사랑에 환멸을 느끼기라도 했나? 너에 관해 우린 이런 질문들을 던졌지. 쉬잔은 해답을 찾으러 적진에 들어간 거고. 레지스탕스의 마지막 무훈 아니겠어!

*

리종에게 남기는 말

팡슈가 날 '지뢰'라고 부르기 시작한 건 1945년 3월의 어느 오후에 일어난 사건 때문이었다. 콜마르 전투가 끝나고 알자스로 향하던 길에 지뢰가 터지면서 내 팔의 절반이 날아갈 뻔했단다. 난 전쟁이 벌써 끝나기라도 한 것처럼 편안한 마음으로 차창에 팔꿈치를 걸쳐놓은 채 운전을 하고 있었거든. 광슈가 부상병들을 부르는 특별한 방식이 있었어. 부상을 입게 된 원인을 이름으로 부르는 거지. 난 지뢰 때문에 '지뢰'가 된 거고, 롤랑은 자기 창자를 손에 쥔 채로 참호에서 나오는 바람에 '다이너마이트'가 됐고, 에드몽은 지독한 고문에서도 살아남았기 때문에 '욕조'가 됐지. 지뢰. 광슈는 날 다르게 부른 적이 한 번도 없었단다.

*

23세 3개월 28일   1947년 2월 7일 금요일

매번 감기를 앓고 나면 잠에서 깰 때 코가 막혀 있다. 바짝 마른 채로. 특히 왼쪽 콧구멍은 점막이 지나치게 비대해져 있다. 검지를 콧구멍 깊이 넣어보면 손가락 끝에 쉽게 만져진다. 난 입을 벌린 채로 자고 목구멍이 마른 채로 잠에서 깬다. 바짝 마른 시체처럼. 파리의 공기에 대해 알레르기라도 있는 걸까?

23세 4개월 9일   1947년 2월 19일 수요일

쉬잔이 떠나서일까? 아니면 내가 제안하는 것마다 샤플랭이 사사건건 트집을 잡아서일까? 그것도 아니면, 멍청한 파르망티에가

쿼터에 대한 강박 때문에 날 성가시게 해서일까? 또다시 속 쓰린 증상에 시달리고 있다. 난 어렸을 때부터도 늙은이의 병을 갖고 있었다. 평생을 쫓아다니다 결국엔 성격까지도 바꿔놓는 고질병 말이다. 내 성격도 **쓰라리게** 변하는 건 아닐까? 그리고 몇 년 뒤엔 **쓰라린** 인간이 되어 있는 것 아닐까?

23세 5개월 21일   1947년 3월 31일 월요일

거의 먹지 못했다. 잠도 잘 못 잤다. 몸 안으로 들어온 것도, 나간 것도 없다. 오랫동안 계속되어온 식도 부위의 고통. 그냥 그런가 보다 하고 지냈는데, 이젠 걱정이 된다. 에티엔은 검사를 해보라고 부추긴다. 불안을 떨쳐내는 덴 더 좋은 방법이 없다는 얘기다. 그가 추천해준 위장병 전문의는 코친 병원에서 2주 후에나 만날 수 있다고 한다. 레니 사탕[12]을 먹으니 좀 낫긴 하다. 쉬잔에게선 아무런 소식도 없다.

23세 5개월 30일   1947년 4월 9일 수요일

아직도 닷새나 더 기다려야 의사를 만날 수 있다니. 세상에, 이게 웬 시간 낭비인지! 쉬잔에게서도 여전히 소식이 없다. 지뢰, 넌

---

12) 위의 통증을 가라앉히는 약의 상품명.

개한테 뭘 바라는 거니? 팡슈가 물었다. 갠 너한테 새로운 인생의 문을 열어줬어. 이제 넌 그 문으로 들어가기만 하면 되는 거야! 내가 정말로 기다리는 건 욕구가 되돌아오는 것이다. 다른 무엇보다도 성욕이. 그리고 삶에 대한 욕구도. 그런데 돌아오는 건 어린 시절에 느꼈던 두려움뿐이다. 건강염려증의 형태로! 이젠 더 숨길 필요도 없을 것 같다. 날 괴롭히는 건 바로 암에 대한 막연한 공포이다. 건강염려증: 몸의 상태에 대해 과도하게 신경 쓰는 비정상적인 정신 상태. 자신이 가해자이면서 동시에 피해자가 되는 망상. 정신과 몸이 **서로에게** 술책을 부리는 것. 어쨌든 처음 경험하는 느낌이라 흥미롭기도 하다. 난 선천적으로 건강염려증 환자일까, 아니면 일시적인 증상의 희생자일까? 위암: 소화 기관 자체에 의해 속으로부터 부풀어 오르는 증상! 가히 신화적인 공포다.

23세 6개월 2일   1947년 4월 12일 토요일

더 이상 소화를 못 시키고 있다.

23세 6개월 4일   1947년 4월 14일 월요일

진찰엔 딱 7분이 걸렸다. 진찰을 마쳤을 때 난 겁에 질려, 소화기 전문의가 설명해준 것의 반의반도 알아듣지 못했다. 진찰실이 어떻게 생겼었는지도 기억이 안 난다. 사고의 일시적 정지. 운이

좋으시군요, 한 환자기 예약을 취소했어요. 사흘 뒤에 다시 뵙죠. 그의 말이 사실일까, 아니면 응급 상황이라는 걸 얘기하지 않기 위해 거짓말을 한 걸까? 난 의사의 말을 듣는 대신 그의 표정을 살폈다. 그는 간단명료하게 알려줬다. 사흘 후에 위 속에 관을 집어넣어서 어떤 상태인지를 살피겠다고. 그 전문가의 표정에선 그 정보 외에는 다른 아무것도 읽을 수 없었다. 하지만 건강염려증 환자인 내 눈에는, 그의 표정 하나하나에 털어놓을 수 없는 비밀이라도 숨겨져 있는 것처럼 보였다. 이 딱한 녀석아, 넌 미친 거야. 의사가 SS친위대[13]의 비밀요원이기라도 한 것처럼 반응을 하다니!

23세 6개월 6일   1947년 4월 16일 수요일

읽을 수가 없다. 무엇에도 집중할 수가 없다. 내 마음을 다소나마 풀어줄 수 있는 건 일밖에 없다. 하긴 오늘 아침에도 조제트와 마리옹을 만났을 때 한 명은 내게 넋이 나간 것 같다고 했고, 또 한 명은 걱정이 많아 보인다고 했다. 이젠 레니 사탕도 아무 소용 없다. 신경의 총체적인 동요. 이제 연극은 끝났다는 확신. 이제 환자가 아닌 상태로는 마지막으로 이 포도주, 이 올리브, 이 퓌레

---

13) 민족사회주의 독일 노동자당의 아돌프 히틀러를 호위하는 당내 조직으로서 1925년에 창설되었다. 나치당이 정권을 획득한 1933년 후, 반당 분자 숙청에 큰 역할을 수행했다.

를——이것들도 잘 소화되진 않지만——맛보고 있다는 확신. 더 이상은 르뤼코 카페의 마로니에 나무에 꽃이 피는 것도 볼 수 없으리라는 확신. 언제부터 네가 마로니에에 관심이 있었니, 이 바보야. 넌 언제나 마로니에가 꽉 막힌 사람처럼 갑갑해 보인다고 했잖아! 맞다, 하지만 죽음이 가까워졌다는 확신이 들면 바퀴벌레와도 사랑에 빠질 수 있는 것이다. 병보다도 더 무서운 건 병에 대한 두려움이다. 내가 다시 세운 모토는 이렇다! 피할 수 없는 암과 마주한다 해도 나 자신을 지켜내리라는 것! 게다가 난 몇 가지 영웅적인 태도까지 상상해본다. 그러는 동안 손은 축축해지고 손가락 끝이 바르르 떨리면서 두려움이 극에 달하고, 변비가 설사로 바뀐다. 열두 살 때 숲에서 겪었던 것처럼. **이젠 두려워하지 않을 거야. 이젠 두려워하지 않을 거야. 이젠 절대 두려워하지 않을 거야……** 기막혀! 그때와 아무것도 달라진 게 없다는 게 말이 돼? 두려움을 극복하기 위해 쓰기 시작한 이 일기도 아무 소용이 없었다는 거잖아. 조그만 두려움에도 똥까지 싸는 덜떨어진 어린애와 마지막 날까지 함께해야 한단 말이야? 이제 좀 그만 칭얼거려, 가만 좀 있으라고, 알았어! 바깥으로부터 너 자신을 한번 들여다봐, 이 멍청한 놈아. 넌 지구 전체를 뒤흔든 대학살로부터도 살아남은 놈이야. 게다가 기막히게 아름다운 여인이 마침내 네게 여인의 길을 열어주기까지 했잖아!

23세 6개월 7일   1947년 4월 17일 목요일

완전한 포기 상태에서 **위내시경 검사**를 받았다. 의사에게 내 무기를 전부 맡겨버렸다. 결과에 대한 어떤 환상도 없는 맹목적 믿음, 평온한 운명주의. 인턴을 옆에 거느리고 온 의사가 내 목에다 튜브를 집어넣고 식도까지 밀어 넣은 뒤, 마침내 내 위 속을 탐험하기 시작했다. 난 어린 시절 아빠를 따라 서커스 구경 갔을 때 본적 있는 칼 먹는 남자를 떠올리며, 토할까 봐 겁나는 걸 억지로 견뎌내고 있었다. 의사들은 내 위 속을 뒤지면서도 계속 수다를 떨어댔다. 다음 휴가는 어디로 갈 것인지 등등. 그러는 게 오히려 맘이 편했다. 내 삶이 중단됐을 때에도 세상은 흘러가겠군! 좋은 소식. 검사 결과, 흔한 식도염이란다. 나쁜 소식. 혈액 검사 결과가 나오면 다시 한 번 보잔다. 치료. 위벽보호약과 식이요법. 소스를 뿌린 고기는 먹지 말 것. (이 의사는 배급하곤 상관없이 사나 보네![14])

23세 6개월 18일   1947년 4월 28일 월요일

검사 결과는 완전히 **정상**이다. 아무 이상도 없다! 복합적인 심정이다. 너무 겁냈던 게 창피해서인지 마냥 좋기만 하지도 않았다. 그래도 어쨌든 마음이 푹 놓여서 에스텔과 함께 레스토랑에 갔다.

---

14) 전후 프랑스에선 1950년대까지 옷과 식량을 배급했다.

난 소시지와 튀긴 감자와 브루이[15] 한 병을 시켰다. 아직까진 속이 쓰리지 않다. 에스텔과 자르댕데플랑트[16]에서 산책도 즐겼다. 내 몸을 되찾은 것이다. 오, 몽테뉴, 당신 말이 맞군. **건강의 아름다운 빛!**

23세 6개월 28일   1947년 5월 8일 목요일

길 지나던 사람이 트로카데로[17]로 가는 길을 물었다. 난 가리켜 주는 대신 쉬잔의 말투를 흉내 내어 대답했다. 천 퀘펙에서 와서 트로카테로는 찰 몰라요. 쉬잔이 프랑스식 말투, 다시 말해 **내** 말투를 흉내 낼 때, 난 우리 언어의 생리를 알게 되었다. 머리를 들어 올리고, 얼굴 표정을 일그러뜨리면서, 눈썹을 올리고, 속눈썹은 절반 내려뜨리고, 입은 뿌루퉁하고 거만하게 내민다. 당신네들, 못돼 처먹은 프랑스 사람들 말이야, 오리 궁둥이처럼 입을 쑥 내밀고 말할 때 보면 꼭, 불쌍한 우리 머리 위로 황금 알이라도 낳아 주는 것처럼 폼을 잡는다니까.

---

15) 프랑스 보졸레 지방에서 나는 와인의 일종.
16) Jardin des Plantes: 파리 시내의 공원.
17) 파리 시내의 한 구역.

23세 6개월 29일   1947년 5월 9일 금요일

말투라는 건 말이야, 그 언어를 먹는 방식이야. 너, 프랑스인은 깨작거리고 난 게걸스럽게 먹지. 쉬잔의 얘기다.

*

리종에게 남기는 말

건강염려증 사건 이후 몇 달간 일기 쓰기를 중단했었다. 되찾은 삶의 기쁨, 새로 시작한 직장일, 정치 투쟁의 흥분이 이 일기보다 더 중요했던 거지. 날 마구 갖고 놀던 몸이 그만 사라져버린 형국이랄까. 게다가 종전 직후엔 삶이 있는 대로 요동을 쳤으니.

*

24세 5개월 19일   1948년 3월 29일 월요일

사랑을 하고 났을 때 브리지트가 일기를 쓰느냐고 물었다. 난 안 쓴다고 대답했다. 자기는 쓴단다. 그럼 일기에다 우리의 밤에 관해서도 쓸 거냐고 물었다. 글쎄. 이러는 그녀에게선 조신한 척하는 위선이 엿보였다. 그건 여자들 특유의 버릇이기도 하다. 핵심적인 얘긴 다 털어놨으면서도 세부적인 사항들을 감추며 마치 무슨 비밀이라도 지키는 것 같은 시늉을 하는. 물론 넌 우리가 나

눈 사랑 얘길 우아하게 쓰겠지. 난 바로 그게 싫어서 내면 일기를 쓰지 않는 거고. 그녀와 함께 밤을 보내고 나서 내게 남은 인상은, 다른 무엇보다도 음경 포피의 주름이 줄곧 고통스러울 정도로 긴장해 있었다는 것이다. 곧 찢어지기라도 할 것처럼. 여기에 기록해야 할 건 그 느낌뿐이다. 그 외의 이야기는, 설사 듣기에는 좋다 할지라도 일기에 쓸 만한 거리가 안 된다.

24세 5개월 22일   1948년 4월 1일 목요일

'고추를 까는' 행위를 비유적으로 표현할 때, '양말 끝을 말아 내리다'라는 뜻의 '룰레 사 쇼세트rouler sa chaussette'라는 표현이 '빵떡모자를 벗다'라는 뜻의 '데칼로테décalotter'보다 더 재치 있는 것 같다. 물론 생리 현상을 얘기하는데 재치까지 있을 필요는 없지만 말이다. 또 '데칼로테'란 표현은 천장이 열리는 자동차도 연상시키는데[18] 그 느낌이 나쁘지 않다. 그러고 보니 사제도 빵떡모자를 쓰는군. 빵떡모자를 벗은 사제라…… 좀 덜떨어진 사제.

24세 6개월 6일   1948년 4월 16일 금요일

조르주 삼촌이 소개해준 베크라는 의사한테 진찰을 받아봤다.

_____

18) décalotter에는 '덮개를 벗기다'라는 뜻도 있다.

매번 감기를 앓고 닐 때마다 몇 주씩이나 콧구멍(특히 왼쪽 콧구멍)을 가로막고 있는 혹 때문이다. 이건 비용종(鼻茸腫)이란 건데, 그냥 놔두실 수밖에 없습니다. 그렇다면 평생 겪어야 할 병이란 말? 현 단계의 의학에선 어쩔 수가 없습니다. 정말로 아무런 손을 쓸 수가 없다고요? 가을과 봄에 감기에 안 걸리도록 신경 쓰세요. 어떡하면 되죠? 공공장소를 피하세요. 지하철, 영화관, 극장, 교회, 박물관, 기차역, 승강기…… 처방전 불러주듯 줄줄 읊더니 이런 충고로 끝을 맺는다. 구강 접촉도 피하세요. (결국 인류를 피하란 얘기네.) 수술은 안 될까요? 그건 권하고 싶지 않습니다. 비용종은 편도선과는 다르거든요. 없애도 또다시 생겨나요. 늙은 의사 베크 씨는 그러면서 좋은 소식도 하나 알려준다. 코 안의 용종이 암인 경우는 드물어요. 방광이나 장에 생겨나는 용종들과는 다르게요.

24세 6개월 14일   1948년 4월 24일 토요일

  내 사제가 빵떡모자를 잃어버렸다. 음경 포피의 주름이 마침내 항복을 했고, 찢겨진 성기에서 흘러나온 피가 브리지트와 나, 둘을 뒤덮었다. 서로의 성기를 살펴보고 난 뒤 브리지트가 선언했다. '세상의 이면'이 드러났다고.

24세 6개월 21일   1948년 5월 1일 토요일

따라서 금욕. 아무리 봐도 브리지트의 피부는 좀 꺼칠꺼칠하다. 그 써칠꺼칠한 엉덩이에 기대어 매일 밤을 보낼 수 있을 것 같지 않다. 그녀와 함께 살 순 있을 것 같지만, 그녀와 엉덩이를 맞댄 채 밤을 보내는 건 영 자신 없다.

25세   1948년 10월 10일 일요일

몸 깊숙한 곳에서부터 느껴지는 오르가슴이냐, 성기 끝에서 느껴지는 오르가슴이냐. 이젠 브리지트와 함께할 때 의무감에서 억지로 즐거운 척하는 일이 종종 있다. 점잖은 오르가슴, 쾌감을 생성하는 부위에 국한된 작은 쾌감. 귀두가 슬로건에 따라 반응하는 것 같다. 키스해야 하니까 키스하자. 이제 끝내야 하니까 즐기자. 원칙의 오르가슴. 정신이 이끄는 대로 몸이 따라주지 않는 게 문제다. 그래, 잘했어. 훈계하는 목소리가 내 안에서 속삭인다. 비우기 위해선 먼저 채워야 해, 녀석아. 사랑해. **사랑**으로 널 채워. **마음**을 다해 **사랑해**. 그러면 한껏 즐기게 될 거야! 어제저녁 내 생일 선물 삼아 길에서 샀던 모가도르 가(街)의 여자와는 그런 명령이 필요 없었다. 그녀는 시간에 인색하지 않았고, 자기 기술에 굉장한 자부심을 갖고 있는 데다 몸을 아끼지도 않았다. 덕분에 머리까지 포함해서 내 몸이, 문자 그대로 폭발했다. 쉬잔과 함께했을 때처럼.

25세 2일   1948년 10월 12일 화요일

기념일만 되면 생각나는 일이 있다. 어렸을 때 엄마가 내게, 어떤 선물을 받을 '자격이 있다'고 생각하냐고 묻던 일. 아직도 귀에 생생하다. 네 생각엔, 네가 무슨 선물을 받을 자격이 있는 것 같니? 교육적인 의도라도 있는 듯 음절 하나하나마다 힘이 들어가던 말투 그리고 아무것도 놓치지 않고 보겠다는 의지를 나타내려는 듯 튀어나와 있던 커다란 눈. 그러나 엄마는 남에게 거의 관심이 없는 사람이었다. 배려심은 더더욱 없었고. 난 케이크의 양초를 불어 끌 때 일부러 컥컥 기침을 해댔다. 아빠가 하듯이. 내겐 그게 생일에 가장 즐거운 일이었던 것 같다. 나의 벗 결핵!

25세 3개월 6일   1949년 1월 16일 일요일

오른쪽 윗니와 그 옆 송곳니 사이에 낀 대파의 섬유질을 끄집어내려고 상당한 시간을 보냈다. 처음엔 손톱으로, 다음엔 명함 모서리로 그리고 마지막으로 성냥을 뾰족하게 만들어서. 그러나 대파는 없었다. 내 잇몸이 잘못된 정보를 보낸 게 문제였다. 예전에 아팠던 기억 때문에 이런 식으로 속은 게 처음이 아니다. 잇몸 스스로 망상을 갖고 있는 것이다.

25세 3개월 12일   1949년 1월 22일 토요일

더 이상 나 자신을 속여봐야 소용없는 일이다. 난 시몬을 원치 않는다. 시몬도 마찬가지다. 우리 몸은 서로 맞지 않는다. 아닌 척하는 것도 조만간 한계에 다다를 것이다. 사실 우리 둘은 서로의 부족한 점을 잘 채워준다. 우린 완벽한 조화를 이룬다고 공공연히 내세워왔고 또 그래서 당당한 '공식' 커플이 되었지만, 실은 성적인 불능을 감추고 있다. 이 거짓 때문에 미래의 어느 날 한 아이가 고통을 겪는 일이 생겨나선 안 된다.

25세 3개월 14일   1949년 1월 24일 월요일

예전에 도도에게 먹기 싫은 음식 먹는 법을 가르쳐준 적이 있다. 시몬과 함께 침대에 있을 때면 난 그 방법을 실행에 옮기려 애쓴다. 그러나 딱하게도 그게 잘 안 된다. 내 가상의 동생에게 시킨 방식은 이랬다. 입안에 든 음식에 관해서만 집중적으로 생각할 것. 오로지 그 생각만 하면서 음식의 구성 성분 각각이 뭔지를 밝혀내는 것이다. 미각 자체에 집중해야지, 음식의 질감으로부터 괴상한 상상을 해선 안 된다. 쌀 푸딩을 보고 토사물을 떠올린다거나, 시금치 퓌레를 똥이라고 상상한다거나. 그런데 감각의 문제가 거의 다인 침대 위에선 이 방식이 통하질 않는다. 내가 품에 안고 있는 게 뭔지 알면 알수록 점점 더 적응할 수가 없다. 푸석푸석한 피부, 뾰족한 쇄골, 이두박근 뒤에 바로 만져지는 위팔뼈, 근육 덩어리

인 가슴, 딱딱한 배, 까끌까끌한 음모, 내 손에 비해 너무 작고 앙상한 궁둥이. 한마디로 이 운동선수 같은 몸을 안고 있으면 영락없이 그와 정반대되는 몸을 원하게 된다. 더 딱한 건, 그녀의 몸을 즐기기 위해서 온갖 환상을 다 **동원해야** 한다는 것이다. 안 그러면 발기부전, 미심쩍은 변명, 음울한 밤, 아침의 찝찝한 기분만이 남을 뿐이다.

25세 3개월 22일   1949년 2월 1일 화요일

게다가 그녀의 냄새도 싫다. 난 그녀를 사랑하지만 그녀의 냄새는 도저히 맡을 수가 없다. 사랑을 하면서 이보다 더한 비극은 없다.

25세 3개월 25일   1949년 2월 4일 금요일

몽테뉴: 여인의 가장 완벽한 냄새는 바로 아무 냄새도 나지 않는 것이다. 그렇고말고. 비올레트 아줌마, 어디 있어요? 아줌마 냄새가 바로 내 옷이었어요. 하지만 몽테뉴가 아줌마 얘길 한 건 아니겠죠. 쉬잔, 넌 어디 있니? 네 향기는 내 깃발이었는데. 그렇다고 몽테뉴가 네 얘기를 한 것도 아니겠지.

　　시몬과 나는 '서로 잘 어울리는 데 필요한 모든 걸' 갖추고 있다. 다만 우리 몸이 서도 아부런 **대화도** 하지 못한다는 게 문제다. 우린 서로 잘 어울리지만 한 몸이 되지는 못한다. 사실 말하자면, 처음 내 마음을 끈 건 그녀의 몸보다는 그녀가 풍기는 분위기였다. 그녀의 눈길, 몸짓, 허스키한 목소리, 몸짓에서 뭔지 모르게 풍기는 기품, 우아하게 큰 키, 호기심 많은 얼굴의 복스러운 미소, 이 모든 것이(난 이걸 몸이라고 여겼던 것이다) 그녀가 말하고, 생각하고, 읽고, 침묵하는 것과 완벽하게 상응하는 걸 보며, 난 우리가 총체적으로 조화를 이룰 거라 기대했었다. 그런데 이제 와선 테니스 챔피언과 함께 침대에 누워 있는 기분이니. 근육과 힘줄과 반사 신경과 절제력과 신중함의 덩어리. 나 자신도 권투와 신체 훈련을 통해 상당한 근육질의 몸을 갖고 있다 보니, 우리 둘의 복근이 서로 부딪치며 서로를 거부하는 것이다. 만일 우리 몸이 달랐다면 어땠을까? 내가 뚱뚱해서 살이 물렁물렁했다면? 내 몸이 부풀어 올라 그녀의 몸 사이를 파고들며 그녀의 몸을 흡수해버린다면? 그녀는 내 주름들에 파묻혀 편안히 쉬며 몸을 주었을 것이다. 팡슈가 폴린 R에게 왜 그렇게 지독히 뚱뚱한 남자들만 좋아하냐고 물었을 때, 그녀는 행복에 겨운 눈길과 목소리로 대답했었다. 으음! 꼭 구름과 사랑을 하는 것 같거든!

25세 4개월 7일   1949년 2월 17일 목요일

오늘 아침 우리 침대는 거의 흐트러지지도 않았다.

25세 5개월 20일   1949년 3월 30일 수요일

치통. 혹은 통증의 유혹. 자다가 치통 때문에 소스라치게 놀라 깼다. 공중으로 튀어 오를 만큼 한바탕 놀라고 나니 오히려 그 고약한 일에 대한 **호기심**이 생겨났다. 충치가 감전을 시키다니. 그건 전기 충격과 매우 흡사한 통증이었다. 감전이 그렇듯 치통도 사람을 지독히 놀라게 한다. 입안에서 아무 생각 없이 꿈꾸고 있던 혀가 난데없이 2~3천 볼트의 전기 충격을 받으면! 그건 극히 고통스럽지만 순간적이다. 폭풍이 몰아치는 하늘에서 홀로 치는 번개. 이 통증은 확산되지 않고 엄격히 자기 영역에만 머물러 있다가 금세 약화된다. 놀란 직후에도 언제 그랬나 의심이 들 정도다. 그렇기 때문에 확인해보려는 위험한 장난이 시작되는 것이다. 혀로 아주 조심스레, 지뢰 제거병처럼 신중하게 조사를 한다. 잇몸을 건드려보고 의심 가는 이의 내벽도 검사하고, 마지막으로 이의 윗부분까지 가보고 아래로 미끄러진다. 느릿느릿, 안테나를 움직이면서. 조심을 했거나 말거나 또다시 머리가 천장에 닿을 정도로 감전을 당하고 나면 이젠 더 이상 의심의 여지가 없다. 문제는, 그토록 순간적인 통증의 기억을 머릿속에 오랫동안 지니고 있기가 어렵다는 점이다. 또 한 차례 확인 작업을 시작한다. 그러다 또다시

감전! 혀는 당장 오그라든다. 치통, 짓궂은 녀석.

카롤린은 충치 같다. 그녀의 번개 같은 심술은 순식간에 잊힌다. 그래서 당하고 나서도 그녀가 정말로 그랬었는지 의심이 갈 정도다. 상냥한 아가씨! 다정다감한 목소리! 새하얀 피부! 파란 눈! 보티첼리의 여인 같은 머리카락! 그래서 다시 그녀에게 돌아간다. 다시 확인한다. 그러고는 또 엉엉 울며 돌아온다. 그 여자가 나한테 이랬어, 저랬어. 피해자들이 적지 않다. 카롤린은 끝없이 사랑받고픈 우리의 욕구 때문에 생겨난 충치들 중의 하나다. 가면이 벗겨지면 그녀는 썩은 이 시늉을 한다. 난 참 불행한 아이였어. 그녀는 죄 없는 충치인 것이다. 내 잘못이 아냐. 사람들이 못되게 구는 바람에 내가 이렇게 된 거야. 그녀의 수많은 피해자는 치과의사 역할을 한다. 내가 널 고쳐줄게. 난 널 고칠 수 있어! 이 충치는 매력 덩어리다. 사람들은 휘둘린다. 내 연고를, 내 사랑을, 내 드릴을 믿어봐. 난 네가 맘속으론 그렇지 않다는 걸 알고 있어! 그러면서 우리의 혀는 또다시 악마의 매혹에 빠져든다. 이 아가씨는 앞으로 빛나는 정치적 커리어를 쌓으리라 예상된다.

25세 5개월 25일   1949년 4월 4일 월요일

　어제 난 카롤린 양에 대해 관찰한 바를 일기에다 썼는데, 한 가지 의문이 들긴 한다. 질문: 내 몸이 주변 사람들의 기질에 대한 명쾌한 은유를 이룰 때, 그 내용을 내면 일기의 형식으로 기록할 권리가 있는가 없는가? 대답: 그럴 권리가 없다. 그렇게 판단하는 주된 이유는? 내면 일기를 쓰다 보면 사실만을 기술하는 게 아니라 그 위에다 욕망의 소스를 뿌리게 될 게 뻔하기 때문이다. 또한 이 아가씨의 기질에 부합하는 다른 은유들도 얼마든지 생각해낼 수 있는 것도 이유가 된다. 예를 들어 우리 피를 몰래 빨아먹고 살면서도 쉽사리 쫓겨나는 적이 없는 진드기라든가, 깊이 잠들어 있는 사람을 난데없이 깨게 만드는 황색포도상구균이라든가. 맞다, 맞다. 내면 일기엔 쓸 필요가 없다!

25세 6개월 3일   1949년 4월 13일 수요일

　평생 처음 치과에 가봤다(조르주 삼촌이 소개해준). 그 결과, 잇몸 통증 때문에 사무실에도 나갈 수 없게 됐다. 간헐적인 전기 충격 대신 이번엔 지속적인 통증. 왼쪽 위턱뼈를 연료로 하여 최고 온도까지 타오르고 있는 화로 같다. 아프면 이 약을 드세요. 약을 먹었는데도 여전히 아프다. 통증은 마취 주사를 맞는 그 순간부터 시작되었다. 어금니에 수직으로 꽂힌 바늘. 도살자가 주사기로 약물을 주입하는 동안 내 몸은 줄곧 다리미판처럼 열기를 견뎌내야

했다. 좀 아프긴 하겠지만 금방 끝날 거예요. 정말로 아팠고 금방 끝나지도 않았다. 주사약이 다 들어가자 의사는 드릴로 턱에 구멍을 내기 시작했다. 머리가 울렸다. 광산에서 도형수가 곡괭이질을 하는 것처럼. 세상 저 깊숙한 곳으로부터 작은 회색 섬유 하나를 끄집어내기 위한 이 소동이라니. 보세요, 이게 바로 신경이에요. 다 됐어요, 이제 마무리해드릴게요. 상처가 아물면 크라운을 씌울 겁니다.

의사는 또 칫솔질을 좀더 신경 써서 하라고도 충고했다. 아침저녁으로 적어도 2분씩은 하라고. 위에서 아래로, 오른쪽에서 왼쪽으로. SHAPE[19]의 미군 병사들처럼.

25세 6개월 9일   1949년 4월 19일 화요일

M&L과의 치열한 협상. 그러던 중 갑작스레 독한 똥 냄새. 전혀 뜻밖인 데다 냄새가 너무 독해서 소스라치게 놀랐다. 상대방은 냄새를 맡지 못하고 있었지만, 냄새가 배어 있는 건 확실했다! 톡 쏘는 냄새 때문에 숨도 못 쉬었고, '멱살이라도 잡힌 듯' 옴짝달싹할 수가 없었다. 그건 두말할 것도 없는 똥 냄새였다. 목이 콱 막힐 지경이었다. 썩은 웅덩이에 빠진 것처럼. 이 공포는 하루 종일 날 쫓아다녔다. 옆 사람들은 눈치채지 못했지만. 사무실에서, 지하철에

---

19) NATO(북대서양조약기구)에서 설치한 군사기구로, 북대서양군(北大西洋軍)이라고도 불린다.

서, 집에서, 이따금씩 더러운 변소로 들어가는 문이 한 번씩 열렸다 닫히면 똥 냄새 때문에 숨이 막혔다. 후각의 착란, 이게 바로 내가 내린 진단이었다. 난 똥구덩이에 빠진 게 아니었다. 나 자신이 바로 악취로 가득 찬 그 구덩이**였다**. 다행히도 냄새를 퍼뜨리진 않았지만, 구덩이에서 풍기는 악취의 환상, 계속 그게 문제였다. 께름한 마음을 없애려고 에티엔에게 털어놓아봤다. 그는 혹시 최근에 치과에 간 적이 있냐고 물었다. 응, 지난주에 너의 아버지가 다니시는 치과에 갔었지. 치료받은 게 위쪽 어금니니? 응, 왼쪽 어금니였어. 그렇다면 걱정 마, 이에 구멍을 뚫는 바람에 비강(鼻腔)[20]에 직접 연결이 된 거니까. 며칠 갈 거다, 다 아물 때까지. 비강? 비강이란 게 어디로 연결된 거기에? 우리 영혼이 똥 냄새를 풍기는 건가? 그럴 것 같니? 에티엔이 이 냄새의 **고유한 성질**에 관해 더 자세히 설명해주었다. 영혼이 악취를 풍기는 게 아니고, 부비강[21]이 종종 감염되어서 고름 냄새를 풍기는 거야. 다르게 말하면 몸의 기관이 썩은 것 같은 냄새를 내는 거라고. 치과의사의 드릴이 조금만 옆으로 빗나가도 우리 후각은 그걸 놓치지 않는 거지. 이렇게 우리 머릿속과 직접 연결이 되면, 몸속의 썩은 냄새가 독하게 느껴지는 거야(바깥에선 냄새가 퍼지면서 약화되지). 그런데 향기 말이야, 그건 진짜야. 환각이 아니고. 부패하는 세포들의 응집체거든.

---

20) 얼굴의 가운데, 코의 등 쪽에 있는 코 안의 빈 곳을 말한다. 공기 속의 이물질을 제거하는 작용을 한다.
21) 두개골 속의, 코 안쪽으로 이어지는 구멍.

25세 6개월 15일   1949년 4월 25일 월요일

아무도 눈치 못 챈 채 똥 냄새를 맡으며 엿새를 보냈다. 논문 심사를 받는 순간까지도. 다행히 심사위원들은 전혀 눈치채지 못했다. 모두가 축하해줬다. 사실 난 똥 냄새 속에서 허우적거리고 있었는데. 나 자신이 꼭 맥베스 부인[22] 같다.

25세 7개월 4일   1949년 5월 14일 토요일

재단사가 줄자로 재빠르게 내 몸의 치수를 쟀다. 팔 길이, 다리 길이, 허리둘레, 목둘레, 어깨 넓이. 사타구니 쪽도 기계적으로 정확하게 만졌다(난 순간적으로 **느낌**이 오는지 스스로를 관찰했다). 하지만 재단사는 몸뚱어리엔 관심이 없었다. 사실 그는 날 만지고 있는 게 아닌 것이다. 의사가 청진기를 대는 것과는 사뭇 다르다. 바늘을 다루는 그의 손가락들은 단지 부피를 측정하고 외관을 그린다. 한 사회인이 탄생하는 건 바로 그의 손에서다. 그의 기능을 입은 인간. 이 새 양복을 입고서도 이상하게 내 몸은 벌거벗은 느낌이 든다.

---

22) 권력욕이 많은 여자를 비유.

25세 7개월 5일   1949년 5월 15일 일요일

　재단사의 이 질문을 난 이해하지 못했다. 오른쪽으로 내려오나
요, 왼쪽으로 내려오나요? 그래서 설명을 들어야 했다. 그러고 나
서도 한참 생각을 해야 했다. 아무래도 왼쪽인 것 같은데요. 네, 왼
쪽 맞아요. 내 성기는 왼쪽으로 늘어지는 경향이 있다. 그 점에 관
해선 지금까지 한 번도 생각해본 적이 없었다.

26세 5개월 2일   1950년 3월 12일 일요일

　뭔가 중요한 일이 생길 때마다 늘 그랬듯이, 지난 몇 달간도 일
기를 쓰지 못했다. 이번에야말로 천둥치듯 엄청난 일이 벌어진 것
이다. 그 특별한 상황을 살아내는 것만으로도 벅차, 기록한다는
건 생각할 수도 없었다. 숨 막히는 사랑! 그걸 제대로 묘사하려다
가는 감정의 늪에 빠져 허우적거리게 될 것이다. 다행히도 이 사
랑은 몸과 더 밀접하게 관련돼 있긴 하지만. 그러니까 석 달 전 팡
슈네 집에서 파티가 있었던 날이다. 아파트 가득 사람들이 모여
있었다. 초인종이 울렸고, 문에 가장 가까이 있던 내가 문을 열었
다. 밖에 서 있던 여자가 "전 모나라고 하는데요"라고 한마디 한
게 다였는데도, 난 넋이 나간 채 그대로 서서 그녀가 들어오지도
못하게 가로막고 있었다. 즉각적이고 무조건적이고 결정적인 사
랑. 욕망은 여인을 얼마나 더 아름다워 보이게 하는지! 물론 모나
라는 여인 자체도 매력이 넘치는 건 분명했지만, 내 사랑은 그녀

를 모든 여자 중에서 가장 지적이고, 가장 상냥하고, 가장 세련되고, 가장 사랑스럽고, 가장 친화력 있는 여인의 반열에 올려놓았다. 최상급의 완벽! 내 가슴은 납처럼 녹아내렸다. 행여 그녀가 말할 수 없이 멍청하고, 심술궂고, 가식적이고, 탐욕스럽고, 간교하고, 허풍쟁이고, 고약하고 한심한 여편네, 아니 싸구려 매춘부라 하더라도 상관없었다. 설령 그런 신상 정보를 미리 입수하여 다 검토한 뒤라 하더라도, 난 내 눈앞에 보이는 그녀에게 마음을 다 주었을 것이다! 내 인생은 그녀만을 기다리고 있었으니까! 내 앞, 문틀 안에 서 있던 여자, 조심스러워하며 선뜻 들어오지 못하고 있던 그 여자는 바로 내 여자였다! 대단한 여자! 바로 내 여자! 내 것! 영원한 확신! 천둥이 내리친 바로 그 순간, 호르몬이 왕성히 분출되기 시작하면서 내 가슴을 채운 건 그때까지 내가 향유해온 우리 문화였다. 갖가지 싸구려 사랑 노래들과 수많은 고상한 오페라. 그뿐인가. 로미오가 줄리엣에게, 느무르 공이 클레브 공작부인[23]에게 처음으로 보내는 눈길, 크라나흐[24]의 성모들과 비너스들과 이브들과 또 다른 보티첼리들. 길거리와 박물관들과 잡지들과 소설들과 광고사진들과 성전(聖典)들, 특히 『구약성서』의 아가(雅歌)에서 골라낸 어마어마하게 많은 양의 사랑, 사춘기 시절 열렬한 자위행위를 통해 축적해놓은 엄청난 욕망, 그림이나 책 속에서 배운 지식으로 열심히 시도해봤지만 늘 실패로 끝난 청소년기의 어설

---

23) 17세기 프랑스 작가 라파예트 부인이 쓴 소설 『클레브 공작부인』의 등장인물.
24) Lucas Cranach(1472~1553): 독일의 화가. 이름이 같은 그의 아들(1515~1586)도 화가로서 부친의 조수·후계자가 되어 활약했다.

픈 사랑, 뜨거운 영혼의 열정직인 야망, 이 모든 것이 우리의 가슴을 부풀어 오르게 하고 정신에 불을 지피는 것이다! 아! 이 사랑의 광채! 눈 깜짝할 순간의 예지! 문틀 앞에 바보처럼 서 있던 나. 다행히도 내 외투가 거기 걸려 있었다. 난 옷을 집어 들었고, 그로부디 석 달간 모나와 나는 침대를 떠나지 않고 있다. 침대에 누운 채 우린 서로를 바라본다. 멀리서 또 가까이서, 잠시 또 영원히. 자개, 비단, 불꽃 혹은 진주 같은 모나의 완벽한 음부! 그러나 이건 기본에 지나지 않는다. 그녀의 눈길에도 맛이 있고, 피부는 보드라운 벨벳이요, 젖가슴은 말랑말랑하면서도 무게감이 있고, 궁둥이는 유연하면서도 단단하다. 또 적당히 둥근 엉덩이와 어깨의 유려한 곡선, 그 모든 게 내 손안에 들어오고, 나와 사이즈도 딱 맞고, 내 체온에, 내 콧구멍에, 내 미각에 맞춰져 있으니. 아! 모나의 맛! 이토록 완벽한 짝에게 향하는 문을 열어준 건 분명 신(神)의 힘이다! 두 성기가 이처럼 딱 들어맞는 것 역시 신이 존재하는 덕이다! 우리 두 몸이 결합하는 데는 몇 단계가 있다. 먼저 손과 입술이 서로를 알려주고, 다음엔 서로의 성기를 얼러주고, 매만져주고, 간질이고, 흔들고, 맞대고 나서, 비로소 상대의 성기 안으로 들어가 쾌감의 높낮이를 정교하게 조절해가며, 상하 운동을 통해 최고로 높은 정도로까지 올려놓는다. 이제 두 사람의 성기는 서로를 게걸스레 먹어치운다. 막무가내로, 빠르면서도 능숙하게, 허락이고 뭐고 없이, 맹목적으로. 계단에서, 두 문 사이에서, 영화관에서, 골동품 가게의 지하에서, 극장의 옷 보관소에서, 광장의 관목 숲 아래에서, 에펠탑 꼭대기에서! 우리 침대라는 말을 썼지만 사실은 파리 시 전체가 우리 침대이다. 파리 시와 교외, 센 강과 마른 강까지!

우린 성기를 원 없이 써먹었다. 일단 성기가 준비 태세를 갖추면 먼저 혀로 닦아주기 시작한다. 도시락 바닥을 핥듯, 숟가락 등을 핥듯. 우린 술꾼처럼 우직한 애정을 갖고 성기의 영광과 시듦을 지켜보며, 그 모든 걸 사랑과 미래와 후손이라는 단어들로 번역한다. 난 모나가 내 침실을 떠나지만 않는다면, 자식이 많이 늘어나길 원한다. 쾌감이 무뎌지지 않으면서 행복이라는 덤까지 얻을 수 있다면야 안 될 게 뭐 있나? 사랑의 결실인 아이들을 우리가 원하는 만큼 여럿 낳는 거다. 필요하다면 사랑 한 번 할 때마다 한 명씩. 그렇게 생겨난 사랑의 군대를 보호하기 위해 병영을 하나 빌릴 수도 있다. 자, 여기까지. 발가벗은 채로 침대에 가로누워 있는 저 여인이 소곤거리지만 않는다면 펜이 움직이는 대로 계속 놔둘 텐데. 지금은 기록할 시간이 아니라 사랑을 해야 할 시간이야. 지나간 시간을 우려를 게 아니라 지금 이 순간을 영광되게 해야 한다고.

26세 7개월 9일   1950년 5월 19일 금요일

예수 승천절 목요일[25]이었던 어제 오후, 모나와 난 여섯 번을 했다. 아니, 여섯 번 반. 그것도 점점 더 길게. 말 그대로 행복한 피로감. 마치 배터리가 빛을 다 밝힌 뒤 끝내 텅 비어버리듯이. 모나가 일어서다가 침대 발치에 힘없이 쓰러졌다. 그녀가 웃음을 터뜨렸다. 이젠 뼈도 못 추리겠네. 평소엔 다리에 힘이 풀렸다고 말하는

---

25) 부활절 40일 후 목요일

데. 우린 신기록을 세운 것이다.

26세 9개월 18일　　　　　　　　　　　1950년 7월 28일 금요일

몸은 사랑의 에너지 덕을 어느 정도로나 보는 걸까. 요즘은 모든 게, 정말 모든 게 다 잘 풀린다. 직장 일에서도 지치는 법이 없다.

26세 10개월 7일　　　　　　　　　　　1950년 8월 17일 목요일

쾌락의 문제에서 뒤집히다, 전복되다라는 뜻을 가진 '샤비레cha- virer' 동사만큼 많은 걸 시사하는 단어도 없을 것이다. 우린 정말로 뒤집어진다! 하지만 『리트레 사전』에 따르면, 19세기에 이 동사는 실패, 다시 말해 사회적인 경력에서 발걸음을 잘못 떼었다는 것을 낙인찍는 단어였다. "그 젊은이는 전복되었다." 당시엔 이 동사에 쾌락과 관련된 함의는 전혀 없었고, 단지 부르주아의 희망이 무너 지는 걸 의미할 뿐이었다.

26세 11개월 13일　　　　　　　　　　　1950년 9월 23일 토요일

모나의 사랑의 구두점. 이 쉼표를 내게 맡기면 느낌표로 만들어 줄게.

27세 생일   1950년 10월 10일 화요일

모나와 난 우리 내면에 들어 있는 건강한 동물성을 제대로 찾아 낸 것이다. 다른 소린 다 헛소리다. 그녀의 우아한 거동이라든지, 빛이 나는 미소라든지, 여러 면에서 둘이 일치하는 점이 많다든지 하는 얘긴 집어치우자. 흔히 내면 일기에다 쓰면 좋을 거라 여기는 내용들도 모조리 건너뛰자. 대신, 우리의 동물성이 충족된 지금의 상태에 대한 기록을 남기는 것으로 충분하다. 가령 이런 식으로. '난 내 암컷을 찾아냈다. 우리 둘이 잠자리를 함께하면서부터 집에 돌아간다는 건 바로 우리의 굴 속으로 돌아가는 것이다.'

27세 29일   1950년 11월 8일 수요일

코가 막힌 채로 계속 살아갈 순 없다. 난 코를 고는 게 분명하다. 모나는 아무 소리도 하지 않지만 난 분명히 코를 곤다. 기숙사 생활을 오래 해봐서 아는데, 누가 코를 골면 베개로 눌러 질식시켜 버리고 싶어질 수도 있다. 코 고는 것 때문에 모나에게 버림받는다면? 내가? 그건 절대 안 되지! 아주 이른 시간에 베크 씨와 예약을 잡아놓았다. 왼쪽 콧구멍 안의 용종을 제거하기 위해서다. 그 고약한 덩어리가 곧 다시 자라날 거라 해도 어쩔 수 없다. 내가 의사에게 바라는 건 단 6개월만이라도 자유롭게 숨을 쉬게 해달라는 거다. 정말 그러고 싶으세요? 용종 제거라는 건 재미로 하는 놀이가 아닌데요! 자, 제 조카가 도와드릴 겁니다. 문제의 조카는 스무

살 남짓 된 세네간 청년인데, 키만 큰 게 아니라 뚱뚱하기도 했다. 그는 이 '삼촌'의 비서 역할을 묵묵히 하며 돈을 벌어 소르본 대학에서 철학 공부도 마쳤다고 했다. 치료비는 조카한테 내세요. 베크 씨가 치료를 끝내며 환자에게 마지막으로 하는 말이다. 조카는 계산서를 내밀고, 지폐를 주머니에 넣고, 거스름돈을 돌려주고, 영수증에 도장을 찍어주고 하는 동안 절대 웃지도 말을 하지도 않는다. 경쾌한 흑인 바나니아[26]의 신화를 철두철미 깨는 것이다. 이번에 그가 맡은 역할은 내 머리채를 붙들고 움직이지 못하게 하는 것이었다. 한 손은 내 이마 위에 얹고 또 한 손은 내 턱을 받친 채 내 머리를 인조 가죽으로 된 의자의 받침대에 고정시키는 것이다. 한편 그의 삼촌은 내게 팔걸이를 꼭 붙들라고 하고 '가능하다면' 더 이상 움직이지 말고 있으라고 시키더니, 끝이 굽은 긴 핀셋을 ('폴리처[27] 핀셋'이라고 불리는) 내 왼쪽 콧구멍에 집어넣고는, 눈은 위로 치켜뜬 채 눈동자를 좌우로 돌리며 탐색을 하고 손으로 더듬거리다가, 일순간 시선을 고정시켰다. 아! 잡았다. 숨을 크게 쉬세요! 그러고는 용종을 사정없이 잡아당겼다. 용종은 섬유질의 힘을 빌려 완강히 저항했다. 난 놀라서 비명을 질렀지만, 조카의 큼지막한 손이 내 입을 덮어버렸다. 그건 비명을 지르지 못하게 하기 위해서라기보다는, 의사의 명성 덕에 이른 아침부터 꽉 차 있는 대기실의 분위기를 고려해서였다. 인대 늘어나는 소리가 머

---

26) '바나니아'는 프랑스의 초콜릿 음료로 상표에 경쾌하게 웃는 흑인이 그려져 있다.

27) Ádám Politzer(1835~1920): 헝가리 출신의 이비인후과 의사.

릿속에서 공명을 일으켰다. 아! 흉측한 괴물은 나올 생각을 하지 않았다! 이제 용종과 의사 둘 사이에 결사적인 힘겨루기가 시작되었다. 용종은 문어발들을 다 동원해 코 벽에 들러붙어 있고, 의사는 쌀근육들이 다 끊어질 정도로 악착같이 떼어내려 했다. 콧구멍을 통해 뇌를 송두리째 끄집어내려는 것 같았다. 그 끝없는 싸움이 얼마나 오래 지속될지는 아무도 몰랐다. 난 숨을 완전히 참았다. 허파가 터지는 것 같았다. 손가락으론 의자 팔걸이의 금속을 꽉 움켜쥐고, 두 다리론 허공에 성공의 V자를 그리고 있었다. 귓속에선 거인들이 싸움이라도 벌이는 것처럼 요란한 소리가 났다. 달그락, 으드득, 살의 비명. 내 두개골 속의 살아 있는 물질과 분노한 의사 사이의 전투. 눈은 돌출되고, 입술은 말려들어가고, 얼굴은 온통 땀범벅이 되고, 안경엔 김이 서려 앞을 볼 수도 없을 지경이었다. 설혹 내 혀를 뽑는다 해도 그렇게까지 대단한 노력을 하진 않았을 것이다. 아! 됐다! 잡았다! 어어, 나온다! 와아아! 피가 솟아오름과 동시에 의사는 승리의 오르가슴에 빠졌다. 대단한 녀석 아니에요? 핀셋 끝에서 피를 흘리고 있는 살점을 들여다보며 의사가 감탄했다. 그러고는 조카에게 건성으로 속삭였다. 소독하고 거즈를 대. 이건 나에 대한 지시렸다? 떼어내고 남아 있는 나 말이다.

  어쩌다 이 지경이 됐어? 사무실에 돌아와 앉았을 때 토마생이 물었다. 부어오른 콧구멍은 피 묻은 솜으로 꽉 막혀 있었고, 눈은 자연히 반쯤 감겨 얼굴 전체가 호된 고문이라도 받고 온 모양새였다. 잔뜩 부어오른 왼쪽 콧구멍이 코 전체에 압력을 가해 오른쪽 콧구멍까지 막혀 있다 보니, 입을 열고 숨을 쉬어야 했고, 입술은 바짝 말라 있었다. 그러니 만취한 주정꾼처럼 응, 응 할 수밖에 없었

나. 토나생은 기꺼이 날 집으로 돌려보내고 싶었을 것이다(연민에서라기보다는 자신의 위생을 위해서). 그러나 우리는 오스트리아 손님들을 맞아야 했고 '그 계약을 망쳐도 괜찮을 만한 여유가 없었다.' 그런데 어쩐다, 장관 부인인 폰 트라트너 남작 부인(그녀의 이름은 '제르다'이다)의 장갑 낀 손에 입을 맞추려고 몸을 숙이는 순간 코에서 솜이 튀어나와 베네치아산 레이스에 핏자국이 퍼지는 바람에 계약을 심각하게 망치고 말았다. **죄송합니다, 남작 부인!** [28]

27세 5개월 13일   1951년 3월 23일 금요일

부활절 휴가, 신혼여행. 모나에 따르면 볼 것 천지인 베네치아야말로 맹인들의 천국이기도 하단다. 여기선 눈 없이도 모든 걸 다 볼 수 있다는 얘기다. 이 침묵의 도시는 또한 탁월한 음(音)의 도시이기 때문이다. 슬렁슬렁 걸어 다니는 관광객들의 발소리와 베네치아 사람들의 구두 굽이 내는 딸까닥딸까닥 야무진 소리를 배경으로 광장 위로 날아가는 비둘기들과 갈매기들의 울음소리, 시장──꽃, 생선, 과일, 골동품──상인들이 손님 부르는 소리, **바포레토**[29]의 종소리, 굴착기의 **스타카토,**[30] 이탈리아의 다른 어떤 방언들보다 더 늘어지고 리듬감이 없는 베네치아의 억양, 여기선 모든 게 귀

---

28) 원문에는 독일어로 되어 있다. Verzeihen Sie bitte, Baronin!

29) 베네치아의 수상 버스.

30) 음을 하나하나 짧게 끊어서 연주하는 기법.

로 향한다. 카나레조 구역과 차테레 구역은[31] 소리의 울림부터가 다르다. 어떤 길, 어떤 광장도 같은 소리를 내지 않는다. 베네치아 는 오케스트라야. 모나는 이러면서 내게 과업을 주었다. 두 눈을 감고 팔은 그녀의 어깨에 올린 채, 소리만 듣고서 우리가 걷고 있 는 길을 알아맞히라는 것이다. 모나는 그것 말고도 또 한 가지 약 속을 하게 했다. 언젠가 우리 둘 중의 하나가 시력을 잃게 되면, 나 머지 한 사람이 그를 데리고 여기에 와서 정착하잔다. 오늘 금상 첨화였던 건 아쿠아 알타[32] 덕에 웅덩이 위를 걷는 즐거움을 누렸 다는 것이다.

27세 5개월 14일   1951년 3월 24일 토요일

어제는 귀로 듣는 베네치아, 오늘은 코로 맡는 베네치아. 여전 히 두 눈은 감은 채로. 눈도 안 보이고 **또** 귀도 안 들린다고 상상해 봐. 모나가 제안했다. 그럼 길을 잃지 않기 위해선 이 **세스티에리**[33] 를 코로 느껴야 할 거 아냐! 자, 맡아봐. 리알토 다리에선 생선 냄 새가, 산마르코 가까이에 가면 고급 가죽 냄새가, 아르세날에선 밧줄과 역청 냄새가 난다고. 모나는 그 냄새의 뿌리가 12세기까지 거슬러 올라간다고 설명해줬다. 그래도 박물관을 한두 군데 들러

---

31) 카나레조, 차테레, 모두 베네치아 본 섬의 구역 이름이다.
32) 이탈리아어로 '높은 물'이라는 뜻으로, 베네치아에서 주기적으로 바닷물이 넘 쳐, 발이 잠길 정도로 홍수가 일어나는 현상을 가리킨다.
33) 베네치아의 본 섬. 산마르코, 카나레조, 차테레 등의 6개 구역으로 나뉜다.

봐야 되지 않겠냐고 하니, 그녀는 싫다고 한다. 박물관은 책 속에, 그러니까 우리 집 책장 안에 들어 있지 않느냐는 얘기다.

27세 5개월 16일   1951년 3월 26일 월요일

한 사람은 왼쪽 집 벽에, 또 한 사람은 오른쪽 집 벽에 등을 기댄 채로 사랑을 나눌 수 있는 도시는 지구상에 베네치아밖에 없다.

27세 7개월 9일   1951년 5월 19일 토요일

거울 앞에서 자신의 모습에 감탄하고 있는 에티엔을 본 순간, 문득 깨달은 게 있다. 난 내 모습을 거울에 제대로 비춰본 적이 한 번도 없다는 것. 순진한 눈길로 내 몸을 바라보며 자아도취에 빠진 적도, 야한 눈길로 바라보며 쾌감을 느껴본 적도 없다. 한마디로 거울에다 거울의 본래 기능을 넘어서는 의미를 부여한 적이 없는 것이다. 사춘기 시절 내 근육이 얼마나 커졌나를 확인하던 땐 기록의 기능, 넥타이와 조끼와 셔츠를 맞춰 입을 땐 점검의 기능, 아침마다 면도를 할 땐 주의(注意)의 기능. 그뿐이지 내 몸 전체의 모습에 관심을 가진 적은 없었다. 난 거울 속으로 들어가지 않는다. (빠져나오지 못할까 봐 겁이 나서?) 그러나 에티엔, 그는 정말로 **자기** 모습을 들여다본다. 누구나 다 그렇듯 그도 자신의 이미지 속으로 빠져든다. 난 그러지 않는다. 내 몸의 요소들은 날 구성

할 뿐 나의 특징을 이루진 않는다. 다시 한 번 말하지만 난 거울 속에서 **날** 제대로 본 적이 한 번도 없다. 이건 바람직한 일이 아니다. 이 거리감이 오히려 문제다. 이 일기를 쓰는 것도 그 줄일 수 없는 거리를 없애기 위한 노력의 일환이다. 내 모습 속의 뭔가가 내겐 줄곧 낯설다. 상점의 진열창에서 뜻하지 않게 내 모습을 볼 때면 소스라치게 놀란다. 저게 누구지? 아무것도 아냐, 침착해. 저건 너일 뿐이야. 어려서부터 난 나 자신을 알아보는 데도 시간을 들여야만 했고, 지금도 그 시간은 줄어들지 않고 있다. 내 모습을 비춰보는 데는 오히려 모나의 시선이 더 낫다. 괜찮아? 괜찮아, 당신 완벽해. 또 모임에 가기 전엔 에티엔의 시선에게 묻는다. 괜찮아? 괜찮아. 여자들을 쓰러뜨릴 정도는 아니지만 확실한 믿음을 줄 정도는 돼.

27세 7개월 10일   1951년 5월 20일 일요일

솔직히 난 내가 뭐와 닮았는지 도저히 말할 수 없을 것 같다.

28세 3일   1951년 10월 13일 토요일

어지럼증은 어린 시절에 다 극복했다고 믿었는데, 아직도 텅 빈 곳에 가까이 갈 때면 고환 속에 어지럼증이 웅크리고 있다는 느낌이 든다. 그럴 때면 내 안에선 작은 전쟁이 벌어진다. 어제도 에트르타의 절벽 위에서 그 경험을 했다. 어째서 어지럼증은 무엇보다

먼저 고환의 경직이라는 증상으로 나타나는 걸까? 다른 사람들도 다 그럴까? 그런 순간엔 불알이 모든 것의 중심이 된다. 공포의 다발이, 좁아진 통로를 통해 위쪽 아래쪽으로 맹렬히 퍼지면서 심장을 대신해 정맥에다 모래를 뿌리고, 그 결과 혈관 전체와 팔, 가슴, 다리까지 모조리 모래에 긁힌다. 두 모래주머니의 폭발. 어제도 난 마비되고 말았다.

28세 4일   1951년 10월 14일 일요일

난소도 역시 어지럼증의 척도 역할을 하냐고 모나에게 물어보았다. 아니. 그런데 모나가 절벽 가장자리로 다가가는 걸 보면서 내 고환은 또다시 조여들었다. 난 그녀 대신에 어지럼증을 느낀 것이다. 불알에도 감정이입이 되는 걸까?

이런 생각을 하다 보니 문득 산책하다 절벽에서 떨어진 어떤 사람의 일화가 떠올랐다. 그는 발을 잘못 디디는 바람에 돌 더미 위를 몇 미터 굴러떨어지며 허공 속에서 허우적댔다. 친구들은 겁에 질려 계속 소리를 질러댔지만, 정작 그 자신은 한순간 두려움이 사라졌다고 한다. 자기가 발을 헛디뎠다는 사실을 알게 된 순간 공포도 떠나간 것 같단다. 그는 그 뒤로 평생 동안, 희망을 잃었던 바로 그 순간을 가장 행복했던 때로 기억한다. 그가 목숨을 건진 건 나뭇가지에 걸린 덕분이었다. 그 순간 살아야겠다는 희망이 생기면서 공포도 또다시 되돌아왔다고 한다.

28세 1개월 3일   1951년 11월 13일 화요일

구내식당에서 식사를 마쳤을 때, 마르티노가 입에다 주먹을 갖다 대고 몰래 트림을 했다. 난 또 한 번 확인했다. 다른 사람의 트림은 방귀보다도 더 불편하다는 사실을. 트림이야말로 위의 발효 작용을 바로 옆에서 직접 느끼는 것이기 때문이다. 방귀 냄새는 좀 덜 내밀하고 더 보편적인 것 같다. 결론적으로 말하자면, 난 방귀 냄새를 맡을 때보다 트림 소리를 들을 때 더 **거북하다**.

28세 2개월 17일   1951년 12월 27일 목요일

브뤼노의 탄생. 우리에게 아기가 태어났다. 녀석은 **마치 원래부터 우리 집에 살고 있었던 것처럼** 떡하니 자리 잡았다. 너무 벅차 아무 말도 나오지 않는다. 내 아들은 내겐 **놀라우면서도 친근한** 대상이다.

28세 3개월 17일   1952년 1월 27일 일요일

아버지가 된다는 건 팔을 못 쓰는 장애인 신세가 되는 것이다. 한 달 전부터 내겐 팔이 하나밖에 안 남아 있다. 다른 팔로는 브뤼노를 안고 있다. 하루하루 그렇게 살다 보니 익숙해지긴 한다.

28세 7개월 23일　　　　　　　　　　　　　　1952년 6월 2일 월요일

　잠에서 깰 때 별다른 이유 없이 목이 잠기고, 숨이 가쁘고, 가슴이 답답하고, 이가 욱신거리고, 기분도 가라앉는다. 엄마가 '불안증'이라고 부르던 게 이건가. 날 좀 가만 놔둬, 너무 불안하단 말이야! 이 말을 얼마나 자주 들었던가. 사실 난 엄마 곁에서 아주 착한 아들로 살아가는 것 말고는 아무 짓도 하지 않았는데 말이다. 엄마는 상을 찡그리고 있었고, 눈동자도 까매졌었다(원래는 엄청 파란데!). 그건, 감히 말하자면, 내면으로부터 자기 자신을 심술궂게 들여다보는 얼굴이었다. 그게 남들한테 어떤 영향을 끼치는지는 별로 신경 안 쓰는 얼굴. 난 도도에게 물었다. 너 또 엄마한테 무슨 짓을 한 거니?

28세 7개월 25일　　　　　　　　　　　　　　1952년 6월 4일 수요일

　내 불안증의 가장 이상한 증상들 중 하나는 바로 아랫입술의 안쪽 살을 깨무는 것이다. 이 버릇이 날 괴롭혀온 건 아주 어린 시절부터이다. 안 그러겠다고 아무리 결심을 해도 매번 불안증이 찾아올 때마다 집요하고 잔인하게 그 짓에 몰두하게 된다. 한두 차례 깨물다 보면 어느새 입술 안쪽이 마취가 된 듯 얼얼해지고, 앞니들은 거기서 죽은 것처럼 보이는 살덩어리를 뜯어내는 걸 즐긴다. 그건 마치 과일의 껍질을 벗기는 것처럼 통증이 없다. 앞니들은 몇 초 동안 내 껍질을 갖고 놀고, 그러다 그걸 삼키고 만다. 이런 제

살 뜯어먹기를 계속하다 보면 결국 앞니들이 입술 깊숙이까지 침범하여 살을 깨물게 되고, 비로소 통증과 출혈이 시작된다. 한계에 도달한 것이다. 멈춰야 한다. 그러나 이 상처를 간질이고 싶은 욕구를 누를 수가 없다. 이로 상처를 잘근잘근 씹어서 급기야 눈에서 눈물이 찔끔 날 때까지 형벌을 강화하는 수도 있고, 아니면 입술의 상처를 빨아서 피가 더 나오도록 하기도 한다. 그러고 나서 손수건이나 손등 위에 피를 뱉어, 그 피가 어떤 빨간색을 띠고 있는지를 확인한다. 특별히 피학적인 성향을 갖고 있지도 않은 내가 어린 시절부터 스스로에게 가한 괴상한 고문. 상처가 아물기 전까진 내내 나 자신을 저주하게 된다. 형벌의 극한에 도달했다는 막연한 공포를 느끼면서. 그 한계를 넘어서면 내 살도 아물기를 거절할지 모른다. 자살의 성향이 엿보이는 이런 히스테리컬한 의식(儀式)이 도대체 언제부터 치러진 거지? 젖니가 빠지면서부터?

29세   1952년 10월 10일 금요일

　내 생일. 이날은 영영 잊지 못할 것이다! 손님들 앞에서 이 세상의 여덟번째 기적이라고 자랑하며 브뤼노를 흔들어대다가, 아기를 안고 계단에서 굴러떨어진 것이다. 앞쪽으로 넘어지면서 바닥까지 굴렀다. 정확히 열한 계단. 난 본능적으로 브뤼노를 감쌌다. 계속 구르는 중에도 아기의 머리를 내 가슴팍에 붙이고, 팔꿈치와 이두박근과 등으로 보호했다. 난 아들을 덮고 있는 껍데기였다. 모두가 비명을 지르는 가운데 우린 바닥으로 굴러떨어졌다. 손님

들이 모두 달려들었다. 손등, 골반뼈, 무릎뼈, 발목, 등뼈, 어깨, 전부 다 계단 모서리에 부딪혔다. 하지만 난 구르는 와중에도, 가슴이 파이고 배가 움츠러드는 와중에도, 브뤼노가 내 품 안에서 완벽하게 안전하다는 걸 알고 있었다. 난 본능적으로 인간 완충장치로 변신했던 것이다. 브뤼노가 매트리스에 싸인 채 굴렀다 해도 더 안전하지는 못했을 것이다. 난 유도를 해본 적도 없고 낙법을 배운 적도 없는데. 부성애의 놀라운 발현?

29세 2개월 22일   1953년 1월 1일 목요일

어제저녁 R네 집에서 송년 파티. 시가를 나눠 피웠다. 쿠바산과 마닐라산, 그 밖에 또 내가 알지도 못하는 나라들의 담배들을 비교하는 토론. 나보고도 의견을 말하라고 했다. 그러나 이 전문가들이 무게를 있는 대로 잡으며 큼지막한 시가를 칼로 자르는 모습을 보고 있자니, 항문이 똥을 자르는 것과 똑같지 않은가 하는 생각이 드는 걸 어쩔 수 없었다. 두 경우 모두, 열중해 있는 얼굴 표정은 똑같다.

29세 5개월 13일   1953년 3월 23일 월요일

아기가 웃으면서 태어날 수도 있다고는 생각해보지 못했다. 그러나 오늘 오후 5시 10분에 태어난 리종의 경우는 그랬다. 동그랗

고, 반질반질하고, 안정되어 있었다. 머리카락도 없는 녀석이 어린 부처의 미소를 띠고, 이 세상에 평온을 주려는 의도가 뚜렷이 담겨 있는 눈길을 보냈다. 신생아 앞에서의 내 첫 반응은——브뤼노가 태어날 때도 그랬지만——누굴 닮았을까 하는 수수께끼를 푸는 게 아니라 오히려 그 새 얼굴에서 어떤 기질의 표시를 찾으려는 것이었다. 내 딸 리종, 아빠는 널 처음 본 순간부터 네게 세상을 평화롭게 만드는 역할을 떠맡겼단다. 이런 아빠를 조심하거라.

29세 7개월 28일   1953년 6월 7일 일요일

순전히 정에 겨워 아기를 어르는 것과 울음을 그치게 하려고 어르는 것 사이엔 이런 차이가 있다. 첫번째 경우, 아이는 자신이 사랑의 중심에 있다고 느낀다. 두번째 경우엔 아이를 창밖으로 던져버리고픈 충동을 느낀다.

30세 1개월 4일   1953년 11월 14일 토요일

모나는 어쩌면 그렇게 아기들을 편안하게 다룰까? 난 늘 아기들을 다치게 할까 봐 겁이 난다. 리종을 팔에 안고 있을라치면 브뤼노가 그 자리를 빼앗으려고 앙탈을 부리기 때문에 더 그렇다. 프랑스어에 한 가지 모자란 표현이 있다. 브뤼노를 안고 있을 때

노 낭쇼manchot[34]요, 브뤼노와 리종을 다 안고 있을 때도 망쇼라고 표현할 수밖에 없다니. 한 팔을 못 쓰건 두 팔을 다 못 쓰건, 같은 단어를 쓸 수밖에 없다는 건 문제다. 절름발이와 앉은뱅이는 엄연히 구별하면서 말이다. 애꾸와 맹인도 마찬가지고.

30세 3개월 18일   1954년 1월 28일 목요일

말로는 설명하기 힘든 이 꿈. 새벽 5시에 불안이 잠을 깨웠다. 아니, 불안이라는 녀석이 내가 잠에서 깨길 기다리고 있었다는 게 더 정확한 표현일 것이다. 난 다시 잠이 들긴 했지만, 불안이 곧 또 다시 날 잠에서 끌어낼 거라는 예감이 들었다. 집게로 신생아의 머리를 끄집어낼 때처럼 내 가슴팍을 붙든 채로. 아, 이번엔 안 돼! 싫어! 안 돼! 민첩하게 가슴을 뒤틀어 집게를 피한 덕에 내 몸은 불안에서 벗어났다. 그러고 나선 돌고래처럼 편안히 잠에 빠져들었다. 이번엔 성격이, 아니 분위기가 완전히 다른 잠이었다. 편안함 자체가 되어버린 잠, 불안이 도저히 해코지할 수 없는 피난처, **모든 걸 다 포함하는** 잠. 내 몸이 몽테뉴의 『수상록』 속으로 풍덩 **빠져든 것이다!** 그렇게 자고 나서 깨어나자마자 난 얼른 메모를 남겼다. 『수상록』의 물 흐르듯 유연한 깊이 속으로, 그 책의 종이 속으로, 몽테뉴라는 사람 속으로 도망쳤었다고.

---

34) 프랑스어 'manchot'는 '손이나 팔이 불구'인 상태를 가리킨다.

*

리종에게 남기는 말

2년간의 공백이 있었다. 일기를 쓰는 대신, 번듯한 사회인으로 성장하는 데 시간을 보낸 것이지. 직장에서의 승진, 정치적 논쟁, 갖가지 토론, 논문, 강연, 사교 모임, 세계 곳곳으로의 여행, 학회. 30년이 흐른 뒤에 에티엔이 나더러 꼭 쓰라고 그렇게 권했던 그 회고록의 기본 자료가 그때 만들어진 셈이지. 모나는 나와 생각이 달랐다. 만날 세상을 구한다, 세상을 구한다 하면서 정작 자기 자식은 멀리 하는 게 말이 돼! 실제로 브뤼노는 그 시기에 스스로를 고아처럼 느꼈다고 불평을 하곤 했지. 거기서부터 우리 둘의 불화가 시작되었던 것도 같구나.

*

32세 4개월 24일   1956년 3월 5일 월요일

오늘 아침 출소하는 티조를 맞다 보니 불현듯 그가 태어나던 순간이 떠올랐다. 아니, 더 정확히 말하자면 그가 태어나는 걸 내가 본 순간이라고 해야 맞다. 마르타 아줌마의 장딴지 사이에서 그가 튀어나오던 장면을 말 그대로 '생중계로' 보았으니. 그는 두 눈을 꼭 감고, 주먹을 꽉 쥔 채 이 세상과 싸우기로 굳게 작정을 하고 세상 속으로 뛰어들었다. 그때 난 열 살이었고, 그 후로 그 장면은

까맣게 잊고 있었다. 그런데 구치소의 쪽문을 (붉은 돌로 된 구치소 담장에 검은 철판으로 된 커다란 문이 있고, 거기에 또 조그만 쪽문이 나 있었다) 통해 나오는 그를 보자, 마르타 아줌마의 장딴지 사이에서 나타나던 그가 생각난 것이다. 아줌마가 하도 고래고래 소리를 지르는 바람에 나도 방문을 열어봤던 것 같다. 그러자 비올레트 아줌마는 올케의 포효보다도 내가 더 걱정됐는지 얼른 쫓아냈다. "여기서 뭐하고 있어, 어서 나가!" 난 문을 닫고 나왔지만, 곧 창문에 얼굴을 갖다 댔다. 비올레트 아줌마가 티조를 안고 흔드는 게 보였다. 손은 피범벅이 되어 있으면서도 기쁜 표정이었다. 마르타 아줌마는 피가 흥건히 고인 침대 속에서 땀에 흠뻑 젖어 있었다. 거무튀튀한 티조는 얼굴이 새빨개지도록 온 힘을 다해 울었다. 그때 누가 내 등짝을 사정없이 잡아당기는 바람에 난 하는 수 없이 창문에서 떨어져 나왔다. 마네스 아저씨였다. 아저씨는 창백한 얼굴로 술 냄새를 풍기며 물었다. 사내냐, 계집애냐? 마치 그 대답에 내 목숨이 달려 있기라도 한 듯 절박한 물음이었다. 사내아인데요! 아기가 어찌나 작았던지, 조제프란 이름으로(스탈린의 이름을 따서) 세례를 받고서도 티조Tijo[35]란 애칭으로 불리게 되었다. 구치소 문이 그의 등 뒤에서 다시 닫혔다. 티조는 자유를 만끽하려는 듯 사방을 둘러보았다. 그러다 길 건너편에 서 있는 나를 보고는 껄껄 웃으며 팔을 활짝 벌렸다.

35) 티조Tijo는 '작은 조제프'라는 뜻의 '프티 조제프Petit Joseph'의 줄임말.

32세 5개월 1일   1956년 3월 11일 일요일

아침나절, 꿈꾸는 개처럼 힘없이 혀를 늘어뜨리고 있는 브뤼노. 왜 그러고 있느냐고 물으니, 아이는 더할 나위 없이 진지하게 대답했다. 혀도 입안에만 있으면 얼마나 지겹겠어요. 그러니 가끔씩 바깥 구경도 시켜줘야죠. 이 녀석은 흐트러진 퍼즐 조각처럼 산다. 친구를 만나듯 자기 몸을 구성하는 요소 하나하나와 사귀어가는 것이다. 지금도 자기의 혀라는 걸 너무나 잘 알고 있으면서, 그걸 1초도 의심치 않으면서도, 그 혀가 남인 양 강아지 산책시키듯 바깥바람을 쐬어주는 것이다. 혀뿐 아니라 팔, 발 혹은 뇌와도 마찬가지다. 요즘 브뤼노는 자기 뇌와 많은 대화를 한다. 쉿, 지금 뇌랑 얘기하고 있어요! 자기 몸의 부분들로부터 아직까지도 유혹을 느끼다니. 몇 달만 더 지나도 녀석은 이런 식의 얘기는 하지 않게 될 것이다. 더 나아가 몇 년 뒤엔 자기가 그런 말들을 했다는 사실조차 믿지 않으려 할 것이다.

32세 6개월 9일   1956년 4월 19일 목요일

티조 말이, 내가 재채기할 때는 문자 그대로 '**아춤**'[36] 소리를 낸다나. 그는 그걸 모범생 콤플렉스라 여긴다. 재채기할 때까지도 올바르고 싶다 이거지! 형처럼 점잖은 사람은 방귀 뀔 때도 진짜

---

36) atchoum: 프랑스어에서 재채기 소리를 나타내는 의성어.

'프루트'[37] 하고 뀌겠군.

32세 10개월   1956년 8월 10일 금요일

아이들이 열심히 양치질하는 모습을 지켜보다 보니, 그들에게 과하는 의무들 중의 그 어느 것도 정작 모나와 나는 실천하지 않고 있다는 반성을 하게 된다. 하루에 세 번씩 이 닦기. **다른 데 정신 팔지 않고 윗니부터** ─위에서 아래쪽으로 꼭! ─, 그다음엔 아랫니 ─아래에서 위쪽으로 꼭! ─, 앞쪽 뒤쪽 다, 그리고 마지막으로 최소 3분간 원형으로 칫솔질을 하는 것이다. 끈기 있게 체계적으로. 그런데 나로 말할 것 같으면, 저녁때만 양치질을 한다. 그것도 후다닥 되는대로. 그 목적은 단지 모나에게 저녁 식사로 인한 고약한 입 냄새를 풍기지 않기 위해서다. 다른 말로 하면, 난 이 닦는 걸 싫어한다. 치석이 끼어 나이가 들면 웃을 때마다 누런 이 뿌리가 다 드러나게 될 테고, 언젠간 곡괭이로 그 벽을 두들겨야 할 거라는 것, 브리지와 틀니가 날 노리고 있다는 걸 다 알고 있는데도 소용이 없다. 아무 소용이 없다. 이를 닦고 있는 내 모습을 보고 있으면 곧 또 다른 급한 일이 기억난다. 쓰레기 내다 버리는 일, 걸어야 할 전화, 급히 마무리 지어야 할 서류…… 질질 끄는 버릇. 다른 전선들에선 일찌감치 무찌른 이 버릇이 치아 위생의 문제에선 비밀 진지를 견고하게 구축해놓은 것 같다. 왜 그런 걸까? 그건

---

37) prout: 프랑스어에서 방귀 소리를 나타내는 의성어.

어떤 거부감 때문인 것 같다. 형이상학적인 거부감이라고 할까. 내겐 이를 닦는다는 것이 내세로 가는 준비 단계로 여겨지는 것이다. 양치질보다도 더 안 내키는 건 미사밖에 없다.

33세 18일   1956년 10월 28일 일요일

모나와 리종은 바람 쐬러 나갔고, 나 혼자서 온종일 브뤼노를 돌봤다. 녀석은 한 시간 동안 죽은 듯이 낮잠 잔 것 말고는 한시도 쉬지 않고 사지를 흔들어대며 **움직였다**. 그러자 문득 이런 깨달음이 왔다. 이 세상에 아무리 젊고, 힘세고, 지칠 줄 모르는 어른이 있다 해도, 제대로 훈련을 받아 신경과 근육의 힘이 정점에 달해 있는 그 어떤 어른이라 해도, 아주 어린 사내아이의 몸이 하루 동안 소비하는 에너지의 절반도 생성해내지 못할 거라는 것 말이다.

33세 4개월 17일   1957년 2월 27일 수요일

오늘 아침 옷을 충분히 입지 않고 길을 나섰다. 냉기가 어깨를 툭 치더니 속으로 파고들었다. 아주 더울 땐 느낌도 정반대다. 겨울은 우리를 침범하고 여름은 우리를 흡수한다.

33세 4개월 18일   1957년 2월 28일 목요일

적당한 체온을 유지하는 것, 내 야심은 이것밖에 없다.

33세 5개월 13일   1957년 3월 23일 토요일

입이 쓰고 기분이 음울한 채로 잠에서 깼다. 난 함께하는 사람들이 좋든 싫든 상관없이 먹는 것 앞에선 도저히 저항할 수가 없다. 첫번째 경우엔 신이 나서 먹고, 두번째 경우엔 지루해서 먹는다. 두 경우 모두, 실제로는 그다지 먹고 싶지도, 마시고 싶지도 않으면서 너무 많이 먹고 마신다. 그런 다음 날엔 이런 벌을 받는다. 잠에서 깨기가 힘들고, 입맛도 기분도 씁쓸하기 짝이 없는 것이다. 어제저녁 같은 경우도 식전주로 위스키 석 잔을 마시고, 버터 바른 빵에 소시지를 잔뜩 먹었던 게 문제 아닌가 싶다. 버터와 소시지가 위장의 검열을 통과하지 못한 것이다. 그다음에 나온 카술레[38] 역시 마찬가지다. (몇 번이나 더 받아먹었지? 두 번? 세 번?) 아침의 속 쓰림이 내 몸의 검열관에게 모든 걸 일러바치면, 검열관은 자제하지 못한 것에 대해 다시 한 번 혼을 낸다. 식전주를 마실 때, 난 장난감 참새가 모이를 쪼듯 정신없이 먹었다. 작은 접시들의 유혹을 떨칠 수가 없었다. 한 접시 먹고 수다 떨고, 수다 떨다 또 한 접시 먹고. 진짜 참새 같다. 권태로울 때——활기찰 때도

---

38) cassoulet: 흰 강낭콩과 고기를 넣어 끓인 스튜.

마찬가지지만——음식에 탐닉하는 이런 태도는 아주 오래전, 어린 시절에 이미 형성되었던 것 같다. 엄마가 내게 '우리 집 딸내미' 역할을 맡겼던 시절, 다시 말해 손님들에게 자쿠스키를 나눠주라고 시기면서도 난 못 먹게 하던 시절 말이다. 나 자신에게 가하는 제재의 기원 또한 그 시절로 거슬러 올라간다. 오늘 아침에도 난 입에다 대구 간유를 털어 넣었다.

33세 5개월 14일   1957년 3월 24일 일요일

오늘 저녁엔 똥이 끈끈하고 되다. 물을 두 번이나 내렸는데도 변기에 붙은 똥이 떨어지질 않고, 변기 바닥의 누런 흔적도 지워지지 않는다. 그래서 솔로 닦았다. 그러면서 문득 깨달은 것. 어린 시절엔 화장실의 작은 솔이 어디에 쓰이는 건지 몰랐었다. 늘 하얀 그릇 속에 고슴도치 같은 머리가 담겨 있던 그것을, 난 장식품인 줄로만 알았다. 너무 익숙하게 봐온 것이라, 말 그대로 아무 의미 없는 대상이었다. 가끔씩 난 그걸 장난감으로도 썼다. 왕좌 위에 앉아 흔들어대는 왕홀. 이렇게 무지했던 건, 아이들의 똥은 변기에 거의 들러붙지 않는다는 사실과 관련이 있다. 똥이 물결을 따라 저절로 미끄러져 내려가 아무 흔적도 남기지 않고 사라져버리는 것이다. 감쪽같은 증발. 그러니 솔이 무슨 소용이람. 그러다 어느 날 똥이 위로 떠오르기 시작한다. 저항하는 거다. 똥이라는 **존재감을 드러내는 거다.** 그러거나 말거나 개의치 않다가——변기 바닥을 들여다보는 일이 있을까 —— 결국엔 청소하던 어른이 그 문

제를 지적하며 화장실을 깨끗이 쓰라고 요구하기에 이른다.

지금은 자주 해야 하는 이 솔질을 생전 처음 했던 때가 언제였던가? 그 사건은 이 일기에 적혀 있지 않다. 그러나 그날은 내 인생의 중요한 전기였다. 청정무구함을 잃은 날이니까.

이처럼 일기에서 빈 구석을 확인할 때마다 내면 일기에 대한 내 거부감은 더 확고해진다. 일기는 결정적인 걸 포착하는 적이 없다.

33세 6개월 11일   1957년 4월 21일 일요일

뱅센의 동물원에 갔다. 평소 해보고 싶었던 대로 리종, 브뤼노, 모나 그리고 나까지 넷이 나란히 서서 구경을 했다. 침팬지 한 쌍이 서로 이를 잡아주고 있는 걸 바라보다 보니(쟤네 뭐하는 거야, 아빠?), 문득 내가 아는 거의 모든 여인이 보여주었던 친밀감의 동물적 표현이 생각났다. 여드름 사냥. 엄지손가락 둘을 마주 대고 내 가슴의 살을 누르면 두 손톱이 만나는 지점에서 고름이 터져 나온다. 그럴 때 모나의 표정이란! 침팬지의 손톱 위에 죽어 있는 머리가 까만 흰 벌레를 보고 있자니 도 닦듯 참을성 있게 이를 잡은 침팬지 군의 노고에 머리를 숙이지 않을 수 없었다.

33세 6개월 13일   1957년 4월 23일 화요일

여드름 끝이 검어지는 건 피지가 공기와 접촉하여 산화되기 때

문이다. 이 기름진 세포의 잔해는 피부의 보호하에 있는 동안엔 흠잡을 수 없는 백색이다가, 그걸 터뜨리는 순간 까매진다. 노화라는 건 별게 아니라 이 같은 산화작용이 일반화된 것이다. 우리는 녹슨다. 모나가 내 녹을 벗겨준다.

33세 6개월 21일   1957년 5월 1일 화요일

아침에 머리를 감다 보니, 사춘기 때 머리에 끼던 기름기가 생각났다. 그때 이후로 머리를 하루만 늦게 감아도 낯선 이물감이 느껴진다. 마치 두개골 위에 걸레 조각을 얹고 있는 것처럼. 머리를 감는 건 그 느낌을 없애기 위해서다.

33세 9개월 5일   1957년 7월 15일 월요일

구내식당 화장실에서 오줌을 눌 때였다. 금방이라도 쌀 것 같아 허겁지겁 누다 보니, 열두 살, 열세 살 때까지도 오줌 줄기를 제대로 조절하지 못했던 게 생각났다. 철이 들지 않아서였을까, 엄마에 대한 저항의 행동이었을까, 아니면 동물의 영역 표시였을까? 왜 남자는 공중변소에서 반드시 변기 바깥으로 오줌을 누는 걸까? 나중에 오줌을 잘못 눈다고 엄마한테 지적당하지 않으면서부터는 나도 과녁의 중심에 오줌을 누기 시작했다.

오줌 누는 남자에 대해 티조가 이런 얘기를 들려주었다.

괴상하게 오줌 누는 남자의 이야기

한 남자가 소변기 앞에 서 있었다. 두 손은 벌린 채 꼼짝 못하고 있는 게, 전혀 움직이지 못하는 것 같아 보였다. 바지 단추를 채우고 있던 옆의 남자가 친절하게도 무슨 일이냐고 물어봐주었다. 남자는 민망한 표정으로 마비된 자기 손을 가리키며, 자기 바지 지퍼를 좀 내려줄 수 있냐고 물었다. 옆 남자는 착한 기독교 신자였기에 그렇게 해주었다. 그러자 남자는 더욱 겸연쩍어하며 자기 고추를 좀 꺼내줄 수 있겠느냐고 했다. 이번에도 옆 남자는 쑥스러워하면서도 그렇게 해주었다. 그다음에도 계속 호의를 베풀어야 한다는 사명감에 그는 불쌍한 장애인의 고추 끝을 붙들고 오줌이 발에 떨어지지 않게 해주었다. 세차게 오줌을 누고 난 남자는 마음이 푹 놓이는지 눈꺼풀에 눈물이 다 맺혀 있었다. 그러고 나서 팔을 못 쓰는 그 남자는 옆 남자에게 혹시…… 고추를…… 좀 털어줄 수 없겠냐고 부탁했다. 고추를 턴 뒤엔 다시 제자리에 넣고 바지를 여며달라고…… 다 마무리 짓고 난 뒤 남자는 상대의 두 손을 다정하게 잡았다. 마비된 줄 알았던 두 손이 움직이는 걸 보고 기겁한 옆 남자는 혼자 힘으로 오줌을 누지 못한 이유가 뭐냐고 물었다.

"그거요? 오! 아무 이유도 없어요, 아무것도. 그냥 고추를 만진다는 게 구역질 나서요!

33세 11개월 4일   1957년 9월 14일 토요일

생미셸 가에서 롤랑이라는 친구를 만났다. 그의 이름이 기억나지 않았다. 얼굴은 막연히 낯이 익은데, 그 얼굴에 이름을 붙일 수가 없었다. 왜 낯이 익은 건지조차 기억이 나지 않았다. 그의 말을 믿자면 우린 분명히 가까운 사이였다는데. 그것도 아주 잊을 수 없는 상황 속에서 함께했다는 그 남자는 과연 누구인가? 문제의 그 남자를 묘사하면서 내가 만났었다고 얘기하자, 팡슈가 펄쩍 뛰며 반가워했다. 롤랑이잖아! 그 친구도 너처럼 내가 돌보던 부상병이었어, 전쟁 끝나기 직전에. 너 기억 안 나? 팡슈가 아무리 자세히 설명을 해줘도——그 '다이너마이트' 모르냐고! 매복해 있다가 다이너마이트가 터지는 바람에 장이 몸 밖으로 다 튀어나왔었잖아——롤랑이라는 친구가 그려지질 않았다. 내 건망증 때문에 롤랑의 실체가 사라져버린 것이다. 그는 내 잃어버린 기억의 어느 지점에서 떠도는 남자의 한 형태일 뿐이다. 레지스탕스 시절의 애칭과 마찬가지로 그의 진짜 이름도 떠오르지 않은 건 당연한 일이다. 이런 일은 한참 전부터 꽤 자주 일어나고 있다. 내 뇌 속의 어떤 부분이 자기 기능을 못하고 있는 것이다. 기억이야말로 내 장비 중에서 가장 믿을 수 없는 것이 되어버렸다. [아빠가 들려주던 경구(警句)들과 내게 외우라고 시킨 격언들만 빼고는. 그건 절대로 안 지워진다.] 넌 독일 놈들한테 아무리 고문을 당해도 절대로

믿고는 못했겠구나. 팡슈가 결론지었다.

나와 비슷한 족속들, 내 동지들, 나처럼 빨간 신호등이 켜졌을 때 자동차 안에서 코를 후비는 이들. 그들은 모두 누가 자길 쳐다본다고 느끼는 순간 얼른 그 짓을 멈춘다. 더러운 짓을 했다고 누가 현장에서 잡아가기라도 하는 것처럼. 묘한 수치심. 하지만 빨간 신호등 때 코를 후비는 건 아주 건전한—재미있기까지 한—작업이다. 손톱 끝으로 콧구멍 속을 탐사하다가 코딱지가 만져지면 주변을 넓게 후비고 살살 건드려 마침내 끄집어낸다. 이건 코딱지가 끈끈하지 않을 때 얘기다. 그냥 떼어내면 일이 끝난다. 그러나 코딱지가 피자 반죽처럼 말랑말랑하고 쫄깃할 땐, 엄지와 검지 사이에 그걸 놓고 만지작거리는 게 얼마나 재밌는지!

어쩌면 코딱지는 **핑계**에 지나지 않을지도 모른다. 말랑말랑한 코끝의 연골을 장난감처럼 갖고 놀기 위한 핑계. 그 운전자는 무슨 생각을 하고 있었을까? 그를 관찰하기 전에 나 자신은 무슨 생각을 하고 있었을까? 아무것도 기억나지 않는다. 그저 신호등이 녹색으로 변하기를 기다리며 잠깐 동안이나마 공상에 빠져드는 것일 뿐이다. 이럴 때 연골이 제 역할을 한다. 삶이 다시 시작되기를 느긋이 기다리도록 도와주는 역할. 이 가설은 오늘 저녁에도 증명되었다. 브뤼노가 욕조 안에 얌전히 앉아 집게손가락으로 고추를 만지작거리고 있었다. 빨간 신호등을 만난 운전자와 똑같이 **무표정한** 얼굴로. 음경 포피, 코끝, 귓불 등은 엄밀히 말해 이행 대상[39]이 아니다. 그것들은 어떤 특별한 상징성도 갖고 있지 않기 때문에 인형이나 봉제 장난감처럼 상징적인 역할을 수행하진 않는다. 그것들은 단지 우리 정신이 딴 데 가 있을 때 우리 손가락을 점령하고 있는 걸로 만족한다. 그러면서 방황하는 생각을 조심스레 불러들이는 것이다. 『죄와 벌』을 읽으면서 머리카락을 만지작거릴 때 머리카락은 내게 속삭인다. 난 라스콜리니코프가 아니라고.

34세 4개월 22일   1958년 3월 4일 화요일

  하수구 덮개 위에 죽어 있는 비둘기 한 마리. 난 눈을 돌렸다. 행여 그걸 들여다보면 '뭐에 감염될' 위험이라도 있는 것처럼. 시각에 의한 감염이라는 건 얼토당토않은 망상이란 걸 알면서도, 죽은 새의 모습에선 뭔가 특별히 불길한 게 느껴진다. 유행병의 전조 같은 것. 고슴도치, 고양이, 개, 말의 시체, 심지어 사람의 시신에서도 느껴본 적 없는 어두운 예감. 어린 시절, 내 손안에 잡혀 있던

---

39) 어머니, 자기 신체의 일부, 담요 등 생후 4개월부터 18개월까지의 아이가 가지는 구순기적 욕망의 대상.

물고기는 생명이 넘쳐났었는데, 배수구 위의 이 비둘기는 죽어도 너무 죽어 있다. 철두철미하게 죽어 있다.

34세 6개월 9일   1958년 4월 19일 토요일

　내가 시계를 들여다보며 달걀을 삶는 동안 리종은 크레파스를 움켜쥐고 말없이 그림을 그리고 있었다. 그림이 완성되자 리종이 보여주었다. 난 시곗바늘에서 눈을 떼지 않은 채, 와 잘 그렸네 하고 탄성을 질렀다. 아빠, 이건 머릿속으로 소리 지르는 남자야. 꼬마 화가가 설명해주었다. 정말 그랬다. 걱정스런 표정의 남자 머리에서 타원형의 또 다른 머리 두 개가 솟아나와 있었다. 표정으로 보아 그게 비명 지르는 머리라는 걸 알 수 있었다. 삶은 달걀이건 아이들의 그림이건 매번 그 자체가 하나밖에 없는 걸작이지만, 세상에 너무 흔하다 보니 눈도 혀도 알아채질 못한다. 그러나 이 반숙 달걀이나 머릿속으로 소리 지르는 남자나 하나만 따로 떼어놓고 본다면, 달걀의 맛과 그림의 의미에 완전히 집중해본다면, 그때는 둘 다 경이로운 원조(元祖)로 여겨질 것이다. 이 세상에 암탉이 한 마리만 남고 다 사라져버린다면, 사람들은 그 마지막 달걀을 차지하려고 싸울 것이다. 세상의 그 무엇도 반숙 달걀보다 더 낫게 느껴지지 않을 것이기 때문이다. 마찬가지로 아이의 그림이 딱 한 장만 남는다면, 그 유일한 그림 속에서 뭔들 읽어내지 못할 것인가!
　리종은 그림 속에 자기 몸 전체를 내던질 수 있는 나이의 아이

다. 팔 전체로, 그러니까 어깨와 팔꿈치와 손목을 다 써서 그림을 그린다. 종이도 전체를 다 쓴다. **머릿속으로 비명 지르는 남자**는 공책에서 뜯어낸 두 쪽 크기의 종이 전체를 뒤덮고 있다. 비명 지르는 얼굴은 걱정하는(걱정하는 건지, 회의하는 건지?) 얼굴에서 솟아 나와 사용 가능한 공간 전체를 다 차지하고 있다. 확장되는 그림. 1년 뒤에 리종이 글씨를 배우게 되면 이처럼 통 큰 그림은 못 그릴 것이다. 선 하나를 그어도 규칙을 따라야 할 테니까. 어깨와 팔꿈치는 굳어버리고, 손목도 움직이지 않고, 기껏 움직이는 건 정교하게 선을 긋는 데 필요한 엄지와 검지 정도일 것이다. 지금의 내 글씨체처럼 반듯하고 알아보기 쉬운 글씨를 쓰기 위한 규칙을 따르다 보면 리종의 그림도 망가질 것이다. 리종이 글씨를 쓸 줄 알게 되면 기껏 작은 것들이나 그리게 될 것이다. 옛날 중국 공주들의 발처럼 쪼그라든 그림들을 그리게 되는 건 아닌지.

34세 6개월 10일   1958년 4월 20일 일요일

리종이 그림 그리는 걸 보며 내가 처음으로 글씨 배우던 때를 떠올렸다. 아버지는 전쟁터에서 돌아올 때 수채화들을 많이 갖고 왔는데, 거기엔 전쟁의 파괴에도 불구하고 손상되지 않은 것들이 다양하게 그려져 있었다. 처음엔 마을 전체 풍경, 그다음엔 어쩌다 남아 있는 집들, 그다음엔 차례로 정원 한 켠, 꽃 무더기, 꽃 한 송이, 꽃잎 하나, 이파리 하나, 풀 한 포기까지. 싸움터의 병사가 그릴 수 있는 소재의 규모가 점점 작아진다는 사실 그 자체가 전

쟁의 절대적인 파괴력을 보여주고 있었다. 이삐의 그림엔 오로지 평화로운 장면들밖에 없었다. 전쟁 장면은 하나도 없었다. 깃발도, 시체도, 군화도, 총도 없었다! 단지 삶의 잔해, 원색의 파편들, 행복의 광채뿐. 그림 그려진 공책들은 수도 없이 많았다. 내 손이 크레파스를 잡을 수 있을 때부터 난 이 수채화들에 테두리를 그리기 시작했다. 아빠는 화내기는커녕 오히려 날 도와주었다. 내 손 위에 당신 손을 얹은 채 자신이 붓으로 그려놓은 형체 위에 내가 가능한 한 가장 정확한 윤곽선을 그리도록 도왔다. 그러다 우리는 그림에서 글씨로 넘어갔다. 크레파스 대신 펜대를 잡고 여전히 아빠의 손이 내 손을 인도하면서, 먼저 데이지꽃을 그리고 이어서 글씨를 쓰게 했다. 난 이런 식으로 글씨 쓰는 법을 배웠다. 꽃잎을 그린 다음엔 꽃대를 그리고 그다음에 자연스레 세로획 긋는 연습으로 넘어갔다. 잘 그어봐, 이 글씨는 꽃잎 그리듯이 쓰면 돼! 그 수채화 공책들을 다시는 보지 못했다. 엄마가 태워버리는 바람에 사라졌다. 하지만 내 손 위에 아빠 손의 온기를 느끼며 한 획 한 획 곡선을 그어가던 아이의 즐거움은 지금도 생생하게 살아남아 있다.

35세 1개월 18일   1958년 11월 28일 금요일

마네스 아저씨가 황소에게 받혀 외양간 벽에 부딪히는 바람에 어이없이 돌아가시고 말았다. 티조가 그 소식을 알려주었을 때 난 슬픔을 느끼기 이전에 몸으로 충격을 받았다. 갈비뼈가 뒤틀리고,

가슴이 파열되고, 허파가 폭발하고, 마비까지 왔다. 아저씨는 역시 끝까지 아저씨다웠다. 마지막 순간도 격렬했으니. 티조의 추모사. 그렇게 돌아가실 줄 알았어. 아버지가 짐승들을 오죽 때리셨어야지.

35세 1개월 22일   1958년 12월 2일 화요일

마네스 아저씨의 장례식이(공산당과 레지스탕스 출신 문상객들 사이에서 팡슈, 로베르 그리고 내가 추도사를 했다) 끝난 뒤, 그 유명한 프루스트의 마들렌도 울고 갈 일이 있었다. 농장에 돌아와 로베르가 술병을 따고 있을 때, 마리안은 '간식 시간'이라는 핑계를 대고 내 앞에 레지네를 바른 토스트와 찬 우유를 내밀었고, 난 그걸 '다 먹어치워야' 했다. 우유와 토스트, 게다가 허물없는 로베르와 티조가 옆에 있고, 마리안이 비올레트 아줌마 흉내까지 내니 ("어이쿠, 우리 꼬마 도련님!") 어린 시절의 추억에 젖어들기에 충분했다. 그러나 진짜 추억 여행을 하게 해준 건 바로 토스트에 바른 레지네였다. 비올레트 아줌마가 내 '오후 4시 간식 시간'을 위해 고안해낸 산딸기 잼. 난 토스트를 찬 우유에 적셨다. 진짜로 먹고 싶어서라기보다(요즘엔 우유를 잘 소화시키지 못한다) 마리안과 함께 추억 놀이를 하고 싶어서였다. 약간 곰팡이 슨 산딸기의 향, 하얀 우유 위에 엷게 퍼지는 빨간색, 갈색 그리고 푸른색, 처음 베어 물었을 때의 차갑고 말랑말랑한 식감, 바삭바삭한 빵 껍질, 혀와 입천장 사이에 부드럽게 퍼지면서도 약간은 씹히는 맛도 있

는── 젤리라고도 할 수 없고 잼이라고는 더더욱 할 수 없는── 레지네, 이 모든 요소가 한순간 합쳐지면서 추억이 되살아나 난 **바로 이 맛이야!** 하는 확신에 사로잡혔다. 지금까지도 생생할 정도로! 난 빵과 우유를 다 먹느라, 로베르가 내민 잔들은 (그만 먹고 한잔 받지 그래) 거절했다. 티조는 감탄했다. 와, 형은 레지네를 진짜 좋아했었구나! 비올레트 고모 기분 좋으라고 일부러 먹어준 거 아니었어? 정말로 좋아했던 거 맞아? 물론이지, 내가 대답했다. 그럼 너희들은 안 좋아했었니? 어휴, 그걸 먹느니 차라리 굶어죽겠다! 이리하여 내 유년기의 먹을거리 역사에 새로운 조명이 비춰지게 되었다. 난 내가 마네스 아저씨와 비올레트 아줌마에게서 특별한 사랑을 받고 있다고 믿었지만(아무도 레지네 건드리지 마, 우리 도련님이 먹을 거니까!), 실은 모두가 질색하는 레지네의 재고를 청산하는 역할을 맡고 있었던 것이다. 그들에게 먹어보라고 권했을 때 황송해하며 사양한 것도(됐어. 아빠가 알면 어쩌려고!) 단지 비겁한 회피의 표현이었던 것이다. 오늘에서야 모두들 아줌마의 레지네를 싫어했었다고 고백하다니. '토할 것 같은 냄새'니, '먼지 같은 뒷맛'이니 해가며. 로베르가 결론을 내렸다. 독일 놈들이 우리한테 레지네를 먹이면서 고문했으면 아마 다 불고 말았을걸. 그 쉬운 방법을 왜 몰랐을까.

그렇다면 아줌마는? 아줌마도 자기가 만든 레지네를 좋아했을까?

알 수 없는 일이다. 아줌마가 레지네를 처음으로 시험 삼아 만들어보던 날, 내가 마침 부엌에 들어갔었고(이거 맛 좀 볼래!) 내가 너무 맛있어 했기 때문에──그 후로도 변함없이 좋아했었다——아줌마도 차마 그만 만들 수가 없었던 것 아닐까.

미각의 역사를 논함에 있어, 암시에 대한 고찰을 빼놓을 순 없을 것이다.

마네스 아저씨의 장례식 때 팡슈는 또 이런 말도 했다. 지뢰, 네가 아파치 인디언이건, 피그미족이건, 중국인이건, 화성인이건, 그 무엇으로 변장을 한다 해도 난 널 알아볼 수 있을 것 같아. 네 미소를 보고 말이야. 그 말을 듣고, 우리 몸에서 풍겨 나오는 것들, 즉 실루엣, 걸음걸이, 목소리, 미소, 필체, 몸짓, 표정 등에 대해서 생각해보게 되었다. 우리 곁에 있다 사라진 사람들을 떠올려볼 때, 그런 것들이야말로 우리 기억 속에 남아 있는 유일한 흔적들인 것이다. 전투기 안에서 가루가 되어버린 자기 오빠에 대해 팡슈는 이렇게 말했다. 입술이고 입이고, 그래, 다 산산조각 날 수 있어. 하지만 미소는 아냐. 절대로 사라지지 않아. 그녀는 또 작은 글씨체를 통해 자기 엄마를 기억한다고 했다. 엄마가 쓴 r자나 v자의 완벽한 곡선을 떠올리며 울컥한다고.

내가 엄마에 대해 떠올릴 수 있는 이미지는 다름 아닌, 해명을 요구하는 시선이다. "넌 제대로 살아왔다고 생각하니?" 튀어나온 두 눈과 날카로운 목소리. 엄마는 자기 시선이 예리하다고 생각했겠지만 실은 눈알이 튀어나온 것뿐이었다. 목소리가 청아하다고 생각했겠지만 실은 날카로울 뿐이었다. 그 눈과 그 목소리에 대한 기억은 엄마라는 한 사람을 떠올리게 하기보다는 어떤 태도를 떠올리게 한다. 둔감하고 심술궂은 권위. 엄마는 그 권위를 내세워 '덕을 쌓는답시고' 자선도 베풀고 간간이 도덕적 교훈까지 주려 했지만, 사실 그건 역겨운 영혼의 방귀일 뿐이었다. 그러나 엄마는 어쨌든 아름다운 여인이었다. 금발의 웨이브에 빛나는 눈길, 환한 미소. 모든 사진이 그걸 증명해준다. 팡슈에게 난 말한다. 내 미소를 믿지 마. 이건 우리 엄마의 미소니까.

35세 1개월 25일   1958년 12월 5일 금요일

엄마의 시신은 끝내 찾지 못했다. 아마도 1944년 5월 27일 나시오날 터널의 잔해에 파묻혔을 것이다. 엄마는 집세를 받으러 시내로 나갔었고 바로 그날 오후 연합군의 폭격이 있었다. 공습경보가 울리자 사람들은 엄마 건물 바로 옆의 생샤를 역 쪽으로 몰려갔다. 엄마도 터널 속으로 피신하지 않았을까. 불행히도 공격 목표는 역이었고, 터널은 집중 폭격을 받고 무너져버렸다. 많은 사람이 죽고 실종되었다. 운명의 아이러니. 그 구역에서 엄마의 건물만 유일하게 아무런 피해도 입지 않았으니. 두 달 뒤 조르주 삼촌의 편지가 엄마의 실종을 알려주었다. 내가 그 건물을 상속받는다는 것도.

35세 6개월 22일   1959년 5월 2일 토요일

리종에게 눈길이 간다. 그 아이는 꼼짝 않고 있으면서도 그 내면엔 놀라우리만큼 생기가 돈다. 아이는 날 보고 빙그레 웃고 나선 더 이상 몸을 움직이지 않는 채로 내게 말한다. 내 몸은 춤추지 않는데 가슴이 춤을 춰요. 오! 나의 리종! 존재의 행복 외엔 다른 이유가 없는 행복. 나도 그걸 가끔씩은 느낀단다. 몸은 움직여선 안 되는 상황인데도 가슴은 춤추게 만드는 내면의 희열 말이다. 예를 들어 총회에서 베르톨리외가 구닥다리 코안경을 걸치고, 그마저도 괴물 같은 눈썹 때문에 반은 덮인 채로 우리에게 '굴절'이니 '수렴선'이니 하며 주절주절 설명을 늘어놓을 때도 그랬었지. 춤추라, 가슴이여, 춤추라!

36세 4개월 11일   1960년 2월 21일 일요일

어제는 하루 종일 비가 왔다. 브뤼노는 조르주 삼촌이 생일 선물로 준 작은 모형들을 갖고 '카우보이와 인디언' 놀이를 하고 놀았다. 한 시간 내내 공격과 반격, 전술적 후퇴, 평화의 담뱃대,[40] 정전의 파기, 포위, 전격적인 돌파 작전, 배후 공격이 이어지더니 마침내 카우보이들의 처참한 패배로 끝나 마지막 한 명까지 다 학살되었다. 몸은 거의 움직이지 않았지만 엄청난 움직임이 있었던 한

---

40) 인디언들이 백인과 강화를 맺을 때 피우던 담뱃대.

시간. 어른인 난 민속학자의 놀란 시선으로 그를 바라보았다. 나도 여덟 살 때 저랬었나? 만일 내가 오늘 '카우보이와 인디언' 놀이를 한두 시간 한다면 난 어떤 감정을 느끼게 될까?

오늘 오후 그 의문에 대한 해답을 얻었다. 모나가 아이들을 공원에 데리고 간 동안 (아니, 아빠는 같이 못 가서, 일하셔야 돼) 난 브뤼노가 앉았던 양탄자 위에 주저앉았다. 부대원들을 전투 대열로 늘어놓자마자 내 몸은 소중한 시간을 잃는다는 조바심에 어느새 경련을 일으키기 시작했다. 작은 군인들과 놀기엔 내가 너무 커버린 것이다. 이 이미지의 세계 속에 들어가 있기엔 몸집이 너무 커져버린 것이다. 그 시간에 아이들은 공원에 있는 변형 거울들 덕에 즐거워했다고 한다. 나도 참 재미있더라. 꼭 다시 어린애가 된 것 같더라고! 모나도 돌아와서 이렇게 말했다.

36세 7개월 3일   1960년 5월 13일 금요일

티조는 오줌 누러 간다는 걸 알릴 때 줄기차게 똑같은 표현을 쓴다. 나무 밑에 가서 손 좀 씻고 올게. 오늘 점심을 먹고 났을 때 그 표현을 말 그대로 실천해보고 싶다는 묘한 충동이 생겨났다. 그래서 정말로 내 오줌 줄기 아래로 손을 갖다 대봤다. 내 기억으론 어렸을 때조차도 그런 짓을 해본 적은 한 번도 없었던 것 같다. 오줌이 뜨끈한 바람에 깜짝 놀랐다. 손을 델 것 같다는 느낌이 들 정도였다. 우린 영원히 끓어오르는 증류기인 것인가. 우린 해파리만큼도 단단하지 못하지만 뜨끈한 오줌을 싸면서 기운을 얻는다.

오늘, 나이 서른여섯에 독일 납품업자 측과 아주 중대한 계약에 관해 협의하고 난 뒤 갑자기 왜 그런 실험을 하고 싶어졌는지도, 그 자체로서 한번 생각해볼 만한 문제다.

36세 10개월 1일   1960년 8월 11일 목요일

메라크에 와 있다. 티조와 로베르와 마리안은 메라크의 집을 우리에게 팔았다(그 덕에 로베르는 마침내 자동차 정비 공장을 차릴 수 있게 됐다). 오래된 보일러와 샤워기가 마음을 푸근하게 해주었다. 그래서 아이들에게 아연으로 된 커다란 욕조에서 옛날식으로 목욕하는 즐거움을 선사하기로 했다. 30년 전 비올레트 아줌마가 날 씻겨주던 곳 아닌가(욕조는 몇 세대가 지나도록 세탁실의 어둠 속에서 묵묵히 기다려주었다). 나도 비올레트 아줌마처럼 물뿌리개와 마르세유 비누와 목욕 장갑을 갖고 가서 뱃살이며 주름이며, 때가 틀어박혀 있을 만한 곳, 땀띠가 난 곳들을 모조리 공략했다. 리종과 브뤼노는 발을 구르고 고함을 지르며 저항했다. "다 젖었어" "추워" "따가워" 해가며. 나도 그 나이 땐 그랬겠지. 그러나 난 아이들이 숨을 헐떡이며 이를 부딪치는 것도 아랑곳없이 계속했다. 어린 시절의 그 소동이 내겐 괴로운 일로 기억되지 않기 때문이다. 게다가 난 아줌마가 능숙한 손길로 정확하게 공격하던 것도 재현해보고 싶었다. 귀 뒤, 배꼽 속, 발가락 사이까지 인정사정없이 문질러대던 것 말이다. 물도 차가운 데다 비누칠을 마구 해대는 통에 눈이 따갑고 콧구멍이 달아올라도 아줌마는 신경 쓰

지 않았다. 난 처음엔 저항하다가도 어느새 이 효율적인 손놀림 안에서 몸이 뱅뱅 돌려지는 걸 즐기게 되었다. 몸을 헹군 뒤에는 도망치는 시늉을 하면서 젖은 발바닥으로 세탁실의 시멘트 바닥 위에 쿵쿵 소리를 내기도 하고, 커다란 천을 뒤집어쓰고 유령처럼 쫓아오는 아줌마에게 쫓기며 소리소리 지르다 붙들려서 입을 틀어막히기도 했다. 그러고 난 뒤엔 장뇌로 마사지도 하고, 필요하면 궁둥이의 접힌 부분에 파우더도 뿌렸다. 그 모든 걸 난 오늘 내 자식들에게 똑같이 시켜보는 것이다. 요 녀석들도 천사처럼 착하지 않다는 건 인정하지 않을 수가 없다. 리종은 입을 꼭 다문 채 숨을 들이마시며 빨리, 빨리, 빨리를 연발했고("팔리, 팔리, 팔리"⋯⋯), 브뤼노는 보일러를 수리해달라고 정식으로 요청했다. 장갑과 비누로 아이들을 씻길 때마다 매번 놀라게 되는 건, 그 조그만 몸들이 정말로 단단하다는 것이다. 두 아이의 이 보드라운 살갗 아래 감춰진 단단한 살 속엔 에너지가 축적되어 있다. 자연 상태의 그 에너지를 내가 조종하고 있는 것 같은 뿌듯함. 앞으론 그들의 몸이 그토록 튼실할 순 없을 것이다. 또 그들 얼굴의 표정도 그토록 선명할 순 없겠지. 눈의 흰자도 그토록 하얄 순 없을 테고. 귀의 모양도 그처럼 그린 듯이 완벽할 수 없을 것이고, 피부의 세포도 그렇게 촘촘히 짜여 있지 못할 것이다. 인간은 극사실주의 속에서 태어나 점점 더 느슨해져서 아주 대략적인 점묘법으로 끝나 결국엔 추상의 먼지로 날아가버린다.

36세 10개월 2일   1960년 8월 12일 금요일

어렸을 때 난 **단단하지** 못했다.

36세 11개월 7일   1960년 9월 17일 토요일

어제저녁 모임에서, 베르됭에서 부상당한 노장군 M. L은 자기의 잃어버린 고환 한쪽에 관해 얘기했다. 난 두아몽의 뼈 더미 위에 단지 그것만 남겨놓고 왔지요. 그런데도 그는 자식을 많이 낳았다. 그 비밀은 군인들만이 안단다. 전쟁만 아니었다면 자식을 두 배는 더 낳았을걸요. 그가 수학적인 결론을 내렸다. 그러나 부인은 아무런 대꾸도 하지 않았다.

36세 11개월 21일   1960년 10월 1일 토요일

집 앞 공터에서 브뤼노와 개 또래의 사내아이가 태곳적부터 이어져 온 의식을 거행하고 있다. 다름 아닌 이두박근 자랑. 작은 두 팔을 직각으로 굽힌 채 주먹을 쥐고, 이두박근을 팽팽하게 만드는 것이다. 두 녀석 다 힘을 주느라 얼굴을 연극배우처럼 찡그리고 있다. 이렇듯 우리는 평생 우리의 몸을 비교하며 살아간다. 그러나 일단 유년기를 벗어나면 그 방식이 은밀하고 수치스럽기까지 하다. 열다섯 살 때 나도 해변에서 내 또래 남자애들을 상대로 이

두박근과 복근 시합을 벌였었다. 열여덟 살인가 스무 살 때는 수영복 아래쪽이 얼마나 불룩한지를 자랑했다. 서른 살, 마흔 살이 되면 남자들은 머리카락을 비교한다(대머리에겐 불행이다). 쉰 살 때는 배(배가 안 나와야 한다), 예순 살 땐 치아(빠진 게 없어야 한다). 이제 소위 원로라 불리는 늙은 악어들의 모임에선 등, 걸음걸이, 입을 닦는 방식, 일어나는 방식, 외투를 걸치는 방식을 비교한다. 한마디로 나이, 나이를 비교하는 것이다. 아무개가 나보다 훨씬 늙어 보이지, 안 그래?

5. 37~49세(1960~1972)

내가 내 병의 전문가라 자처하는 건
말도 안 되는 얘기다.

37세 생일   1960년 10월 10일 월요일

 분배 문제를 토론하는 한 모임에 갔다가 너무 지겨워 도저히 견딜 수가 없어서 한 가지 실험을 해봤다. 하품은 전염되는가 안 되는가에 관해. 얼굴을 있는 대로 늘이며 하품을 하는 척하고는 짤막하게 "죄송합니다"라고 덧붙인 것이다. 그러자 하품이 퍼져나갔다. 참가자의 3분의 2에 이르기까지. 그러다 급기야 나한테까지 전염이 되어, 결국 나도 진짜로 하품을 했다!

37세 3일   1960년 10월 13일 목요일

 브뤼노는 자기 나름으로, 하품을 하면 귀가 막힌다고 믿는다. 그래서 선생님 얘기가 지겹다 싶을 땐 하품을 한단다. 지겨움을 표시하기 위해서가 아니라 선생님 목소리를 듣지 않기 위해서다. 턱을 크게 벌리면 귀에 센 바람이 지나가는 것처럼 윙윙 울리거든요. 그러면 난 바람 소리에 귀를 기울여요. 그뿐 아니다. 재채기를

하면 이번엔 또 눈이 안 보인단다. 그의 관찰에 따르면 콧구멍이 폭발하는 순간 눈이 감긴다는 것이다. 그러나 하품과 재채기를 동시에 할 순 없으니, 귀를 멀게 했다 눈을 멀게 했다 교대로 하는 수밖에 없단다. 나도 브뤼노 나이 때 몸을 정복하려 하는 대신 내 몸을 즐겼더라면 똑같은 관찰을 했을지 모른다.

37세 4일   1960년 10월 14일 금요일

G. L. R. 사무실에서 제2단계 하품 실험을 또 해봤다. 이번엔 하품을 하되 **안 하는 척**한 것이다. 입은 다문 채로 턱에 힘을 주고, 입술을 뻣뻣하게 한 상태에서 하품을 했다. 이번에도 똑같이 하품이 전염되는 걸 확인할 수 있었다. 감추려는 시도까지도 포함해서 말이다. 결론을 내리자면, 어떠한 상황하에선 습득된 행동도 반사 행동과 마찬가지로 자연스럽게 퍼진다는 것이다. (덧붙이자면 하품할 때 귀에서 짧게 나는 따다닥 소리도 전염된다. 은박지로 된 초콜릿 포장지에서 나는 소리와 비슷한 소리 말이다.)

37세 7일   1960년 10월 17일 월요일

하품의 전염성에 관한 실험을 해봤다고 티조에게 얘기했더니, 자기 역시 모방성 전염의 문제에 관해선 얼마 전부터 관심을 갖고 있었다며 그걸 '동조(同調)의 변이'라 부른다고 했다. 실제로 두 시

간 뒤, Z사의 직원 세 명과 함께 레스토랑에서 점심을 먹는 자리에서 티조가 시범을 보여주었다. 그는 식탁에 앉은 사람들 모두를 향해 얘기를 꺼냈다. 어제 아내와(그는 분명히 결혼을 하지 않았다) 베리만 감독의 최근작을 보러 갔었는데, 정말이지…… 여기서 그는 결론을 내는 대신 입을 다물었다. 혐오에 가까운 비난의 표정을 지으면서(콧구멍에 힘이 들어가고, 입은 뿌루퉁하게 내밀고, 얼굴을 찡그리고, 눈썹은 찌푸리고). 그러자 같이 식사하던 다른 세 명의 얼굴 표정도 똑같이 변했다. 모두가 같은 표정이 되었을 때 티조가 활짝 미소를 지으며 말을 끝냈다. 정말이지…… **기발하던데요**, 안 그래요? 감탄을 표현하자 사람들의 얼굴도 즉각 돌변했다. 갑자기 긴장을 풀면서 미소를 짓고, 전적으로 동의한다는 의미로 밝은 표정을 지었다.

37세 13일   1960년 10월 23일 일요일

여럿이 어울려 있을 때 우리 얼굴에서 쉽게 읽을 수 있는 메시지는, 그 그룹의 일원이 되고 싶다는 욕망, **거기 속하고** 싶다는 억누를 수 없는 욕구다. 그걸 교육이나 맹종 혹은 주관 없는 성격의 탓으로 돌리는 게 보통이지만—그게 티조의 가설이었다—난 거기서 오히려 존재론적인 고독에 저항하는 시원적(始原的) 반응을 본다. 본능적으로 유배의 고독을 거부하고, 공동체에 끼어들려는 몸의 반사적인 움직임이랄까. 심지어 피상적인 대화를 하고 있는 순간에도 그러하다. 공공장소에서—살롱, 공원, 술집, 복도,

지하철, 엘리베이터——대화를 나누고 있는 우리의 모습을 있는 그대로 살펴보면, 놀랍게도 우리 몸의 움직임에선 우선 동조하고 보자는 그 성향이 나타난다. 그럴 때 우리는 기계적으로 찬성하는 새 떼가 된다. 나란히 걸어가며 네, 네, 하고 있는 비둘기 떼와 흡사한 것이다. 티조가 생각하는 것과는 반대로, 이 표면적인 동조가 개인의 주관을 손상시키는 건 결코 아니다. 비판적 사고가 곧 뒤를 따를 테니 말이다. 아니 어쩌면 이미 비판을 시작했을 수도 있다. 그러면서도 우리는 본능적으로, 서로 부딪치기 이전에 우선 집단에 확실하게 들러붙고자 하고, 우리 몸은 그 본능을 보여주는 것뿐이다.

37세 6개월 2일   1961년 4월 12일 수요일

흠잡을 데 없는 똥. 딱 한 덩어리뿐이다. 완벽하게 매끈하고, 모양도 반듯하다. 차지면서도 끈끈하진 않고, 냄새는 나되 악취는 아니고, 단면이 깔끔하며 균질의 갈색을 띠고 있다. 딱 한 번 힘줘서 쑥 빠져나왔다. 휴지에도 아무 흔적을 남기지 않았으니, 이거야말로 완벽한 장인의 솜씨다. 내 몸아, 참 잘해냈다.

38세 7개월 22일   1962년 6월 1일 금요일

리종이 울고 있었다. 오빠가 욕을 했단다. 리종은 공격에 특히

예민한 이이다. 단어 하나하나를 원래의 의미로 받아들인다. 내막을 알아본즉슨, 브뤼노가 이렇게 말했단다. **바 트 쉬에**Va te chier! 난 브뤼노를 혼내면서, 몸과 관련된 이 노골적인 욕의 출처를 물어봤다. 조제한테 들었어요! 어떤 조제? 학교 친구예요. 알제리 출신의 프랑스 아이인데, 최근 온 가족이 알제리로부터 우여곡절 끝에 이주해 왔고, 아직까지 알제리의 억양과 어휘를 그대로 쓰고 있다고 했다. 그 아이가 쓰는 낱말들이 우리 욕의 목록을 완전히 새롭게 바꿔놓는 데 10년도 채 안 걸릴 거라 장담한다. '바 트 쉬에'는 '포브르 콩Pauvre con' [1]이나 '바 트 페르 앙퀼레Va te faire enculer' [2] 같은 욕과는 차원이 다른 것 같다. '똥 싸다chier'라는 자동사의 명령형 바 쉬에Va chier를 재귀대명사 명령형 바 트 쉬에Va te chier로 변형시킴으로써 치명적인 무기가 된 것이다. [3] 상대방을 그 자신의 똥으로 환원시키고, 자기 자신을 배설시키라고 하는 소리가 됐으니 말이다. 그보다 더 심한 욕이 세상에 어디 있겠는가?

---

1) pauvre는 '불쌍한', con은 '여자의 음부'를 뜻하며 Pauvre con은 '머저리 같은 놈'이란 의미이다.

2) enculer는 '비역하다'라는 뜻으로, 'Va te faire enculer'라는 욕을 직역하면 '너 자신을 비역당하게 하라'라는 의미다.

3) chier는 원래 '똥 싸다'라는 뜻의 자동사인데, 이 욕에서는 문법에 어긋나게 Va te chier라는 재귀대명사 명령형으로 변형시키고 있다. 재귀대명사는 주어 자신이 동사의 목적어가 되는 동사의 형태를 가리킨다. 따라서 te chier는 '너 자신을 싸다'라는 뜻이 된다. 다시 말해 '너 자신'이 똥이 되는 것이다.

38세 8개월 7일   1962년 6월 17일 일요일

우리 집에 놀러 온 꼬마 조제에게서 들은 기막힌 욕 또 한마디. **네 뼈다귀를 죽여버릴 거야.**

39세 3개월 4일   1963년 1월 14일 월요일

불안증 때문에 밤을 꼬박 샜다. 목이 메고, 가슴이 무겁고, 머리가 땅하면서 흔들렸다! 일찌감치 자리를 털고 일어났다. 출근할 땐 일부러 먼 길을 돌아갔다. 레퓌블리크, 그랑불르바르, 오페라, 콩코르드, 자르댕데튈르리, 루브르, 퐁데자르…… 처음엔 순전히 기계적으로 걸었다. 몸의 무게를 양쪽 발에 겨우겨우 번갈아 실으면서. 프랑켄슈타인이 만들어낸 괴물이 길거리를 배회하는 것처럼 멍한 시선으로 숨을 헐떡이며 걷기를 계속. 그러다 급기야는 **자세**가 무너지기 시작하여 턱과 주먹에 힘이 빠지고, 사지가 늘어지고, 발이 헛나가고, 숨이 점점 차 오더니 몸에서 정신이 빠져나가버렸다. 그러나 마지막 장면은 반전이다. 사회적 지위에 걸맞게 옷을 차려입은 지도층 인사께서 전에 없이 경쾌하게 사무실로 들어서며 인사를 건네는 것이다. 다들 안녕하세요? 컨디션은 어때요?

　오후에 아이들을 데리고 뤽상부르 공원에 갔을 때다. 테니스를 치던 한 여자가 자기 겨드랑이 냄새를 맡고 있는 모습이 눈에 들어왔다. 여자는 겨드랑이에 라켓을 낀 채 탈의실로 돌아가던 중이었는데, 어라, 갑자기 비둘기가 하듯 발랄한 몸짓으로 자기 날개 아래에서 무슨 냄새가 나는지 코를 대보는 것이었다. 그 순간 난, 우리 모두를 동지로 묶어주는 놀랄 만한 감정이입의 능력을 발휘하여, 여자가 어떤 느낌을 가질지 정확히 가늠할 수 있었다. 늘상 코에 익어온 향수의 매력이, 당장 지워버려야 할 악취로 판명되는 순간이렷다. 땀 흘리는 건 즐길 수 있지만 냄새가 나는 건 안 된다! 안 되고말고! 십중팔구 여자는 탈의실의 문턱을 넘자마자 겨드랑이에 탈취제를 뿌려댈 테고, 그것이 그녀를 뭔가 있어 보이게 만들어줄 것이다.

　남들 앞에선 억지로 감추는 악취도 혼자 있을 땐 은밀하게 즐긴다. 생각에서도 마찬가지로 드러나는 이 이중성이야말로 우리 삶의 중요한 속성이다. 테니스 치던 그 여자나 나나 각자 자기 집에 돌아가면 각자 자기 식으로 긴 방귀를 즐길 것이다. 악취의 파동이 이불에 흔적을 남긴 뒤 콧구멍까지 올라오도록 숙련된 기술을 발휘하면서 말이다.

40세 7개월 14일   1964년 5월 24일 일요일

오늘 밤 말 그대로 모나를 삼켜버렸다. 콧구멍과 혀로. 모나의 거드랑이 속에, 젖가슴 사이에, 엉덩이와 장딴지에 코를 파묻고는 깊이 숨 쉬고 핥으면서 그녀의 맛, 그녀의 냄새를 포식했다. 우리 젊은 날에 했던 것처럼.

41세 2개월 10일   1964년 12월 20일 일요일

아이들과 함께 레스토랑에서 모나의 생일 축하 파티를 하고 있는데, 브뤼노가 화장실에서 본 이 수수께끼 같은 문장을 설명해달라고 했다. "생리대serviette hygiénique[4]는 이곳에 버리지 말아주십시오." 녀석은 두 가지 의문 때문에 답답해했다. 첫째, 수건serviette은 원래부터 위생적hygiénique이지 않은가? 둘째, 수건을 화장실에 버릴 정신 나간 사람이 어디 있을까? 리종의 입술 위로 슬쩍 미소가 지나갔다. 왜 웃어? 브뤼노가 성을 냈다. 비겁하게도 난 그 문장과 그 미소를 설명하는 수고를 모나에게 떠넘겨버렸다.

---

4) 프랑스어로 '생리대'를 뜻하는 serviette hygiénique의 원래 의미는 '위생적인 수건'이다.

41세 7개월 25일   1965년 6월 4일 금요일

타인에 대한 염려 때문에도 고환은 경직될 수 있다. 난 그걸 이미 에트르타에서 경험한 바 있다. 모나가 절벽 가장자리에 너무 가까이 다가가는 순간 내가 대신 현기증을 느꼈던 일 말이다. 오늘 아침 어떤 남자가 자전거를 타고 가다가 택시에 부딪혀 넘어지는 걸 본 순간에도, 고환은 감정이입의 성향을 또다시 드러냈다. 남자가 빨간 신호등을 무시했기 때문에 운전사는 그를 피할 수가 없었다. 그 결과 충돌이 일어났고, 자전거 탄 남자는 공중을 날아 다리 한쪽이 부러졌고, 인도 모서리에 부딪혀 갈비뼈가 두세 개 나갔고, 두피가 심각하게 손상됐고, 뺨은 으깨졌다. 내 불알도 그가 공중을 나는 동안 쪼그라들었다. 그 남자의 몸이 내 위로 떨어진 게 아닌 이상, 그 증상은 오로지 감정이입에 의한 공포 때문이었던 게 분명하다. 난 그걸, 다른 이의 생명을 위해 두려워해줄 줄 아는 불알의 이타주의로 결론지었다. 고환이야말로 영혼을 품고 있다고 해야 할까?

41세 7개월 26일   1965년 6월 5일 토요일

자전거 사고가 났던 순간이 오늘 밤에도 또 생각난다. 앰뷸런스가 도착하길 기다리며 내가 남자의 몸을 옆으로 누이고 지혈하고 있는 동안 그는 여러 차례 물었다. 자기 손목시계가 깨지지 않았느냐고.

42세 3개월 19일   1966년 1월 29일 토요일

하나님의 더 큰 영광을 위하여[5] 페루에서 2년간 살다 돌아온 슈 브리에의 십에서 저녁을 먹었다. 그는 페루에서 봉헌물들을 수집해 가지고 왔다. 겨우 엄지손가락만 한 직사각형 금속판에 갖가지 문양이 새겨져 있었다. 손, 심장, 눈, 허파, 가슴, 등, 팔, 다리, 내장, 위, 간, 신장, 이, 발, 코, 귀, 임신한 여자의 튀어나온 배…… 크기도 각각 다르고 금속의 질도 다소 차이 나는 이 봉헌물들에는 기도문은 없이 단지 치료해야 할 기관들이 그려져 있었을 뿐이다. 그런데 남자나 여자의 성기는 없었다. 슈브리에의 말로는, 가장 많은 건 심장, 눈 그리고 손이라고 했다. 봉헌물을 믿느냐는 물음에, 난 아니라고 했다. 그러면서도 슈브리에가 하나 사용해보라고 권했을 때 난 주저 없이 한 쌍의 눈을 택했다.

42세 3개월 20일   1966년 1월 30일 일요일

아무리 생각해봐도 귀머거리보다는 맹인이 되는 편이 나을 것 같다. 잠깐 잠이 깬 동안 깜깜한 어둠 속에서 상상해봤다. 아무것도 안 들린다면…… 수족관에 갇힌 채 남들 살아가는 모습을 바라보며 산다? 아니, 차라리 어둠 속에서 아무것도 못 보더라도, 그들이 말하고 움직이고 코 푸는 소리를 듣는 편이 낫겠다. 잠든 모나

---

5) 원문에는 라틴어로 되어 있다. ad majorem buxidae gloriam.

의 숨소리, 삐걱거리는 마루 소리, 서재의 벽시계 소리도 듣고, 침묵 그 자체의 소리에도 귀 기울이는 편이 낫지. 그러다 다시 잠이 들었을 때 이런 꿈을 꾸었다. 난 수술대 위에 누워 있다. 하얀 외과의사 가운을 입고 흰 모자를 쓰고 마스크를 한 파르망티에가 내 위로 몸을 숙이고 있다. 마스크를 쓰곤 있지만, 그가 미소 짓고 있다는 걸 알 수 있다. 그의 조수가 내 눈에다 눈꺼풀을 벌려놓는 복잡한 기계를 달아놓는다. 그동안 파르망티에는 분젠버너[6]에 불을 붙이고 그 위에다 구리로 된 작은 공을 데우기 시작한다. 난 그게 입문 의례의 일종이라는 걸 깨닫는다. 아니면 중세의 신명재판(神明裁判)[7] 같은 것. 심판자는 내가 **기름**이 될 자격이 있는지를 알고 싶은 것이다. 따라서 파르망티에는 내 눈에 끓는 기름을 부으려 하고, **난 무슨 수를 써서라도 시력을 잃지 않으려 한다.** 다행히도 집엔 슈브리에가 주었던 봉헌물이 있다. 난 눈이 안 보이는 채로 찾아다닌다. 공포에 사로잡혀 가구에 부딪히며 찾아다니지만 발견하지는 못한다. 난 깜짝 놀라 잠에서 깨어 곧 생각을 바꿨다. 맹인보다는 차라리 귀머거리가 낫겠어!

---

6) 1885년 독일의 화학자 로베르트 분젠이 고안한, 석탄 가스를 태워 높은 열을 얻는 간단한 가열 장치.
7) 물, 불, 독 등을 써서 피고에게 시련을 가하고 그 결과에 따라 죄의 유무를 판단하는 중세의 재판 방식.

42세 4개월   1966년 2월 10일 목요일

　　남아메리카의 교회 벽에는 여자의 음부도 발기한 남근도 없다. 기독교를 믿지 않는 나는 그 사실을 공공연히 비웃어왔다. 그러나 내가 어릴 때부터 소중하게 간직해온 『라루스 사전』의 인체 해부도에도 발기한 남근은 없다. 또 고등학교 때 수업 시간에 보던 과학 교과서에도 없었다. 그 책은 종교적 색채라곤 전혀 없이 소위 인간의 생리를 다룬 것이었는데도 말이다. 저자의 이름은 잊어버렸지만 (드우소? 드우시에르?) 생식만 빼고 **모든** 기능이──순환, 신경계, 호흡, 소화 등등──다 설명되어 있는 걸 보고 느꼈던 분노만큼은 잊을 수가 없다!

43세 생일   1966년 10월 10일 월요일

　　오늘 밤엔 오벨리스크 꿈을 꾸었다. 수평으로 놓인 오벨리스크가 느릿느릿 세워지고 있었다. 얼마나 느린지 그 움직임을 감지할 수 있는 건 나뿐이었다. 사실은 나 역시도 움직임을 느끼진 못했지만, 그게 똑바로 설 거라는 믿음은 갖고 있었다. 꼭대기 모서리가 동쪽을 향한 채 누워 있는 오벨리스크는 1밀리미터 단위로 **천년 세월에 걸쳐** 세워지고 있었다. 어쩌면 내 평생을 다 보내게 될지도 모르지만 어느 날엔가는 그 오벨리스크가 우뚝 서게 될 것이고, 처음엔 좀 흔들리겠지만 결국엔 굳건히 자릴 잡고 하늘을 찌르게 될 거라는 확신이 들었다. 난 그걸 고정시키고 있었다. 잠에

서 깨면 안 돼, 오벨리스크가 바로 서기 저까진 절대 잠에서 깨면 안 돼! 난 오벨리스크가 완전히 수직으로 설 때까지 잠든 상태로 있어야 한다고 마음먹고 있었던 것이다. 오벨리스크의 움직임이 어찌나 느린지 오늘 밤이 내 평생에 가장 긴 밤이 될 것 같았고, 난 그 느림을 한껏 즐기며 오벨리스크에서 눈을 떼지 않았다. 오늘 밤이 바로 내 삶 자체였고, 내 삶이란 곧 오벨리스크가 바로 서는 걸 바라보는 데 온 인내심을 다 바치는 것이었다. 실제로 난 오벨리스크가 잠시 흔들린 뒤에 마침내 똑바로 서는 순간 잠에서 깨어났다. 그러고는 어제저녁 티조가 내 생일 파티 때 했던 말을 떠올렸다. 마흔세 살이란 말이지, 그럼 형 구두 치수랑 같은 숫자네! 평온한 한 해가 되길 바라! 올해가 형의 전성기가 될 거야.

43세 2개월 20일   1966년 12월 30일 금요일

보름 전부터 오른쪽 발 두번째 발가락에 혹 같은 게 생겼는데, 예전엔 한 번도 본 적이 없는 것이다. 티눈? 무사마귀? 못? 어쨌든 건드리면 아프다. 생전 처음으로 신발을 골라서 신어야 하는 신세가 됐다. 우린 우리를 괴롭히는 병의 이름을 한 번도 정확히 알지 못한 채 그냥 총칭을 쓴다. 종기, 류머티스, 신트림, 혹, 이런 식으로.

43세 2개월 25일   1967년 1월 4일 수요일

알아보니, 티눈이었다. 이게 바로 티눈이라 불리는 것이다. 그러고 보니 예진 레지스탕스 활동할 때도 티눈이 생겼던 것 같다. 너무 끼는 신발 때문에.

43세 3개월 5일   1967년 1월 15일 일요일

아버지의 몸. 브뤼노가 우리 집에서 주말을 함께 보낸 친구에게 말했다. 내가 잠옷만 입은 채로 아침 식사 하러 오는 걸 본 적이 없다고. 아빠는 늘 새벽부터 면도를 하고, 머리를 빗고, 넥타이까지 매고, 조금도 빈틈이 없다고. 다소 빈정대는 듯한 그 가벼운 말투에 난 화가 났다. 그래서 난 아들에게 아주 정색을 하고 진지하게 말했다. 안 그래도 모나와 나는 곧 다가올 가족 휴가를 나체주의자 캠프에서 보내기로 했다고. 내가 얘기 안 했나? 이 바보 같은 농담의 효과는 즉각적으로 나타났다. 브뤼노는 얼굴이 새빨개지더니 토스트를 내려놓고 부엌에서 나갔고, 친구도 따라 나갔다. 브뤼노의 이마에는 성서(聖書)적인 수치심이 새겨져 있었다. 셈과 야벳이 뒷걸음질로 아버지 노아에게 가 벗은 몸을 덮어준다는 얘기. 몸이 너무 과하거나 혹은 부족하거나. 노아의 시대로부터 모든 문제는 거기에 있다.

내 사랑하는 용종들. 오늘 아침에 재채기를 하면서 그중 하나를 뱉어냈다. 지난번 감기 걸렸을 때부터——석 달하고도 며칠 전—— 왼쪽 콧구멍을 막고 있던 것이다. 손수건 위로 몸을 숙이고 있는 힘을 다해 재채기를 했다. 보통 재채기라면 입을 벌린 채 허파를 비우고 경쾌한 폭발음이 집 안에 퍼지는 걸 생각하게 되지만, 이번에 내가 한 재채기는 입을 다문 채, 뚫어야 할 콧구멍에다 응축된 공기의 압력을 가하는 그런 것이었다. 다 자라서 견고해진 용종이 도사리고 있는 콧구멍은 뚫을 방도가 없다. 재채기를 해도 장애물에 부딪힌 공기가 역류하면서 귀까지 완전히 밀봉해버린다. 그건 마치 뇌가 팽창해서 두개골의 내벽에 부딪혔다가 원래의 크기로 되돌아오는 것과도 같다. 그러면 완전히 녹초가 되고 만다. **그럼에도 불구하고** 난 재채기를 했다(재채기에 관해선, 별의별 경험을 다 하면서도 희망을 버릴 수가 없다). 재채기를 하기 전 미리 계산을 해야 했다. 입을 다물고, 눈도 감고, 다른 쪽 콧구멍을 막은 뒤, 재채기하려는 욕구가 점막을 간질이고 코뼈를 타고 올라가 허파를 부풀릴 때까지 기다린 것이다. 그러고는 손수건을 최대한 넓게 펼쳤다. 튀어나온 것이 다른 데로 튀지 않도록. 이렇게 준비가 다 됐을 때, 왼쪽 콧구멍으로만 있는 힘을 다해서 재채기를 했다(절박함에서 나오는 그 대단한 에너지). 기적적으로 콧구멍이 뚫렸다! 손바닥에 물컹한 충격이 왔고, 축축한 공기가 길게 분출하더니 놀랍게도 공기가 나아갈 길이 뚫렸다! 최근 몇 주 동안에 처음으로 공기가 콧구멍 속을 자유롭게 순환한 것이다!

눈을 뜨고 손수건을 들여다보니 빨간 핏자국들 가운데에 뭐가 보였다. 처음엔 커다란 핏덩어리인 줄 알았는데, 만져보니 살덩어리였다. 난 기절하지 않았다. 뇌의 한 부분을 잃었다는 생각도 들지 않았다. 깨끗한 물에 헹궈내니 가리비 조개의 패주와 너무도 흡사한 모습을 드러냈다. 말랑말랑하면서도 탄력 있고, 분홍빛이 감도는 하얀색에 어렴풋이 투명하고, 살짝 섬유질도 들어 있었다. 가로 21밀리미터에 세로 17밀리미터 그리고 두께는 9밀리미터였다. 바로 너였구나, 늙은 용종! 콧구멍 속에 그런 괴물이 살 수 있다는 얘긴 정말이지 들어본 적이 없다! 의사 베크 씨(그는 몇 살이나 되었을까?)에게 가서 그걸 보여주었더니, 말 그대로 좋아서 펄쩍 뛰었다. 용종이 저절로 나왔다고요? 짐작하시겠지만, 이건 정말 드문 일이거든요! 아직까지 한 번도 본 적이 없죠! 그는 분석을 위해 자기가 그걸 보관하면 안 되겠냐면서 진찰료도 물리지 않았다. 그가 어찌나 기뻐하던지, 내가 무슨 커다란 진주라도 한 알 선물한 것 같았다.

43세 8개월 24일   1967년 7월 4일 화요일

요즘 들어 너무 절제를 하지 않았다. 저녁 식사 때마다 술을 곁들였고, 밤늦게까지 모임을 가졌고, 잠도 조금밖에 못 잤고, 그나마도 자꾸 깼다. 논문 두 편과 강연 원고를 쓰느라 일도 무리하게 했다. 그뿐 아니라 가족 모임, 친구들 모임, 사무실 모임, 고객과의 미팅, 정부 기관과의 협의까지. 매 순간의 긴장, 즉각적인 반응, 권

위, 친절함, 생동감, 효율성, 감사(監査). 감사는 벌써 일주일도 넘게 계속되고 있는데 에너지를 과하게 써온 것 같다. 끊임없는 전투 속에서 정신이 휘두르는 칼을 몸이 싫다는 내색도 못한 채 따르는 꼴이었다고 할까.

오늘 아침엔 최소한의 에너지조차도 남아 있지 않았다. 눈꺼풀을 들어 올리는 순간, 이미 순발력이 바닥나버렸다는 걸 느꼈다. '밧줄을 너무 팽팽히 잡아당기고만' 있다가 이젠 '손을 놔버리고픈' 유혹이 생긴 것이다. 오늘은 모든 일을 의지의 힘으로 결정에 따라 처리해야 했다. 그 결정이란 게, 다른 보통 날들처럼 자연스레 연계되질 않고, 각각의 행동마다 일일이 결정을 내려야만 했다. 전 단계와 아무런 역동적인 관계도 없이 말이다. 또 각각의 결정에는 그에 따른 노력이 필요했다. 그건 마치 내면에 축적되어 있는 에너지를 지속적으로 쓰는 게 아니라, 집 밖에 있는 발전기로부터 영양분을 공급받는 것과도 같았다. 뭔가 결정해야 할 일이 있을 때마다 발전기를 재가동시켜야 한다. 크랭크를 돌려!

가장 힘든 건, 주위 사람들에게 이 피곤함을 감추기 위해 쏟아야 하는 정신적 노력이다. 식구들에게(피곤 때문에 가족도 낯설다) 똑같이 다정해야 하고, 다른 사람들에겐(피곤 때문에 이상하게 낯익다) 전문적으로 보여야 하는 것이다. 한마디로, 침착하다는 내 명성에 걸맞게 행동하고, 내 지위에 맞는 품위를 갖추도록 주의해야 한다. 만일 내가 쉬지 못하고 필요한 만큼 잠을 자지도 못한다면 발전기 자체가 고장 날 것이고, 난 손을 놓게 될 것이다. 하루하루 지날수록 세상은 원래 무게보다 더 무거워질 것이다. 그러면 피로 속에 불안이 침투할 것이고, 그렇게 되면 세상이 무겁게 느껴지는 게 아니라, 세상 속에 있는 나 자신, 무능하고 헛되고 거짓된 내가 무겁게 느껴질 것이다. 이것이 바로 지친 내 의식의 귀에다 대고 불안이 속삭이는 말들이다. 그러면 난 결국 화를 내지 않을 수 없게 되고, 아이들은 날 위태로울 정도로 불안정한 기질을 가진 아버지로 기억하게 될 것이다.

43세 8개월 26일   1967년 7월 6일 목요일

예견한 대로 불안 발작이 일어났다. 불안감이 슬픔이나 선입견, 우울, 걱정, 두려움 혹은 분노 같은 감정들과 구별되는 건, 뚜렷한 대상이 없다는 점이다. 불안은 순전히 신경의 특별한 상태로, 즉각적인 신체적 증상을 보인다. 가슴이 답답해지고, 숨이 가빠지고, 신경이 예민해지고, 주의력이 결핍되고(아침 식사를 준비하다 그릇을 깼다), 분노가 폭발하여 처음 걸려드는 사람에게 상처를 주고, 뱉어내지 못한 욕설이 피를 더럽힌다. 아무런 욕구도 없고, 생각은 매순간 끊긴다. 그 무엇에도 집중이 안 된다. 극도의 산만함, 어설픈 동작, 어설픈 문장, 어설픈 숙고. 아무것도 마무리되는 건 없고, 모든 게 내면을 향해 파고든다. 불안은 끊임없이 불안의 중심으로 되돌아간다. 그건 아무의 잘못도 아니다 ─ 혹여 모두의 잘못이라고 한들 달라질 것은 없다. 난 속으로 발을 동동 구르고, 내가 나인 것에 대해 지구 전체를 원망한다. 불안은 존재론적인 병이다. 너 무슨 문제 있는 거야? 아무 문제도 없어! 아니, 전부 다

문제로군! 난 이 세상에 혼자거든!

43세 9개월 2일   1967년 7월 12일 수요일

  피투성이 상태로 잠에서 깼다. 머리에 눌려 움푹 들어간 베개에
도 굳어가는 시커먼 피가 가득 차 있었다. 피를 얼마나 많이 흘렸
던지 천이 다 흡수를 못 할 정도였다. 잠자는 동안 코에서 피를 흘
린 게 틀림없었다. 나는 모나가 깨어날까 봐 살살 몸을 일으켜, 베
개를 얼른 쓰레기통에 갖다 버렸다. 다행히 이불에는 묻지 않았다.
욕실에 가서 확인해보았다. 뺨에 피가 검게 굳어 있었고, 왼쪽 콧
구멍에는 엉긴 피가 가득 차 있었다. 세수를 하고, 코를 풀고, 샤워
를 해도 별다른 문제가 없었다. 두 시간 뒤 간부 회의를 하던 중,
또다시 출혈이 있었다. 여전히 왼쪽 콧구멍에서였다. 피가 거의
끊임없이 흐르면서 셔츠에도 얼룩이 묻었다. 사빈이 길모퉁이 약
국에 내려가서 사 온 탈지면으로 콧구멍을 막은 채 다시 발표를
시작했지만, 곧 거즈로 바꿔야 했다. 사빈이 또 새 셔츠를 사러 갔
다. 오후 2시에 V사의 R과 한창 협의를 하다 커피 한잔 마시는 순
간에 또다시 출혈이 있었다. 이번엔 폭포수처럼 쏟아졌다. 옆 사
람에게 튀지 않은 것만도 다행이었다. 다시 지혈용 솜을 사고, 새
셔츠로 갈아입었다. 고맙게도 이번엔 호텔의 지배인이 셔츠를 제
공해주었다. (이런 게 바로 서비스다!) 사무실로 돌아온 뒤 오후 6
시에 네번째 출혈. 소아 병원의 이비인후과 응급실에서 응급처치.
에티엔 얘기론, 그나마 그게 파리에서 받을 수 있는 가장 훌륭한

서비스란다. 눈매가 맑은 인턴이 **거즈 패킹**을 해주었다. 그건 콧구멍에다 무시무시하게 많은 양의 거즈를 넣어 모든 부비강[8]을 다막는 시술이었는데, 부비강은 마지막 남은 에너지를 총동원해 저항했다. 두개골 속에 빈 곳이 얼마나 많은지는 상상할 수도 없다! 얇은 뼈 안에 동굴들, 회랑들, 구덩이들, 굴곡들이 수없이 많이 있고, 그 모든 것이 다 신경으로 연결되어 있다. 시술이 얼마나 길고 고통스러운지 인턴의 얼굴을 한 방 갈겨주고 싶은 걸 억지로 참았다. 미리 말을 해줄 수도 있었잖아! 눈물까지 흘렀다. 자, 이제 괜찮으실 겁니다, 그가 말했다. 그러나 잠자리에 드는 순간 또다시 출혈! 압축 거즈가 피로 흥건했고 목까지 피가 흘러내렸다. 병원으로 돌아갔다. 새로운 의사. 거즈 패킹을 누가 해줬나요? 난 대답하기 곤란해 딴소리만 했다. 네 시간마다 계속 출혈이 있었고 이번에도 또 정확히 네 시간 만이라고. 제 동료도 출혈 주기에 대해 알고 있었나요? 글쎄요, 그 말씀을 드렸었는지 기억이 나지 않는데요. 딱하게 됐군요. 거즈 패킹을 다시 해야겠어요. 그리고 오늘밤 계속 지켜봐야겠습니다. 또다시 거즈 패킹을 한다는 게 달갑진 않았지만, 고난은 대비 없이 갑자기 당하는 것보다는 미리 걱정하다가 당하는 편이 나을 수도 있다. 그 고통을 당함으로써 얻는 이득을 생각하면 견디기가 더 쉬워지는 것이다. 예전에 포병들이 대포에 포탄을 가득 채우듯이 콧구멍에 바늘 뭉치를 박아 넣는 걸 견딜 수 있다고 한다면 말이다. 보로디노 전투에서 러시아의 포병들 사이를 헤매는 피에르 베주코프[9]가 잠시 떠올랐다. 오웰의 쥐

8) 위턱굴·이마굴 등의 머리뼈에 있는 공기 구멍.

도 떠올렸다. 죽은 사람의 콧속에 굴을 뚫어서 그의 뇌까지 도달하려 하는 용감한 짐승 말이다. 사실 통증을 견디는 데는 이렇게 다채로운 상상들을 하면서 현실을 있는 그대로 받아들이는 것도 한 방법이다. 그래봤자 얼마 동안이나 통증을 잊을 수 있을까? 그게 문제다. 의사들은 환자들에게 미리 알려줄 필요가 있다. 환자 여러분, 거즈 패킹의 지독한 통증은 3분 48초간 지속됩니다. 1초도 더 초과하지 않아요. 제가 초시계를 들고 45초 만에 끝내겠습니다. 안전띠를 매세요. 그리고 의사가 카운트다운을 시작하는 것이다. 우주인들에게 발사가 임박했음을 알려주듯. 12초 남았습니다…… 5, 4, 3, 2, 1…… 자, 끝났습니다. 오늘 밤엔 병원에 계셔야 해요.

모나가 파자마, 세면도구 그리고 읽을거리를 갖다 주었다. 어른 병상은 모두 차서, 아이들 두 명과 함께 [한 명은 이염(耳炎), 또 한 명은 개한테 물려서 입원했다] 방을 썼다. 아이들이 내 독서 의지를 꺾어버렸다. 코가 부어오른 이 아저씨는 아이들에겐 아주 재미난 구경거리였다. 어른들도 저렇게 병이 들 수 있단 말이지? 아이들과 함께 병실을 쓸 정도로! 그들의 호기심에 대한 응답으로, 내 두개골 안에서 새고 있는 수도꼭지에 관한 문제를 내고 풀어보라고 시켰다. 수도꼭지에서 네 시간마다 200밀리리터의 피가 흘러나온다고 할 때, 24시간 동안 흐르는 피의 전체 양은? 또 어른 한 사람의 몸에 평균 5리터의 피가 들어 있다고 할 때, 마지막 한 방울까지 다 비우는 데 필요한 시간은? 자, 어서 풀어봐, 파리 나는 소

9) 톨스토이의 소설 『전쟁과 평화』의 등장인물.

리도 들리면 안 된다. 내가 바랐던 대로 아이들은 계산하다가 잠이 들었고 난 비로소 책을 읽을 수 있었다. 거기서 난 내 마음을 너무나 잘 알아주는 홉스의 이런 고백과 마주쳤다. '**두려움은 내 인생의 유일한 열정이었던 것 같다.**'

아침에 인턴이 마지막으로 한 번 더 거즈 패킹을 한 뒤에 집으로 돌려보내주었다. 내게 새로운 삶을 살게 해주기라도 한다는 듯이 희망에 차 있었다. 그러나 집에 돌아오자마자 시럽 같은 걸쭉한 액체가 흐르는 것 같으면서 목 깊숙한 곳에서 철분 냄새가 났다. 영락없었다. 네 시간 뒤 다시 응급실로 돌아가 네번째 거즈 패킹을 했다. (통증에는 익숙해지지 않는다고 누가 말했던가?) 이번엔 인턴도 회의적이었다. 혹시 몰라서 해드리긴 하지만, 이제 더 이상 출혈은 없는데요. 내 **몸속에서** 출혈하고 있다니까요, 네 시간마다. 그건 그냥 그렇게 **느끼시는** 것뿐이에요. 보통 애들이 그렇듯이 코피를 흘리시는 것뿐이라고요. 선생님 연세엔 얼마든지 있을 수 있는 일이고 심각할 것도 없어요. 거즈를 대서 출혈을 억제했기 때문에 이젠 출혈이 일어나지 않습니다.

또다시 집으로 돌아왔다. 그런데 피가 나오는 듯한 '느낌'은 여전했다. 똑같은 간격으로. 에티엔이 의료구급대 소속의 친구를 보내주었다. 출혈할 시간이 아닌 때 왔기 때문에 그 친구도 병원의 의사와 똑같은 진단을 내렸다. 출혈하시는 게 아닌데요. 그냥 그렇게 느끼시는 것뿐이에요. 아무래도 노이로제 때문에 그렇겠죠. 걱정 마시고 주무세요, 그럼 괜찮아질 겁니다. 사실 난 겁먹은 게 아니라 쇠약해진 것이었다. 진이 다 빠진 나를 보고 긴장한 모나는 확실한 걸 알기 위해 거즈를 빼버리기로 결정했다. 피의 양을 계산해보고자 한 것이다. 또다시 출혈. 대접이 가득 찼다. 여전히 왼쪽 코에서. 네 시간 뒤 두번째 대접. 우리는 다시 병원에 가서 의사의 눈에 피가 담긴 그릇들을 들이밀고, 이게 그냥 **느낌**일 뿐이냐고 물었다. 소용없었다. 또 다른 의사를 만났다. 이전의 지혈이 잘못됐다는 핑계하에 또다시 거즈를 댔다. 거즈를 대는 게 보기보다 복잡한 겁니다. 하지만 걱정하지 마세요, 코피는 아주 가벼운 증상이니까요.

월요일 아침 난 흠잡을 데 없이 점잖게 양복을 차려입고 출근했다. 그리고 네 시간마다 오줌 누러 가듯 아무도 없는 곳에 가서 조용히 피를 쏟았다. 피와 함께 힘도 잃었다. 힘과 함께 정신도 잃었다. 매번 출혈할 때마다 가누기 힘든 슬픔이 밀려왔다. 잃어버린 피로 인해 비어 있는 공간을 우울감이 채우는 것 같았다. 죽음이 날 갉아먹고 있는 느낌. 죽음이 천천히 그러나 확실하게 생명의 자리를 차지하고 있었다. 난 아직도 10여 년은 더 모나와 함께 살고 싶은데. 브뤼노가 커가는 것도 보고, 리종이 첫사랑의 아픔에 빠져 있을 때 그 애를 위로해주고도 싶은데. 죽어가는 자의 슬픔이 고정되는 곳은 바로 이 지점이다. **리종의 사랑**. 리종이 괴로움을 겪는 건 싫다. 우아한 여인이라 하기엔 아직까지 어설프고 세상에 대한 관심도 얕지만, 진정한 행복이 무엇인지 알고픈 고집으로 가득 찬 내 딸. 어느 불한당 같은 녀석이 내 딸의 허점을 이용하는 걸 두고 볼 순 없다. 이런 불안감과 동시에 어떤 평화가 날 사로잡았다. 이제 그만 손잡이를 놔버리고 흐름에 내 몸을 맡겨버리자. 내 피에 실려가는 것이다. 죽음, 죽음은 평화롭게 잠드는 것이다……

다음 날엔 더 이상 출근할 기력이 없었다. 모나가 연락하여 티조가 달려왔고 그는 곧 날 생루이 병원으로 데려갔다. 그 병원엔 티조가 아는 간호사가 있어, 얼굴 수술의 권위자인 이비인후과 원로 의사를 소개해주었다. 그 의사는 이틀 동안 출혈한 피의 양을 보고 경악했다. 그리고 오진이라고 결론 내렸다. 물론 코피인 건 맞는데, 후방 비출혈[10]이어서 당장 전신마취를 하고 수술을 받아야 한다고 했다. 수술실 앞에서 난 모나의 손을 놓았다.

마취에서 깨어났을 때 내 머리는 화살이 잔뜩 꽂힌 호박이 되어 있었다. 신경도 극도로 불안정했다. 몸은 겉으론 움직이지 않았지만 잠시도 가만있을 수가 없었다. 쉴 새 없이 다리가 떨렸다. 정신착란에 걸린 영혼이 내 몸 안에 들어온 것처럼. 이 현상은 모르핀의 부작용으로 흔히 나타나는 거라고 담당 간호사가 설명해주었다. 난 모르핀을 그만 놔달라고 부탁했다. 안 됩니다, 그럼 통증이 너무 심해요! 못 견디겠으면 다시 맞을게요. 모르핀을 끊자 통증이 심해지면서 신경이 생생히 반응을 했다. 얼굴에만, 그것도 두 눈 사이로만 집중적으로 활을 맞는 성 세바스티아누스[11]라도 된 듯. 화살통이 다 비자, 이젠 움직이지만 않으면 통증을 견딜 만한 상태가 되었다. 헤모글로빈 수치가 낮다는 점을 고려할 때, 수혈하지 않고도 원기를 되찾게 하기 위해선 한 열흘 정도 입원을 했으면 좋겠다고 의사가 말했다. 그는 같은 의사로서, 처음의 오진에 대해 양해를 바란다고 부탁했다. 어쩌겠어요, 후방 비출혈은 워낙 드문 데다 의학이란 게 정확한 학문이 아니라서요. 진단을 할

10) 코안의 매우 깊은 곳에서 나는 코피.
11) 초기 기독교 시대의 성인. 화살 맞는 형벌을 받고 순교했다.

땐 언제 어느 때나 오진의 가능성을 의심해야 하지요. 소방수가 24시간 내내 화재에 대비해야 하는 것처럼요. 딱하게도 젊은 인턴들이 현장 경험이 적다 보니, 그런 실수를 저지르게 되는군요.

43세 9개월 8일   1967년 7월 18일 화요일

열흘간 입원해 있었다. 그중 닷새는 잠만 잤고, 나머지 닷새는 앞의 일기를 쓰는 데 보냈다. 처음엔 콧속을 지나 콧구멍 밖으로 튀어나온 커다란 거즈 콧수염 때문에 꼭 옛날 터키인 같은 몰골을 하고 있었다. 철분을 열심히 받아먹고, 책도 보고, 복도에서 어슬렁어슬렁 산책도 하고, 의사들과 간호사들의 이름을 외고 하다 보니 어느새 기숙학교 시절의 리듬과 습관이 되살아났다. 또 식당의 음식 맛에도 길들여졌다. 나 자신을 내려놓고 쉬다 보니 초조함도 점차 사라졌다. 유일하게 거슬렸던 건 줄무늬가 너무 흉한 파자마였다(그것밖에 없어 할 수 없이 사 온 거라고 모나가 변명했다). 아픈 것도 억울한데 옷까지 우중충해서야 원.

나와 같은 병실을 쓰는 환자는 젊은 소방수인데, 이번 달 초에 있었던 시위에서 경찰의 곤봉에 맞고 쓰러졌다고 한다. 그는 질서 유지 병력과 시위대 사이에 서 있었다는 것이다. 제복을 입지 않고 있었던 탓에 공권력의 폭력에 고스란히 노출이 되어 이가 부러지고, 턱이 빠지고, 코청[12]이 무너지고, 눈두덩이 꺼지고, 갈비뼈

---

12) 콧구멍 사이를 막고 있는 얇은 막이다.

몇 개가 나가고, 손과 발목도 으스러졌다. 그는 운다. 두려움을 어쩌지 못해 흐느낀다. 난 그를 달래줄 수가 없다. 아무리 현명한 위로를 해주려 해도, 붕대 때문에 까마귀 소리밖에 낼 수가 없으니 설득력이 있을 리 없다. 그의 부모도, 마냥 눈물 바람인 약혼녀도 별수가 없다. 그를 살려놓는 건 소방서의 동료들이다. 매일 저녁 대여섯 명의 소방수가 찾아온다. 브르타뉴 사람, 알자스 사람, 사부아 사람, 프로방스 사람, 알제리 사람으로 변장하고서 한바탕 민속 쇼를 벌이면 그 층의 간호사들이 모두 환호한다. 백파이프, 피리, 탬버린, 아랍 여인의 와와와와 소리,[13] 민속춤들, 버터 갈레트, 쿠스쿠스, 슈크루트, 크로넨버그 맥주, 민트 차 그리고 아빔 와인. 갖가지 농담. 그게 우리 어린 소방수를 작살내지 않을까 걱정된다(으스러진 턱과 갈비뼈 때문에 그에게 웃음은 곧 형벌이다). 하지만 또 그게 그를 부활시킨다.

43세 9개월 17일   1967년 7월 27일 목요일

퇴원을 했다. 모나와 침대에서 자축했다. 헤모글로빈 수치가 13은 돼야 하는데 9.8밖에 안 됐다. 구멍이 숭숭 난 내 몸에 아직까지 혈구가 충분히 채워지지 않은 것이다. 그러나 이건 모나의 화끈한 친절이 없을 때의 얘기다. 난 보란 듯이 발기했다! 우린 또 지속 시간의 기록도 깼다.

---

13) 아랍 여인이 입에 손을 댔다 뗐다 하면서 내지르는 날카로운 소리.

발기는 했지만 그나음엔 이상한 일이 뒤따랐다. 오르가슴 대신 눈물이 펑펑 쏟아진 것이다! 걷잡을 수 없는 흐느낌은 변명을 하려 들자 더욱 격렬해졌다. 직장에서도 그런 일이 일어나 회의 도중에 빠져나와 내 사무실에서 실컷 울었다. 원인 모를 슬픔, 존재 자체의 괴로움이 마치 둑이 무너진 것처럼 예상치 못한 파도로 날 공격하고 파괴했다. 수술 후유증으로 나타나는 신경의 우울, 이건 얼마든지 예견 가능한 일일 것이다. 몸의 피가 다 빠져나가면서 정신도 무너진 것 아닐까. 해결책은? 휴식, 충분한 휴식이 필요해요. 선생님 몸을 밀대로 눌러서 완전히 쥐어짰다고 생각하시면 돼요. 정상으로 돌아오려면 시간이 필요해요. 송아지 간, 송아지 간을 드세요. 철분이 많아서 약이 될 거예요. 말고기 스테이크나 검은 순대도 좋고요. 그리고 푹 쉬세요. 시금치는 특별히 드시려고 애쓰실 필요 없어요. 철분이 들어 있지 않기 때문에 소문처럼 도움이 되진 않거든요. 마음을 편안히 하고 운동을 하세요. 일상생활 속에서 몸을 계속 움직이세요!

그래서 메라크로 돌아왔다. 여기 와서 비로소 눈물이 말랐다. 실컷 산책을 하다 보니 우울한 기분이 비집고 들어올 틈이 없어졌다. 모나와 함께 풀밭에 누워, 젊었을 때 하던 것처럼 황혼을 즐겼다. 정원 손질, 떠들썩한 아이들(마리안의 아이들과 다 큰 우리 애들), 느타리버섯 스튜, 음악. 생의 본능에 자양을 주는 이 소소한 즐거움들을 열거하자면 끝이 없을 것 같다.

43세 10개월 1일   1967년 8월 11일 금요일

허리 쪽, 옷 닿는 부분이 심하게 간지러웠다. 풀밭에 나가 있는 동안 벌레에 물렸나? 눈에 보이지도 않는 진드기 유충인가? 엉큼한 거미? 소리 없는 등에? 잠복해 있던 진드기? 확인해보니 진드기가 아니었다. 오른쪽 서혜부에서 등을 따라 오른쪽 허리까지, 끝이 투명한 작은 종기가 일렬로 나 있었다. 대상포진이라는 진단을 받았다. 즉 수두 바이러스가 잠자는 숲속의 미녀처럼 몸속에 잠복해 있다가, 컨디션이 좋지 않을 때 신경 염증의 형태로 되살아나는 것이다. 꽤 흔한 병이라고 한다. 치료도 안 되고, 언젠간 증상이 사라진단다. 그때까지 그냥 참고 기다려야 한다. 요약하자면 비출혈로 인해 빈혈이 일어나 기력이 떨어지면서 바이러스가 활성화되어 대상포진을 일으킨 것이다. 이제 또 무슨 일이 일어날 것인가? 전설의 결핵? 집요한 암? 나병에 걸려 발가락들이 먼지처럼 사라져버리는 건 아닐까?

43세 10개월 3일   1967년 8월 13일 일요일

세상에, 이번엔 또 다른 병이 찾아왔다. **접촉성 피부염**. 특정 식물에 대한 알레르기 반응. 작은 반점들이 오른손의 손가락들을 뒤덮었는데 지독하게 가렵다. 난 처음엔 그것도 대상포진의 증상인 줄 알았는데 아니었다. **접촉성 피부염**. 별의별 병도 다 있다.
계속되는 병 얘기를 듣더니 티조가 단호하게 결론을 내렸다. 걱

정하지 마, 진짜 병은 늘 딴 데 있으니까. 그 예로, 이번에도 또 얘기 하나를 들려주겠다고 했다. 형, '개구리를 달고 다니는 남자' 이야기 알아? 몰라. 얘기가 좀 긴데 끝까지 들을 수 있겠어? 아직 기운이 남아 있어?

개구리를 달고 다니는 남자의 이야기

머리 위에 작은 개구리를 달고 태어난 남자가 있었어. 두개골 위에 붙어 있는 진짜 살아 있는 그 개구리는 남자 몸의 일부였지. 이발사가 머리를 깎을 때도 개구리를 건드리기 않기 위해 조심해야 했어. 그 남자에게는 개구리가 전혀 거추장스럽지 않았어. 특별히 개구리를 사랑해서가 아니라 그렇게 태어나서 그렇게 살아왔으니까. 그는 또 워낙 화통한 사람이라 그걸 한 번도 대수롭게 여긴 적이 없었어. 그냥 너무나도 자연스러웠다고 할까. 너무 자연스러워서 주변 사람들도 개구리에 대해서 얘길 하지 않았지. 부모도, 학교 친구도, 애인들도, 자식들도, 직장 동료들도, 이발사도, 아무도.

그런데 어느 날 그의 아내가 아침 식탁에서 커피 잔 위로 눈을 내리깐 채 대뜸 이렇게 묻는 거야.

"근데 여보, 개구리 말이야, 평생 그렇게 달고 다닐 거야?"

너무 놀란 남자는 왜 그런 걸 묻느냐고 아내에게 되물었어.

"아무것도 아냐, 그냥 알고 싶어서."

12년간 함께 살아오면서도 아내가 개구리에 관해서는 일절 언급을 하지 않던 터라 남자는 그 대답에 만족할 수가 없었어.

"그럼 왜, 하필 오늘 아침에 그걸 묻는 건데?"

그러자 그녀는 커피 잔을 내려놓고 남편을 똑바로 쳐다보았어.

"물어볼 수도 있잖아? 개구리 애긴 하면 안 돼? 금기 사항이야?"

개구리 남자도 아내를 똑바로 쳐다보았어.

"그건 아니지만, 지금까지 아무도 얘기한 적이 없었는데 오늘 아침 당신이 그 애길 꺼내니까 내가 놀라움을 표현하는 것도 당연한 거지(이런 식으로 얘기하는 그 남자도 형이랑 좀 비슷한 타입이었어. 학구적인 사람이었단 얘기지).

"생전 처음 얘기하는 거니까, 이전에 얘기한 적이 없는 건 당연한 거 아닌가." 그 부인은 또 좀 모나 스타일이라 이렇게 대답했지.

아침에 눈뜨자마자 이런 대화를 하고 나면 하루 종일 기분이 찜찜한 거, 형도 알지. 그때 마침 애들이 부엌으로 뛰어들어왔기에 망정이지(그 집 애들도 브뤼노와 리종이라고 해두자고). 매일 아침 하듯이 그는 애들한테 아침을 먹이고 학교에 데려다주고 출근을 했지.

자동차 안에서 그는 기분이 좋지 않았어. 평온해 보이는 개구리 뒤로 백미러에 비친 두 아이가 뭐라고 쑥덕대고 있는 게 보였거든. 결정 내리기 힘든 무슨 일이라도 있는 것처럼 말이야. 공모자들 같은 표정이었지. 마침내 아들놈이 입을 열었어. 아빠, 학교 앞까지 가지 말고, 사거리에서 내려주면 안 될까요?

그래, 어느 부모라도 다 경험하는 일이지. 어느 날엔가 어린애들이 애기처럼 보이는 게 싫어 학교 바로 앞에서 내리지 않겠다고 하는 것 말이야. 그러나 그날 아침 개구리 남자는 그렇게 단순하게 생각할 만한 마음의 여유가 없었어.

"무슨 일인데? 내 개구리 때문에 그러니?"

그는 이 말을 내뱉자마자 곧 후회했지. 후회한다는 사실이 또 더 짜증 났고.

아이들을 사거리에 내려주고 나서, 남자는 기분이 엉망진창인 채로 사무실로 향했지. 그는 유능했기 때문에 승진도 빨랐어. 잔 꾀 부리지 않고 진짜 열심히 일하는 타입인 데다 머리도 좋았거든. 게다가 얼굴까지 잘생겼지. 꼭 형 같은 스타일이었어. 사무실에 도착하자마자 비서가 와서 하는 말이, 회장님이 그를 만나러 일부러 뉴욕에서부터 왔다는 거야. 아! 정말? 개구리 남자는 되는대로 급히 자료 두세 가지를 챙겨갖고 회장에게 올라갔어. (내 말 듣고 있지?) 회장은(잘 들어, 전 세계에 걸쳐 있는 어마어마하게 큰 회사라고) 아주 친절하게 앉으라고 하고는, 자기가 그에게 얼마나 만족하고 있는지 모른다고 칭찬했어. 회장은 15년 전부터 '그의 실력을 아주 높이 평가해왔는데', '수적 성장이라는 관점에서뿐 아니라 직원들을 다루는 분위기 면에서도 그렇다고' 어쩌고저쩌고. 요약하자면 '당신은 예외적인 직원이다' 이거였지. 그리고 그를 부른 이유를 말하기에 이르렀어. 승진. 세상에, 그를 승진시켜주겠다고 한 거야. 인사 책임자. 그것도 국내뿐 아니라 국제적인 차원에서 말이야. 컨소시엄의 인사 책임자. 연봉이 열두 배나 오르는 거지. 정말 대단한 게, 군대로 치면 별을 단 셈이라고. 개구리 남자는 놀라는 동시에 가슴이 벅찼지. 그는 장황하게 감사의 말을 늘어놓았어. 회장님이 후회하시지 않도록 열심히 하겠습니다. 회장님 감사합니다, 정말로 감사합니다 회장님.

"그런데 한 가지 일러둘 게 있네." 회장이 말했어.

"무슨 말씀이신지요?"

회장의 손짓으로 보아 그건 별것 아닌 게 분명했어. 걱정할 것 없다 싶었지.

"자네 그 개구리 말이야."

"제 개구리 말씀입니까, 회장님?"

그러자 회장은 부드럽게 설명했어. 자기는 그 개구리에 대해 아무런 감정도 없으니, 절대 사적인 감정 때문은 아니라고 했어. 자기는 예전부터 그걸 봐왔고 그게 붙어 있다는 걸 이해하고 있다고. 자네 몸에 붙어 있지, 아마? 태어날 때부터 그랬던 것 같은데? 그게 자네 일하는 데 해를 끼친 건 전혀 없지…… 그런데 말이야, 자네가 자네 하나만을 대표하는 게 아니고, 한 회사만도 아니고, 우리 그룹 전체를 대표하는 거라서 고위직에 오른 지금으로선 그 개구리가 좀…… 예를 들어 일본 사람들을 만난다거나 할 땐……

"무슨 말씀이신지 알겠습니다, 회장님."

"이해해준다니 다행이네. 그것도 역시 자네의 훌륭한 자질이야. 아무튼 서두르지는 말게. 나도 이런 희생이 자네에겐 불가능한 일이라는 걸 충분히 이해할 수 있으니까. 그렇더라도 아주 간단한 외과 시술을 받아보는 건 어떨까. 내가 책임지고 자네를 도와줄 의사를 소개해줄 테니까. 그래도 어쨌든 생각할 시간을 갖고 자네 답을 가져오게. 다음 주말 정도면 어떻겠나, 괜찮지?"

그날 저녁 퇴근하는 개구리 남자의 심경은 복잡했어. 회장의 제안에 가슴이 부풀었지만 개구리 생각을 하면 숨이 막힐 것만 같았던 거지. 무슨 말인지 알겠지. 평소 같으면 샴페인 병을 사 들고 집에 샀셨시만…… 그의 아내도 컨디션이 좋지 않았고, 애들도 잔뜩 주눅 들어 있었어. 네 식구 모두 힘든 하루를 보냈던 거야. 디저트를 먹자마자 모두 잠자리에 들었어. 전등도 다 껐어. 침묵. 당신 자? 아니. 나도 잠이 안 오네. 그러고는 남자는 아내에게 자기 고민을 털어놨어. 오! 불쌍한 사람, 당신한텐 얼마나 끔찍한 일이에요! 그렇지만 월급이 열두 배나 오른다니……

글쎄 말이야……

그들은 밤을 꼬박 샜어.

다음 날 그는 결정을 했어. 개구리를 떼어내기로. 그다음 날엔 또 정반대 결심. 개구리를 살려두자. 계속 그러던 어느 날이었어. 출근하던 개구리 남자가 갑자기 길에서 멈춰 서더니, 미끄러지듯이 옆으로 돌아 전속력으로 달려 외과로 향했어. (오, 내 말 잘 듣고 있는 거지? 잘 들어, 폭포같이 빨리 달렸다고).

그 외과의사는 여느 의사처럼 그를 맞았어.

"앉으세요. 무슨 문제로 오셨죠?"

그러자 그때까지 한마디도 하지 않고 있던 개구리가 대답했지.

"오! 별것 아니에요, 선생님. 제 엉덩이에 작은 종기가 하나 났는데, 그게 이렇게 커져버렸지 뭐예요!"

43세 10개월 7일   1967년 8월 17일 목요일

리종이 좀 엉뚱한 짓을 하고 나자 브뤼노가 놀렸다. "너 그거 하냐?" 이미 초경을 겪은 것 같은——가끔씩 아파하는 걸 보면——리

종은 너무 당황해 아무 말도 하지 못했다. 그러자 브뤼노도 얼굴을 붉혔다. 여자아이들의 월경에 관한 남자아이들의 농담은 정말 세월이 흘러도 변하지 않는 레퍼토리다. 남자아이들에게 월경이란, 자기들은 범접할 수 없는 여성의 신비로 여겨진다. 여성을 신비롭게 만드는 어떤 복합성의 개입…… 자기는 아직 남자가 되려면 멀었는데 어느새 여자가 되어버린 소녀를 놀리는 것, 이거야말로 남자아이들의 공통된 복수다. 그러나 '레글règle'이라는 단어의 다중적 의미[14]에서 풍기는 위압적인 뉘앙스가 그들을 주눅 들게 한다. 내가 무시하는 척하는 이 여동생이 실은 '레글'의 보유자라니. 그렇다면 측정의 도구를 갖고 있는 것뿐 아니라 규칙을 선포할 수도 있고, 별들의 운행까지도 규제할 수 있다는 것 아닌가. 남자아이들은 '레글'이라는 단어가 혐오감을 주기를 바라지만, 실은 거기 내포되어 있는 의미들에 지레 기가 죽어 있는 것이다. 그리하여 여러 세대를 거쳐오면서 그들은 다소 저급한 대체어들을 찾아냈다. 우르스, 아페르, 도슈, 앙글레즈, 라냐냐[15]…… 음성학적으로 봐도 '망스트뤼menstrues'[16]라는 총칭 자체가 벌써 막연한 혐오감을 주는 '몽스트뤼오지테monstruosité'[17]를 연상시키지 않는가.

---

14) 프랑스어 règle의 기본적인 의미는 ① 자, 척도. ② 규범, 규율이며, 복수형 règles로 쓰이면 월경을 의미한다.

15) ours, affaires, doches, anglaises, ragnagnas. 프랑스어에서 월경을 가리키는 속어들.

16) '월경'을 뜻하는 프랑스어.

17) '기괴함' '괴상함'을 뜻하는 프랑스어.

히죽거리며 '몽트레montrer'[18]하는 몽스트뤼오지테.

 월경…… 내가 아주 일찌감치부터 그것에 관한 자료를 수집했었기 때문일까? 침묵으로 그것의 존재를 부정했던 우리 집안의 분위기 때문이었을까? 나이 많은 친구가 그것에 관해서 하던 음탕한 농담들을 들었기 때문일까? 모나와 내가 사랑을 나눌 때 그것이 한 번도 방해한 적이 없었기 때문일까? 역사적으로 우리 문화권에선 월경에 대해 줄곧 부정적인 이미지를 부여해왔고, 내가 청년기에 이르렀을 때까지도 그걸 당연히 여겼지만, 난 반대로 월경에 대해 호의적으로 받아들였던 것 같다. 여자들이 월경을 한다는 사실, 그리고 문제의 그것이 뭐에 필요한 것인지를 이해했을 때, 게다가 여러 차례 출산을 하고 또 남성 지배 사회에서 지쳤을 법한데도 여자들이 남자들보다 더 오래 산다는 사실을 알게 됐을 때, 한마디로 이 여러 요소를 다 정리해봤을 때, 난 월경이야말로 여자를 남자보다 더 오래 살게 해주는 미덕을 갖고 있다는 결론을 내렸다. 전혀 과학적인 관찰에 근거하고 있지 않은 이 미신을 난 오늘날까지도 신봉하고 있다. 그건 내가 일찌감치부터 피와 휘발유를 동일시했기 때문이다. 여자들은 매달 이 휘발유의 일부를 새롭게 바꿈으로써 저장고 전체를 정화시키는 데 반해, 남자들의 피는 몸이라는 닫힌 용기 안에서만 돌고 있어서, 결과적으로 여자들의 몸보다 더 빨리 멎어버리는 것이다(내 비출혈도 거기에 연유하는 것 아닐까). 이 같은 가설을 세우면서 난 확신하게 되었다. 월

---

18) '보여주다'라는 뜻의 프랑스어. 여기선 '망스트뤼' '몽스트뤼오지테'와 발음이 유사하다는 점에서 쓰였다.

경이야말로 여성의 장수를 보장해주는 첫번째 요소라고. 이건 내가 지금까지 한 번도 포기한 적이 없는 믿음이다. 바보 같은 생각이라는 건 의심치 않지만, 아직까지 아무도 그걸 증명해준 적이 없다. 난 어린 시절을 과부들의 세상에서 보냈기 때문에 이런 믿음은 더더욱 확고해졌다. 오늘날에도 역시, 할아버지 없이 사는 모든 할머니를 통해 판단하건대, 같은 결론을 내리게 된다. 내가 아는 한, 그 과부들이 다 자기 남편들을 죽인 건 아니다. 그리고 전쟁이 아무리 잔인하다 하더라도, 여자가 남자보다 평균적으로 오래 산다는 이 변하지 않는 인류의 진실을 충분히 설명해주진 못한다. 그건 월경 덕분이다,라고 난 단언한다.

욕실의 서랍 속에서 혹은 여행할 때 모나의 세면도구함에서 탐폰을 발견할 때마다 난 그 믿음을 떠올린다. 그렇다고 내가 탐폰에 무슨 특별한 애정을 갖고 있는 건 아니지만, 끈 달린 탄약같이 보이는 그것들이 상자 속에 가지런히 줄지어 있는 걸 볼 때마다 내 믿음이 또다시 공고해진다는 소리다. 그렇다, 월경 덕에 여자는 남자보다 오래 산다.

43세 10개월 8일   1967년 8월 18일 금요일

모나에 따르면 내가 이 믿음에 집착하는 건, 순전히 홀아비가 되고 싶지 않기 때문이라고 한다. 당신은 내가 당신 무덤 앞에서 슬퍼하기를 바라는 거야. 남자들은 다 그래! 언제나 두려움을 미덕으로 감추지. 이것도 또 모나의 얘긴데, 여자들이 더 오래 살게

된 건 아기를 낳다가 죽는 일이 없어지면서부터라는 것이다. 오늘날 수명에서 여자가 남자를 앞지른 것은, 잃어버린 수천 년을 되찾는 하나의 방식일 뿐이라는 것이다.

44세 5개월 1일   1968년 3월 11일 월요일

드코르네와는 회사 복도에서 마주쳐도 악수를 해본 적이 없다. 그냥 머리를 끄덕이며 '봉주르Bonjour!' '오르부아르Au revoir!'[19] 정도 주고받을 뿐이다. 그는 늘 어떻게 해서든 양손에 뭔가를 들고 있다. 한 손엔 우산, 다른 손엔 비옷. 연장 상자와 커피 잔. 사무실 의자와 수화기. 타자기와 화초.

이 일의 숨겨진 비밀은──오늘 실비안의 얘길 듣고 알게 됐다──드코르네가 악수하기를 두려워한다는 것이다. 어떤 식으로든 몸이 닿는 데 대한 두려움. 이 덩치 큰 호인은 자크 타티[20]와 꼭 닮았는데, 늘상 **뭔가에 감염될까 봐** 두려워하며 산다 ── 세균, 바이러스, 전염병. 하루에도 스무 번에서 서른 번씩 손을 씻고 작은 소독약병을 꼭 지니고 다닌다. 혹시라도 재수 없게 누구랑 몸이 닿는 경우에 대비해서다. 그럴 때 남의 눈에 띄지 않게 오염된 곳을 닦기 위해선 수족Sioux 인디언[21]의 계책을 써야 한다. 이 사무실

---

19) 프랑스어로 'Bonjour'는 만났을 때의 인사, 'Au revoir'는 헤어질 때의 인사이다.
20) Jacques Tati(1907~1982): 프랑스의 희극배우 겸 영화감독.
21) 아메리카 원주민의 한 종족.

에서 **악수한다**는 관례를 따르지 않고 얼마나 오랫동안 버틸 수 있을까? 나로 말할 것 같으면, 그런 종류의 공포는 겪어본 적이 없다. 날 죽일 적은 원래부터 정해져 있다고 믿고 있기 때문이다. 그래서 난, 내 몸이 어디서부터 망가지기 시작할 것인가를 약간의 호기심을 갖고 상상해보곤 한다.

44세 5개월 12일   1968년 3월 22일 금요일

이것도 실비안에게서 들은 얘긴데, 회계 부서의 타이피스트 한 명도 최근에 남편과 헤어졌다고 한다. 그가 아무 데서나 자기 코딱지를 파서 먹기 때문이라고 한다. 식탁에서조차 그런단다. 이런 유년기의 강박 덕에, 또 이처럼 명백히 우회적인 이유를 들어 이혼을 요구한 그 부인 같은 사람 덕에, 정신분석가도 돈을 벌어먹고 살겠지.

44세 6개월   1968년 4월 10일 수요일

오른팔 안쪽, 그러니까 피부가 가장 부드러운 그 부위에 새빨간 점이 세 개나 나 있는 걸 발견했다. 그 점들은 아주 정확하게 '여름의 삼각형' 별자리를 이루고 있었다. 문득 내 스물세 살 생일 때 선물로 받았던 쉬잔이라는 퀘벡 아가씨와 사랑을 나누며 함께하던 점 잇기 놀이가 생각났다. 쉬잔, 그녀는 어떻게 되었을까? 나도 모

르게 볼펜으로 점 세 개를 이어보지 않을 수 없었다.

44세 6개월 17일   1968년 4월 27일 토요일

　피부과 의사의 진단으론, 그건 작은 혈관종(血管腫)으로 **루비 점**
이라 불리며, 앞으로 점점 더 많아질 거라고 했다. 노화 현상이란
다. 피부가 타면서 늙어가는 거라고. 그러면서 어두운 표정으로
덧붙였다. 아주 오래전부터 중국인들은 몸에 난 이 루비 점의 위
치를 보고 미래를 점쳤다고. 그러나 문화혁명 때 그 풍습도 없어
졌다고.

44세 6개월 23일   1968년 5월 3일 금요일

　'피부가 늙는다.' 대수롭지 않게 보이는 이 한 문장이 실은 정곡
을 찌른다. 엄마는 자기가 싫어하는 사람들 얘기를 할 때(엄마가
좋아하는 사람이 있긴 했나?) '**늙은 피부**vieille peau'라는 표현을 썼
었다. 늙은 피부, 늙은 폐물, 늙은 머저리, 늙은 멍청이, 늙은 쓰레
기, 늙은 거시기, 늙은 고집쟁이, 늙은 돼지, 늙은 얼간이, 늙은 불
한당.[22] '늙은'이라는 형용사가 들어간 단어나 관용구를 보면, 노

22) vieille peau, vieille baderne, vieux con, vieille carne, vieux schnoque, vieux dé-
bris, vieux machin, vieux croûton, vieux cochon, vieille ganache, vieux dégoûtant. '늙

화를 가벼운 마음으로 받아들이는 게 쉽지 않다는 걸 깨닫게 된다. 도대체 **언제** 노년기로 들어가는 거지? 어느 순간에 늙은이가 되는 거지?

1968년 5월[23]

길거리도 몸의 일기를 쓰고 있는 중일까?

44세 9개월 24일   1968년 8월 3일 토요일

오늘 아침 이곳 마르세유에서 처음 느낀 여름의 인상은, 옷을 순식간에 다 갈아입었다는 것이다. 팬티, 바지, 셔츠, 샌들. 네 번의 동작으로 끝나는 것, 이게 바로 여름이다. 여름의 이런 경쾌함은 꼭 옷이 가벼워서가 아니라, 옷 입는 속도가 엄청나게 빠르다는 데서 온다.

겨울철에 옷을 입으려면, 기사가 갑옷 입을 때만큼이나 시간이 많이 걸린다. 몸의 각 부분마다 자길 보호해줄 적합한 옷감을 필요로 한다. 발은 양말의 털에 예민하다. 가슴팍은 내복, 셔츠, 스웨

었다'는 뜻을 가진 프랑스어 vieux의 여성형이 vieille다.

23) 1968년 5월은 프랑스에서 학생과 근로자 들이 연합하여 대규모의 사회변혁운동, 즉 68혁명을 일으킨 시기다.

터, 이렇게 삼중으로 보호받기를 원한다. 겨울에 옷을 입는 목적은, 너무 차이 나는 안의 온도와 바깥 온도 사이의 균형을 찾는 것이다. 침대 안과 밖, 방 안과 바깥, 집 안과 바깥…… 목욕할 때도 물의 온도가 적당히 따뜻해지, 겨울철에 너무 덥다고 느끼는 것보다 더 거북한 것도, 더 불쾌한 것도 없다. 겨울의 이 중무장에는 상당한 주의와 시간이 필요하다. '옷 속으로 뛰어든다'는 건 여름의 표현이다. 겨울엔 옷을 '입는다' '걸친다'는 기본적인 동사를 쓴다. 옷을 입는 동시에 옷을 지고 다니는 셈이다. 옷의 무게가 상당하기 때문이다. 외투는 보온성 이전에 무게감에 의해서도 추위로부터 보호해주는 게 사실이다.

(옷 입는 데 들이는 시간이라는 관점에서 보자면, 투우사들이야말로 여름에도 겨울처럼 옷을 입어야 하는 유일한 사람들이다. 투우사는 옷 속으로 뛰어드는 게 절대 불가능하다. 고약한 직업이다.)

44세 9개월 26일   1968년 8월 5일 월요일

"서른다섯 살 때도 난 여전히 사랑을 했다." 몽테스키외는 『수상록』에서 이렇게 말했다. 모나와 사랑을 나누면서 그 문장에 관해 생각해봤다. 그는 무슨 말을 하고 싶었던 걸까? 청년 시절처럼 쉽게 사랑에 빠질 수 있다는 건가? 손상되지 않은 정력의 확인? 이 경우에 '여전히'라는 말을 어떻게 해석해야 할까? 18세기에는 서른 살이 넘으면 발기하지 못하는 경우가 흔했었나? 모나의 품

안에서 한껏 욕망이 달아오른 채 이런 생각에 빠져 있는데, 한순간 갑자기 나사가 풀렸다. 알피니스트는 추락하고…… 총각 딱지를 막 뗐던 청년 시절 겪곤 하던 현상이다. 남자 몸의 이런 미스터리를 늘 신기하게 여겨왔던 모나가 장난스레 한마디 했다. 이 양반 고추가 어딜 가셨나. 나로 말하자면 또다시 이 일기의 한계에 다다른 것 같다. 다시 말해 육체와 정신의 경계선상에. 너무 젊다는 데서 오는 두려움으로부터 너무 늙었다는 공포에 이르기까지의 과도기에 겪게 되는 성 불능. 이 병 때문에 파베세[24]도 죽었고, 스탕달의 옥타브[25]도 그리스 독립이라는 명분하에 목숨을 버렸다. 정신과 육체가 끔찍한 침묵의 소송을 치르며 서로를 무능하다고 비난한다.

44세 9개월 29일   1968년 8월 8일 목요일

아이들을 바닷가에 데려갔다. 카뉴의 작은 해변. 물에 들어가보지 않은 지가 얼마나 오래됐는지! 스무 살 때처럼 물속에서 한참 동안 헤엄을 쳤다. 물속에선 숨쉬는 것부터 시작하여 물 밖에선 하지 않을 수 없는 온갖 활동을 깨끗이 포기하게 된다. 바다의 애무에 내 몸을 온전히 맡기는 것, 그게 내 유일한 열정이 될 것 같다. 숨 안 쉬는 법을 배워 돌고래라도 된 듯 비단처럼 부드러운 물

---

24) Cesare Pavese(1908~1950): 이탈리아의 소설가, 시인, 번역가.
25) 프랑스의 소설가 스탕달이 1827년에 발표한 소설 『아르망스』의 주인공.

속을 무중력 상태로 헤엄쳐 다니고 가끔씩 입을 벌려 영양분도 섭취하며. 그러나 우리는 행복이라는 미명하에 이 의미 있는 열정을 포기해버리는 선택을 하곤 한다. 내 몸 상태만 잘 알고 있으면, 헤엄치지 않고도 물속에 충분히 오래 머물 수 있을 텐데. 오늘 아침 지중해 바닷물 속에서 난 이런 생각들에 젖어 있었다. 그러나 물 밖으로 나와 다시 땅에 발을 딛는 순간…… 세상에! 자갈들 때문에 한 걸음도 떼어놓을 수가 없었다. 방바닥에 자질구레한 나무 장난감들이—주로 기린이 많았다—흩어져 있을 때처럼. 내가 엉금엉금 기다시피 움직이는 동안 브뤼노와 리종은 나처럼 맨발이면서도 다른 애들과 배구 놀이를 하고 있었다. 모래 위를 달리는 것처럼 펄쩍펄쩍 뛰면서.

44세 10개월 2일   1968년 8월 12일 월요일

아침에 모나가 준 투명한 플라스틱 샌들이 너무 신기 싫어 맨발로 바닷가에 나갔다. 난 자갈밭 위에서 최대한 똑바른 자세를 취해보려고 애썼다(몸을 겨우 지탱했다는 말이 더 맞겠다). 그래도 어쩔 수 없이 구부정하고 뻣뻣하긴 했지만. 어쨌든 난, 물속에 뛰어들기 직전에 수평선을 감상하며 꿈에 잠겨 있는 사람 흉내를 내고 있었다. 내 발바닥과 발목은 서로 협력하여 자갈 한 개 한 개를 살펴—밀도, 온도, 표면, 둥근 정도—무릎에 정보를 전달했고, 무릎은 또 그 정보를 허리로 전달했다. 이런 식으로 **난** 별 문제없이 걸었다. 그러다 전달해야 할 정보의 총량이 너무 많아지면서

내 뇌도 갈피를 잡지 못하게 되었고, 불시에 나타난 뾰족한 돌 하나가 팔로 균형을 잡으라고 뇌에게 명령을 내렸다. 두 팔은 허공을 휘저었고, 난 또다시 내가 비올레트 아줌마가 된 것 같은 느낌을 받았다. 난 아줌마를 생각하지 않는다. 아줌마를 떠올리지도 않는다. 아줌마를 기억하지도 않는다. 내가 **바로** 아줌마니까. 내가 바로 낚시하러 갈 때 자갈 위에서 뒤뚱뒤뚱하던 아줌마다. 아줌마의 휘청거리는 늙은 몸이다. 아줌마가 내 안에서 걷는다. 나와 함께가 아니고 내 **안에서!** 이 완전한 빙의 상태가 달콤하다. 난 접이식 의자에 앉으려고 뒤뚱뒤뚱 걸어가던 아줌마다. 난 언제나 의자를 2~3미터씩 뒤로 빼서 아줌마를 골탕 먹였었지. 너도 내 나이가 돼봐, 이 녀석아, 자갈밭 위에 똑바로 서 있을 수 있나. 난 그래도 이렇게 산 물고기를 손에 쥐고서도 서 있을 수 있다고! 아줌마가 말했었다. 하긴 네가 내 나이가 되면 난 이미 세상을 떠났겠지만. 오, 아줌마! 아줌만 여기 있어요! 여기 있다고요!

44세 10개월 3일   1968년 8월 13일 화요일

우리를 사랑했던 사람들의 마음속에선, 우리의 모습보다도 우리의 **습성**이 더 많은 추억을 남길 거라는 생각을 하면 흐뭇해진다.

44세 10개월 5일   1968년 8월 15일 목요일

아직까지 바닷가에 있다. 난 타월을 깔고 누워 책을 읽고 있다. 난 가요, 모나가 말한다. 바다 쪽으로 걸어가는 모나의 뒷모습을 지켜본다. 얼마나 기막힌가, 한 군데도 끊어진 데 없이 이어진 보디라인! 여인의 몸을 다섯 조각으로 잘라놓는 비키니 수영복 같은 건 모나는 절대로 입지 않는다는 사실을 말해둬야겠다.

45세 1개월 2일   1968년 11월 12일 화요일

입을 꾹 다문 채 저녁을 먹고 난 브뤼노가 말 한마디 없이 자러 간다. 그 무표정한 얼굴이 오히려 뭔가를 말하고자 하는 것 같다. 요즘 들어 이런 상황이 자주 되풀이되고 있다. 바야흐로 사춘기에 접어든 것이다. 사춘기 소년은 어떻게든 말하는 고역을 피하게 해줄 수 있는 표정을 지으며 의미 있는 침묵에 빠져든다. 그럴 때 얼굴은 영혼의 X레이 사진이 된다. 오호라, 그런데 얼굴은 아무 말도 하지 않는다. 그 무표정에 아버지는 과민해질 수밖에 없다. 내가 이런 죽은 사람 얼굴 같은 표정을 마주해야 할 만큼 아들에게 잘못한 게 뭐지? 풀지 못할 수수께끼 때문에 유치해진 아버지는 자문한다. 그러고는 외칠 것이다. 이건 부당해!

브뤼노의 표정을 보고 있으면 쿨레체프(쿨레초프던가? 아무튼 러시아의 영화감독)의 단편영화가 떠오른다. 그 영화에선 남자의 얼굴을 정면에서 클로즈업하여 찍은 화면이 다른 화면들과 차례

로 교차된다. 음식이 가득 담긴 접시, 관 속에 누운 죽은 여자아이, 소파에 누워 있는 여인. 남자의 얼굴엔 아무 표정도 없지만, 그의 모습이 접시와 겹칠 땐 그 얼굴이 배고픔을 표현하는 것 같고, 죽은 여자아이와 겹칠 땐 절망을 표현하는 것 같고, 누워 있는 여인과 겹칠 땐 열렬한 욕망을 표현하는 것같이 보인다. 얼굴은 계속 똑같이 아무 표정도 없는데 말이다.

말해봐, 아들아, 말을 해보라고. 날 믿어. 네 마음을 표현하는 덴 그래도 그게 제일 나은 방법이야.

45세 1개월 7일　　　　　　　　　　**1968년 11월 17일 일요일**

표정이 없는 브뤼노지만 그래도 어쩌다 짓는 표정을 해독해봤다. 그 녀석도 언젠가는 이걸 보고 자기 아들의 표정을 읽을 수 있기를 바라면서.

어깨를 올리면서 뿌루퉁한 표정을 짓는다. 때에 따라 다양하게:

1) 그래서?

2) 상관없어.

3) 몰라.

4) 두고 봐.

5) 나랑 무슨 상관이야.

머리를 좌우로 흔들며 눈썹을 치켜 올리고, 시선은 정면 30도 위쪽을 보며 가벼운 한숨을 쉰다:

제발 좀 안 들을 수 없나! (만일 더 깊은 한숨을 쉰다면) 정말 무슨 말이든 하는군!

시선을 피하며 머리를 위아래로 가볍게 흔든다:

계속 얘기해봐, 관심 있으니까.

시선은 어느 한 지점에 고정하고 손가락으로 식탁 위에서 피아노 치는 시늉을 한다:

그 얘긴 벌써 백 번도 더 했잖아요.

속으로 어렴풋이 미소를 지으며 시선은 테이블보에 고정되어 있다:

내가 말은 하지 않지만, 나도 다 생각이 있다고요.

빈정거리는 미소:

내가 맘만 먹으면 박살을 내줄 텐데.

눈의 역할:

눈을 돌리는 건 자기 맘을 몰라줘서 답답하다는 의미, 눈을 크게 뜨는 건 믿지 못하겠다는 의미, 눈꺼풀이 축 처지면 지쳤다는 의미……

입술의 역할:

입술을 깨물고 있는 건 화를 참고 있다는 의미, 미소를 참는 건 경멸의 의미, 입술을 부풀리는 건 운명론자의 한숨.

이마의 역할:

세로 주름은 헛된 집중(당신을 이해시키려고 애써봤지만 정말이지, 어휴……). 가로 주름은 놀람과 빈정댐(아! 그래요! 정말? 농담 아니죠?). 주름 없는 이마: 어떻게도 표현이 안 되는 감정……

등등.

45세 1개월 8일   1968년 11월 18일 월요일

오후 늦게 직원 전체 회의가 있었다. 아니, 내가 데리고 있는 직원들이 이렇게 많았던가. 열일곱 명이 서른네 명으로 불어났으니. 내가 승진을 한 건가? 아니, 직원이 두 배로 늘어난 게 아니었다. 직원 한 명 한 명이 둘로 복제된 것이었다. 슈브리에 두 명, 아나벨 두 명, 라갱 두 명, 푸아레 두 명…… 내가 사팔뜨기가 됐나! 너무 피곤해서 사시가 된 게 틀림없었다. 펠릭스 두 명, 드코르네 두 명…… 이중으로 보였다. 그들 각자가 옆에 반투명한 수호천사를 한 명씩 끼고 온 것처럼. 눈을 잘 조절하면 천사와 사람이 합체되기도 했다. 내가 눈살을 찌푸리면 천사가 겁을 먹고 도망치는 건지, 원. 그러나 눈에서 힘을 빼면 또다시 천사들이 놀려대기 시작했다. 실비안 두 명, 파르망티에 두 명, 사빈 두 명……

45세 1개월 10일   1968년 11월 20일 수요일

노안의 시작. 안과의사의 진단. 눈의 조절력이 떨어져서 상(像)이 이중으로 맺히는 것. 전형적인 증상이란다. 의사는 '눈에 근육이 생기도록' 눈 체조를 해보라고 권한다. 그러면 안경 쓰는 시기를 늦출 수 있단다. 안경을 아주 안 쓸 수는 없나요? 40대 때 대부분 쓰기 시작하죠. 그렇다면 당장 안경을 쓰겠습니다. 토론. 의사는 왜 2~3년 더 늦출 생각을 하지 않는지 이해할 수 없다고 했다. 난 이런 현명한 반론을 폈다. 안경 쓸 나이가 된 이상, 뭣 때문에

그걸 늦춰야 하나요? 의사는 계속 고집을 피웠다. 난 또 이렇게 말했다. 눈 운동을 할 시간이 없거든요. 또 별로 하고 싶지도 않고요. 사실 결정적인 이유는 딴 데 있었다. 그러나 그걸 털어놓고 싶진 않았다. 뭘 위한 것이 됐든, 운동을 하겠다고 누군가의 손에 내 몸을 맡기고 싶은 마음은 전혀 없다는 것.

45세 1개월 19일   1968년 11월 29일 금요일

안경 고르느라 한참을 고민했다. 안경사가 골라준 안경테들이 (수도 없이 많았다) 맘에 들지 않아서가 아니라, 내 얼굴의 개성을 살려줄 수 있는 테를 찾지 못했기 때문이다. 이것저것 다 써봐도, 나한테 어느 게 더 잘 어울리는지 덜 어울리는지 통 알 수가 없었다. 안경테에 관해선 아무런 취향이 없으니 원. 점원도 매번 거울 비춰주느라 인내심이 필요했을 것이다. 그 청년은 키가 크고 마른 얼굴에 광대와 성문이 튀어나와 있었다. 그는 가냘픈 자기 얼굴에 검은 테의 날렵한 안경을 씀으로써 단호한 인상을 갖게 됐다. 그런 관점에선 적어도 그 청년은 자신을 잘 아는 것이다. 그의 얼굴은 그에게 말을 한다. 내 얼굴은 내게 아무 말도 하지 않는다. 자네한테 맡길 테니 나한테 어울리는 걸 좀 골라줘 봐요. 내가 그에게 말했다. 이 사소한 놀이가 내 호기심을 약간 자극한다. 하루 종일 온갖 사람을 다 대하는 이 미지의 청년에게 난 어떤 모습으로 보일지 알게 될 테니까. 그가 나를 바라보며 생각을 하는 건지 머뭇거리는 건지 하다가 테가 없는 안경을 고른다. 이걸 쓰시면 안경

을 안 쓴 것 같을걸요.

리종과 모나도 그 안경이 내게 아주 잘 **어울린다**고 해주었다. 나중에 브뤼노도 간략하게 평가했다. 아빠가 이 모델을 고른 게 놀랍지도 않은데요! 녀석은 내가 왜 그러냐고 묻길 기대했겠지. 그걸 알기 때문에 난 묻지 않았다. 우리 둘 사이의 이 고약한 신경전이라니…… 브뤼노와 함께 있으면 난 다시 어린애가 된다. 내 어린 시절과는 사뭇 다른 어린애.

이 안경은 당신한테 정말 너무 잘 어울려요. 내가 책을 덮고 안경을 침대맡 탁자 위에 놓은 뒤 불을 끄려는데, 모나가 여러 차례 말한다. "이 안경은 나한테 정말 잘 **어울린다**Ces lunettes me vont très bien"라고 말할 때, 왜 '가다'라는 뜻을 지닌 '알레aller'[26] 동사를 쓰는 걸까? 건강에 관해 말할 때 알레동사를 쓰는 건 그래도 좀 이해가 간다…… '잘 지내Ça va?, 잘 지내Ça va!'[27]라고 말할 땐, 우리 자신이 건강과 함께 가고 있다는 의미로 해석할 수 있으니 말이다. 하지만 '어울린다'고 말할 때도 왜 '알레' 동사를 쓰는지는 이해할 수가 없다. 이 의문도 잠에 빠져들면서 가물가물해졌다. **태양과 함께 가는 바다**……[28] 다행히도 랭보는 나 같은 의문을 품지 않았나 보다.

---

26) 프랑스어 aller 동사는 '가다'라는 기본 의미 외에 '어울리다' '지내다' 등 여러 가지 의미를 갖고 있다. vont, va는 aller 동사의 활용형이다.

27) 이때 va도 aller 동사의 한 형태이다.

28) C'est la mer **allée** avec le soleil. 프랑스 시인 아르튀르 랭보의 시 「영원」에 나오는 시구.

45세 1개월 20일   1968년 11월 30일 토요일

잠든다는 건 잠 속에 녹아드는 것이다. 잠에서 깨어난다는 건
우리의 열기를 되찾는 것이다.

45세 3개월 1일   1969년 1월 11일 토요일

리종이 게를 먹다가 손가락을 베었다. 티조는 억지로 아이의 손
가락을 붙들고 아주 곱게 빻은 후추 속에 집어넣었다. 피가 곧 굳
으면서, 리종은 전혀 아픔을 느끼지 못했다. 내일이면 상처도 안
보일걸. 난 티조에게 그걸 어디서 배웠냐고 물었다. 아무면 어때?
비올레트 고모지, 뭐!

45세 5개월 9일   1969년 3월 19일 수요일

열일곱 시간 동안의 협상. 이제 앞으로 사흘간은 한마디도 하지
않을 작정이다. 이런 종류의 줄다리기에서 정말로 피곤한 건, 서
류들을 충분히 이해하는 데 들이는 노력도 아니요, 상대측의 논거
에 대한 철저한 경계도 아니다. 또 갑작스레 뒤로 물러서며 이젠
다 끝났군 하고 착각하게 만드는 상대의 술책도 아니요, 잠시의
휴식도 없이 쉬지 않고 흘러가는 시간도 아니다. 무엇보다도 진을

빼는 건, 프리아포스[29] 유형의 사람들에게서 보이는 꿋꿋함이다. 그들은 발기 상태를 계속 유지하고 있는 것이다. 그들이 상당한 수준의 지위에 오른 것도 바로 그 덕분일 것이다. 성기를 꺼내 보이며 자기들의 신념을 더 공고히 할 기회도 갖지 못한 채 바지를 다시 올린다는 건 그들로선 견딜 수 없는 치욕이다. 그들은 당장에 비역하기를 꿈꾸면서도, 외교적인 선회로 진을 뺀다. 자기네 사무실에서라면 사정이 다르다. 직원들에겐 맘껏 사정(射精)할 수 있다. 하지만 여기선…… 정치계의 일인자는 천성적으로 계속 발기해 있다. 바로 그 에너지에 의해서 권력을 쟁취하는 것이다. 아니면 정반대로 당당한 숫총각 살라자르[30]의 경우처럼, 차디찬 성불능에 의해서도 가능하다. 유엔총회에서 흐루쇼프가 자기 신발로 탁자를 쳤을 때, 그는 히스테리를 부렸다기보다는 자기만의 방식으로 스스로에게 휴식의 순간을 준 것이다. 열일곱 시간 만에 난 그걸 깨달았다. 발이 통통 부어 두 배로 커졌다.

46세 2개월 29일   1970년 1월 8일 목요일

점심 때 송아지 간 요리를 앞에 놓고 제네바에 관해 논하고 있던 중, 슈브리에가 날 쳐다보는 눈길이 묘했다. 덕분에 눈치챌 수 있었다. 내 아랫입술에 파슬리가 붙어 있었던 것이다. 그 순간 발

---

29) 그리스 신화에 나오는 풍요와 다산의 신. 발기한 남근으로 상징된다.
30) António de Oliveira Salazar(1889~1970): 포르투갈의 정치가.

랑탱이라는 친구가 생각났다. 함께 시험공부 하던 시절, 날 놀라게 했던 녀석. 그는 지식의 샘이었다. 궁정의 사랑, 르네상스기의 시인들 혹은 **애정 지도**[31]에 관한 매혹적인 여담을 늘어놓는 데 선수였다. 그런 그가 이런 종류의 시선을 간파하지 못하고 돼지처럼 먹어대기만 했다. 식사가 끝나면 그의 수염에서 그날의 메뉴를 알 수 있을 정도였으니. 그건 정말 꼴사나웠다. 그건 치매의 전조 증상이었고, 몇 년 뒤 그는 결국 정신병원으로 들어갈 수밖에 없었다. 동기생 중의 수석이었던 그가 말이다.

46세 3개월 11일   1970년 1월 21일 수요일

도로표지판에 씌어 있는 '바렌 가'란 글자를 반대편 인도에선 읽을 수가 없다! 길을 가며 다른 표지판들을 봐도, 길 이름을 못 읽겠다. 눈을 아무리 찌푸려봐도 소용없다. 어떻게 해도 글씨들이 희미하다. 심지어 광고판의 현란한 글씨들조차도 내게 저항한다. 그래 좋다, 이젠 멀리 있는 것도 안 보인다 이거지! 노안 진단을 받았을 때보다도 더 상심이 컸다. 시력의 노화가 처음 나타났을 때만 해도 별로 대수롭지 않게 여겼었다. 돋보기만 쓰면 문제없을 테니까. 그런데 이건 또 다른 문제다. 뭐랄까…… **위협당하는** 느낌. 원초적 감정? 오래된 본능? 내 사냥 영역이 축소되는 것 같은 느낌? 뭐 그런 것. 내 눈은 더 이상 초원을 지배하지 못한다. 예전엔

---

31) 17세기 애정 발전의 각 단계를 지도 형식으로 나타낸 것.

지평선도 식별했고, 멀리 있는 사냥감도 눈으로 좇을 수 있었다. 이젠 내 굴속에 있는 바퀴벌레들이나 상대해야 할 판이다. 넓은 외계는 다 흐릿해질 것이다. 우리 조상들도 이런 종류의 두려움을 느꼈겠지. 그걸 어떻게든 오랫동안 젊은이들에게 감추려고 했겠지. 그러나 젊은이들은 늙은이들을 시험했을 테고. 사냥꾼이 먹잇감 신세로 전락하는 그 피할 수 없는 순간을 기다리면서. 그렇게 해서 왕관들을 빼앗기는 거다.

이것도 노안과 마찬가지로 심각해하실 것 없어요. 의사가 설명했다. 선생님 경우에 이런 현상이 생기는 건 당연한 겁니다. 조절력이 모자란 걸 보완하려고 근육들이 너무 애를 쓰다 보니 지친 거고, 그래서 먼 곳을 보는 것도 힘들어진 거니까요. 이런 증상이 더 일찍 생길 수도 있었어요. 잘 버티신 거예요! 어쨌거나 이것도 원시만큼 쉽게 교정할 수 있어요. 멀리 볼 때 쓰는 안경을 한 벌 더 맞추시면 되죠. 아니면 안경 하나에 렌즈 두 개를 겹쳐놔도 되고요.

46세 3개월 25일   1970년 2월 4일 수요일

선명하게 보인다. 안경이 나 대신 알아서 다 조절해준다. 얼마 안 있어서, 오로지 뇌만 남은 채로 갖가지 보조 장치에 기대어 살아가는 시대가 올지 모른다. 로봇 공학의 발전 속도를 볼 때, 30년쯤 뒤엔 원래의 내 몸에서 뭐가 남아 있겠는가? 이런 바보 같은 생각을 하다가 잠이 든다.

46세 8개월 7일   1970년 6월 17일 수요일

불면증은 정말 끔찍하긴 하지만 그래도 그 덕에 아주 오래된 나만의 즐거움, 즉 깼다가 다시 잠드는 즐거움을 맛보게 된다. 매번 잠에서 깨는 건 다시 잠들 거라는 약속이다. 난 두 잠 사이를 떠다닌다.

48세 6개월   1972년 4월 10일 월요일

아침 일찍 잠에서 깼다. 불 위에 올려놓고 잊어버린 압력솥에서 나는 것 같은 쉬익쉬익 소리. 밖에서 들려오는 소리려니 하고 다시 잠이 들었다. 한 시간 뒤에 또다시 깼다. 여전히 똑같은 소리. 바람구멍에서 나오는 소리 같기도 하고, 호루라기 소리 같기도 한 소음이 날카롭게 계속 이어졌다. 모나에게 불평을 했다. 무슨 소리? 당신은 안 들려? 난 안 들리는데. 당신 귀먹었어? 모나가 귀를 기울였다. 김이 새 나오는 것 같은, 아주 날카로운 소리가 안 들려? 아니, 난 정말 안 들리는데. 난 일어나서 창문을 열고 귀를 기울여봤다. 과연 그 소리는 길에서 나고 있었다. 그런데 창문을 닫고 나서도 그 소리는 계속되었다! 똑같은 세기로. 당신 정말로 안 들려? 모나는 정말로 안 들린다고 했다. 난 눈을 감아봤다. 정신을 모으고. 그럼 이 소리는 어디서 나는 거지? 부엌으로 가서 커피를 준비하는데, 거기서도 소리는 들려왔다. 어디서 나는 소린지는 여전히 알 수 없는 채로. 주변을 다 살펴봤다. 가스관, 온수기의 작은

등, 창문 틈…… 커피 주전자를 들고 우리 방으로 돌아가는 길에 현관문을 열어봤다. 거기서도 소리가 났다. 다른 곳에서와 똑같이. 양쪽 귀 사이에서 머리를 어지럽게 할 정도로 강한 소리가 울리고 있었다. 그제야 어찌 된 일인지 납득이 갔다. 식사가 끝날 때쯤 내 머릿속에서 가끔씩 들리던 그 소리들 중 하나였다. 그러나 그 소리들은 잠깐 머물다 그냥 지나갔었다. 그것들은 별똥별처럼 순식간에 생겨났다가 사라지곤 했다. 어떤 소리는 다른 소리들보다 좀 더 길었지만, 모든 소리가 내 두개골의 무한한 공간 속에서 사라져버렸다. 그러나 이번엔 아니었다. 난 귀를 틀어막았다. 소리는 바로 거기 있었다. 내 머릿속, 두 귀 사이에 머물러 있었다. 공포. 2~3초간의 미친 상상력! 만일 그게 영원히 계속된다면? 그 소리를 중단시키지도 조절하지도 못한 채 평생 듣고 살아야 할지도 모른다는 생각, 그건 공포 그 자체였다. 그러다 말겠지 뭐, 모나는 말했다.

과연 그러다 말긴 했다. 길의 소란, 지하철의 쉬이이익 소리, 복도의 웅성거림, 업무상의 대화, 전화벨 소리, 계속되는 협상, 파르망티에의 반박, 아나벨의 넋두리, 업무 추진비에 관한 라갱과 가레 간의 유독 신랄한 설전, 점심 먹는 동안의 펠릭스의 끝도 없는 독설, 이 모든 일상적이고 직업적인 소음이 내 별똥별보다 우세했고, 별똥별은 해체되었다.

그러나 오늘 저녁(모나는 N네 집에 갔고, 리종은 화실에 갔다) 아파트의 문이 다시 닫혔을 때, 그 소리는 내 두 귀 사이에 머물러 있었다. 오늘 아침과 엄밀히 똑같이. 사실 그 소리는 하루 종일 내 귀를 떠나지 않고 있었던 것이다. 번잡한 생활의 소음들 속에 파묻혀 있었을 뿐.

48세 6개월 4일   1972년 4월 14일 금요일

 콜레트가 추천해준 이비인후과 의사는 물론 전문성에선 최고였
다. 45분간이나 기다린 끝에 최고의 이비인후과 의사는 네 가지
사항을 알려주었다.

 1) 나는 이명(耳鳴)을 앓고 있다.

 2) 이명 환자들 중 50퍼센트는 절대 치료되지 않는다.

 3) 영구적인 이명 증상을 갖고 있는 환자들 중 50퍼센트는 자살
을 택한다.

 4) 이 좋은 소식들의 대가는 100프랑이니, 접수대에 가서 지불
하라.

 밤을 꼬박 샜다, 당연한 일이지만. 고칠 수 없는 이명일 가능성
이 절반이란다. 다르게 말해서 내 머릿속에 영원히 라디오가 켜져
있을 거란 얘기다. 그 라디오의 유일한 프로그램은, 내 경우엔 계
속되는 휘파람 소리이지만 다른 사람들에게선 올빼미 울음소리,
총 쏘는 소리, 방울 소리, 캐스터네츠 소리 혹은 우쿨렐레 소리일
수도 있다. 내가 할 수 있는 건 **참고 기다리는** 것뿐이다. 이명이 그
냥 사라져버릴 수도 있고 더 확고하게 자리 잡을 수도 있다. 휘파
람 소리 정도로 그칠 수도 있고, 머릿속에 오케스트라 전체가 자
리를 잡을 수도 있다.

48세 6개월 5일   1972년 4월 15일 토요일

의학 도서관에 가서 샅샅이 뒤져보는 짓 같은 건 하지 않을 작
정이다. 이명에 관한 자료들을 찾아보는 짓도 하지 않을 것이다.
내가 내 병의 전문가라 자처하는 건 말도 안 되는 얘기다.

48세 7개월 12일   1972년 5월 22일 월요일

요즘 모나는 내게 너무 걱정이 많아 보인다며 상담을 좀 받아보
라고 한다. 우리 주변에선 '상담받다'라는 단어와 관련된 의학의
영역은 단 한 가지뿐이다. 정신분석.

48세 8개월 7일   1972년 6월 17일 토요일

어제 만났던 신경정신과 의사는 내 건강보다도 이비인후과 의
사의 건강을 더 걱정하는 것 같았다. 솔직히 말하면 그 의사분이
절 만나러 오는 게 더 나을 뻔했네요. 그분의 경우도 선생님과는
또 다른 이유에서 걱정스럽습니다. 그녀에 따르면 영구적인 이명
은 너무나 많이 퍼져 있는 병이어서, 만일 그것 때문에 절반이 자
살을 한다면 이명이야말로 사망의 제1원인이 될 거라는 것이었다.
그러고는 주제를 바꿔, 언제부터 콧구멍 안의 용종에 신경을 쓰
지 않고 숨을 쉬게 되었냐고 물었다. 글쎄요, 아주 오래전부터인

것 같은데요. 아니요, 오래전부터는 아니었을걸요. 의사에 따르면, 난 단지 어쩔 볼 도리가 없기 때문에 그 만성질환이 시작된 것도 잊고 있었을 뿐이라는 것이다. 용종 때문에 약간 콧소리가 났을 테고, 지푸라기를 통해 숨을 쉬는 것 같은 느낌도 받았을 테지만, 나 자신이 거기에 익숙해져버렸고 뇌도 적응이 된 것이라고 했다. 마찬가지로 이명 증상에도 뇌가 곧 적응할 테니 아무것도 들리지 않게 되리라는 것이었다. 사실 지금 현재 선생님을 가장 괴롭히는 건 충격이에요. 새롭게 나타난 이명 증상 그리고 그게 영원히 지속될지도 모른다는 두려움 때문에 겁이 나는 거죠. 하지만 그런 충격의 상태에서 평생을 사는 사람은 아무도 없어요.

그러고는 자신의 전문 분야에 관해서도 얘길 더 해줬는데, 그건 바로 환자들이 당장은 견딜 수 없다고 판단하는 것들에 대해 곧 익숙해질 거라고 설득시키는 것이라고 했다. 그녀가 예를 들어준 애착과 상처의 사례들이 얼마나 다양하고 또 괴상하던지, 그에 비하면 내 이명은 반려동물처럼 사랑스러워질 지경이었다. 난 수면제를 처방받았다. 또 위게트 아주머니가 '진정제'라 부르던 것도.

"계속 걱정이 되시면 절 다시 보러 오세요."

48세 11개월 22일   1972년 10월 2일 월요일

눈치 없는 베르틀로가 건넨 농담에 G 장관이 무척 화가 났는지, 옷깃을 세우고 목소리를 심하다 싶게 내리깔았다.

"아니, 지금 날 뭘로 보고 그런 소릴 하는 겁니까?"

당황한 베르틀로는 얼굴이 새빨개져서 어쩔 줄 몰랐다. 그러자 문득 조제가 썼던 표현이 떠올랐다. **바 트 쉬에,**[32] 궁둥이 장관님아. "당신네들 사이에선 그런 게 재밌나 보군요." 장관은 이번엔 날 노려보며 내뱉었다.

아니요, 장관님. 정말로 재미있는 건 말이에요, 자기 지위를 갖고 거들먹거리는 사람을 볼 때마다 이상하게 똥 생각이 나는 거랍니다. 당신을 로마의 흉상처럼 우러러보길 바라는지 모르겠지만요, 전 동상들 생각만 하면 똥이 마려워지고, 동상 발치에서 똥 싸는 생각만 하면 절로 미소가 지어지는 거예요. 바보 같은 만족의 웃음이라고요, 맞아요. 하지만 똥을 시원하게 쌀 때, 그것 말고 또 다른 표정을 지을 수 있던가요?

49세 생일   1972년 10월 10일 화요일

의사가 예견했던 대로 석 달이 지나자 정말로 이명에 익숙해졌다. 몸에 관한 두려움은 대부분의 경우, 방귀 냄새와 공통된 점이 있다. 바람만 한번 불면 다 잊힌다는 점에서. 몸이 경고 신호를 보내 오면, 우린 궁지에 몰린 암사슴처럼 주눅 든 채 얌전히 지낸다. 그러나 경보가 지나가고 나면 다시 약탈자처럼 기세등등해진다.

---

32) 「37세 6개월 2일」 일기에 나왔던 욕이다. '바 트 쉬에'는 '너를 싸러 가라'는 의미를 갖고 있다, 즉 상대를 똥으로 여기는 욕이다.

49세 20일   1972년 10월 30일 월요일

우리의 병이라는 게, 세상 사람들이 다 알고 있는데도 자기 혼자서만 알고 있다고 착각하는 '웃기는 얘기들' 같다. 이명에 관해 얘기하면 할수록(이 병을 앓고 있다는 걸 감추기 위해 이 말의 뜻도 모르는 시늉까지 해가며), 이 병에 걸린 사람들을 더 많이 만나게 된다. 예를 들어 어제 에티엔도 그랬다. 네가 먼저 물어봐줘서 고맙다, 실은 나도 그 증상이 있는데 깜빡했네! 그에 따르면 이명은 아주 적응이 잘 되는 병이라고 한다. 아니, 더불어 사는 거라고 봐야지, 그가 말을 고쳤다. 그래도 어쨌든 고요함은 포기하는 수밖에 없어. 에티엔도 나와 마찬가지로 처음엔 엄청난 공포를 느꼈다고 한다. 그러면서 나와 똑같은 비유를 했다. 꼭 내 몸이 켜진 라디오에 연결돼 있는 것 같더라고. 스피커 신세로 살아가야 한다는 게 정말 달갑진 않더군.

49세 28일   1972년 11월 7일 화요일

내 이명, **내** 신트림, **내** 불안증, **내** 비출혈, **내** 불면증…… 결국 이것들이 내 자산인 셈이다. 수백만 명의 사람과 함께 공유하는.

6. 50~64세 (1974~1988)

내게 시간이 주어졌으면.
내 세포들이 느긋해졌으면.

50세 3개월   1974년 1월 10일 목요일

　만약 이 일기를 공개해야 한다면, 우선은 여자들에게 바치고 싶
다. 그 대신 나도 여자들이 자기 몸에 관해 쓴 일기를 읽어보고 싶
다. 미스터리를 다소나마 벗겨보고 싶어서다. 무슨 미스터리냐고?
예를 들면 이런 것이다. 남자들은 여자들이 자기 젖가슴의 모양과
무게에 관해 어떤 느낌을 갖는지 전혀 모른다. 또 여자들은 남자
들이 자기 성기의 발기에 관해 어떤 느낌을 갖는지 전혀 모른다.

50세 3개월 22일   1974년 2월 1일 금요일

　모나가 늘 써온 것들. 액체비누, 얼굴 로션, 크림, 마스크 팩, 로
션, 방향제, 샴푸, 분가루, 베이비파우더, 마스카라, 아이섀도, 파운
데이션, 볼연지, 립스틱, 아이라이너, 향수. 한마디로 여인이 궁극
적으로 갖고 싶어 하는 모습에 가까워지도록 하기 위해 화장품 회
사가 권하는 거의 모든 것이 갖춰져 있는 셈이다. 반면 나의 유일

한 화장 도구는 네모난 마르세유 비누 하나뿐이다. 난 면도할 때도 그걸로 거품을 내고, 머리카락에서부터 배꼽, 귀두, 항문을 거쳐 발톱에 이르기까지 온몸을 그걸로 씻는다. 어떤 땐 그걸로 팬티도 빨아 넌다. 우리 둘이 함께 쓰는 세면대 주변은 모나의 물건들로 완전히 점령되어 있다. 브러시, 빗, 손톱 가는 줄, 털 뽑는 핀셋, 붓, 연필, 스펀지, 솜, 분첩, 컬러 팔레트, 튜브, 작은 용기들, 분무기. 이것들은 끝도 없는 전투를 이어간다. 난 그걸, 일상에서의 완벽의 추구로 해석한다. 화장하고 있는 모나는 자기 자화상을 계속해서 고치는 렘브란트와도 같다. 시간의 흐름에 저항하는 것이라기보 다는 걸작을 다듬어가는 과정이라고 봐야 한다. 말씀 한번 잘하시 네! 모나가 대꾸한다. 나야말로 **미지의 걸작**이지, 아무렴!

50세 3개월 26일   1974년 2월 5일 화요일

나로 말하자면, 샤워하면서 겨우 잠에서 깨어난 뒤 또렷한 정신 으로 제일 먼저 만나게 되는 게 바로 면도솔이다. 열다섯 살 때부 터 매일매일 누려온 면도의 즐거움. 왼손엔 마르세유 비누를 쥐고, 오른손엔 면도솔을 쥔다. 미리 얼굴을 적신 물에다 면도솔도 살짝 적신다. 그리고 천천히 거품을 만드는데, 너무 묽어도 너무 **빡빡** 해도 안 된다. 그런 다음 수염 난 곳에 빈틈없이 거품을 발라, 얼굴 절반이 완전히 하얀 거품에 덮이게 한다. 그러고는 본격적인 면도 가 시작된다. 원래 상태의 얼굴, 그러니까 수염이 나기 전의, 거품 을 바르기 전의 얼굴로 되돌려놓는 게 관건이다. 조심스레 늘인

목에서부터 입술 가장자리까지 조심스럽게 올라온다. 다음엔 광대뼈, 뺨 그리고 턱을 차례로 거쳐 내려온다. 그중에서도 턱뼈 부위를 소홀히 하면 안 된다. 그 부위는 각이 져서 살가죽이 잘 밀리는 데다 털도 말을 잘 듣지 않는다. 그러나 면도엔 쾌감이 있다. 칼날 밑에서 털이 사각사각 잘려나가는 느낌, 하얗게 거품이 덮인 살갗 위로 면도기가 지나면서 그려내는 길. 또 매일 아침 나 혼자서 하는 도전도 빼놓을 수 없는 재미다. 면도기만으로 거품을 **완전히** 제거하는 것. 얼굴 닦은 수건에도 거품의 흔적이 전혀 남지 않을 정도로.

51세 1개월 12일   1974년 11월 22일 금요일

며칠 내내 일만 하다 밖에 나가니, 파리 시내를 걸어서 세 번이라도 횡단할 수 있을 것만 같았다! 날렵한 걸음걸이, 유연한 발목, 견고한 무릎, 탄탄한 장딴지, 튼튼한 엉덩이. 이렇게 멋진 몸을 갖고서 왜 멈추겠는가? 계속 걷자, 움직이는 이 몸을 즐기자. 몸이 행복하니 풍경도 아름답게 보였다. 허파에 바람이 들어오고, 머리도 흥겨워하고, 걸음의 리듬에 맞춰 낱말들도 리듬을 타고, 그 낱말들이 모여 멋들어진 문장들을 만들었다.

51세 9개월 22일   1975년 8월 1일 금요일

가끔씩 코를 풀다가 흠칫 놀랄 때가 있다. 젖은 휴지 뒤로 붉게 비치는 손가락을 묽은 피로 착각하는 것이다. 그렇다고 정말로 겁을 먹는 건 아니고, 금방 안심하긴 한다. 내 손가락이었구나! 비출혈을 겪기 전까진 한 번도 없었던 일이다.

52세 2개월 4일   1975년 12월 14일 일요일

어제저녁 R네 집에서 식사하던 중 열띤 논쟁이 벌어졌고——주제는 별로 중요하지 않다——난 명실상부하게 좌중을 휘어잡고 있었다. 이제 막 모두의 동의를 얻으려는 찰나…… 돌연 말문이 막혔다! 기억이 차단된 것이다. 발밑의 함정에 빠진 기분. 그런데도 난 다른 표현을—— 새로운 표현을—— 찾으려 하는 대신, 미련하게도 문제가 된 그 단어만 찾고 있었다. 도둑맞은 주인처럼 분노를 느끼며 기억을 추궁했다. 원래의 단어를 내놓으라고 떼를 썼다! 망할 놈의 그 단어를 찾는 데 얼마나 집착했던지, 끝내 포기하고 다른 표현을 선택한 순간, 이번엔 대화의 주제 자체를 잊어버리고 말았다. 다행히도 사람들은 이미 다른 얘기를 하고 있었다.

오른쪽으로 내려와요, 왼쪽으로 내려와요? 하고 재단사가 묻는 바람에 브뤼노가 당황했나 보다. 그 녀석도 재단사가 무슨 소릴 하는 건지 못 알아들었던 것이다. 그러고 보니 난 아들에게 몸에 관해 아무것도 가르쳐준 게 없었다. 함께 저녁을 먹고 있던 티조가, 그건 굉장히 중요한 문제라고 일러줬다. 브뤼노가 먹다 말고 얼굴을 들었다. 정말요? 그러자 티조가 다음 이야기를 들려주었다.

자기가 오른쪽으로 내려오는지
왼쪽으로 내려오는지 몰랐던 남자의 이야기

한 환자가 가정의에게 말했다. 선생님, 통증이 손가락 끝에서부터 시작되어 어깨까지 올라갔다가 가슴뼈와 배로 다시 내려와 무릎에서 그치거든요. 괴로워서 견딜 수가 없습니다. 의사가 주저 없이 대답했다. 한 가지 방법밖에 없네요. 고환을 절제하셔야 합니다! 환자는 당연히 망설였지만, 통증을 도저히 견딜 수 없을 정도가 되자 하는 수 없이 수술을 받았다. 몇 달 뒤, 남자는 중요한 행사가 있어 유명한 양복점에 가서 새 옷을 맞추기로 했다. 오른쪽으로 내려오나요, 왼쪽으로 내려오나요? 재단사가 물었다. 뭐라고요? 무슨 말인지 못 알아들은 남자가 되물었다. 그럼, 잘 생각해보세요. 재단사가 충고했다. 거꾸로 알고 바지를 만들면, 얼마 안 있어서 손가락 끝에서부터 시작되어 어깨까지 올라갔다가 가슴뼈와 배로 다시 내려와 무릎에서 그치는 통증 때문에 무척 괴로워질 테니까요.

52세 9개월 25일   1976년 8월 4일 수요일

잠에 빠져들기 직전, 아주 선명한 영상이 보였다. 푸줏간의 도마 위에 핏빛의 뇌가 놓여 있는 장면이었다. 그 뇌가 왠지 내 것 같다는 생각이 들면서, 말로 표현할 수 없는 행복감을 느꼈다. 그 느낌은 한참 동안이나 지속되었다. 내 뇌를 그런 식으로 본 건 처음이었던 것 같다. 이런 생각도 들었다. 만일 전쟁터에서 내 발이나 내 팔, 혹은 다른 어떤 기관이 대포의 포탄을 맞고 다른 시신들 사이에 내동댕이쳐져 있었다 해도, 지금 이 정육점 도마 위에 놓인 내 뇌처럼 쉽게 알아볼 수 있지 않았을까.

52세 9개월 26일   1976년 8월 5일 목요일

티조와 함께 테라스에 앉아 커피를 마셨다. 옆 테이블에 앉은 미용사가 친구들에게 휴가를 떠난다고 알렸다. 그 말을 한 귀로 듣던 티조가 정색을 하고 심각하게 물었다. 머리카락은 계속해서 자라는데 미용사가 휴가를 가버린다는 건 좀 문제 있는 거 아냐, 그렇지?

또 한 살을 먹었다. 그럼 지난해들은 다 어디로 간 거지? 누구에게로? 이를테면 심장과 뇌세포들만 빼고 내 몸뚱어리가 전부 다 새로 만들어진 것만 같던 지난 10년간은 어디로 갔단 말인가? 아이들의 선물들 외엔 일체의 공식적인 축하 행사를 사양했다. 저녁 식사도 싫고, 친구들도 싫고, 그냥 모나와 둘이서만 있고 싶었다. 우리의 뗏목──무거워지긴 했지만 여전히 떠 있는── 위에서 하루 저녁을 보내고 싶었다. 내가 우울에 빠질 거라는 걸 예상했는지, 모나가 아주 오래전에 오늘의 파티를 준비해놓았다. 밥 윌슨[1]의 「해변의 아인슈타인」 공연을 보기 위해 파바르 홀에 두 좌석을 예약해놓은 것이다. 다섯 시간 동안의 스펙터클! 느림의 교향악. 그거야말로 내가 필요로 했던 것이다. 나 자신에게 내 시간을 돌려주고 내 세포를 이완시키는 것 말이다. 무대 위로 거대한 기관차가 아주 느리게 들어오는 장면이라든가, 모든 배우가 계속해서 양치질하는 장면에 난 즉각적으로 매료됐다. 또 특히 빛을 발하는 연단도 볼 만했다. 어슴푸레한 어둠 속에 홀로 놓인 연단이 수평에서 수직으로 움직이는 데 족히 반시간은 걸린 것 같다. 왠지 그게 눈에 익었다. 아하, 그건 바로 마흔세 살 때 내 꿈속에서 느릿느릿 일어서던 바로 그 오벨리스크였다!

---

1) Bob Wilson(1941~): 미국의 화가이자 행위예술가 로버트 윌슨을 말한다. 뉴욕에서 퍼포먼스 작가로 활동했다. 대표작 「해변의 아인슈타인」은 4장으로 구성된 오페라로 음악 형식의 단순화와 미국의 극장 발전에 큰 영향을 끼쳤다.

「해변의 아인슈타인」과 더불어 모나와 나의 앞에 앉아 있던 한 쌍의 남녀를 통해서도 시간의 흐름에 대한 또 다른 인식을 경험할 수 있었다. 그들은 젊은 커플은 아니었다. 길 가다 만난 사이 같진 않았다. 바람둥이가 갓 정복한 여자에게 과시하려고 데려온 것 같지도 않았다. 그 둘은 오직 상대만을 사랑하는 연인으로 보였다. 모나와 나처럼 이미 문화적 충돌의 단계도 넘어선 것 같았고, 아마도 애들은 베이비시터가 봐주고 있을 터였다. 커피가 든 보온병과 작은 바구니까지 챙겨 온 것만 봐도, 어떤 종류의 공연을 보게 될지 잘 이해하고 왔다는 걸 알 수 있었다. 그들은 사랑에서도, 또 시대와 사회와의 관계에서도 아주 편안한 상태에 있는 듯이 보였다. 또 취향에서도 대체로 잘 어울리는 듯했다. 그런 특이한 공연을 보러 온 것만 봐도. 바구니만 봐도 버드나무로 만들어진 멋들어진 것이었다. 그들은 여기저기 배회하던 끝에 서로의 고독을 위로하기 위해 극장까지 오게 된 커플은 아니었다. 그들은 틀림없이 아비뇽의 교황청 앞마당에서도 함께 무릎 담요를 덮고 축제를 즐겼을 것이다. 게다가 무대의 밝은 조명이 음산한 북극풍의 빛으로 바뀌었을 때부터 여자는 남자의 어깨에 머리를 기대고 있었다. 모든 관객이 밥 윌슨의 시간에 빠져들었고 나 자신도 거기에 매료된 터라, 그 커플은 까맣게 잊고 있었다. 단지 그 남자가 오른쪽 어깨를 약간 들썩이면서 자기 여자의 몸을 똑바로 세워놓는 걸 봤을 뿐이다. 기관차의 등장, 끝없는 양치질, 야광을 발하는 연단 그리고 두 음만으로 연주하는 필립 글래스[2)의 바이올린 곡에 흥분해서 난 시간 개념도, 내 몸에 대한 의식도, 주변에 대한 의식도 모조리 잃어버렸다. 내가 제대로 앉아 있는 건지 아닌지도 알 수 없을 정도였다. 아마 새로운 세포들의 생성조차 중지됐을 것이다. 여자가 남자에게 커피 한잔을 권했다가 차가운 머릿짓으로 거부당한 건 이 영원 속의 어느 순간이었던가? 그녀가 뭐라고 감상을 말하려다가 가차 없는 '쉿!' 한마디에 멈칫했던 건 어느 순간이었던가? 그녀가 엉덩이를 움직여대는 바람에 결국 참지 못한 남자가 "가만 좀 못 있어!"라고 소리 지르고, 그 바람에 한두 사람이 머릴 돌린 건 또 어느 순간이었던가? 몇 시간에 걸쳐 간간이 일어난 이 사소한 에피소드들에 난 별 주의를 기울이지 않았다. 그러나 끝내 남자는 고함을 질러 극장 전체를 들었다 놓은 뒤 바구니를 허공에 내던졌고, 여자는 도망을 쳤다. "병신 같은 년, 꺼져!" 이게 바로 그 사이좋아 보이던 남자가 내뱉은 말이다. 여자는 허겁지겁 뛰쳐나갔다. 지나는 길에 바닥에 놓인 온갖 것에 부딪혀 넘어지고, 다시 일어나선 억지로 길을 내며 나아갔다. 그 바람에 관객들이며, 핸드백들이며, 오페라글라스들이며(누군가가 "내 오페라글라스!"라고 소리쳤다) 다 밟힐 뻔했다. 만일 어린애들이라도 있었으면 어떻게 됐을까.

2) Philip Glass(1937~): 「해변의 아인슈타인」의 작곡과 연주를 담당한 미국의 음악가. 미니멀리즘을 응용한 신음악의 작곡가로 유명하다.

53세 2일   1976년 10월 12일 화요일

사실 어제 쓴 일기는 내 일기의 원래 취지와는 걸맞지 않는 내용이었다. 거, 참!

53세 1개월 5일   1976년 11월 15일 월요일

웃기는 얘길 좋아하는 티조가 들려준 얘기다. R. D라는 그의 동료가 자기에게 벌금을 물린 경찰의 차에다 대고 몰래 오줌을 눴다는 것이다. 마침 비가 오고 있었고, 수첩이 비에 젖을까 봐 노심초사하며 경찰이 조서를 작성하고 있는 동안, R. D는 순찰차의 열린 문에다 대고 신나게 오줌을 쌌다. 고추는 코트 자락에 가려져 보이지 않았다. 권위에 대한 괄약근의 그런 저항에는 감탄하지 않을 수 없다. 그러나 난 그러지 못할 것이다. 그럴 만한 배짱이 없어서이기도 하지만, 솔직히 이런 종류의 얘기들에 공감을 느껴본 적이 없기 때문이다. 난 함부로 방귀 뀌고, 오줌 싸고, 트림하는 자들이 엉큼한 자들보다도 더 거슬린다. 내가 집단 스포츠와 거리를 두고 있는 것도 아마 이런 점 때문일 것이다. 공동 침실, 탈의실, 구내식당, 셔틀버스, 어디서나 정력의 과시가 끝없이 꽃을 피우지만 내겐 별로 와 닿지 않는다. 외동아들이라 그런가. 아니면 너무 오랫동안 기숙사 생활을 해서인가. 그도 아니면 내숭을 떠는 건가……

브뤼노가 불쑥 물어봤다. 자기가 태어나는 순간을 나도 지켜봤느냐고. 단순한 호기심에서라기보다는 요즘의 풍조 때문에 물어보는 거라는 걸 그 아이의 말투에서 느낄 수 있었다(이런 문제에 관심을 갖는 풍조가 왜 생겨난 건지 아무래도 미심쩍다). 사실, 난 못 봤다. 난 브뤼노나 리종이 태어날 때 그 현장에 있지도 않았다. 왜냐고? 무서워서? 호기심이 없어서? 모나가 그걸 원하지 않아서? 아내의 몸이 만신창이가 되는 걸 지켜보고 싶지 않아서? 모나의 성기에 대한 경외심에서? 전혀 모르겠다. 솔직히 말해서 나 자신에게 이런 질문을 던져본 적도 없었다. 그냥 그 시절엔 자기 아내의 해산 과정을 지켜보겠다는 생각을 하지 않은 것뿐이다. 그러나 요즘의 풍조는 문제 삼지도 않았던 것들에까지 해명을 요구한다. 난 자기 아내가 홀로 침대 위에서 진통을 겪게 놔두는 그런 남편인가? 처음부터 부성을 부정하는 그런 아버지들 중의 한 명인가? 이게 바로 내 아들이 두 눈을 똑바로 뜨고 알고자 하는 사항이다. 물론 아니지, 아들아. 난 네 엄마가 느껴야 할 어지럼증까지 대신 느낀다. 엄마의 미열, 엄마의 복통까지도 무서우리만치 똑같이 느낀다. 네 엄마의 몸은 늘 그 무엇보다도 내 관심을 끌었다. 너와 네 누이가 이 세상으로 나오는 동안에도 난 산부인과의 대기실에서 손을 비틀고 있었다. 엄마와 완벽하게 감정이입이 되어, 네가 우리에게 어떤 모습으로 나타날지 호기심에 가득 찬 채로 말이다. 리종이 우리 곁에 올 때도 마찬가지였고. 티조의 탄생, 피로 얼룩진 침대 위에서 울부짖던 마르타 아줌마, 동굴처럼 열려 있던 아줌마의 음부, 담배 냄새 풍기던 마네스 아저씨의 창백한 얼굴, 그 경험들이 산부인과에 대해 영구적인 예방주사를 놔준 게 아닐까? 어쩜 잘된 일일지도 모르지. 그러나 그래서인지, 너희들이 태어나던 순간에 대해선 아무런 기억이 없단다. 수많은 영상이 내면 깊숙한 곳에 숨겨져 있는 것 같구나.

브뤼노에게는 이런 얘기를 한마디도 털어놓지 못했다. 그저 머릿속에서만 뱅뱅 맴돌았을 뿐. 난 단지 이렇게 대답하고 있었다. 네가 태어나는 걸 봤냐고? 아니. 왜?

"실비가 임신을 했거든요. 제 아들을 맞으러 가야 되나 해서요."

그야 두말하면 잔소리지……

*

리종에게 남기는 말

사랑하는 리종에게

네 오빠와 나 사이에 오간 날선 대화를 다시 보니 부끄럽기 짝이 없구나. "아니. 왜?" 이 어처구니없이 무성의한 대답은 우리 둘을 갈라놓고 있던 구덩이를 더 깊게 파는 결과를 낳았다. 난 그 구덩이를 메우려고 노력하지도 않았을뿐더러 그걸 더 깊게 파면서 어떤 쾌감을 느꼈던 것도 같다. 결국 그건 우리 관계의 무덤이 되고 말았지. 난 브뤼노를 성가시게 여겼고, 우리 둘은 양립할 수 없다고 생각했다. 기질의 차이, 그게 다야,라고 결론을 낸 거지. 그리고 그 상태에 머물러 있었던 거야. 이런 부적격한 부성이야말로 정신분석의 대상이될 만하지. 브뤼노에게 대답할 성의를 가졌어야 했는데.

이 일기를 다시 읽어봐도, 임신한 네 엄마를 묘사한 대목은 발견할 수가 없구나. 임신이야말로 몸과 관련된 일인데! 그런데 없어, 아주 작은 암시도 없어. 브뤼노와 네가 단위생식으로 태어나기라도 한 것처럼 말이야. 출산 전과 후만 있지, 대림절(待臨節)[3]은 없구나. 더 한심한 건, 아무리 돌이켜봐도 네 엄마의 두 차례임신에 대한 기억이 전혀 없다는 거야. 이 얘기를 브뤼노에게 했어야 했는데. 아들아, 엄마의 임신에 관해선 아무 기억도 나지 않는구나. 미안하다. 나도 기가 막히지만, 사실인 걸 어쩌겠니. 그리고 브뤼노와 함께 잠시라도 그 문제에 관해 생각을 해봤어야 했어. 내 세대의 남자들에겐 그게 그렇게 드문 일이 아니거든(이 영역에서도 역시 내가 그리 특이한 건 아니란다). 그 시절엔 여자 혼자서다른 여자들에 둘러싸인 채로 분만을 했다. 남자들은 자신들이 맡은 종족 번식에서의 능동적인 역할도 제대로 인식하지 못한 채 신석기 초기에 머물러 있었던 것 같다. 임신한 여자에 관해 얘기할땐, '아이를 기다리고 있다'고 표현했지. 마치 아이가 성령의 작품이라고 믿고 있기라도 한 것처럼. 사실 여자는 '기다리는' 게 아니라 아이를 만드는 데 일조를 한 거고, 정작 기다리기만 하는 건 남자인데 말이야. 그러나 남자는 기다린다는 걸 숨기기 위해 여자를속여왔어. 지난 500년간 트리엔트 공의회[4]의 망령은 임신의 이

---

3) 예수 탄생 전 4주간의 기간.

4) 1545년부터 1563년까지 18년 동안 이탈리아 북부의 트리엔트(지금의 트렌토)

미지를 가려버렸지. 화가에게 배부른 성모를 그리지 못하게 한 거야. 젖 먹이는 모습도 안 됐지. 그런 모습은 그리지도 않고, 조각도 하지 않고, 쳐다보지도 않고, 생각하지도 않고, 기억하지도 않고, 기억 속에서 그걸 지워버리고, 대신 신성화했지! 동물성은 수치스럽다! 배를 감춰라! 우리 눈에 보이지 않게 배를 가려라! 성모는 포유동물이 아니다! 그런 생각은 내 세대의 가톨릭적 무의식 속에 워낙 깊이 뿌리박혀 있어서, 겉으로 무신론자임을 공언한 나도 거기서 벗어나지 못했던 거다. 내 머리 역시 보통 사람들의 머리와 똑같은 틀로부터 만들어졌으니까.

네 엄마의 기억으론, 브뤼노와 네가 배 속에서 만들어지고 있는 동안에도 우린 거의 임신 말기까지 사랑을 나눴다는구나. 우린 별로 정숙한 커플은 아니었던 게지. 네 엄마에게도 그 시절은 아름다운 추억으로 남아 있다! 네 엄마의 해석으론, 내가 지금 자기의 임신을 기억하지 못하는 건, 그처럼 사랑을 즐긴 데 대해 속죄하기 위해서라나. 임신 중의 어느 날 네 엄마는 우리 사랑 놀음에 확실하게 종지부를 찍었다. 그날 이후로는 '아기의 마지막 틀을 다듬었다는구나'(그녀의 말 그대로다).

너도 알겠지만, 너희들이 태어나던 때만 해도 남자는 임신과 무관하게 살았단다. 변화가 일어난 건 너희 세대로부터지. 엄마스러운 아버지가 보여주는 엄마 아버지의 역할 전도, 엄마 역할의 모방. 네 남자 친구 F. D는 자기 아내가 아이를 낳는 동안 복통으로 몸을 비틀었고, 브뤼노는 그레구아르에게 젖병 물리는 일만큼은

에서 개최된 종교회의로서, 종교개혁에 맞서 가톨릭의 교리와 체계를 재정비했다.

실비보다 너 소질 있다고 공언했었잖니.

브뤼노와 제대로 대화할 기회를 가졌다면, 이 말을 꼭 했어야 했다. 너희들을 처음으로 품에 안았던 그 순간, **너희들이 원래부터 존재했던 것처럼 느껴졌다는 것!** 그건 충격이었다. 우리 애들은 태초부터 있었다! 아이들이 태어난 바로 그 순간부터 그 아이들이 없는 우리는 상상할 수가 없게 되었다. 아이들이 없던 시절, 아이들 없이 우리 둘만 살았던 시절에 대한 기억이 분명히 남아 있는데도, 아이의 몸뚱어리가 너무도 생생하게 불쑥 던져졌기 때문에 원래부터 존재하는 것처럼 느껴졌던 것이다. 이런 감정은 우리 아이들한테만 해당되는 거란다. 다른 존재들에 관해선, 그들이 아무리 가깝고 또 그들을 아무리 사랑한다 해도, 그들의 부재를 상상하는 게 가능하거든. 그러나 우리 아이들의 부재는 상상이 안 된다. 없다가 생겨났는데도 그래. 이 모든 얘길 브뤼노에게 해줬어야 했다.

*

53세 2개월 16일   1976년 12월 26일 일요일

일본인 구로사와 감독의 「데르수 우잘라」를 봤다. 데르수가 툰드라를 배경으로 나타나는 순간부터 불길한 예감이 들었다. 이 섬세한 사냥꾼, 살아 있는 자연의 조각품, 묘한 매력을 풍기는 늙은이가 **곧 시력을 잃게 될** 것만 같았다. 그런데 정말로 그에게 그 일이 닥쳤다. 이제 점차 시력이 약해지면서 세상이 온통 흐리게 보일 것이고, 더 이상 정확한 조준을 하지 못하게 되면서, 사냥꾼에

서 먹이 신세로 전락해 죽어갈 것이다. 다른 관객들도 그랬는지 모르지만 난 그 인물에게 무척 마음이 끌렸다. 난 고통스런 감정 이입의 상태 속에서 그 불가피한 일을 무기력하게 기다리며 영화를 봤다. 그리고 당연히 올 일이 오고야 말았다. 데르수는 시력이 약해지고, 결국 사냥꾼들에게 피살된다. 친구인 측량사 대령이 잃어버린 시력을 보완하라고 주었던 최신형 총을 사냥꾼들이 훔쳐 간 것이다. 난 원래 영화를 보며 예측하는 걸 싫어한다. 가끔은 영화의 결말이 어떨지 다 알 것 같아서 미리 영화관을 빠져나오기도 한다. 그럴 때 난 카페에서 책을 뒤적이며 모나를 기다린다. 대부분의 경우 내 직관이 맞았다는 걸 모나가 확인해주고, 그럴 때면 승리와 실망이 뒤섞인 감정을 느끼게 된다. 그러나 「데르수 우잘라」의 경우는 좀 달랐다. 확신과도 같은 내 예감은 시나리오의 허술함에서 기인한 게 아니라, 나 자신의 추억에서 비롯된 것이었다. 예닐곱 살 때의 어느 날, 난 내가 먼 곳을 못 본다는 걸 처음 알게 되었다. 그날, 난 데르수였다.

53세 5개월 2일   1977년 3월 12일 토요일

　오늘 아침 샤워를 하면서 내 목욕의 변천사를 한 차례 정리해봤다. 여덟아홉 살 때까지는 비올레트 아줌마가 날 '씻겨주었다.' 열 살에서 열세 살까지는 씻는 시늉만 했고, 열다섯 살에서 열여덟 살까지는 욕실에서 몇 시간씩 보냈다. 오늘 난 일터로 달려가기 전에 샤워를 한다. 은퇴하고 나면 욕조 안에서 늘어져 있게 되진

않을까? 아니, 습관이 무섭다고, 나 혼자 힘으로 서 있을 수 있는 한은 샤워가 잠을 깨워줄 것이다. 그러다 때가 되면 병원에서, 면회가 금지된 시간에 간병인이 날 씻겨줄 것이다. 그리고 마지막엔 누군가가 내 시신을 닦아주겠지.

53세 7개월   1977년 5월 10일 화요일

그레구아르가 태어났다. 손자가 생기다니, 나 참! 실비는 완전히 지쳐 있고, 브뤼노는 엄청 아버지 티를 내고, 모나는 기뻐 어쩔 줄 모르고 그리고 나는…… 아기의 탄생을 천둥에다 비유해도 될까? 처음 만나자마자 순식간에 친숙해진 이 자그마한 존재만큼 날 감동시킨 게 내 평생에 또 있을까. 병원을 나와서, 어디로 가는지도 모른 채 혼자서 세 시간을 걸었다. 그레구아르와 난 의미심장한 눈길을 나누며 영원한 사랑의 계약을 맺었다. 이 강렬한 인상. 나도 손자라면 사족을 못 쓰는 할아버지가 될까? 저녁때 샴페인을 마셨다. 티조는 역시 그답다. 형, 할머니랑 같이 자는 거 싫지 않아?

53세 9개월 24일   1977년 8월 3일 수요일

그레구아르가 태어난 뒤 브뤼노와 실비는 초보 부모 노릇하느라 진이 다 빠졌다. 계속 잠을 설치고, 자면서도 내내 긴장하고, 생

활의 리듬은 흐트러지고, 한 순간도 방심하면 안 되고, 염려되는 것도 가지가지고, 다급한 상황도 많이 생긴다(젖병이 어디 갔지, 우유가 너무 뜨거워, 우유가 너무 차가워, 우유가 다 떨어졌네, 기저귀가 아직 안 말랐어!). 그들도 이 모든 걸 예견하고 있었다. 여기저기서 주위들은 정보 덕에 마음의 준비가 되어 있었고, 자기들이 본능적으로 모든 걸 다 알리라고 상상했었다. 특히 브뤼노가 그랬다. 그런 그들이 지쳐버리게 된 진짜 원인은 딴 데 있다. 소위 부모의 본능 때문에 그들 자신은 깨닫지 못하고 있지만, 부모와 아기 양쪽의 힘의 불균형은 실로 엄청나다. 아기들은 어른과는 비교도 안 되게 에너지를 발산한다. 뻗어나가는 이 생명 앞에서 우린 다 늙은이다. 어른들은 제아무리 젊고 힘이 넘치는 것처럼 보여도 힘을 아끼려고 애쓴다. 아기들은 아니다. 원초적 상태의 포식성 에너지로 무장한 그들은 뻔뻔하게 닥치는 대로 먹어치운다. 잠잘 때 외엔 휴식이란 일체 없다. 그러니 부모도 거의 잠을 잘 수가 없다. 실비는 기진맥진해 있고, 브뤼노는 모범적인 아버지의 역할에 열중하느라 신경이 곤두서 있다. 자기들이 유일하게 관심을 쏟는 대상에 산 채로 잡아먹히는 것 같은 느낌을 갖게 된다. 말은 하지 않지만——어림없다, 그들이 이런 경박한 말을 할 리는 절대 없다——그들은 그다지 먼 옛날이라고 할 수도 없는 시절을 동경한다. 바로 엄마가 허세 부리며 말했듯이 '우리 같은 계층에선' 아이들을 하인에게 맡기던 그 시절 말이다. 상류층의 아이들이 민중의 젖을 고갈시키던 행복한 시대. 나 역시도 비올레트 아줌마가 키우지 않았던가. 그러나 아무리 힘들다 해도 그레구아르는 아빠, 엄마의 마음을 녹인다. 결국——이것도 신식 부모는 입 밖에 내어 말하지 않지만——아기 신사야말로 그들의 사랑의 현현(顯現)이다. 분만실에서 아기를 받을 때 그들은 둘이었지만, 이제 그들은 영원히 셋이다. 반투명한 작은 손가락들, 활짝 피어오른 뺨, 토실토실한 팔과 종아리, 통통한 배, 주름, 보조개, 아기 천사의 튼실한 궁둥이, 이 빵빵한 타이어 같은 생명체는 그들의 사랑의 결실인 것이다! 또 그 눈길은! 신생아들이 눈을 깜빡이지도 않은 채 우릴 바라볼 때의 눈길은 어떤 말없는 신성(神性)에 속한 걸까? 이토록 검은 동공, 이토록 선명한 홍채를 가진 두 눈은 무엇을 향해 뜨고 있는 걸까? 누구를 향해 **숨겨진 이면**을 열어 보이는 걸까? 답: 앞으로 제기될 모든 질문을 향해. 채워지지 않는 이해의 욕구를 향해. 젊은 부모는 몸의 기운을 다 빼고 난 뒤 정신의 기운까지도 다 탕진할까 봐 두려워한다. 그들이 피곤해하는 건, 자기들의 일에 끝이 없을 거라는 확신 때문이다. 쉿…… 그레구아르의 속눈썹이 닫힌다…… 그레구아르가 잠이 든다…… 아기를 침대에 눕히는 실비의 태도는 경건하리만치 조심스럽다. 이 전지전능한 존재는, 세상에서 가장 연약한 존재처럼 보이는 놀라운 재주를 갖고 있다.

53세 10개월 16일   1977년 8월 26일 금요일

리종 그리고 로베르와 에티엔네 애들까지 데리고 산책 갔다 돌아오는 길에 울타리를 만났다. 그러나 난 뛰어넘지 않았다. 그런 건 처음이었다. 뭐 때문에 그랬을까? 젊은이들 앞에서 젊은 척하는 게 쑥스러워서? 울타리에 발이 걸려 넘어질까 봐? 아무튼 갑작

스런 의심이 들었던 건 사실이다. 무슨 의심이었을까? 내 몸에 대한 의심? 내 순발력에 대한 의심? 몸이 말한다. 무슨 얘길 하냐고? 나이가 들수록 힘이 줄어든다고.

54세 5개월 1일   1978년 3월 11일 토요일

이틀 전부터 그레구아르가 아주 열중한 표정으로 자기 귀를 만지작거린다. 내가 아무리 걱정 말라고 해도(내가 아는 모든 아기는 자기 몸 중에서 튀어나온 부분을 갖고 논다. 발가락, 코, 뱃살, 고추, 혀, 이, 귀……) 실비는 이염(耳炎)의 초기일 거라 진단하고는, 빨리 소아과에 데려가야 한다고 안달이다. 이염을 잘못 치료하면 심각해질 수도 있어요, 아버님. 아버님 친구 H 씨도 그래서 귀머거리가 됐잖아요! 엘리베이터, 자동차, 또다시 엘리베이터를 타고 소아과에 도착했다. 의사는 이염이 아니라고 진단했다. 어머님, 걱정 마세요. 아기들은 이 시기에 다 이런 몸짓을 하거든요. 아주 정상이에요. 그러나 그는 '왜' 그러는지는 빼먹고 설명을 해주지 않았다. 왜 10개월 된 아기들은 귀가 가려운 것도 아닌데, 그토록 강박적으로 열심히 귀를 만지는 걸까? 그래서 며느리와 나, 우리 둘은 그레구아르가 자는 동안 아주 심각하게 그 문제에 관해 생각해봤다. 그러나 그럴듯한 해답을 찾지 못해, 우리는 일부러 어린 시절로 되돌아가 탐구 정신을 갖고 우리 자신의 귀를 연구하기 시작했다. 문제는 사흘 전부터 그레구아르가 어떤 **느낌**을 가졌는지를 아는 것이었다. 그러기 위해서 우리는 그레구아르처럼 어린 시절

로 되돌아가, 생후 10개월 된 아기의 순진한 호기심으로 우리의 귀를 탐구해야 했다. 먼저 귓불을 한 번 잡아당겨보았다. 그걸 껌이라 생각하고(탄력성에선 매우 흡사하다). 그다음엔 귓바퀴를 꼼꼼히 만져보았다——실비의 것이 내 것보다 작긴 했지만 모양은 더 정교했다. 귓기둥도 주물러봤다——내 것이 실비 것보다 더 두껍고 특히 털이 나 있었다. 언제부터 이랬지? 언제부터 이 까칠한 털들이 삼각형의 살에다 이로쿼이 인디언의 머리 같은 닭 볏을 만들었지? 삼각형 모양의 돌출 부분을 귓기둥이라고 부른다는 것도 이번에야 알았다. 이번엔 귓바퀴의 안쪽 면을 탐험했다. 실비는 눈을 감은 채 바깥귀의 파인 부분으로부터 볼록 튀어나온 부분까지 샅샅이 만져보며 중얼거렸다. 브뤼노가 이걸 보면 뭐라 그럴까요? 그러더니 갑자기 실비가 소릴 질렀다! 유레카! 알았어요! 이제 알았어요! 아버님, 눈 좀 감아보세요! (시키는 대로 했다.) 귀를 접어보세요, 코커스패니얼처럼요. (시키는 대로 했다.) 무슨 소리가 들리세요? 실비가 손가락 끝으로 내 귓등을 두드리며 물었다. 탕탕, 내가 대답했다. 며느리가 내 귓바퀴에다 대고 살짝 두드렸는데도, 내 머릿속에선 어마어마하게 큰 소리로 울렸다. 이게 바로 그레구아르가 발견한 거예요! 음악이요! 귀가 타악기가 된 거예요! 이 가설은 그레구아르가 낮잠에서 깨어나자마자 확인할 수 있었다. 아니나 다를까, 우리의 음악광께서는 먼저 두 손으로 자기 귓등을 때리더니 그다음엔 손가락들로 가볍게 톡톡 두드렸다. 식탁 위에서 피아노 치는 시늉을 하듯. 그러더니, 원래 초심자들이 끈기가 없다곤 하지만, 이번엔 또 플라스틱 트랙터를 입에다 갖다 대는 게 아닌가. 그래서 난 실비에게, 차고에 가서 자동차 맛도 좀 보고 오라고 시켰다.

55세 4개월 17일   1979년 2월 27일 화요일

글을 쓰고 있는데, 손등에 있는 작은 커피색 얼룩이 눈에 들어왔다. 아주 옅은 갈색. 집게손가락 끝으로 문질러봐도 안 없어진다. 침을 묻혀 닦아봐도 그대로다. 페인트가 묻었나? 아니다, 물과 비누로도 지워지지 않는다. 솔로 문질러도 안 된다. 결론을 내릴 수밖에 없다. 이건 얼룩이 아니라, 내 피부 자체가 만들어낸 것이군. 피부 깊숙한 곳에서부터 올라온 노화의 표시. 노인들의 얼굴에 드문드문 있는 점. 비올레트 아줌마가 **무덤 꽃**이라고 부르던 것이다. 언제부터 이게 생겼을까? 사무실에서 서류에 사인을 할 때도, 뭘 먹을 때도, 이 테이블에서 글을 쓸 때도, 내 손등은 거의 언제나 내 눈 아래 있었는데도, 단 한 번도 이 점을 발견한 적이 없었으니! 이런 종류의 점이 순식간에 만들어졌을 리 없는데 말이다! 그 점은 내 호기심을 일깨우지도 못한 채 내면으로 파고들었다가 조용히 표면에 나타난 건데, 난 며칠 동안 그걸 보면서도 못 보고 있었다. 그러다 오늘, 내 의식의 특별한 상태가 그걸 진짜로 보여준 것이다. 이제 다른 꽃들도 몰래 피어나겠지. 그러다 보면 얼마 안 있어 무덤 꽃이 안 피어 있는 내 손은 어떤 모습이었는지 기억조차 못하게 될 것이다.

55세 4개월 21일   1979년 3월 3일 토요일

우리 몸에 어떤 변화가 있을 때면, 몇 년 전부터 늘 걸어 다니던 길들을 떠올리게 된다. 어느 날 한 가게가 문을 닫고, 간판이 사라지고, 건물이 비고, 임대 공지문이 붙으면, 그제야 그전에, 다시 말해 바로 지난주까지 거기에 뭐가 있었는지 고개를 갸우뚱거리게 된다.

55세 7개월 3일   1979년 5월 13일 일요일

놀랄 만큼 오랜 세월 동안 티조의 곁을 지켜주고 있는 아리에트에 대해 칭찬을 해줬다. (도대체 내가 무슨 상관이지?) 티조는 변치 않는 감정에 대한 내 찬사를 가만히 듣고만 있더니, 말이 끝나자마자 심각하기 그지없는 표정으로 대꾸했다. 남자의 성기가 여자의 성기에 흔적을 남기는 시간은, 하늘을 나는 새가 우리 눈에 보이는 순간만큼밖에 안 된대. 이 기묘한 속담에 그가 무슨 의미를 부여하고 있는 건지, 그의 눈길만 봐선 짐작할 수가 없었다.

56세 생일   1979년 10월 10일 수요일

스무 살 땐 기지개를 켜면 몸이 공중을 나는 기분이었다. 오늘 아침 기지개를 켜면서 난 고행을 하는 듯한 버거움을 느꼈다. 몸

을 연마할 필요가 있다. 체육관 트레이너(드밀이었나, 디멜이었나?)의 예측에 따르면, 매일매일 운동을 하지 않으면 나이에 비해 너무 일찍 몸이 녹슬어버릴 거라고…… 그럴지도 모른다. 그렇지만 뛰어난 운동 실력으로 날 주눅 들게 했던 친구들이 지금 어떤 상태인지를 보면(에티엔은 지금 류머티즘 때문에 움직이지도 못한다. 손가락과 쇄골이 여러 차례 부러졌었고, 럭비 선수 같던 그의 어깨도 오십견으로 망가져버렸다), 기록에 대한 숭배, 끝도 없는 강제 훈련, 거짓된 자기만족에 저항하길 잘했다는 생각이 든다. 난 원래부터 몸에 대한 종교로서의 운동을 혐오해왔다. 내게 권투는 일종의 춤추는 놀이요, 때리기보단 피하는 기술이었다. 그래서 난 권투 연습은 꼭 혼자서 했다. 거의 언제나 샌드백을 두들겼다. 테니스도 벽을 상대로 했다. 복근 운동과 팔굽혀펴기로 말하자면, 그건 내가 몸을 만들어내는 훈련이었다. 그 운동은, 아버지의 유령이었던 형체도 없는 소년에게 몸을 주었다. 피구 게임에서 이기는 것, 링 위에서 못된 상대방을 지치게 하는 것, 테니스 치며 거드름 피우는 상대를 우습게 만드는 것, 가파른 언덕을 자전거 타고 올라가는 것, 이런 건 다 아버지의 원수를 갚는 것이었다. 저기 귀빈석에 아빠가 앉아 지켜보고 있다 생각하고. 난 몸 자체를 위해 운동을 했던 적은 한 번도 없었다. 게다가 모나를 처음 만난 그날 이후로 난 일체의 운동을 중단했다.

56세 9개월 27일   1980년 8월 6일 수요일

방금 전 바에서 커피 한잔을 마시다가, 파스티스[5]를 몇 잔째 마시고 있던 옆의 남자에게서 들은 농담이다. 여자는 안 됩니다. 의사가 환자에게 말했다. 여자도, 커피도, 담배도, 술도 안 됩니다. 그렇게 하면 좀더 오래 살 수 있을까요? 의사의 대답. 그건 모르겠습니다만, 아무튼 시간이 좀더 길게 느껴지긴 하겠죠.

56세 9개월 29일   1980년 8월 8일 금요일

메라크에 수두가 돌고 있다. 어린이 종족에게 농포(膿疱)가 메뚜기 떼처럼 쏟아졌다. 후폭풍이 대단하다. 한 명도 피해가질 못했다. 신음하다 잠이 들고, 깨고, 가렵다고 떼쓰고, 그래도 긁으면 안 되고. 모나와 리종은 전쟁터의 간호사 역할을 맡아 모든 전선에서 전투를 벌이고 있다. 필리프, 폴린, 에티엔의 손주들 그리고 걔들 친구 세 명까지. 난 브뤼노에게 부랴부랴 전보를 쳐서 그레구아르를 보내라고 했다. 그러면 천연 예방 접종이 될 거라는 계산에서였다. 그러나 브뤼노에게선 거절하는 전보가 왔다. 간략한 한마디 속에 뼈가 담겨 있었다. **농담하시는 거 맞죠? 브뤼노**. 모나가 아쉬워했다. 여럿이 앓는 수두는 놀이지만, 혼자서 앓으면 형벌인데.

---

5) 아니스 향료를 넣은 술.

뭐라고 답을 써보낼지 고심했을 브뤼노의 모습을 상상해보지 않을 수 없다. 도대체 몇 살이나 돼야 살아 있는 아버지가 주는 부담에서 벗어날 수 있을까?

56세 10개월 5일   1980년 8월 15일 금요일

아직까지 내가 느껴보지 못한 감각들이 얼마나 더 있을까? 교회 음악회에서 소매 없는 옷을 입은 한 여자가, 비어 있는 옆 의자의 등판 위에 팔꿈치를 얹은 채 자기 겨드랑이의 털을 잡아당기는 데 골몰하고 있었다. 꿈에 잠긴 듯한 표정으로. 나도 실험해봤다. 별로 나쁘지 않았다. 좀더 손이 닿기 쉬운 부위라면 버릇이 될 수도 있겠다 싶다.

57세 생일   1980년 10월 10일 금요일

리종의 멋진 생일 선물. 여럿이 모여 함께 저녁을 먹었다. 모나, 티조, 조제프, 자네트, 에티엔과 마르슬린 등등. 리종은 내 맞은편에 앉아서 대화에 끼고 있었는데, 그 애 자신도 의식하지 못하는 어떤 에너지 덕분에 사는 즐거움이 열 배는 더 커진 것 같았다. 그 애 안에 좋은 정령이 깃든 것이다. 얼굴이 초췌한 걸 보니 그 정령 때문에 다소 피곤한 것 같았다. 저녁 식사가 끝나고 난 리종을 서재로 불렀다. (예전부터 우리는 아버지의 엄숙한 호출 놀이를 즐

겼다. 딸아, 서재에서 좀 보자! 그러면 리종은 당황한 척하며 들어오고, 난 문을 닫으면서 기사의 위엄을 보이는 것이다.) 앉아라. 리종이 앉았다. 잠깐만. 리종은 자기 발만 내려다보고 있었다. 난 책장을 한 칸 한 칸 훑다가 『닥터 지바고』를 꺼냈다. 그 애에게 읽어주고 싶은 구절을 찾았다. 아! 여기다! 제9부, 제3장, 유리 지바고의 수첩이다. 그 글들은 겨울이 끝나가고 봄이 올 즈음 바리키노에게 쓴 것이다. 잘 들어봐. 리종이 귀를 기울였다.

토냐가 임신한 것 같다. 이 얘길 했더니 토냐는 아닐 거라고 했지만 난 확신한다. 아직까지 확실한 증세가 나타나고 있진 않지만 뭔가 어렴풋한 징후가 엿보이고, 그건 틀릴 리가 없다. 임신하면 여자의 얼굴은 변한다. 미워진다고 할 수는 없지만, 지금까지 완벽하게 관리돼온 외모에 허점이 보이기 시작하는 것이다. 이제 그녀의 모습은, 그녀로부터 나오겠지만 이미 그녀 자신은 아닌 미래의 손에 달려 있는 것이다.

내가 다시 고개를 들자 리종이 말했다. 와, 아빠 진짜 점쟁이네요! 우리 둘은 서로를 힘껏 껴안았다.

우리는 그러고도 한두 시간 더 얘기를 나눴다. 아빠도 비올레트할머니가 돌아가시던 나이가 되었네요. 리종이 말했다.

"네가 그걸 어떻게 아니?"

"할머니 산소에 씌어 있잖아요."

세상에, 난 아줌마의 산소에 한 번도 가본 적이 없었다! 만성절에조차도. 단 한 번도.

"거긴 누구 따라 갔었는데?"

"티조 아저씨요. 아저씬 매년 가세요…… 어릴 때 나도 가끔 아저씨 따라서 가봤어요."

난 부고를 읽을 때나 묘지를 거닐 때, 속으로 고인의 나이를 계산해보는 버릇이 있다…… 메라크의 묘지에서 비올레트 아줌마의 장례를 치르는 동안에도 나는 슬픔에서 벗어나기 위해 무덤들 사이를 헤매 다니면서 망자들의 이름을 큰 소리로 읽으며 나이를 계산했었다. 그들도 이름이 불리면 기뻐할 거라 믿으면서. 또한 그들의 나이가 영원토록 기억될 거라 생각하며. 프랑수아 프란체스키 49세, 사빈 오드팽 78세, 아메데 브레슈 82세. 아줌마는 끓는 물에 달걀을 삶을 때 모래시계를 들여다보며 말했었다. 각자에겐 자기의 모래시계가 있다고. 아이들도 있었다. 어떤 아이들은 삶은 달걀보다도 별로 더 오래 살지 못했다. 살바토레 아기 3개월. 거친 화강암이나 반들거리는 대리석에 새겨진 이름들…… 아줌마의 비석은 준비되어 있지 않았다. 묘지 인부인 마리탱 아저씨는 흙으로 관 위를 덮었다. 그러고 나서 일주일 내내 비가 내렸다. 아직도 그 흙냄새가 코에 생생하다. 비석이 없으니 날짜도 없었다. 비석과 함께 날짜도 생겼겠지. 어째서 난 다시는 묘지에 가보지 않았을까? 왜 그럴 생각조차 해본 적이 없는 걸까? 슬픔을 억누를 수가 없어서? 그건 아닌 듯하다. 그보다는 아줌마의 나이를 알고 싶지 않아서였을 것이다. 내게 아줌마는 **불멸의 존재**이니까.

리종을 바라보았다. 나도 아줌마 곁에 묻히고 싶다고 말하고 싶었다. 그러나 참았다.

"아빠, 왜 그러세요?"

"아니다. 그런데 넌 딸이었으면 좋겠니, 아들이었으면 좋겠니?"

*

리종에게 남기는 말

그래, 이 아빠는 네 엄마의 임신에 대해선 아무것도 기억 못 하면서 딸의 임신은 짐작했단다. 파니와 마르그리트가 잉태된 지 얼마 되지도 않아서! 이런 예지력은 어떤 종류의 본능에 기인하는 걸까? 이 일기를 JB가 내는 『새로운 정신분석 연구』 잡지사에 갖다 주면, 그 친구 히트 좀 칠 텐데.

*

58세 28일   1981년 11월 7일 토요일

내가 사는 이 지체 높은 동네의 상점들에선, 요즘 같은 때 인종 차별을 대놓고 노골적으로 하는 건 보기가 힘들다. 그러나 오늘 아침 티조와 함께 크루아상과 브리오슈[6]를 사러 들른 빵집에서 그걸 목격하고야 말았다. 리종 대신 우리 둘이서 오전 시간 동안 파니와 마르그리트를 돌봐주기로 했고, 그래서 빵집에도 간 것이다. 우리 앞에는 제대로 차려입은 여자 두 명과 아랍인 노인 한 명

---

6) 둥글게 부푼 모양에 둥근 작은 꼭지가 달린 빵.

이 있었다. 뒤로는 문까지 줄이 늘어서 있었다. (유명한 빵집이었으니까.) 계산대 안쪽엔 붉은색 블라우스를 입은 빵집 주인이 있었다. 그 여자는 말할 때 꼬박꼬박 조건법[7]을 씀으로써 기품을 나타내려 드는 상인들 중의 하나였다. 마음에 드시는 걸 말씀**해주시겠어요? 또 뭐가 필요하신지요?** 두 여자 손님을 응대하고 나서 이번엔 아랍인 노인의 순서였다. 젤라바,[8] 바부슈,[9] 거기에 강한 악센트와 연로한 나이에서 기인하는 불명확한 발음. 이제 조건법은 끝났다. 뭐 줘요? 골랐어요? 노인의 대답은 알아듣기가 힘들었다. 뭐라고요? 노인의 손이 팔미에[10]를 가리켰다. 그러면서도 눈은 먹음직스런 케이크 쪽을 향하고 있었다. 그러는 동안 빵집 주인은 대놓고 코를 붙든 채 오른손으로는 악취를 쫓는 시늉을 했다. 그녀는 금속 집게로 팔미에를 집더니 순식간에 포장을 하고, 노인에게 던지며 가격을 말했다. 노인은 젤라바를 올리고 바지 주머니에서 동전을 꺼냈다. 액수를 정확히 맞추기 위해 또다시 주머니에 손을 집어넣어야 했다. 그러나 뜻대로 안 되는지, 이쪽저쪽 주머니를 차례로 뒤지다가 결국엔 낡은 안경을 꺼냈다. 어이! 세월아 네월아 할 거예요! 다른 손님들 안 보여요? 고객을 쫓아내는 거친 팔 동작. 노인은 당황했다. 동전들이 떨어졌다. 노인은 몸을 숙였다가 다시 일어나더니, 하는 수 없이 자기가 가진 동전들 전부를 인조 대리석으로 된 계산대 위에 올려놓았다. 여자는 거기서

---

7) 프랑스어에서 완곡, 존중 등을 나타내어 표현을 부드럽게 해주는 어법.

8) 북아프리카인들이 입는 두건과 긴 소매가 달린 외투.

9) 이슬람교권 지역에서 신는 슬리퍼형 가죽 신발.

10) 얇은 조각을 겹쳐 만든 과자의 일종.

필요한 액수를 집었다. 노인은 눈을 내리깐 채 가게를 떠났다. 미안해할 줄도 모르지! 주인은 가게가 떠나가도록 우렁차게 소리쳤다. 아랍 놈들은 우리 피만 빨아먹는 게 아니라 고약한 냄새까지 풍기고 간다니까! 총체적 침묵. 아마도 놀라서였겠지만, 아무튼 침묵(나도 포함해서). 그러다 마침내 티조의 목소리가 침묵을 깼다. 맞아요, 아랍인들 정말 지독하죠! (잠시 쉬고.) 아줌마 같은 사람 피를 빨아먹으려면 정말로 지독해야 하지 않겠수. 그러고는 우리 뒤에 있던 젊은 남자에게 물었다. 솔직히 총각, 총각 같으면 저 아줌마 피를 빨아먹고 싶어요? 남자의 얼굴이 창백해졌다. 아니죠? 이해해요, 저 여자 입에서 나오는 소릴 들으니 피도 더러울 것 같거든! 이제 모두가 공포에 사로잡혔다. 티조가 또 다른 여자에게 물었다. 그럼 아주머니는요, 아주머니라면 피를 빨겠어요? 아니죠? 이 양반도 아니죠? 그럼 여러분은 아랍인은 아니란 소리군요. 가게 안의 사람들이 모두 새하얗게 질렸다. 표현이 너무 노골적이다 보니 무슨 일이라도 당할까 봐 겁이 났던 것이다. 내가 그만 말려야겠다고 결심한 바로 그 순간, 티조가 돌연 빵집 주인에게 공손히 말을 걸었다. 사장님, 저희에게도 크루아상 네 개와 브리오슈 네 개를 맛보는 영광을 허락하신다면, 저희로선 엄청난 영광이겠습니다만.

58세 29일   1981년 11월 8일 일요일

인간이 진정으로 겁을 먹는 건 오로지 자기 몸에 관해서뿐이다.

자기가 **말로 한** 걸 누군가가 진짜 **행동으로** 보여줄 수도 있다는 걸 깨닫는 순간, 공포는 걷잡을 수 없을 만큼 커진다.

58세 1개월 5일   1981년 11월 15일 일요일

어제저녁 모나와 난 그레구아르와 친구 필리프를 돌봐줬다. 두 녀석 다 네 살이었다. 저녁 먹이기, 양치질시키기, 이야기 들려주기, 9시 정각에 불 끄기 그리고 복도의 불빛이 새어 들어가도록 아이들 방문을 살짝 열어놓는 것뿐 아니라 목욕까지 시켜야 했다. 수건으로 닦아주다 보니, 그레구아르가 필리프보다 훨씬 더 무겁게 느껴졌다. 그러나 체격은 똑같았다. 명확히 하기 위해 난 두 아이의 몸무게를 재보았다. 놀랍게도 50그램 정도밖에 차이가 나지 않았다. (게다가 필리프가 더 무겁다니.) 두 녀석 다 17킬로그램을 조금 넘는 정도였다. 그레구아르는 무게는 덜 나갔지만 필리프와는 비교도 되지 않게 **단단했다.** 불쌍한 필리프! 이처럼 밀도가 결여되어 있는 필리프는 극도의 불안정, 끝없는 의심, 변하기 쉬운 신념, 잠재적인 죄의식, 되풀이되는 불안증, 한마디로 상당한 자아 과잉 상태를 겪게 될 것이다. 반면 그레구아르는 자기 발에 꼭 맞는 신발을 신고 탱크처럼 당당히 서서 평온한 운명을 따르게 될 것이다. 필리프에게는 존재의 고통, 그레구아르에겐 안정된 쾌락주의. 밀도의 문제. 모나는 내 관찰에 아무런 논거가 없다고 주장하지만 상관없다. 오늘 아침에도 난, 너무나 불균형을 보이던 두 녀석의 몸뚱어리를 떠올리며 내 확신을 더 공고히 했다.

일본인 도시로 K와의 힘들고 긴 협상. 그는 도대체 몇 살이나 됐을까? 너무 말라비틀어져서 그가 걸치고 있는 밤색 기모노가 나무껍질처럼 보이고 손가락에 낀 만년필은 장작 같은데, 몸짓은 또 여우원숭이처럼 느리다. 더 이상 살아갈 힘도 없지만 그래도 자신을 위한 시간을 갖고 있는 듯 보이는 이 노인의 모순된 인상. 그의 기나긴 침묵, 극도로 느린 말과 행동을 보고 있자니, 숟가락 하나를 입으로 가져가는 데도 산 하나를 들어 올리는 것처럼 힘겨워하던 아버지가 떠올랐다. 4년간의 전쟁과 독일 군의 독가스가 아버지의 껍데기만 남겨놓았듯이, 한 세기 전체가 이 노인네의 실체를 다 녹여버리고 껍데기만 남겨놓은 것 같다. 한마디로 내 아버지가 협상 테이블에 와 앉아 있는 것 같은 느낌. 도시로 K의 침묵 속에 아버지가 자리 잡고 있다. 아빠, 저리 가세요, 방해돼요. 부엌 찬장에 기대 서 있던 아버지. 하지만 찬장은 1밀리미터도 움직이지 않았다. 도시로 K에게서, 자기의 마지막 힘을 집안싸움에다 허비하고 있는 내 아버지가 보인다. 아빠, 제발! 아들이 협상하고 있잖아요. 아빠는 이제 우리 집 식탁에 앉아 있다. 엄마와 나는 아빠 코 위에 앉아 있는 파리에게서 눈을 뗄 수가 없다. 이 녀석이 벌써 날 송장 취급하는구나. 아버지는 파리를 쫓을 생각도 하지 않고 말한다. 엄마는 의자를 넘어뜨리면서 식탁을 떠난다. 당신 꼴도 보기 싫다고 소리친다. 그건 아니지, 아버지가 중얼거린다. 어린 소년인 나는 아버지가 내민 손을 잡는다. 도시로 K가 기다리고 있다. 아빠가 협상을 질질 끌고 있다. 돌아오는 비행기 안에서 동료들은, 일본 노인네랑 참 잘도 참고 협상을 했다고 칭찬해 주었다.

58세 6개월 5일   1982년 4월 15일 목요일

나무껍질이 돼버린 내 아버지. 허파도 없고, 살 한 점 없이 근육만 남아 있어 늘어진 밧줄 같다. 그리고 나, 컸지만 어린 사내아이는 연약한 팔다리로 느려터진 아버지 흉내를 내느라 움직일 때마다 가구들에 부딪힌다. 아버지의 꼬마 유령. 불쌍한 여자, 엄마는 이 이해할 수 없는 두 존재에 질려 도망쳤다.

59세   1982년 10월 10일 일요일

여름이 끝나가면서부터 이따금 왼쪽 어깨뼈 아래쪽이 견딜 수 없이 가렵다. 척추의 문제인 것 같긴 한데, 특히 너무 많이 먹었을 때 그 증세가 나타난다. 아직까지 일기에 쓰지 않았던 건, 그 증상이 반복되는지를 확인하기 위해서였다.

59세 1개월 8일   1982년 11월 18일 목요일

직원 채용의 형태학. 얼마 전 편집자 한 명을 고용했다. 그의 이

력은 탐험가의 외투처럼 구멍이 뻥뻥 나 있었다. 그러나 네안데르탈인 같은 눈두덩에다 영리해 보이는 눈매에 믿음이 갔다. 사실 브레발이 맘에 들어 한 녀석은 따로 있었다(그는 심리형태학에 푹 빠져 있다). 명석한 두뇌에, 학위도 여럿 갖고 있고, 장관이 직접 나서서 적극적으로 추천해준, 잘생기고 훤칠한 청년이었다. 그러나 난, 그 잘난 녀석이 입을 열자마자 아무 경험 없는 새내기라는 걸 — 게다가 자만심에 빠진 걸 — 눈치챘다. 새 해골이냐, 아니면 구석기시대로부터 살아남은 뼈냐, 난 주저 없이 후자를 택했다.

59세 1개월 14일   1982년 11월 24일 수요일

긁는 즐거움. 짜릿한 쾌감이 점점 커지다가 결국 시원함으로 끝나는 것뿐 아니라, 특히 가려운 지점을 1밀리미터 오차도 없이 정확히 찾아냈을 때의 희열이란. 그거야말로 '자신을 잘 이해하는' 것 아닐까. 긁어야 할 지점을 옆 사람에게 정확히 가리켜준다는 건 거의 불가능한 일이다. 다른 사람은 날 만족시킬 수 없다. 누가 하든 목표 지점을 살짝 비껴가기 일쑤다.

59세 1개월 15일   1982년 11월 25일 목요일

자기 몸을 긁다 보면 쾌감이 느껴진다. 그러나 자기 몸을 아무리 간질인들 웃음이 터지는 일은 결코 없을 것이다.

그레구아르에게 먹기 싫은 음식 먹는 법을 가르치고 있다. 이번엔 익힌 엔다이브[11]가 문제다. 브뤼노가 아들의 '미각을 계발시키겠다'며 끈질기게 먹이려 드는 것이다. 내가 그레구아르에게 시키는 훈련은, 엔다이브의 맛에 관해 끈질기게 탐색하는 것이다. 다른 말로 하자면, 어떤 맛에 대한 거부감 그 자체에 관심을 갖게 하는 것이다. 나도 그 나이 때 먹기 싫은 걸 삼킬 수 있게 되기까지, 가상의 동생 도도와 함께 똑같은 훈련을 했었다. **그것의 맛을 정말로 느끼면서** 먹어봐. 그게 어떤 맛을 갖고 있는지 이해하기 위해 정말로 애를 써보란 말이야. 너도 알겠지만, 사람이 어떤 걸 왜 싫어하는지 안다는 건 **재미있는** 일이거든. (이런 종류의 훈련을 시킬 때 나도 어느새 아빠가 했듯이 또박또박 힘주어 말하고 있는 걸 보면 놀랍다.) 자, 그럼 한번 해볼까! 어서 해보자! 우선 아주 적은 양을 입에 넣고, 그 맛을 자세히 묘사해보는 거다. 엔다이브의 경우엔 대부분의 아이가 거부감을 갖고 있는 쓴맛이 문제다(이탈리아 아이들은 예외일 것이다. 그들은 일찍이 아마르고amargo의 문화에 길들여져 있으니까). 두번째는 조금 더 많이 먹어본다. 처음에 한 묘사가 과연 합당한가를 확인하기 위해. 이런 식으로 계속한다. (그렇다고 절대로 한입 가득 먹어선 안 된다. 괴로움을 빨리 끝낼 수 있다고 믿을지 모르지만, 실제로는 토할 수도 있다.) 그레구아르는 지적 만족감을 만끽하며 접시를 깨끗이 비웠다. 그는 엔

---

11) 작은 배추 모양의 야채로 아삭한 식감과 쌉쌀한 맛이 특징이다.

다이브에서 녹슨 못의 맛이 난다고 주장한다. 녹슨 못이면 어떠랴. 엔다이브가 맛없다고 계속 생각하면서도 불평 없이 먹어주기만 하면 되지.

녹슨 못 맛이라…… 어린 시절 장터에서 자전거를 먹던 거인들이 떠올랐다. 난 그 얘기를 그레구아르에게 해줬다. 그들 중의 한 사람은 자동차를, 그것도 '쥐바카트르'[12]를 삼키려고까지 했었다고. 그레구아르가 물었다. 거인의 엄마도 자기 아들이 '쥐바카트르'를 먹으려 한 걸 알고 있냐고.

60세   1983년 10월 10일 월요일

생일이다. 10년 주기로 이토록 요란하게 축하를 하는 이유가 뭘까? 모나가 온갖 사람을 다 불러 모았다. 내 장례식 때도 이렇게 많은 사람이 올까? 티조의 이론에 따르면 이중으로 축하해야 한단다. 매 10년은 죽음이며 동시에 탄생이라는 것. 그가 술잔을 들고 건배를 청하며 말했다. 형은 50대 중에선 가장 늙은 사람이었지만, 이제 60대 중에선 가장 젊은 사람이 된 거야. 소년으로 새로 태어난 거지. 형, 만세! 그만하면 멋져. 이제 촛불 60개를 다 *끄*라고. 그럼 또다시 태어나는 거야!

---

12) 르노 자동차 회사의 자동차 모델명.

60세 10개월 6일   1984년 8월 16일 목요일

　새벽 1시인데, T빌딩 정원에서 누군가가 조약돌 위를 느릿느릿
서성이는 소리가 들린다. 모나는 내 옆에 잠들어 있다. 이 발소리
도 지금껏 날 편안하게 해주는 소리들 중 하나이다.

61세 7개월 2일   1985년 5월 12일 일요일

　어제 오후 그레구아르를 데리고 「그레이스토크」를 보러 갔다.
수없이 많은 타잔 영화들 중의 최신 버전. 그레구아르는 넋이 나
갔다. 나도 한 장면에서 깜짝 놀랐다. 타르생주롬잔Tarsinge l'homme
Zan[13](이 말장난은 굉장히 오래된 건데, 그레구아르는 내가 그걸
처음 만든 줄 말고 감탄한다)을 애지중지하는 할아버지, 그레이스
토크 경이 자기 면도솔에 커피를 묻혀 얼굴에 바르는 것이었다.
나도 오늘 아침에 바로 실험을 해봤다. 기막힌 결과! 커피의 수렴
효과 덕에 피부의 모공이 수축되는 느낌. 게다가 20분도 넘게 좋
은 향이 났다. 커피 향이 나는 아기 피부. 모나도 좋아한다. 내가
점점 더 세련되어져 간다나.

―――――――――

13) 타잔Tarzan, 원숭이singe, 사람l'homme, 이 세 단어를 합성하여 만든 말. '원
숭이 인간 타잔'이라는 뜻.

61세 7개월 17일   1985년 5월 27일 월요일

어처구니없는 사건. 오늘은 성신강림대축일[14] 다음 월요일. 돌아가신 장모님의 오랜 친구인 P여사 댁을 방문했다. 그분은 곧 102세가 된다. 네오빅토리아풍의 빌라, 테니스 코트 한가운데에 서 있는 플라타너스 나무 밑에서 차를 마셨다. 오래된 테니스 코트는 세월을 비껴간 듯 옛 모습을 그대로 유지하고 있었다. 물을 충분히 먹은 잔디는 깔끔하게 깎여 있고, 그 위에 석회로 선까지 제대로 그어놓아 아름답기 그지없었다. 그 나무 밑에서 차를 마신다는 건, 산 채로 마그리트의 그림 속에 들어가 있는 것이나 진배없었다. 그러나 중요한 건, 할머니에게 감탄하는 기색을 보이면 안 된다는 것이었다. 혹시라도 누가 눈치 없이 얘길 꺼낼라치면 할머니는 이렇게 대꾸했다. 이게 다 무슨 소용이에요, 다들 내 곁을 떠났는데. 아무도 여기서 경기를 하지 않잖아요. 이렇게 나무가 자란 걸 봐요. 누가 내 곁에 오건, 또 내 곁을 떠나건 다 받아들여야만 해요. 어쨌거나 우리가 차를 홀짝거리고 있을 때, 어디서 개 한 마리가 뛰어들어왔다. 노인은 곁눈질로 개를 훑어보더니 화를 냈다. 누가 저녀석 좀 쫓아내줄래요? 여기서 사고가 발생했다. 내가 벌떡 일어나 팔을 힘차게 돌리면서 고함을 지르며 개를 향해 돌진한 것이다. 그러나 보이지 않는 어떤 장애물이, 날아오르는 내 이마를 가로막았다. 두 발이 중심을 잃으면서 난 완전히 뒤로 자빠져버렸다. 손

---

14) 부활절로부터 일곱번째 일요일. 2004년까지는 그다음 날인 월요일도 법정공휴일로 지정되어 있었다.

과 뒤통수가 바닥에 세게 부딪혔다. 몇 초간 어지럽더니 이마 전체가 찌를 듯이 아팠고, 의식이 돌아왔을 땐 피 때문에 앞이 안 보였다. 모나가 급히 피를 닦아주었다. 어떻게 된 일인가 하면, 이렇다. 상애물은 바로 사람 머리 높이에 쳐놓은 철사였다. 테니스장을 두르고 있던 옛 철망의 잔해. 그제야 내 손을 봤다. 넷째 손가락이 주먹과 수직 방향으로 펴진 채 하늘을 향하고 있었다. 제자리로 돌려놓을 수가 없었다. 몸의 한 조각이 대열을 벗어난 것이다. 너무 걱정 마, 손가락이 부러졌나 봐. 모나가 말했다. 병원행. 당직 의사는 너무 여러 군데 상처가 난 걸 보고는 대경실색했다. "무슨 일이 있었던 건가요?" 몇 마디로 설명하기 어려웠다. 차, 테니스, 마그리트, 개, 노인, 철사, 한마디로 차 마시는 사교 모임 사상 가장 엄청난 재앙이었다고나 할까. 파상풍 예방 주사를 맞고(철사에 녹이 슬어 있었다) 정수리에 봉합 수술을 하느라 여덟 바늘이나 꿰맸다. 누가 머리 가죽을 벗기려고 했나 봐요? 두개골 X선 촬영을 하고, 뒤통수의 혹에 얼음주머니를 대고 붕대로 고정시켜놓고, 손 X선 촬영도 했다. 부러진 데는 없었다. 삔 손가락을 제자리로 돌려놓은 뒤(무식하게 힘으로 눌러서), 부목을 대고 붕대를 감았다.

나중에 모나가 물었다. 왜 그렇게 급하게 뛰어나갔냐고.

"내가 좀 무료했었나 봐."

"당신, 철사에 목이 베일 수도 있었어."

「그레이스토크」의 마지막 대목에서 귀족 영감은 크리스마스 파티 중에, 커다란 은쟁반을 썰매처럼 타고 성의 계단을 미끄러져 내려오다가 목숨을 잃는다. 그는 어렸을 때도 바로 그 쟁반을 타고 온갖 곳을 다 미끄러져 내려왔었다. 그러나 그도 나이를 너무 먹다 보니 코스를 조절하지 못해 옆으로 빗나가면서 죽음에 이른 것이다. 그의 머리는 육중한 나무 기둥에 부딪힌다. 타잔은 무척이나 슬퍼한다(그레구아르도). 그 귀족 영감은 어린 시절의 괴벽에 희생이 된 셈이다. 내가 갑자기 개를 쫓아내겠다고 한 것도 같은 경우였다. 아주 자주, 난 어린아이가 된다. 내 안의 아이는 내 힘을 과대평가한다. 우린 모두 이 어린 시절의 충동에 꼼짝 못하고 딸려간다. 나이를 잔뜩 먹어서까지도. 아이는 끝까지 자기 몸의 존재를 드러내려 한다. 무장을 풀지 않은 채로 있다가 예고도 없이 갑자기 달려드는 것이다. 그런 순간들에 내가 쓰는 에너지는 이미 지나간 시절의 것이다. 내가 이미 떠난 버스 뒤를 쫓아 뛰어가거나, 손에 안 닿는 열매를 따겠다고 나무 위로 올라가거나 할 때마다 모나는 질색을 한다. 내가 겁내는 건 당신이 그런 짓을 한다는 것 자체가 아니라, 바로 1초 전까지도 그럴 생각을 전혀 하지 않고 있었다는 사실이야.

61세 7개월 27일   1985년 6월 6일 목요일

  봉합 수술 부위에서 실밥을 뺐다. 성수리에 불그스레한 상처 자
국이 후광처럼 남았다. 그레구아르의 **표현을 옮기자면**, 꼭 누가 머
릿속을 들여다보려고 뚜껑을 열었다 닫은 것 같다. 오후에 마당에
서 코페크와 놀고 있던 그레구아르를 본 모나가 기겁을 했다. 나
도 창밖을 내다봤다. 녀석은 숨을 가쁘게 쉬며, 기운도 없어 보일
뿐 아니라, 움직임도 느리고, 방향감각도 없어 보였다. 개도 자기
주인이 비틀거리는 걸 보고 당황한 듯했다. 내가 놀라 뛰쳐나갔다.
그러자 그레구아르가 내 상처를 가리키며 선언했다. 자긴 프랑켄
슈타인의 손자라고.

61세 7개월 29일   1985년 6월 8일 토요일

  생각지도 않았던 장애물에 어찌나 놀랐던지(아침에 빵집에서
나오면서 하마터면 개똥을 밟고 넘어질 뻔했다. 저녁땐 또 빌리에
릴라당 가에서 계단을 내려오다가 발을 헛디뎠다), 조심스레 종종
걸음을 치며 길을 갔다. 지나친 조심. 미리부터 이렇게 노인 티를
내고 있다. 어린 시절의 무모함과는 대조를 이룬다. 앞으로 다가
올 걱정 많은 노인의 모습에서 이미 지나간 어린 시절의 무모함을
엿보게 된다. 그 안에 내 현재도 들어 있을까? 이 염려 속에 다 들
어 있다.

62세 20일   1985년 10월 31일 목요일

난 먹고 마시는 건 오른손으로 하지만, 담배는 왼손으로 피운다.

62세 23일   1985년 11월 2일 토요일

에티엔은 몇 년 전부터 어깨 관절 손상으로 활쏘기를 하지 못하
고 있다. 그는 정말 뛰어난 궁사였지만, 활쏘기를 스포츠 경기로
하는 대신 헛간에서 혼자 즐겼다. 그럴 때 난 나 자신을 **되찾은 기
분이었어.** 그가 말했다. 다시 하고 싶니? 그렇기도 하고 아니기도
하고. 그가 이유를 설명해줬다. 자기는 더 이상 활 당기는 동작을
하진 못하지만, 조준하는 감각은 여전히 느낄 수 있다는 것이다.
제대로 조준하기. 순간적인 정확성의 확신. 예를 들어 이 소금 알
갱이도 활만 있다면 놓치지 않을 수 있어. 그러면서 그는 우리가
지나가던 숲속 공터의 너도밤나무 위에 노루를 유인하느라 올려
놓은 흰 소금 알갱이를 가리켰다. 저 나무는 스물일곱 걸음 앞에
있어. 내가 확인해보니 정말로 스물일곱 걸음이었다. 그는 헛간
안에선 눈을 감고도 활을 쏠 수 있을 정도로 정확했다. 과녁을 마
주한 그의 자세. 팔과 가슴이 이루는 각도. 손가락 끝으로 측정한
줄의 탄성이 어떠어떠한 근육들로 전달되는지도 느낄 수 있을 정
도였다. 결정적 순간엔 호흡도 정지되고, 정신도 완전히 비워져,
머릿속엔 오로지 과녁의 이미지만이 남고, 다른 여러 변수도 ——
성과로서의 결과에는 관심이 없는 ——힘을 합해 조준 그 자체에만

집중하는 것이다. 모든 요소가 합치됐을 때(그런 순간은 드물어. 그가 말했다), 난 화살이 과녁에 맞을 거라는 확신을 갖고 활을 놓지. 그 확신이 맞았다는 게 곧 드러나고. 그는 그걸 자신의 수훈이라 여기기보다는 조화의 발현으로 보았다. 과녁의 중심과 내가 하나가 되는 것. 그는 지금도 가끔씩 그런 경험을 할 때가 있다고 했다. 그 동작을 수도 없이 되풀이하다 보면, 어느 순간 몸이 완벽하게 제어되는 데서 오는 마음속의 확신이 생기는데 그건 쉽사리 사라지지 않아. 그럴 때 정확한 조준이 가능한 거지. 활도 화살도 더 이상 필요 없는 경지.

"과녁도 필요 없어?"

"아니, 아니, 과녁은 있어야 해. 하지만 그게 무엇이라도 상관없어. 이 소금 알갱이도 좋고 다른 뭐라도 좋고. 1초 동안 난 나 자신인 동시에 이 과녁인 거야. 완전한 합일이라고 할까."

잠시 겸연쩍은 웃음.

"바보 같은 사촌이 한 명 있다, 싶지?"

아니.

62세 29일   1985년 11월 8일 금요일

오늘 아침 신용카드의 비밀번호가 생각나지 않았다. 그걸 기억하기 위해 고안해낸 나 나름의 방식도, 또 키보드 위에서의 손가락의 움직임도. 난 현금인출기 앞에서 너무 놀라 어쩔 줄을 몰랐다. 정신이 완전히 나갔다. 다시 한 번 해볼까? 어떻게? 아무 기억

도 나지 않았다. 아주 작은 흔적도 남아 있지 않았다. 그 암호가 원래부터 아예 존재하지도 않았던 것처럼. 더 기막힌 건, 그게 어디 다른 곳에 존재했던 것처럼 느껴졌다는 점이다. 내가 접근하지 못할 어떤 곳에. 공포와 분노가 뒤섞였다. 나는 길가의 현금인출기 앞에 멍하니 서 있었다. 뒤에 선 사람이 조바심을 냈다. 기계가 내 카드를 토해놓았다. 기계가 고장 난 것 같은데요. 이렇게 둘러댄 것, 그래야 한다고 믿었다는 게 한심했다. 난 벽에 몸을 붙인 채 빠져나왔다. 난 다 잃었다. 기억, 품위, 자제력, 성숙함까지. 난 완전히 벌거벗었다. 그 비밀번호가 바로 나였다. 난 차를 돌려보내고 사무실까지 걸어서 가기로 했다. 분노와 수치 때문에 발걸음이 급해졌다. 빨간 불에 길을 건넜다. 경적. 이성적으로 생각할 수가 없었다. 별일 아니라고 마음을 추스릴 수가 없었다. 순간적으로 회로가 끊어진 것뿐, 길게 보면 하나도 중요할 게 없는데 말이다. 이 글을 쓰고 있는 지금(비밀번호는 저절로 되돌아와서 내 기억 속에 자리 잡았다) 그 잠시 동안의 망각이 내게 준 공포 상태를 묘사하기엔 단어들이 모자라다.

62세 1개월   1985년 11월 10일 일요일

신용카드 비밀번호, 매일 드나드는 문들의 암호, 전화번호, 이름, 생일 등등, 머릿속에 저장해놓은 정보가 갑작스레 증발할 때면 운석과 충돌하는 것 같은 기분이다. 망각 자체보다도 충격 때문에 내 행성 전체가 뒤흔들리는 것 같다. 한마디로 그 상황에 적

응이 되지 않는다. 반대로, 건성으로 듣고 있는 라디오나 텔레비전 퀴즈 프로그램의 문제들에는 정확하게 답을 말하고 있는 나 자신이 전혀 놀랍지도 않다. 그레구아르 왈. 할아버지는 **뭐든지 다** 알아요? 할아버지는 정말로 **뭐든지 다** 기억해요?

62세 4개월 5일   1986년 2월 15일 토요일

　　남자 이발사들. 예전에 남자 이발사들이 머리를 깎던 시절엔 두피 마사지까지 해주진 않았다. 대충 머리를 감기고 나서 스포츠형으로 머리카락을 바짝 세운 다음 **핀토**라는 막대 풀을 발라주면, 다음번 머리 자를 때까지도 바짝 서 있을 정도였다. (아니, 핀토, 이건 더 나중에 유행한 것 같다. 종전 직후 몇 년간.) 그런데 그 직종에 여성들이 진출하면서 서비스도 섬세해졌다. 요즘엔 머리를 감기면서 손가락으로 능숙하게 두피 마사지까지 해주는 것이다. 긴장이 완전히 풀리는 순간이다. 마사지사가 능숙하기만 하다면, 어떤 꿈이라도 꿀 수 있다. 어느 날은 황홀경에 빠져 중얼거리기까지 했다. 제발 그만! 마사지해드리는 게 싫으세요? 아가씨가 순진하게 물었다. 난 그때 얼버무렸던 것 같다. 아니요, 좋아요, 좋아. '순진하게'라고 했지만, 사실 어림도 없는 얘기다. 만일 내가 두피 마사지를 하는 젊은 여자라면, 내 능란한 손가락에 몸을 맡긴 남자들의 행태를 보며 은근히 즐겼을 것 같다. 의자에 비스듬히 누운 자세 때문에 자기 아랫도리를 보지도 못하는 채 어쩔 줄 모르고 두 눈을 바르르 떠는 모습을, 바로 눈 아래에서 지켜볼 수

있을 테니 말이다. 여자 이발사들끼리 모였을 때 그게 농담의 주제가 되진 않을까? 만일 그렇다면 똑같은 일상의 지루함을 벗어나기 위해 자기들끼리 내기를 할지도 모른다. 얘, 네 손님은 몇 초만에 서디?

62세 9개월 16일   1986년 7월 26일 토요일

오전 내내 불안증에 시달렸다. 그레구아르가 그 희생양이 됐다. 그레구아르가 울먹이면서 할아버지 화났냐고 물었을 때——우린 함께 걷고 있던 중이었다——난 깜짝 놀랐다. 내가 어떤 표정을 지었기에 그러는 걸까? 비난의 표정? 증오의 표정? 언제부터 그런 거지? 난 상을 찌푸릴 땐 어떤 모습일까? 상을 안 찌푸릴 땐 또 어떨까? 우리 자신의 얼굴은 볼 수가 없다. 아이는 거울처럼 어른의 얼굴을 비춘다. 오늘 같은 경우, 거울은 그레구아르에게 이유도 모른 채 죄의식을 느끼게 만든 것이다.

"내가 뭐 잘못했어요?"

"잘못하긴. 너무 착해서 할아버지가 맛있는 아이스크림을 사주고 싶은데. 무슨 맛으로 먹을래? 바닐라? 초콜릿? 딸기? 피스타치오?"

"헤이즐넛!"

그래서 헤이즐넛 아이스크림 두 개!

불안이 죄의식으로…… 모나는 내 얘기를 듣더니 '죄의식을 갖게 하다culpabiliser'라는 단어가 프랑스어에 생겨난 건 1946년이었

다고 설명해준다. 그리고 '죄의식을 **벗게** 하다déculpabiliser'라는 동사는 1986년에 생겼다고. **역사가** 스스로에 관해 이야기하던 시절……

62세 9개월 17일   1986년 7월 27일 일요일

타인이 내 불안증을 치료해줄 수 있는 건, 날 속속들이 알지 못하거나 어느 정도 무관심할 경우에만 가능하다. 나도 일하는 동안엔 불안을 이길 수 있다. 사무실 문을 열고 들어가는 순간부터 사회적 인간이 불안에 떨고 있는 인간을 눌러버린다. 그리고 곧 남들이 내게 기대하는 바에 순응한다. 주의, 충고, 축하, 명령, 격려, 농담, 질책, 진정…… 난 대화 상대, 동료, 경쟁자, 부하 직원, 좋은 상사 혹은 꼰대가 된다. 한마디로 **성숙**의 이미지를 구현하는 것이다. 나의 역할이 늘 내 안의 불안을 압도한다. 그러나 가까운 사람들, 우리 식구들, 그들은 매번 피해를 입는다. 왜냐하면 그들은 정확히 내 사람들이요, 나 자신의 구성 요소들이요, 평생 내가 벗어나지 못하는 유치한 어린애의 속성에 희생되는 제물이기 때문이다. 지난번 그레구아르가 희생을 치른 것처럼.

62세 9개월 23일   1986년 8월 2일 토요일

이 일기에서 난 불안에 관해 얘기하면서도 ── 꽤 여러 번 ──영

혼에 관해선 말하지 않았다. 심리학에 관해서도 마찬가지. 다른 어느 때보다도 몸, 이 고약한 신경세포 덩어리에만 치중하고 있는 것이다.

63세   1986년 10월 10일 금요일

라파예트 가의 카페에서 오줌을 눴다. 한창 볼일을 보고 있는데 불이 꺼졌다. 두 번씩이나. 타이머 설치 기사는 오줌 누는 데 필요한 최소한의 조명 시간을 계산할 때 도대체 어느 나이를 기준으로 했을까. 내가 너무 느린 걸까? 나도 예전엔 그렇게 빨랐었나? 타이머 하나 만드는 데서도 젊은 사람들을 기준으로 삼는 이 망할 놈의 풍조! 계단의 센서 조명도 그렇거니와 엘리베이터의 문이 열려 있는 시간도 점점 더 짧아지고 있다.

63세 1일   1986년 10월 11일 토요일

어제 내 생일 축하 저녁 모임을 끝내고 서재에서 에티엔과 둘이서만 잠깐 시간을 보냈다. 그가 털어놓는 얘기를 듣다 보니, 우린 평생 남들의 얼굴 표정을 읽는다고 말하지만, 거기 씌어 있는 글의 암호는 전혀 해독하지 못하고 있는 것 아닌가 싶었다. 에티엔에 따르면, 마르슬린은 아무것도 표현하고 싶지 않을 때면 축 처진 표정에 입술을 뿌루퉁하게 내밀고 있는데, 호의라고는 조금도

찾아볼 수 없다는 것이다. 그럴 때 그는 그녀의 얼굴에서— —그렇게 온유하다고 알려진 이 여인에게서—순간적이긴 하지만 진짜 심술이라는 게 어떤 건지를 보게 된다고 했다.

"이것도 요즘 들어 알게 된 거야." 그가 말했다. "그런데 말이야, 마르슬린이 아무 생각도 하지 않고 있는 그 순간에도 난 또 그 **무표정**을 해석하고 있는 거 있지. 나 말고 다른 사람들은 그녀에게서 또 다른 얼굴을 볼 거야. 마르슬린의 표정은—우리가 처음 만났을 때만 해도 온갖 우아함을 다 표현했던 그 표정—일단 긴장이 풀리면, 선의라고는 찾아볼 수 없는 기질을 바닥까지 드러내는 걸로 보여(침묵). 사실 내 아내의 그런 모습은 세월이 흐르면서 나에 대해 쌓인 원망의 결과이지. 그게 자꾸 드러나면서 오늘날 그녀의 **그런** 초상을 그리게 된 거야. 그러니까 순전한 정신의 재구성이라고 할까. 부부의 음험한 노화라고 해도 좋고(또다시 침묵). 이런 종류의 감정을 느낄 때 내 표정은 또 어떨까? 분명히 보기 좋진 않을 거야! 마르슬린의 눈엔 내 얼굴이 젊은 시절의 사랑의 징표와는 너무도 다르게 보이지 않겠어."

에티엔의 얘길 들으며 울컥했다. 그는 나와 기숙사에서 늘 치열하게 토론하던 생각 많은 소년이었다. 그런데 오늘, 그의 늙은 이마엔 주름 두 개가 수직으로 뚜렷이 새겨져 있었다. 고통의 주름 둘. 갑자기 그가 물었다. 내가 바보 같은 소릴 했지? 나 바보가 다 됐지? 그의 눈빛이 갑자기 흔들렸다. 내 머리가 말이야…… 맛이 좀 갔어.

63세 1개월 12일   1986년 11월 22일 토요일

은퇴하고 난 뒤엔 이 불안증을 어떡할 것인가? 상사도 부하 직원도 없을 텐데. 내게 딱 적당히 무심했던 동료들이 없어진다면, 존재론적인 고통을 누가 무찔러줄 것인가?

63세 6개월 9일   1987년 4월 19일 일요일

마르그리트가 자갈밭에서 넘어져 무릎에 상처가 났다. 난 비올레트 아줌마의 비법을 쓰면서 상처를 닦어주었다. 다친 사람 대신 비명을 지르는 것 말이다. 마르그리트는 아픔을 전혀 느끼지 못했다. 그러나 붕대를 다 붙이고 나자, 내가 이 검증된 방식을 나중에도 또 써먹을 거라는 의심이 들었는지 다소 운명론자처럼 말했다. 할아버지도 알겠지만, 할아버지가 좀 미친 것 같았어요. 파니도 맞장구쳤다.

63세 6개월 11일   1987년 4월 21일 화요일

마르그리트의 장딴지를 손에 쥐어보니, 지금은 통통한 이 꼬마도 나중엔 늘씬한 아가씨로 자라날 거라는 걸 직관적으로 알겠다.

63세 11개월 7일   1987년 9월 17일 목요일

L. M 의사에게 가서 안저 검사를 했다. 백내장의 시초라고 한다. 12년에서 15년간 점차 진행되어 결국엔 수술이 필요할 거란다. 당장은 자각 증상이 없다. 예전과 똑같이 잘 보인다. 아직 시간 여유가 많이 있습니다. 그리고 요즘엔 백내장 수술은 아무것도 아니에요. 간단하죠. (샹지 가의 작은 아파트에 살던 노에미 아주머니의 모습이 언뜻 떠오른다. 그분은 실명할 때를 대비해 눈 감고 걷는 훈련을 했었다. 그러나 정작 실명했을 땐 걷지도 못하는 상황이었다.)

63세 11개월 10일   1987년 9월 20일 일요일

무슨 생각으로 파니와 마르그리트를 인류 박물관에 데려갔던 걸까? 두 아이는 온갖 게 다 궁금한지 내 능력을 벗어나는 질문들을 계속 해댔다. 거기까진 좋았는데, 오늘 밤 파니가 악몽에 시달렸다. "난 안 죽을래, 안 죽을 거야!" 전시된 해골들을 본 게 문제였다. "해골이 침대 속으로 들어왔어!" 겁에 질린 나머지 오줌까지 쌌다. 정작 난 그 해골들을 보면서 관리가 제대로 되지 않고 있다는 아쉬움을 느꼈을 뿐인데. 갈비뼈를 비롯해 뼈마디들 위에 쌓인 먼지 때문에 더 음울해 보였던 것이다.
난 그 아이들 나이 때도 해골이 무섭지 않았었다. 『라루스 사전』에 있던 해골은 동료인 근육 해부도 및 혈관 해부도와 더불어

같은 반 아이들처럼 친숙했다. 아버지와 나는 그들과 함께 기나긴 오전 시간을 보냈다. 해골들 중에서도 내가 특별히 좋아했던 건 아빠의 해골이었다. 푹 꺼진 관자놀이, 살갗 밑으로 뚜렷이 만져지는 뼈. 그렇다, 난 해골이 두렵지 않았다.

64세 1개월 11일   1987년 11월 21일 토요일

P 의사가 처방해준 혈액 검사의 결과를 보러 가는 길에 문득 깨달은 사실이 있다. 검사 결과가 든 봉투를 여는 그 특별히 굴욕적인 의식(儀式)에 관해 이 일기에선 한 번도 이야기한 적이 없다는 것이다. 이 순수한 공포의 순간에 느끼는 자괴감에 관해 시침을 뗀 데는 나름의 이유가 있다. 날 자기네 경력의 책임자로 우러러보는 사무실의 직원들이 내 그런 모습을 본다면! 아! 우리의 의연하고 멋진 보스, 레지스탕스의 영웅, 군인 정신의 수호자가 지뢰제거병처럼 뼛속 깊이 공포에 떨며 봉투 위로 몸을 숙이고 있다니! 봉투는 매번 뇌관을 제거해야 하는 대인 지뢰이다. 언젠가 그 봉투가 얼굴 위로 폭발할지도 모른다. 여기 당신의 사형 선고가 동봉되어 있습니다. 내면의 적이 문제다. 다른 적은 없다. 봉투를 열자마자 내 눈은 즉각적으로 맨 위 두 줄로 간다. 백혈구와 적혈구! (어휴! 딱 평균이네, 중요한 감염의 흔적은 없어.) 그러고는 곧장 마지막 페이지의 아랫부분으로 간다. 전립선, 특이 항원 수치, 즉 PSA, 60대 남자들의 신앙과도 같은 수치. 1.64! 지난해 같은 시기엔 0.83이었는데. 두 배가 되었다는 소리네. 상한선보다는(6.16)

확실히 아래에 있지만, 두 배라니! 단 1년 사이에! 이런 식으로라면 내년엔 3.28, 그다음 해엔 6.56이 될 수도 있다. 짧은 시기에 종양이 폭발하여 뇌 주름 속까지 전이가 될지도 모르지! 폭탄이 있다는 건 명백하다. 정해진 시간에 폭발하기 위해 보이지 않게 조절되고 있는 것뿐이다. 그리고 전립선만 문제인가! PSA에만 정신을 팔 게 아니라 혈당도 생각해야 한다. 당도 정상은 아니니까. 지난해엔 1.10g/L이었던 혈당이 올해는 1.22g이다. (이미 정상의 한계를 넘어선 수치!) 게다가 몇 년 전부터 계속 높아져가고 있다. 따라서 당뇨가 예상되는 것이다. 매일 인슐린 주사를 맞고, 실명하고, 다리를 절단하고(그 사람 아주 '형편없어졌어', 쯧쯧)…… 이게 다가 아니다. 이미 평균 수치를 훌쩍 넘어버린 크레아티닌의 공격까지 생각하면 기가 찰 일이다. 신장이 망가져서 평생 투석을 해야 할지도 모르지 않는가. 투석 치료를 받는 귀머거리 앉은뱅이라. 참으로 멋진 미래의 전망이다! 그런데도 미소를 지으며 이 봉투를 열란 말인가?

64세 6개월 4일   1988년 4월 14일 목요일

밴쿠버 공항에 착륙할 때 사고가 있었다. 착륙장치가 부서지며 비행기가 활주로를 이탈하는 바람에 승객들이 곤두박질치고, 짐들은 다 쏟아져 내리고, 한마디로 아수라장이었다. 난 타박상도 입지 않았기 때문에 별다른 공포를 느끼진 않았다. 우리처럼 소심한 보통 사람들이 자기 능력으론 조금도 제어할 수 없는 기계들

(비행기, 기차, 배, 자동차, 승강기, 롤러코스터)을 어떻게 맘 편하게 믿고 생명을 맡길 수 있는 건지! 사용자의 수가 워낙 많다는 사실이 우리의 걱정을 가라앉히는 건 아닐까? 다시 말해 인간의 지성을 믿는다는 얘기다. 그토록 많은 능력자가 힘을 모아 이 기계를 만들었고, 그토록 많은 비판적 지성이 매일매일 그것들에 자기 몸을 맡기는데, 나라고 못할 게 뭔가. 거기다 통계학적인 논거까지 덧붙인다. 목을 부러뜨릴 위험은 그런 기계 안에 들어가 있을 때보다 길을 건널 때 오히려 더 크다는 식으로. 또한 운명의 힘이라는 것도 고려해야 한다. 우리의 운명을 기계의 우연에 맡겨야 한다고 해서 속상해할 것 없다. 악의를 가졌을지도 모르는 세포 대신에 차라리 순진한 기계가 우리 운명을 결정짓도록 놔두는 게 낫다. 난 이제 고도 11,000미터 상공에서 비행기가 마구 흔들릴 때, 또 가능하다면 불붙은 비행기 안에서 내 혈액 검사를 의뢰해볼 테다.

64세 6개월 5일   **1988년 4월 15일 금요일**

시험 비행 전담 엔지니어인 B. P에게 들은 얘기가 생각난다. 그는 평생을 비행기 테스트에 바쳤다. 난 맨 정신으론 도저히 비행기를 못 타요. 그가 잘라 말했다. 한창 비행하는 중에 기체가 금방 부서지기라도 할 것처럼 흔들릴 때가 있거든요. 그럼 어떻게 하는지 아세요? 그걸 해체해서 똑같은 걸로 다시 조립해요. 아주 똑같이. 그런데 이번엔 또 안 흔들린단 말이에요. 왜 그런지는 몰라도.

난 다른 승객들이랑 같이 비행기를 내릴 때에도 도착했구나, 라고 생각하는 대신 살아서 빠져나왔구나, 하고 안도의 한숨을 내쉬죠.

64세 10개월 12일   1988년 8월 22일 월요일

플리니우스의 『박물지』에서 오소리의 특성에 관한 대목을 읽었다. 오소리는 싸울 때 숨을 참는다고 한다. 적이 자기에게 입힌 상처의 냄새를 안 맡기 위해서. 어린 시절에 했던 훈련이 생각난다. 가시밭길을 지나갈 때 찔리지 않기 위해 숨을 참았던 것. 그 기술을 가르쳐준 건 로베르였다. 그레구아르에게 그 얘길 해주니, 할아버지도 오소리를 닮았나 봐요 한다.

64세 10개월 14일   1988년 8월 24일 수요일

그레구아르가 『톰소여의 모험』에 푹 빠진 채 코를 후비고 있다…… 콧구멍은 인디언 조의 동굴? 코딱지는 거기 감춰놓은 보물? 녀석도 나처럼 평생 콧구멍 파는 재미와 독서의 재미를 동시에 즐기려나?

64세 10개월 20일   1988년 8월 30일 화요일

이것도 플리니우스의 얘긴데, 로마인들은 공공장소에서 다리를 꼬는 게 금지되어 있었다고 한다. 문득 60년 전 일이 떠오른다. 내가 짧은 반바지를 입고 다니던 시절이었고(혹시 내가 아니라 도도였나?) 그때까진 아빠도 **기력을 완전히 잃진** 않았었다. 집에 손님들이 차 마시러 왔을 때이다. 나도 옆의 어른들이 하듯 다리를 꼬고 소파에 앉아 있었다. 엄마가 야단쳤다. 똑바로 앉지 못해! 어디서 버릇없이 다리를 꼬고 앉았어! 그날 밤 난 잠자리에 들어 낮에 했던 걸 그대로 다시 해봤다. 다리를 꼰 상태에서 손가락 끝으로 고추를 조물조물 움직이면 쾌감이 느껴진다는 걸 그때 알게 됐다.

64세 11개월 15일   1988년 9월 25일 일요일

티조는 키도 땅딸막한 데다 체격도 '바티뇰의 장사(壯士)'[15]처럼 우람하지도 않으면서 근육의 힘, 순발력, 동작의 정확성 그리고 동물적인 날렵함은 얼마나 대단한지 늘 나를 놀라게 한다. 어제 오후 우리는 파니와 마르그리트를 데리고 센 강가로 산책을 나갔다. 갈매기 한 마리가 우리 곁에서 장난을 치고 있었다. 티조는 왼팔을 들어 올리더니 한 번, 두 번, 세 번 만에 새를 붙들었다. 날

---

15) 1952년 상영된 프랑스 영화의 제목. 소심하고 약하던 주인공 쥘이 힘센 장사가 되는 과정을 그린 코미디.

아가는 새를 낚아채다니. 갈매기 녀석도 어지간히 놀란 모양이었다(만화에서와 똑같이 놀란 표정!) 고 녀석 참 귀엽게 생겼네! 너, 겁도 없이 자꾸 달려들겠다 이거지! 티조는 자기 코를 갈매기의 부리에 갖다 대고 비볐다. 그러고는 쌍둥이에게도 새의 등을 만져보게 해준 뒤 놔주었다. 갈매기는 쏜살같이 날아갔다. 놀라기만 했지 다친 데는 없었다. 우리는 산책을 계속하며, 티조가 어릴 때 내게 저질렀던 갖가지 장난을 떠올렸다. 전부 다 몸을 괴롭히는 장난들이었다. 그중에 우리가 쌍둥이 녀석과 비슷한 나이였을 때의 사건을 하나 얘기하자면, 브리아크에서 마리안과 내가 데이트를 하고 있었을 때다. 티조가 "독일 놈들 뒈져라!" "레지스탕스 만세!"라고 외치면서(1943년 여름이었다) 무화과 더미와 함께 우리를 덮쳤다. 순식간의 기습이었다. 내가 반격을 위해 뤼뤼네 무화과나무를 향해 달려가는 동안, 티조는 내 눈과 이마와 턱까지 무화과 범벅을 만들어놓고는 사라져버렸다. 마리안과의 데이트는 더 이상 불가능했다. 온통 끈적거리는 내 몸을 향해 벌들이 달려드는 바람에, 마리안이 기겁을 하고 도망쳤기 때문이다. 난 머리부터 발끝까지 몸을 닦고 옷들을 세탁통에 넣었다. 농익은 무화과는 단단하면서도 말랑말랑해서 내 몸과 부딪치는 순간 수류탄처럼 터져 즙이 사방으로 퍼졌다. 머리카락 속의 씨는 말할 것도 없고, 껍질까지 들러붙어 살에서 피가 뚝뚝 흐르는 것처럼 보였다. 아메리카 대륙 서부 지방에선 무화과로 때려죽이는 형벌도 있었다더니, 그럴 수도 있겠다 싶었다. 내 보복도 잔인했다. 한마디로 나치처럼. 점령군의 가혹한 탄압처럼. 난 탄약을 잔뜩 모아놓고, 티조가 전혀 예상치 못하고 있던 순간에 그를 체포했다(그는 두비에 아저씨네 집에 우유를 가지러 가고 있던 중이었다). 난 그를 플뤼샤 아저씨네 집 플라타너스 나무에 묶어놓고 사형선고를——독일어로——내렸다. 티조는 "프랑스 만세!"라고 소리쳤다. 내가 무화과 총을 쏘는 동안 티조는 전날 내가 자기한테 읽어줬던 안데르센 동화의 **꼬마 병사**처럼 참을성 있게 버텼다. 형벌이 그 정도로 그칠 것이라 믿고 있었던 것이다. 딱한 녀석. 그건 착각이었다. 난 그를 완전히 잼 통으로 만들어놓고서야 풀어주었다. 그러고 나선 두비에 아저씨네 물통에다 잡아넣고 머리끝에서부터 발끝까지 씻겼다. 이번엔 꼬마 병사도 잘 참지 못했다! 녀석은 원래 씻는 거라면 질색이었고, 식구들도 그가 씻건 말건 내버려두는 식이었던 것이다. 물이 얼마나 차가웠던지 포로가 이를 덜덜 떠는 통에, 징벌자의 마음도 약해지고 말았다.

아저씨도 쪼끄마할 때 씻는 거 싫어했어요? 마르그리트가 물었다. 쪼끄마할 때? 티조가 까치발을 하고 선 채 대답했다. 난 쪼끄맸던 적이 없는데!

64세 11개월 16일   1988년 9월 26일 일요일

나이가 꽤 든 예쁜 여자들이 입에 교정 장치를 끼고 있는 걸 볼 때면, 에티엔은 그렇게 하도록 시킨 치과의사들을 맹렬히 비난한다. 그럴 때 그는 정색을 하고 화를 내는데, 요즘 그런 일이 점차 잦아지고 있다.

"다 늙은 여자들이 입에다 철사를 끼고 있는 것 좀 봐! 바보들

이, 끼란다고 끼고 있는 꼴이라니! 망할 놈의 의사 놈들! 더러운 장삿속! 아! 19세기가 좋았어!"

"19세기가 무슨 상관인데?"

이러면 그는 날 쩨려본다.

"그땐 예방 교육이란 게 있었거든! 우리 외할머니, 너도 알지, 식민지 총독의 부인이었던 그 유명한 클로틸드 할머니 말이야. 1870년경에 태어나신 할머니는 소말리아에서 나병 환자들을 간호하셨거든. 1927년도였나 1928년도였나, 아무튼 내가 네다섯 살 됐던 때야. 할머니가 내 코밑에다 썩어가는 나병 환자의 살점을 보여주는 거야(엄지손가락, 가운뎃손가락, 넷째 손가락이 다 떨어져 나가고 없었지). 그러면서 점잖게 물어보셨어. 이것 봐, 에티엔, 너도 계속 엄지손가락을 빨면 어떻게 될까? 그게 바로 19세기식의 예방 교육이라고! 아무리 생각해봐도, 그게 교정 장치보다는 덜 야만적인 것 같아. 게다가 훗날 이렇게 **얘깃거리**를 남겨준다는 장점도 있잖아."

이 문제에 관해선 티조도 열을 낸다.

"부모들이 애들 입안에 넣어주는 건 치아 교정 장치가 아니고 정조대야! 성호르몬이 막 뿜어져 나올 때부터 그 끔찍한 걸 붙이고 다니게 한다는 거 눈치 못 챘어? 그 장치야말로 가정의 성적(性的) 평화를 보장해주는 거지! 순전히 거세용이라고! 불쌍한 녀석들! 거울에 자기 모습을 비춰볼 엄두도 못 낼걸! 정말 혐오스러운 건, 이 거세된 녀석들에게서 유년기의 흔적을 엿보며 연민을 느끼는 시늉을 하는 부모들이지!"

*

리종에게 남기는 말

생각해보면, 이 일기를 평생 동안 써왔다는 게 우습구나. 그렇다고 이 일기가 우습다는 건 아니고.

7. 65~72세 (1989~1996)

건망증에 관해서도 일기를 썼어야 했는데.

그레구아르의 자전거 타이어가 찢어져 고치던 중에 엄지손가락을 다쳤다. 제대로 고쳐진 튜브를 휠에 끼우려다 드라이버가 미끄러지면서 마치 가재의 배를 가르듯 엄지손가락의 안쪽 살을 가른 것이다. 피가 철철 흐르면서 지독하게 아팠다. 말 그대로 생살을 찢는 아픔. 일요일이어서 병원에 가기도 곤란하여, 결국 그레구아르의 친구 알렉상드르네 아버지한테 가보기로 했다. 의사는 친절하게 맞아줬고 곧 치료를 시작했다. 걱정하실 것 없습니다. 힘줄은 손상되지 않았으니까요. 그래도 몇 바늘 꿰매긴 해야겠네요. 다행이었다. 알렉상드르가 없어서 그레구아르가 응급조치를 도와야 했는데, 그 일이 재미있는 모양이었다. 의사가 마취를 하기 위해 주사기를 꺼냈다. 난 거절했다. 지금 그레구아르가 사이클 선수로서의 장래가 걸려 있는 중요한 시합에 출전해야 하기 때문에 서둘러야 한다고 둘러댔다. 정말요? 그대로 하자고요? 아시겠지만 손가락은 굉장히 예민한 부위거든요. 괜찮아요, 괜찮아요. 의사가 바늘을 찌르고 실을 뺐다. 두번째 바늘을 찌르고 세번째에 이르렀을 때 난 기절해버리고 말았다. 어린 손자 앞에서 영웅적인 할아버지의 면모를 보여주려고 했던 게 꼴좋게 되어버린 것이다. 아무도 그러라고 시키지도 않았는데 왜 그랬을까. 그레구아르만 없었다면 난 틀림없이 마취를 받아들였을 텐데.

돌아오는 길에 그레구아르는 커서 '의사가 되겠다'는 포부를 밝혔다. 왜 갑자기 그런 소명 의식을 갖게 됐냐고 묻자, 아이는 대답했다. 난 할아버지가 돌아가시는 건 싫거든요. 그 대답은 곧바로 내 심장을 찌르면서 엄지손가락의 통증도 완화시켰다. (아니, 이렇게 말하는 게 더 정확할 것이다. 그 대답은 곧장 내 엄지손가락을 찌르면서 심장의 박동을 약화시켰다.) 아! 세상의 온갖 시름을 다 겪은 노인이 아이의 순진한 사랑 앞에서 느끼는 기쁨이란! 그러나 저녁때 다시 생각해본 결과, 그 기쁨은 슬픔으로 바뀌었다. 그레구아르가 내 무덤 앞에서 자기 의술의 무력함을 저주하며 느끼게 될 슬픔 말이다. 그레구아르 나이 땐 나 역시도 영원을 믿었었다. 나도 비올레트 아줌마가 죽는 걸 받아들일 수 없었다. 죽음이 임박했다고 주변에서 수군댔지만——"오줌을 저렇게 못 눠선 오래 살 수 없을 거야!"——내 사랑의 호위 덕분에 아줌마가 영생할 거라고 믿었다. 그러나 정맥류, 체중, 축축한 입술, 붉은 반점, 가쁜 숨, 마른기침 그리고 엄마 말마따나 '지린내'까지 풍기는 걸 볼 때, 아줌마가 오래 살 거라고 장담할 순 없었다. 그럼에도 불구하고 내 눈엔 그렇게 보이지 않았다. 아줌마의 몸은 강했고, 그 그늘 아래에서 내 몸도 생겨났던 것이다. 난 아줌마의 향기로운 날개 아래에서 자라났다. 내 삶의 욕구는 아줌마라는 존재의 힘으로부터 생겨났다. 두려움을 이겨내는 내 열정도 아줌마의 용기로부터 자양분을 얻었고, 내 몸에 근육을 만들려는 욕구도 순전히 아줌마를 놀라게 하려는 소망에서 비롯된 것이었다. 아줌마 덕분에, 아줌마의 **눈길** 덕분에 난 아버지의 유령이기를 그쳤고, 더 이상 가구에 부딪치는 일도 없었고, 내 그림자 속에 빠지지도 않았고, 거울을 두려워하지도 않게 되었다. 아줌마는 소멸되어가던 한 남자아이를 나무 타는 원숭이로, 깊은 바닷속에 사는 물고기로, 자전거 타는 집토끼로 만들어놨다. 두려움을 완전히 떨쳐버린 난, 바위 위에서 다이빙을 하고, 살아 있는 물고기를 손에 쥐고서도 떨지 않는 아줌마의 '꼬마 도련님'이었다. 아줌마가 없을 때조차도 난 아줌마로부터 존중받는 영광을 위해 시험을 해보는 적이 있었다. 줄에 묶여 심술 나 있는 개 어루만져주기, 범퍼카, 유령 기차, 롤러코스터 같은 함정들이 도사리고 있는 마을 축제에 가기, 불안증 때문에 도도가 꼭 필요한 때에도 도도 없이 지내보기. 그렇다, 아줌마는 도도가 가상의 동생이라는 걸 인정할 수 있게까지 해줬다! 아줌마가 날 살게 해주었으니, 아줌마도 내 보호하에 절대로 죽지 않을 것이다! 그런데 아줌마는 죽었다.

65세 9개월 3일   1989년 7월 13일 목요일

오늘 또다시 생각해보니, 내가 기숙학교에 가겠다는 생각을 한 것도 아줌마 덕이었다. 어이쿠, 우리 도련님, 벌써 분수 옆에 풀이 돋았네. 이젠 방구석에 틀어박혀 있어야 해. 진짜로 공부를 하려면! 네 장점을 허튼 데 쓰면 안 된다고! 두고 봐, 너도 공부를 좋아

하게 될걸. 넌 아주 높이 날아오를 거야!

마네스 아저씨가 수영을 가르쳐주겠다며 날 물에 던져 넣던 추억이 새록새록 떠오른다. 정작 자기 자신도, 비올레트 아줌마도 헤엄을 칠 줄 몰랐으면서 말이다. 자, 알베르가 의자에서 고꾸라질 때처럼 몸에서 힘을 쫙 빼봐(알베르 아저씨는 메라크의 소문난 술꾼이었다). 그럼 몸이 코르크 마개처럼 물 위로 떠오를 거야. 아줌마에 대한 절대적 신뢰 속에 난 몸의 힘을 다 빼고 수면으로 다시 올라왔다. 그리고 그럭저럭 평영의 동작을 흉내 냈다. 아줌마는 계속 되풀이시켰다. 내 몸은 우람한 장사 마네스 아저씨의 벌린 두 팔 위에 얹혀 있었다. 너 설마 개구리만큼도 못한다고 하진 않겠지? 아줌마가 말했다. 개구리 표절하기, 그렇게 해서 난 수영을 배웠다. (나중에 페르망탱에게서 정식으로 자유형도 배웠지만.) 아저씨, 날 강물에다 던져줘 봐요! 수초들 있는 데는 말고! 거긴 발이 닿으니까! 그리고 내일은 깊은 웅덩이에다 던져주세요. 너 혼자선 왜 못들어가는데? 무서우니까 그렇죠! 공포가 희열로 바뀌는 묘한 경험. 더 멀리 던져주세요, 더 높은 데서 던져주세요, 또요! 또요! 매번 불안감은 용기로, 용기는 즐거움으로, 즐거움은 자부심으로, 자부심은 행복으로 바뀌었다. 또요! 또요! 나중에 내가 브뤼노, 리종, 게다가 그레구아르까지 웅덩이에 던져주었을 때 녀석들도 소리를 질러댔다. 또요! 또요! 오늘은 또 파니와 마르그리트가 소릴 지른다.

건망증이 점점 심해진다…… 문장을 쓰던 중에 갑자기 막히기도 하고, 내 이름을 반갑게 부르는 낯선 사람 앞에서 바보스럽게 침묵을 지킬 때도 있다. 또 예전에 사랑했었다는 것 외엔 아무것도 생각나지 않는 여인 앞에서 당황하기도 하고(내가 사랑한 여인들이 그리 많지도 않건만!), 방금 인용한 책 제목을 까맣게 잊어버리고, 물건들을 어디 뒀는지 몰라 찾아다니고, 약속해놓고도 못 지켜 욕을 먹고…… 예전부터 날 괴롭혀온 이런 일들이 생각할수록 기막히다. 그러나 가장 절망스러운 건, 금방 대화를 시작해놓고도 **내가 말하려던 걸** 잊어버릴까 봐 겁이 나서 긴장해 있는 바보 같은 상태이다. 내 기억력이 도무지 미덥지 않다. 어린 시절 아버지가 내게 교육시켰던 내용도 분명히 기억하긴 하지만, 지금 생각하면 나머지 세부 사항은 다 잊어버린 것 아닌가 의심이 든다. 이름, 얼굴, 날짜, 장소, 사건, 독서, 상황 등등. 남들은 눈치채지 못했지만, 이런 핸디캡은 공부하고 직장 생활을 하는 데 있어 복잡한 상황을 만들기 일쑤였다. 가령 대화하다가 단어가 생각나지 않으면, 난 얼른 다른 표현으로 돌려 말해야 했다. 그러다 보니 수다스럽다는 평판을 얻었다. 돌려 말하다 보면 당연히 상대방보다 말을 많이 하게 되기 때문이다. 마치 땅에다 머릴 박고 쉴 새 없이 코를 움직여대는 탐지견이 주인보다 열두 배는 더 많이 움직이는 것과 같은 이치다.

오늘, 내 기억력은 오로지 기억력의 감퇴를 기억하는 역할밖에 하지 못한다. 네 기억력이 없다는 걸 기억해!

66세 1개월 21일   1989년 12월 1일 금요일

잘 잤다. 비 내리는 날엔 늘 그렇듯이.

66세 2개월 15일   1989년 12월 25일 월요일

지난밤에 너무 마셨다. 너무 기름지게 먹었다. 강박적으로. 말
도 많이 하고 웃기도 많이 했다. 한마디로 젊은 사람처럼 먹은 거
다. 리종, 필리프, 그레구아르 그리고 몇몇 친구가 모였었다. 모나
가 있는 실력 없는 실력 다 발휘해서 차린 덕에 흥겨운 저녁 시간
을 보냈다. 아침에 깰 때 어지럼증을 느꼈다. 방 전체가 빙글빙글
돌았다. 누웠을 때 특히. 서 있을 땐 괜찮았다. 그러나 갑작스런 움
직임에 조심해야 했다! 너무 빨리 앉거나, 일어서거나, 머리를 갑
자기 돌리거나 하면 곧장 어지러워졌다. 나는 불안정한 축이고,
그 주위로 세상이 돈다. 어릴 때 갖고 놀던 그걸 뭐라고 불렀더라?
실에 감아 던지면, 흔들리는 막대 위에서 빙글빙글 돌던 쇳덩어리
말이다.

66세 2개월 16일   1989년 12월 26일 화요일

자이로스코프! 그것의 이름은 자이로스코프였다! 오늘 아침에
도 내 안에선 자이로스코프가 돌고 있지만 다행히도 방은 움직이

지 않는다.

66세 3개월 8일   1990년 1월 18일 목요일

빙판 위에서 순간적으로 어지럼증을 느끼긴 했지만 미끄러지진 않았다. 먼저 한 발을 딛고, 괜찮다 싶을 때 조심스레 다른 쪽 발을 디뎠다. 두 팔은 균형을 잡느라 뻗은 채로. 시에서 뿌려놓은 소금이 제 역할을 잘한 덕에──빙판은 사람들의 발길에 닳아 시꺼메졌지만 미끄럽진 않았다──한 번도 넘어지지 않았다. 그렇더라도 얼른 제대로 된 아스팔트 길, 그러니까 건너편 인도에 다다라야 비로소 맘 놓고 걸을 수 있다. 난 이제 어지럼증에 관해선 '이력이 났다'고 자부하지만, 뭘 좀 안다는 사람들이 다 그렇듯이 그릇된 해석을 할 여지가 없지 않다.

66세 7개월 9일   1990년 5월 19일 토요일

미국에서 돌아온 브뤼노가 곧장 학교로 불려갔다. 그레구아르가 **스카프 장난**을 했기 때문이다. 다시 말해 목을 조르는 놀이를 한 건데, 이미 희생자가 몇 명 생겨난 터였다. 학교 당국에선 그레구아르 패거리에게 무척 화가 나 있어서 퇴학시키겠다고 겁을 주었다. 걱정이 된 브뤼노는 요즘 아이들에게서 흔히 보이는 '죽음의 충동'에 관해 조사를 해보았다. 그 결과, 그레구아르도 일반적

인 경우를 벗어난 건 아니라는 결론을 내렸다. 그레구아르가 하는 얘길 듣고 난 기절하는 줄 알았다. 아무것도 아니야, 아빠, 그게 얼마나 재미있는데, 그게 다야! (아버지를 1년에 두세 번밖에 못 보기 때문인지, 녀석은 속 얘기를 털어놓을 맘이 별로 없어 보였다.) 사실 나도 그 나이 때 에티엔과 비슷한 놀이를 하고 놀았던 기억이 난다. 실제로 똑같은 놀이였다. 우린 목을 조르는 대신 가슴을 눌렀다는 점만 다를 뿐, 목적은 같았다. 즉 기절의 경계까지 가보는 것, 아니 분명히 그 경계를 넘어가보는 것. 우리가 한 놀이는 상대의 가슴을 압박해서 숨을 끊어놓는 것이었다. 그러는 동안 밑에서 눌리는 쪽도 자기 허파를 최대한 비운다. 결과가 나타나는 데는 오래 걸리지 않았다. 금방 기절해버리는 것이다. 달콤한 어지러움을 느끼고 난 뒤에 순수한 기절 상태가 온다. 기절했다가 일단 깨어나면 이번엔 상대방에게도 똑같은 모험을 하게 했다. 기절하는 것, 우린 그걸 좋아했다! 어른들도 알고 있었을까? 사고도 있었던가? 기억이 나지 않는다. 아무튼 스카프 장난은 조상이 있는 놀이인 셈이다. 난 그 장난의 위험성을 알려주기 위해 그레구아르에게 해부학 강의를 해주었다. 목동맥, 목정맥 등등. 그레구아르가 물었다. 죽음에 이를 수도 있는 그 장난이 왜 그렇게 재미있는 거냐고. 죽을 수도 있기 때문에 재미있는 거라고 대답해주려다 참았다. 대신 피에 산소가 없을 때 생겨나는 도취 효과라든가, 그것이 뇌에 얼마나 치명적인 위험인가 하는 걸 일깨워주었다. 깊은 바닷속으로 잠수한다거나 아주 높은 산에 오르는 것 같은 스포츠를 할 때는 극도로 조심해야 한다고. 또다시 브뤼노와 둘만 남게 되었을 때 내가 물었다. 그도 아들과 같은 나이일 때 그런 놀이를 하고 논

적이 한 번도 없었냐고. 한 번도 없었단다! 잘 생각해봐, 넌 에테르 같은 거 흡입하고 허탈 상태에 빠져본 적이 없었단 말이냐? 난 네 방에서 무슨 냄새를 맡았던 것 같은데…… 아뇨, 아빠, 전 그런 짓 안 했어요! 아닌데, 분명히 그랬는데! 그래서 나도, 오늘 브뤼노가 했듯이 걱정을 했던 기억이 또렷하다.

66세 7개월 13일   1990년 5월 23일 수요일

티조에게 그레구아르 얘기를 해주었다. 해부 수업 얘기까지 포함해서. 티조 왈, 그 녀석은 참 좋겠네! 형 같은 할아버지가 있어서. 맞다, 마네스 아저씨라면 혈관 조직을 가르쳐주기 위해 산 돼지를 잡았을 수도 있으니까. 게다가 티조는 스카프 장난에 놀라지도 않았다. 그에 따르면 가슴 누르기, 목조르기에서 시작하여 액체 세제, 본드, 에테르, 니스 또 그 외의 흡입 약물들을 거쳐 마지막으로 술과 현대의 마약에 이르기까지, 그 모든 것은 고통에서 벗어나고자 하는 인간의 뿌리 깊은 강박관념을 보여준다는 것이다. 정신이 반짝 드는 짧은 순간 동안만이라도 이 빌어먹을 세상의 다른 면을 보러 가고픈 사춘기의 욕망. 티조가 내친김에 물었다. 그나저나 형은 이제 더 늙으면 뭐 하고 놀 거야?

메라크에 내려가면서 에티엔과 마르슬린네 집에 들렀다. 이마에 주름이 진 에티엔은 눈은 한 곳만을 바라보고 행동은 굼떴지만, 우릴 보고 미소를 지었다. 아니, 더 정확히 말하자면 그의 입만이 웃었다. 의지와는 상관없는 미소, 미소의 회상 같은 것. 그러니까 예전에 웃었던 걸 기억하는 듯. 그러나 모나의 이름은 기억하지 못했다. 그는 얘길 시작했다 하면 똑같은 말로 끝냈다. "무슨 말인지 알지?" 그럼 알지, 친구야, 알고말고……

마르슬린이 우리에게 몰래 얘기해주었다. 병의 진행 속도가 무척 빠르다고. 기억을 잃어버린 건 물론이고 몇 가지 동작이 서툴기도 하지만, 무엇보다도 두려운 건 어떤 사소한 돌발 상황에도 분노로 발작을 일으킨다는 것이다. 물건이 보이지 않는다거나, 전화벨이 울린다거나, 서류를 작성해야 한다거나 할 때. 돌발적인 걸 도무지 못 견뎌요. 아무리 사소한 일이라도 예고 없이 일어나면 소스라치게 불안해하죠.

그를 평온하게 하는 유일한 일은 나비 수집이다. 기억이 최후까지 방어하고 있는 진지(陣地). **붉은점모시나비** 보여줄까? 가냘프기 그지없는 나비의 날개를 굵은 손가락으로 어찌나 섬세하게 다루던지 놀라지 않을 수 없었다. 우리와 헤어지기 전에 에티엔이 몰래 말했다. 마르슬린한텐 말하지 마. 난 돌았어. 그러고는 자기 머리를 가리키며 덧붙였다. 머리가 말이야.

66세 10개월 6일   1990년 8월 16일 목요일

"폴뤼시옹pollution",[1] 모나가 사내 녀석들의 홑이불들을 세탁기에 쑤셔 넣으며 중얼거렸다. 밤에 그런 거야? 낮에도 그러나 봐. 정액이 묻어 끈끈한 양말 두 짝과 딱딱해진 팬티 두 개도 함께 넣으며 모나가 명확히 알려주었다.

그렇다, 인간은 콧물을 위해선 손수건을 만들어냈다. 침을 위해선 타구가 있다. 똥을 위해선 휴지가, 오줌을 위해선 소변기가 있고, 르네상스기엔 눈물을 담는 섬세한 크리스탈 용기까지 있었다. 그러면서도 정액을 위해선 아무것도 마련해놓지 않았다. 그 때문에 남자는 사춘기에 이르러 충동이 일 때마다 아무 데나 사정하게 되면서부터, 자신의 죄를 주변의 물건들로 숨기려 들게 되었다. 홑이불, 양말, 목욕 장갑, 행주, 손수건, 화장지, 수건, 논문 초고, 그날의 신문, 커피 필터, 안 될 게 없다. 커튼, 걸레 그리고 양탄자까지도. 정액의 샘은 마르지 않고, 충동은 예측할 수 없이 계속 일어나고, 주변은 부끄러운 난장판이 된다. 이건 모순이다. 첫 몽정을 경험하는 날, 모든 소년에게 정액 용기를 나눠주는 게 합당하다. 축하 의식을 제대로 치러줌으로써 가족의 축제가 되게 하고, 첫 영성체 때 선물 받은 손목시계를 차듯 정액 용기를 자랑스레 목에 거는 것이다. 그리고 약혼식 날엔 약혼녀한테 그걸 선물로 주면 되겠네. 내 계획에 흥미를 느낀 모나가 결론을 내렸다.

---

1) 프랑스어 pollution은 '공해, 오염'이라는 의미뿐 아니라 '수음, 사정(射精)'의 의미도 있다.

66세 10개월 7일   1990년 8월 17일 금요일

　아주 최근까지도 '폴뤼시옹'이라는 단어는 신성한 장소의 속화, 혹은——이 뜻이 더 우세한데——밤 동안에 무의식적으로 이루어지는 사정, 다른 말로 **몽정**을 가리켰다. 독성 물질의 감염에 의해 자연환경이 악화되는 것을 가리키기 위해 '폴뤼시옹'이라는 단어를 쓰기 시작한 건 거대한 공장 굴뚝이 한창 연기를 내뿜던 1960년대부터였다.

66세 10개월 9일   1990년 8월 19일 일요일

　사춘기의 불확실성. 나도 진짜 남자가 될 수 있을까? 여름엔 플라타너스 나뭇잎으로도 정액을 받곤 했었다. 얼마나 찜찜하던지.

66세 10개월 23일   1990년 9월 2일 일요일

　방학이 끝났다. 모나와 난 지칠 대로 지쳤다. 문자 그대로 바짝 마른 우물 같다. 해 뜰 때부터 해 질 때까지 아이들이 줄기차게 뿜어내는 에너지는 보는 것만으로도 사람을 지치게 한다. 쉴 새 없이 소모하는 몸뚱어리들. 반면 두 노인네는 어떻게든 에너지를 아낀다. 그렇게 저장해놓았던 기력이 단 2주 만에 바닥이 났다. 이 녀석들이 우리 명을 재촉하는군. 내가 모나에게 하소연했다. 그리

고 우리 둘은 침대 위에 고꾸라져서 꼼짝 못하고 누워 있었다. 영원할 것 같던 우리의 욕망은 다 어디로 간 걸까? 우리 아이들의 생명의 기원이었던 그 욕망 말이다. 난 이제 작은 누에고치처럼 물렁물렁하고, 모나는 모래바람처럼 건조하다.

66세 10개월 24일   1990년 9월 3일 월요일

그러고 보니 몇 년 전부터 우리 둘의 욕망이 사그라진 현상에 관해 이 일기에선 한 번도 언급을 하지 않았었다. 언제부터 우리가 사랑을 하지 않게 되었는가를(잡지의 단골 주제) 아는 게 문제가 아니다. 그보다는 쉼 없이 짝짓기를 하던 우리 몸이 온기만으로도 쾌감을 느끼게 되는 상태로 자연스레 옮겨가게 된 과정을 이해하는 게 더 중요하다. 욕망이 점차 약화되어갔다고 해서 좌절을 했다거나 하진 않았던 것 같다. 다만 우리의 성기가 서로 대화를 나누지 않게 되었다는 데 대해 약간의 아쉬움을 느낀 것뿐이다. 우린 처음 몇 달간은 하루에도 몇 번씩 사랑을 했었다. 또 젊은 시절 내내(임신 말기의 몇 달만 빼고는) 매일 밤 사랑을 했었다. 그렇게 적어도 20년간은 상대 없이 혼자 잠을 잔다는 건 상상할 수도 없을 만큼 열렬하다가 점차 뜸해지고, 그다음엔 거의 하지 않다가 결국엔 완전히 하지 않게 되었다. 지금 우린 서로의 몸을 안아준다. 난 왼팔로 모나를 감싸고, 그녀는 내 어깨에 머리를 파묻고, 내 다리에 자기 다리를 걸치고, 내 가슴에 팔을 얹는다. 벗은 살이 맞닿으며 열기에 휩싸이고, 숨과 땀이 뒤섞이면서 우리 둘만

의 향기가 난다…… 우리의 욕망은 우리 사랑의 향기로운 보호를 받으며 꺼졌다.

67세 3개월 2일   1991년 1월 12일 토요일

　베른 씨네 집에서 돌아오는 길에 이가 부서진 걸 알게 됐다. 틀림없다, 왼쪽 윗어금니다. 혀로 만져보니 과연 모서리가 뾰족해져 있었다. 혀는 가만있지 못하고 자꾸만 모서리를 건드려본다. 입안에 마테호른이 들어 있는 꼴이다. 그 이는 이미 신경이 제거되어 있는 상태다. 닭가슴살, 호박 그라탕, 블루베리 파이, 기분 좋은 대화, 아무리 생각해도 이가 부러질 만한 일은 없었다. 그렇다면 이거야말로 진정한 노화의 시작인 셈이다. 자연적으로 부서지다니. 손톱, 머리카락, 이, 대퇴골 경부, 이런 부위들은 몸이라는 자루 속에서 부서져 가루가 되어버린다. 몸이라는 극지에서 빙하가 떨어져 나가는 것이다. 쾅음도 내지 않고 조용히. 늙는다는 건 이 해빙을 겪어내는 것이다. 그 노인네 팍삭 녹아버렸더군. 엄마는 늙은 환자를 보고 말했었다. 엄마는 또 이렇게도 말했었다. 그 노인네 하늘나라로 올라갔어. 그러면 어린애였던 난, 여든 살도 넘은 노인이 공항의 활주로 끝에서 이륙 준비를 하는 줄 알았다. 비올레트 아줌마는 또 이렇게 말했었다. 아무개가 떠났어. 그러면 난 어디로 떠났다는 건지 궁금해했다.

67세 3개월 15일   1991년 1월 25일 금요일

치아에 관한 또 다른 얘기. 공직 생활 말년에 내가 아꼈던 JML과 함께 점심을 먹기로 했었는데, 사정이 있어서 그가 오질 못했다. 그러고는 이런 사과 쪽지를 보내왔다. "어제 치과 의사가 절 무자비하게 공격한 끝에 제 사랑니 네 개를 빼앗아 도망치고 말았습니다. 죽도 못 먹을 형편이라 오늘 점심 약속에는 나가지 못할 것 같습니다. 불쌍한 자들에게 제 몫을 나누어주시고, 저를 기억하며 한 잔씩 하시길 바라나이다." JM.

이 친구는 늘 무모한 짓을 저지르면서도(한꺼번에 사랑니 네 개를 다 뽑아버리다니!) 그 결과를 또 늘 자랑스럽게 받아들인다. 그는 아주 솔직한 외교관이다. 내가 아는 한 그 족속에서는 유일하게.

67세 4개월 13일   1991년 2월 23일 토요일

옆으로 누워 어떤 특정한 자세를 취하면, 머리가 굉장히 무겁게 느껴지면서 귀 안쪽에서 심장이 뛰는 것 같아진다. 워낙 여러 번 해봐서 그 자세를 취하는 건 어렵지도 않다. 피스톤이 움직이듯 규칙적으로 들려오는 부드러운 쉬익쉬익 소리. 이명 증상으로도 덮이지 않는 그 푸근한 소리야말로 아주 어린 시절부터 날 달래주었던 소리다.

67세 9개월 5일   1991년 7월 15일 월요일

　장난기 넘치는 그레구아르 녀석. 친구 필리프와 함께 주말을 티조네 집에서 보냈다. 둘은 부엌에서 랩을 가져다 화장실의 변기를 덮어씌워버렸다. 새벽에 일어나자마자 눈곱도 떼지 않고 비몽사몽간에 오줌을 누러 간 티조는 변기에서 오줌이 분수처럼 솟구치는 바람에 기절초풍을 했다. 두 녀석은 혼쭐이 났고, 티조는 지금까지도 그 얘길 하며 웃는다.

67세 9개월 8일   1991년 7월 18일 목요일

　그레구아르가 좋아하는 장난 중의 하나. 내가 복도를 걸어가고 있을 때 갑자기 숨어 있던 손을 내밀어 길을 막고 내 사진을 불쑥 내미는 것이다. 당연히 내가 놀라면, 그레구아르는 이렇게 결론짓는다. 불쌍한 할아버지, 얼마나 못생겼으면 자기 얼굴을 보고도 놀라요. 정해진 순서는, 내가 그를 쫓아가서 붙든 뒤 그가 봐달라고 빌 때까지 간질이는 것이다. 그러고 나선 나도 사진을 들여다보는데, 매번 똑같은 이유로 놀란다. 최근 사진일수록 내 얼굴을 더 못 알아보는 것이다. 옛날 사진일 땐 오히려 금방 알아본다. 가장 최근에 찍은 이 사진도 2주 전에 그레구아르가 찍어서 직접 뽑은 것이다. 그러나 날 알아보기 위해선 장면을 다시 구성해봐야 한다(순간적으로 이루어지긴 하지만, 그래도 재구성은 재구성이다). 메라크, 서재, 창문, 주목(朱木), 오후, 소파 그리고 소파에 앉

아 음악을 듣고 있는 나. 이 비극적이고 멜랑콜릭한 표정을 볼 때 음악은 분명히 말러일 거예요. 그레구아르가 말한다. 뭐라고, 넌 얼굴 표정만 보고도 그 사람이 무슨 음악을 듣는지까지 짐작한다는 거야? 물론이죠. 할아버지가 그 폴란드의 작곡가 펜데레츠키를 들을 땐, 꼭 버림받은 루빅스 큐브[2]같이 보이거든요.

67세 9개월 10일   1991년 7월 20일 토요일

그레구아르는 또 내가 음악을 충분히 듣지 않는다고 생각한다. 이 '살아 있는 교감'을 즐기지 못하고 산다는 건 말도 안 되죠, 할아버지(그 녀석 말을 그대로 옮긴 것). 자, 이것 좀 읽어보세요. 그러면서 내 눈 밑에 자기 펜팔 친구 호아킨 솔라노가 보내준 스페인어 텍스트를 들이민다.

인간이라는 존재는 복잡한 악기, 그것도 세상에 하나밖에 없는 섬세하게 조율된 악기와도 같다. 각각의 원자, 각각의 분자, 각각의 세포, 각각의 신체 조직과 기관은 자기들의 육체적·감정적인 삶의 파동을 끊임없이 방출한다. 인간의 목소리는 몸의 건강의 지표이며, 목소리를 통해 개인과 우주도 관계를 맺게 된다. 지고의 아름다움, 그중에도 음악의 하모니를 창조해내는 자는 본질적인 하모니의

---

2) Rubik's Cube: 여섯 가지 색의 플라스틱 주사위 27개로 된 정육면체의 각 면을 같은 빛깔로 맞추는 퍼즐로 루비크 에르뇌가 발명했다.

내면에 존재하는 것이 무엇인지를 비로소 깨닫게 된다. 그것은 바로 인간의 하모니이다.

— 마에스트로 호세 안토니오 이브레우[3]

67세 9개월 17일   1991년 7월 27일 토요일

탐정소설을 읽느라 세 시간씩이나 긴 의자에 앉아 있었더니 팔걸이에 기대지 않고서는 도저히 몸을 일으킬 수가 없다. 엉덩이의 통증, 관절 경직. 몇 초 동안 얼음 속에 갇힌 기분이다. 세상과 나 사이에, 내 몸이 장애물이 되어버린 것이다.

돌아가시기 전 몇 해 동안 조르주 삼촌도 이랬었다. 소파에 앉아 이런저런 얘기를 나눌 때면 눈에선 반짝반짝 빛이 났고, 두 손은 잠자리처럼 가벼웠다. 40대, 50대나 다를 바 없었다. 그러나 몸을 일으키려 들면 무릎이, 엉덩이가, 등이 삐걱거리기 시작했다. 앉았을 땐 젊은이지만 서 있을 땐 꾸부정한 노인이었다. 통증 때문에 얼굴은 구겨져 있고, 몸에선 오줌 냄새까지 풍기는. 그러나 삼촌은 마지막까지 그 모든 걸 **대수롭지 않게** 여기는 아주 여유 있는 모습을 보여주었다. 나이가 드니 뻣뻣함이 여기저기로 옮겨 다니는군. 삼촌이 말했다(누구 말을 인용한 것이었는지는 생각이 나지 않는다).

---

3) José Antonio Abreu(1939~): 베네수엘라 출신의 지휘자이자 피아니스트로 베네수엘라 '엘 시스테마' 창립자이기도 하다.

67세 9개월 18일   1991년 7월 28일 일요일

그런데도 이 변치 않는 감정은 어찌 된 걸까? 몸 구석구석이 다 퇴화되고 있는데도 삶의 환희는 변함없이 남아 있으니. 어제 모나가 내 앞에서 걸어가는 걸 보며 이런 생각을 했다. 티조가 말한 모나의 '여왕 같은' 자태. 늘 모나의 뒤를 따라 걸어가길 40년. 그사이에 물론 모나의 몸은 무거워졌고 탄력도 잃었지만, 어떻게 표현해야 할까? 몸만 무거워진 거지 **걷는 자세**는 조금도 변하지 않았고, 난 모나가 걷는 걸 보면서 늘 똑같은 즐거움을 느낀다. 걸음걸이가 **곧** 그녀다.

68세 8일   1991년 10월 18일 금요일

티조가 돌보고 있는 사람들 중에 다리가 하나뿐인 외인부대 병사(알제리 전쟁에 참전했었다) 출신의 남자가 있는데, 그가 목발 두 개를 짚고 티조를 만나러 왔더란다. 자네 의족은? 티조가 물었다. 상대는 우물쭈물했다. 횡설수설 늘어놓은 얘기 끝에 겨우 알아낸 사연인즉슨 이랬다. 술판이 벌어졌고 부부 싸움이 났는데, 한바탕 싸우고 난 뒤에 부인이 문을 쾅 닫고 가버렸다. 그런데 세상에, 그의 의족을 들고 가버렸다는 것이다! 티조가 내게 물었다. 형 생각엔 그 작자가 어떤 결론을 냈을 것 같아? (글쎄……) 이러더라고. 내 마누라는 아직도 날 사랑하고 있는 게 틀림없어. 그러니까 내 다리를 갖고 도망갔지. 티조는 그걸 멍청한 짓이라고 흉

보는 대신, 사랑받고픈 인간의 끈질긴 욕망으로 결론지었다.

발목이 아파 류머티즘 전문의에게 진찰을 받으러 갔다. 그 의사
는 날 발 전문의에게 보냈고, 여의사는 내 발을 살펴보고 나더니
단언했다. 선생님, 춤 못 추시죠? 그렇다고 했다. 그러실 수밖에
없을 거예요. 오른쪽 발은 발바닥 전체로 딛지 못하고, 이 세 점에
만 의지하고 있으니까요(그녀가 짚어줬다). 내가 춤을 못 추는 건
운동신경 부족 때문인 줄 알았는데, 결국은 너무 뻔한 기계적 이
유 때문이었다는 게 밝혀진 것이다. 난 의사에게 설명했다. 젊었
을 땐 권투도 했는걸요, 테니스도 치고. **피구는 뛰어나게 잘했고요.**
이 바보 같은 소릴 내뱉고 나니 얼마나 겸연쩍던지 의사의 설명도
귀에 들어오지 않았다. 보나 마나 기능적인 설명을 늘어놨겠지만.
나와 피구! (오 비올렌!) 도대체 뭣 때문에 ─예순여덟 살씩이나
먹어서─ 아직도 **피구**의 에이스로 통하고 싶은 걸까. 그런 운동이
있었다는 것조차 다들 잊어버렸을 텐데. 이런 생각을 하며 머리를
식히고 있자니, 쉬는 시간에 피구를 하던 내 모습이 떠올랐다. 피
구는 대단히 빠른 운동이면서 규칙도 상당히 거칠다. 피하기, 가
로채기, 속임수 쓰기, 잡아당기기, 혼자 남아 있기, 그러면서도 상
대편을 많이 죽이기, 동시에 양쪽에서 공격 받기. 대단히 빠르고,
대단히 호전적이고, 강인하다. 아! **순전히 육체적인 그 즐거움!** 그
환희! 피구를 한 게임 할 때마다 난 새롭게 태어났다. 피구의 에이

스였다고 자랑할 때, 난 나 자신의 탄생을 자축하는 것이다!

68세 7개월 20일   1992년 5월 30일 토요일

그레구아르가 자위행위에 푹 빠져 있는 모습을 발견했다. 녀석은 죄의 무기를 손에 쥐고 있었고, 난 문 손잡이를 쥐고 있었다. 둘 다 끔찍하게 당황했다. 하긴 그럴 것도 없었다. 누군가 말했듯이 손으로 달랠 수 없는 욕망이란 무릇 꿈일 뿐이거늘. 아이에게 상처를 준 건 아닌가 싶어 하루 종일 마음이 괴로웠다. 나 자신도 갓 사춘기에 접어든 아이의 머릿속에 갇힌 채로. 자기 성기를 잡아당기며 소년기로부터 빠져나오는 미완성의 존재. 그날 저녁 난 다락방을 한참 뒤져 **총각 딱지 떼기 거위 놀이판**을 찾아냈다. 에티엔과 내가 기숙사에서 만들어낸 게임 말이다. 난 그레구아르에게 결투를 신청했고, 그는 날 완전히 격파했다. 12번 칸에 도달했을 때 그는 환한 감사의 미소를 띠었다(**조르주 삼촌이 우연히 당신의 더럽혀진 내의를 발견하고, 드디어 남자가 되었다고 축하해준다**). 녀석에게 놀이판을 선물로 주었다.

68세 8개월 5일   1992년 6월 15일 월요일

어제 뤽상부르 공원에서 혼자 산책하고 있을 때였다. 아직 젊은 어떤 여자가 내 이름을 경쾌하게 부르더니 모나의 소식을 묻고,

인사를 하고 나서 가던 길을 계속 갔다. 누구지? 저녁때는 또, 비외콜롱비에 극장 출구에서 T. H와 논쟁을 벌이던 중 결정적인 두세 마디가 떠오르지 않아 애를 먹었다. 생쉴피스 주차장에서 자동차를 찾으려는데, 이번엔 또 몇 층에 주차를 해놓았는지 감감했다. 그래서 다시 올라갔다 다시 내려갔다 뱅글뱅글 돌고…… 내 머린 도대체 어디로 간 거지? 그러고 보니 내 삶을 엉망으로 만드는 이 건망증에 관해 이 일기에다는 쓰질 않았다는 사실이 놀랍다. 난 그걸 심리와 관련된 문제라고 생각했던 것이다. 멍청하긴! 건망증이란 현상은 오로지 몸과 관련돼 있다. 여기서 문제되는 건 전기다. 정신 회로의 접촉 불량. 연관된 뉴런들 사이에서 시냅스가 연결자로서의 역할을 제대로 하지 않는 것이다. 길이 끊기고 다리가 무너졌다. 잃어버린 기억을 다시 찾기 위해선 25킬로미터를 돌아가야 한다. 그런데도 이게 **몸의 문제**가 아니라고?

68세 8개월 6일   1992년 6월 16일 화요일

건망증에 관해서도 일기를 썼어야 했는데.

68세 10개월 1일   1992년 8월 11일 화요일

이제 막 열한 살이 된 파니. 그 애는 마르그리트에 비해 사는 게 좀더 따분하게 느껴지는지 이런 질문을 했다. 할아버지도 시간이

늦게 간다고 느끼세요? 지금 당장은 일곱 배쯤 빨리 갈걸. 그렇지만 그때그때 달라지지. 마르그리트가 반론을 폈다. '시계의 관점에서 볼 땐'(아이의 말 그대로 옮기자면), 자기에게나 나에게나 시간은 똑같이 흘러간다는 것이다. 그건 맞아. 그렇지만 너나 나나 저시계 자체는 아니잖니. 저 시계는 무엇에 관해서든 아무런 관점도 갖고 있지 않거든. 난 이렇게 대답하고는 주관적 시간에 관해 짤막하게 강의를 해주었다. 이제 그 아이는 시간의 흐름에 대한 우리의 인식이란 것이 결국은 우리가 태어나면서부터 흘러간 시간의 작용이라는 걸 알게 되었다. 그러자 파니가 또 물었다. 그러면 할아버지의 1분은 자기의 1분보다 여덟 배씩 빨리 지나가는 거냐고. (어휴, 이러면 복잡해지는데.) 아니, 네가 마르그리트와 놀고 있는 동안 난 치과에서 시간을 보낸다고 치자. 그 경우엔 내 시간이 네 시간보다 훨씬 늦게 가는 것처럼 느껴질 거야. 긴 침묵. 아이의 작은 머릿속에 든 톱니바퀴 장치가 알 듯 모를 듯한 수수께끼를 푸느라 열심히 돌아가고 있는 소리가 들렸다. 그 순간, 생각하느라 미간을 찌푸린 파니의 모습은 그 나이 때의 리종의 표정과 똑같았다. 아이는 마지막으로 시계의 분침을 둘이 함께 쳐다보자는 제안을 했다. '할아버지와 나에게 시간이 똑같은 속도로 흐르게 하기 위해서'란다. 우리는 그렇게 했다. 조용히, 엄숙하게 '공동의 1분'을 기렸다. 아니, 그건 어쩌면 추모라 하는 게 더 맞을 것이다. 작은 소리로 대화하다 보니, 60년 전 아버지가 바로 이 추시계의 똑딱 소리를 들으며 내게 속삭였던 '작은 철학 강의'가 떠올랐던 것이다. 1분이 흐르자 파니는 내 뺨에 뽀뽀를 하고 결론을 내렸다. 할아버지, 난 이제 심심할 때마다 할아버지랑 같이 놀래요.

69세   1992년 10월 10일 토요일

내 생일이라고 몇 명이 모여 저녁을 먹었다. '내 생일'이란 말은
우리의 마지막 촛불을 끌 때까지도 계속 쓰게 될 유아적인 표현
이다.

69세 9개월 13일   1993년 7월 23일 금요일

몽테뉴가 기억력이 없었다는 걸 잊고 있었다.

　기억이라는 건 정말 대단히 유용한 도구다…… 난 기억력이 형편
없다. […] 어쩌다 중요한 얘기를 해야 할 때면, 특히 그게 긴 문장
이기라도 하면, 난 어쩔 수 없이 말해야 할 내용을 한 단어 한 단어
외워야 하는 딱한 처지에 이르게 된다. 그렇게 하지 않으면 기억력
때문에 골탕 먹을 일이 생길지도 모른다는 불안 때문에, 어쩔 줄 모
르고 허둥대게 될 것이다. 그러나 이 방법도 쉬운 건 아니다. 세 구
절을 외는 데 세 시간이 필요할 정도이니. […] 잘하려고 하면 할
수록 더 헷갈린다. 차라리 우연에 맡기는 게 낫다. 될 대로 되라 하
고 마음을 놓은 상태에서 기억을 불러와야 한다. 기억을 채근하면
기억도 놀란다. 그리하여 일단 기억이 흔들리기 시작한 상태에선,
깊이 탐색하면 할수록 더욱 꼬여서 엉망이 되어버리는 것이다. 기억
은 내가 원할 땐 조금도 도와주지 않다가 자신이 원할 땐 원활히 작
동한다. […] 어떤 때는 얘기하는 도중에 일부러 주제를 벗어나보

려 해도 기억이 그걸 허락하지 않는다. [……] 심지어 내가 부리는 하인들도, 그들이 맡은 역할이나 출신지를 통해 부른다. 이름을 기억한다는 게 너무 불편하기 때문이다. [……] 이러다 너무 오래 살면 내 이름조차도 잊어버리는 것 아닌지 모르겠다. [……] 겨우 세 시간 전에 남에게 말해주었거나 들었던 암호도 잊어버린다든가, 지갑을 어디다 잘 숨겨놓고는 어디다 두었는지 잊어버린 일도 비일비재하다. 특별히 애지중지해오던 걸 잃어버리는 데 나 자신이 앞장서는 것이다. [……] 난 책을 슬렁슬렁 읽지 자세히 파고들지는 않는다. 그렇게 읽고 났을 때 내게 남는 건 그 책의 내용 자체가 아니라, 그 책을 통해 내가 판단한 것, 감동받은 것, 상상한 것뿐이다. 작가, 배경, 어휘들, 이런저런 상황들, 그런 것들은 당장에 잊어버리고 만다.

—『수상록』제2권, 제17장.

몽테뉴는 또 이런 구절도 인용하고 있다. (테렌티우스,[4] 『환관』 I, 2, 25)

난 구멍투성이다. 여기저기서 새고 있다.

70세 7일   1993년 10월 17일 일요일

저녁을 먹고 나서 마르그리트가 '우리 얼굴에다 대고' 천식 발

---

4) Publius Terentius Afer(B.C.185 ~ ?B.C.159): 고대 로마 초기의 희극 작가.

작을 일으켰다. 거기다 기침까지 겹쳤다. 금방이라도 숨이 넘어갈 것 같아 보기가 애처로웠다. 갈기갈기 찢어진 허파가 눈앞에 떠오르기까지 했다. 로알드 달[5]의 웃기는 이야기를 큰 소리로 신나게 읽어주고 있던 모나도 놀라 멈췄다. 안 그래도 마르그리트는 웃다가 기침을 시작한 터였다. 파니는 화를 냈다. 딴 데 가서 기침해! 리종은 또 기침을 어떻게 진정시키는지 몰라 당황했다. 요새 들어 자주 이러네요, 그 애가 말했다. 그 순간 무슨 영문인지 모르지만, 치료법에 대한 직관적인 확신이 섰다. 난 모나에게서 책을 빼앗아 마르그리트에게 내밀었다. 자, 이걸 읽어봐. 마르그리트가 읽기 시작했다. 처음에는 잘 들리지도 않을 정도였다. 숨 쉬는 것도 힘들어했고 눈엔 계속 눈물이 흘렀다. 그러더니 점차 목소리가 제대로 나오기 시작하고, 발음도 꽤 알아듣기 쉬워졌다. 30분 동안이나 책을 읽으면서 마르그리트는 천식에서 완전히 벗어났다. 언제 기침을 했었냐는 듯이 목소리가 플루트 소리처럼 맑아졌고, 말을 끝낸 뒤에도 바이브레이션이 울렸다. 큰 소리로 책을 읽는 것이 천식 발작을 가라앉히리란 확신은 대체 어디서 온 것일까? 정말 모르겠다. 상식적으로 보자면 마르그리트는 침묵을 지키고 있어야 했으니 말이다. 잊힌 경험? 뿌리 깊은 인간의 본능? 우리는 누구나 어느 정도는 치유 능력을 갖고 있다는 걸 믿어야 한다. 아빠도 안수(按手)를 통해 지독한 슬픔을 치유해주는 데는 일가견이 있었다.

---

5) Roald Dahl(1916~1990): 영국의 작가로 흥미롭고 독창적인 동화와 성인용 공포 이야기로 인기를 얻었다.

어제 A와 C네 집에서 모였을 때다. W의 암이 스트레스에 기인하는 건 아닌가에 대한 대화가 오갔다. 만장일치의 동의. 그럼, 물론 그렇고말고. W는 자신의 은퇴, 아내의 병, 딸의 이혼 등을 잘 견뎌내지 못했을 것이다. 모두가 고개를 끄덕이고 있는데, 집주인의 맏아들인 P가 찬물을 끼얹었었다. "W 씨는 자기가 정신신체 질환으로 죽는다는 사실을 알게 되면 마음이 훨씬 편하겠네요. 결장암에 걸렸다는 것보다는 덜 구차하잖아요!" 이러고는 문을 쾅 닫고 나가버렸다.

그 청년의 짜증을 이해할 것도 같았다. 자기 자신도 제대로 모르고 있는 마음의 병을 몸이 나름의 방식으로 드러낸다는 사실을 부인하고 싶진 않지만——내가 허리가 아픈 건 뭔가 큰 부담을 지고 있다는 걸 **의미하고**, 파니가 배가 아픈 건 수학에 겁먹고 있다는 걸 **의미한다**——모든 걸 그런 식으로만 보는 것에 대해 P 같은 젊은 세대로선 거부감이 들 수도 있을 것이다. 나도 그 나이 땐 그런 게 눈 가리고 아웅하는 것처럼 느껴져 똑같이 반감을 가졌었다. 사실 내가 젊었을 땐 몸을 대화의 주제로 삼는다는 것 자체가 아예 생각도 못 할 일이었다. 몸은 식탁에서 받아들여지지 않았다. 오늘날에도 몸에 관해 말하는 건, 몸의 영혼에 관해 말할 때에**만** 용인된다. 정신신체 의학으로 모든 걸 설명하는 것이다. 즉 몸의 병을 성격적 결함의 발현으로 보는 것. 화 잘 내는 사람에게는 수포가 잘 생기고, 폭음하는 자는 관상동맥경화에 걸리기 쉽고, 비관주의자는 알츠하이머병을 피할 수 없고…… 아픈 것도 괴로운

데 아픈 것에 죄의식까지 느껴야 하다니. 자넨 뭐 때문에 죽는지 아는가? 자네가 저지른 나쁜 짓 때문에, 올바르지 않은 것과 타협한 것 때문에, 불순한 짓을 저질러 한순간의 이익을 본 것 때문에 죽는 거야. 한마디로 자네 성격 때문이지. 진중하지 못하고 자신을 소중히 여기지 않는 성질 때문이라고. 자넬 죽이는 건 자네의 초자아야. (천연두로 망가진 메르퇴유[6]의 얼굴에서 그녀의 영혼을 들여다본 이후로, 하나도 새로울 게 없는 관점이다.) 자넨 지구를 더럽혔고, 아무 거나 먹었고, 시대를 바꾸는 대신 추종했고, 세계 인류의 건강 문제에 눈을 감고 있음으로써 자네 자신의 건강도 소홀히 했기 때문에 죽는 거야. 게으른 자네가 비겁하게 감추고 있던 이 모든 부조리한 체계가 자네의 죄 없는 몸에 들러붙어서 자넬 죽이는 거라고.

정신신체 의학이 죄인을 지목하는 건, 실은 죄가 없는 이를 축하하기 위해서다. 여러분, 우리의 몸은 무죄입니다. 우리 몸은 무죄 자체입니다. 바로 이게 정신신체 의학이 주창하는 바이다! **친절하기만** 해도, **올바르게** 행동하기만 해도, **절제된** 환경 속에서 **건전한** 삶을 영위하기만 해도, 영혼만이 아니라 몸 자체도 영생에 가까이 갈 수 있을 것이다.

돌아오는 자동차 안에서 난 젊은 시절처럼 격앙해서 긴 독설을 늘어놓았다.

그럴지도 모르지. 모나는 동조해주는가 싶더니 한마디 덧붙였

---

6) 18세기 프랑스 작가 라클로Pierre Choderlos de Laclos(1741~1803)의 소설 『위험한 관계』에 나오는 악녀.

다. 하지만 그 젊은이 P가 그 문제를 빌미로 자기 부모를 완전히 묵사발로 만들었다는 사실도 간과하지는 마.

70세 5개월 3일   1994년 3월 13일 일요일

신사 숙녀 여러분, 우리는 몸이 있기 때문에 죽습니다. 그리고 각각의 죽음은 한 문화의 소멸입니다.

70세 5개월 5일   1994년 3월 15일 화요일

밤마다 방광이 터질 정도로 차면 땀에 흠뻑 젖어 잠에서 깬다. 한참 생각한 끝에 이 현상의 인과관계를 밝혀냈다. 땀을 흘리고, 잠에서 깨고, 이불을 걷어차고, 오줌을 누고 싶고, 더 자고도 싶고, 그러면서 몸을 일으키지 못하는 것이다. 다시 잠들어보려고 애를 써봐도 소용없다. 지난 몇 달 동안 갑작스레 땀이 나는 것에 대해, 나도 모르게 닥쳐온 남성 갱년기 증상이라고 여겼다. 모나가 얼굴이 화끈거린다고 불평하는 것과 같은…… 그런데 그게 아니었다. 땀을 흘린 건 오줌을 누고 싶어서였다. 일단 이 욕구가 충족되면 ― 오줌이 나온다면 말이다 ― 난 정상 체온으로 다시 잠들 수 있다. 젊었을 때도 똑같이 땀을 흘렸던가? 이 점에 관해선 아무런 기억도 안 난다.

70세 8개월 5일   1994년 6월 15일 수요일

우린 서로 아는 사이인데요. 그레구아르의 늙은 철학 선생이 내게 말했다. 학부모회에 가서 내 손자에게 쏟아지는 칭찬을 한참 듣고 났을 때다. 정말요? 네, 젊은 시절에 제가 선생님을 괴롭힌 적이 있거든요. 그가 다정한 미소를 띠고 설명했다. 그러자 그를 알아볼 수 있었다. 의사 베크 씨의 조카였다! 40년 전 자기 삼촌이 내 용종을 떼어낼 때 커다란 손으로 내 비명을 막던 청년. 올해 초부터 그레구아르는 '멋진' 철학 선생에 대해 찬사를 아끼지 않았었다. 그러나 그 선생이 거구의 세네갈 사람이라는 얘기까진 하지 않았다. 그건 철학과는 아무 상관없는 사항이었으니까. F 씨가 자기 콧등을 두드렸다. 요즘은 그런 수술을 할 때 잠을 재우지요. 그래도 별로 효과적이진 않지만요. 어르신 손자도 약간 코맹맹이 소리 내던데, 그래도 훌륭한 철학자가 되는 덴 지장 없겠죠.

71세 5개월 22일   1995년 4월 1일 토요일

그레구아르와 함께 실비를 보러 병원에 다녀오는 길이다. 우리가 낯이 익긴 하면서도 **누군지는 모르겠나** 보다. "그레구아르" 하고 다정하게 부르긴 했지만, 거기엔 아무런 의미도 들어 있지 않았다. 자기 아들의 존재를 알고 있고, 그게 자기 아들의 이름이라는 것도 기억한다. 목소리에도 애정이 담겨 있긴 하다. 그러나 이름과 모습이 연결되지는 않는다. 희미하게 보이는 것 같은 거죠.

그레구아르가 설명하면서 덧붙였다. 정신도 희미하고요. 말하자면 자기 몸 바로 곁에 머물면서 살아가고 있는 거라 할까요. 무슨 말인지 아시겠어요? 실비가 처음 병에 걸렸을 때 그레구아르는 엄마의 상태를 설명할 때 이런 식으로 말했었다. 엄마가 완전히 '또렷'하지 않아요 혹은 엄마가 오늘은 괜찮네요, '또렷'해요. 의사 W가 자기 사무실로 우리를 맞아들이며 이젠 '상황을 똑바로 봐야' 한다고 알려줬을 때, 그레구아르는 살짝 미소를 지었다.

71세 5개월 25일   1995년 4월 4일

이 밤, 실비를 생각하고 있자니(한 달 뒤엔 퇴원해야 할 것 같다) 문득 엄마가 날 정신 나갔다고 야단칠 때 쓰던 '데작세désaxé'란 단어가 떠오른다. 이 말의 원래 의미는 '축에서 벗어났다'는 것이다. 이 단어에선 어지러움과 흐릿함이 느껴진다. 사실 이 일기를 써온 것도 끝없는 조절의 훈련이었는지 모른다. 흐릿함에서 벗어나기, 몸과 정신을 같은 축에 유지하기…… 난 '상황을 똑바로 보기 위해 애쓰며' 내 인생을 다 보냈다.

71세 8개월 4일   1995년 6월 14일 수요일

91번 버스를 타고 가는데 고블랭 정류장에서 한 떼가 올라탔다. 내가 몽파르나스 역 정류장에서 올라탔을 때만 해도 버스는 비어

있었다. 난 모처럼 한갓진 기회를 이용해 독서에 빠져들었다. 한 정거장, 두 정거장 지나면서 주변에 사람들이 앉았지만 방해가 되진 않았다. 바뱅 정류장에서 좌석은 다 찼다. 고블랭에 이르자 통로까지 가득 찼다. 가득 찬 승객들을 보며, 난 미리 자리를 차지한 덕에 독서를 계속 즐길 수 있겠다는 순진한 이기심으로 즐거워했다. 내 맞은편에 앉은 젊은이 역시 책에 빠져 있었다. 학생으로 보였다. 그는 프리츠 조른의 『마르스』⁷⁾를 읽고 있었다. 학생 옆 통로에는 좀 드세 보이는 60대 여인이 채소가 가득 담긴 바구니를 손에 들고서 헐떡거리며 시끄럽게 숨을 쉬고 있었다. 학생은 눈을 들어 내 눈길과 마주치더니, 여인을 보고는 자발적으로 일어나 그녀에게 자리를 양보했다. 아주머니, 앉으세요. 젊은이의 예의에선 뭔가 게르만족 특유의 분위기 같은 게 느껴졌다. 똑바르고, 훤칠하고, 목덜미가 곧고, 미소는 조심스럽고, 품위 있는 청년이었다. 여자는 움직이지 않았다. 심지어 학생을 쏘아보는 듯했다. 손으로 좌석을 가리키면서 젊은이는 계속 권했다. 앉으세요, 아주머니. 여자는 못마땅한 기색으로 움직였다. 고맙다는 인사도 없었다. 여자는 비어 있는 좌석 앞으로 갔지만, 앉지는 않았다. 젊은이는 계속 머리를 조아리며 권하고 있었다. 아주머니, 앉으세요, 어서요. 그러자 여자가 말했다. 좀 있다가요. 그녀의 목소리는 날카로웠다. 난 너무 더울 땐 앉기 싫다고요! 그 순간, 젊은이의 얼굴이 빨개졌다. 여인의 대답이 어찌나 황당하던지 나도 더 이상 책을 읽을 수가 없었다. 곁눈질로 다른 승객들의 반응을 보았다. 어떤 사람은

---

7) Fritz Zorn(1944~1976): 스위스 작가로 『마르스』는 그의 자전적 에세이다.

웃음이 나오는 걸 참고, 어떤 사람은 자기 발만 내려다보고, 어떤 사람은 억지로 창밖만 내다보고 있었다. 한마디로 다들 **거북한** 것이었다. 그때 여자가 내 쪽으로 몸을 숙이더니, 마치 우리가 오래전부터 알던 사이이기라도 한 것처럼 얼굴을 내 얼굴 바로 앞에 갖다 대고 말했다. 자리가 좀 식기를 기다리는 거예요! 이번엔 사람들이 날 쳐다봤다. 내 반응을 기다리는 것이었다. 바로 그 순간, 그녀와 나는 91번 버스 안에서 하나의 몸이 되어버렸다. **교양 있는** 한 몸. 다른 엉덩이가 데워놓은 좌석의 열기를 참을 수 없는 궁둥이를 갖고 있지만, 그걸 공공연히 고백하느니 차라리 버스 바퀴 아래 몸을 던지는 게 나은 몸.

71세 8개월 5일   1995년 6월 15일 목요일

교육이 없이는 코미디도 없다.

71세 8개월 6일   1995년 6월 16일 금요일

버스에서 있었던 일을 듣고 나더니 모나도 비슷한 얘기를 해주었다. 결말은 내 얘기와 정반대지만. 벌써 60년 전 얘긴데, 돈 한 푼 없는 고아 소녀였던 모나의 친구 뤼시엔은 카르카손 시의 '빈자(貧者)수녀회'의 기숙사에서 살고 있었다. 일요일 아침이면 미사가 있기 한 시간 전부터 수녀들이 아이들을 성당으로 데려갔다.

아이들은 어둡고 텅 빈 성당의 맨 앞줄에 앉아 묵주를 돌렸다. 그러고 있다 보면 신부가 도착하고, 불이 켜지고, 오르간 소리가 울리고, 문들이 열리면서 신자들이 들어왔다. 그러면 아이들은 일어나서 잔다르크 학교의 최상류층 아가씨들에게 자리를 양보하고, 성당 구석에 가서 미사를 드렸다.

무슨 얘긴지 알겠지. 모나가 강조했다. 불쌍한 아이들의 엉덩이로 지체 높은 아이들의 자리를 데워준 거라고! 그게 그 시대의 풍습이었지. 거기에 토를 단 사람도 아무도 없었고.

71세 8개월 9일   1995년 6월 19일 월요일

아무리 봐도 제정신이 아닌 것 같은 티조가 레스토랑에서 만나자고 하더니, 내 앞에 앉자마자 난데없이 혀를 내밀어보라고 했다. 내가 왜 너한테 혀를 내밀어야 해? 그러지 말고 빨리 좀 내밀어보라니까! 사람들이 보잖아! 그럼 어때, 빨리. 가만 보니 농담이 아니었다. 야, 너 괜찮은 거니? 혀만 내밀면 다 얘기해줄게. 난 하는 수 없이 시키는 대로 했다. 좀더 내밀어봐, 전체를 다 봐야 한단 말이야! 난 첫 성체배령을 받는 아이처럼 순순히 혀를 보여주었다. 티조는 한참 동안 내 혀를 살펴보았다. 웨이터는 태평하게 우리 주문을 기다리고 있고. 이제 됐어, 집어넣어도 돼. 주문을 하고 나더니 티조가 털어놓았다. 오늘 아침 욕실에서 자기 혀가 분필처럼 하얗게 된 데다 곳곳이 파여 있는 걸 발견했단다. 너무 놀라 건강 염려증이 도져서, 암이 상당히 진행된 걸로 자가 진단을 내렸다는

것이다. 그러면서 그가 덧붙였다. 이제 됐어. 형도 나랑 똑같이 혀가 파여 있네. 붉은색도 아니고. 티조는 그게 다 노화의 자연스런 현상이 틀림없다고 결론을 지었다.

"형은 그런 줄도 모르고 있었지? 한 번도 혀를 내밀어본 적이 없을 거 아니야!"

"거의 없지."

그러나 저녁때 나도 똑같이 해봤다. 과연 혀가 희끄무레했다. 여기저기가 파여 있고, 어떤 덴 너무 깊이 파여 보기가 두려울 정도였다. 브뤼노가 어렸을 때 '입안에만 있으면 심심할 거야'며 혀를 바깥에 내밀었을 때의 그 매끈하고 분홍빛 나는 귀여운 살덩어리와는 전혀 달랐다. 더 가까이서 들여다보니 혀의 측면에 오톨도톨 작은 혹들도 나 있었다. 침샘에 석회가 껴서 그렇게 됐으리라. 또 혀의 잔주름들 사이에도 혈관이 터진 것처럼 불그죽죽한 작은 물집들이 붙어 있는 게 꼭 말미잘 같았다. 늙어가는 혀의 모양은 고래의 살갗을 연상시켰다. 물에 깎여 홈이 파이고 여기저기 혹들도 나 있는 것이. 그 혹들은 고래의 몸에 다닥다닥 붙어 고래를 천 살도 더 먹어 보이게 만드는 조개껍질과도 같았다.

평소엔 그렇게 자신감이 넘치던 티조도 결국은 여느 사람들과 마찬가지로 이 '최초의 발견'에 희생이 되고 말았다니. 우리 몸은 이 '최초의 발견'을 통해 끝까지 우릴 겁준다. 혀에 관해 이런저런 생각을 하다 보니, 예전에 기숙사에서 이따금씩 먹던 소 혀 요리가 떠올랐다. 쇠똥처럼 물컹물컹하고 시퍼런 시금치 퓌레랑 곁들여 먹던 것. 우린 소 혀와 시금치 퓌레를 얼굴에다 던지며 싸우기도 했다. 그 기막힌 싸움 뒤엔 반드시 벌을 받았지만 그래봤자 별

소용없었다. 그렇게 신나게 웃어본 기억이 또 있던가. 침대에 누워서도 그 추억을 떠올리며 조용히 웃고 있는데 모나가 물었다. 무슨 생각해?

사전을 찾아보니 이런 늙은 고래 같은 혀를 표현하는 말이 있었다. "혀에 설태가 끼다."

72세 2개월 2일   1995년 12월 12일 화요일

어떤 병들은 그것이 주는 공포 때문에 다른 모든 걸 견디게 해주는 미덕을 갖고 있다. 우발적으로 일어나는 일을 받아들이기 위해 최악을 상상해보는 경향은, 우리 세대 사람들의 대화에선 단골 메뉴다. 어제 베른네 집 식탁에서 T. S의 진단이 문제가 됐을 때도 그랬다. 알츠하이머일까 봐 걱정했었는데 다행히도 우울증이었다는 것이다. 어휴! 체면은 살렸네. T. S는 여전히 따분하게 살아가겠지만, 알로이스[8]한테 덜미를 잡혔다는 소리는 듣지 않아도 될 것이다.

난 속으로 웃었지만, 그렇다고 나도 그 운명에서 벗어날 순 없다. 알츠하이머의 위협은 그 무엇보다도 날 겁나게 한다(에티엔의 상태가 점점 더 나빠지고 있는 걸 봐서 그럴 것이다). 그 공포를 털어놓느니 차라리 죽는 게 더 나을 것 같지만, 그것도 장점은 있

---

8) Alois Alzheimer(1864~1915): 독일의 정신과 의사. 그가 최초로 보고한 퇴행성 뇌질환을 알츠하이머병이라 부른다.

다. 내게 진짜로 영향을 끼치는 일들로부터 벗어나게 해주는 것이다. 사실 난 혈당도 문제고, 크레아티닌도 정상을 벗어났고, 이명도 파도 소리가 점점 더 세지고, 백내장 때문에 시야도 흐리다. 난 매일 아침 새로운 통증과 함께 눈을 뜬다. 한마디로 모든 전선에서 노화가 진행되고 있지만, 내가 진짜로 두려워하는 건 딱 한 가지다. 알로이스 알츠하이머에 대한 공포! 그래서 나는 매일같이 기억 훈련을 하고 있다. 주변 사람들은 학자의 소일거리라고 생각하겠지만. 친애하는 몽테뉴 선생, 플리니우스 영감, 또 『돈키호테』나 『신곡(神曲)』의 주요한 부분들을 다 외울 수 있다(이왕이면 원어로 부탁드려요!). 그러면서도 약속은 잊어버리고, 열쇠를 잃어버리고, 사람을 못 알아보고, 이름 때문에 머뭇거리고, 대화의 맥락을 놓치고, 그럴 때마다 어김없이 알로이스의 유령이 내 앞에 나타난다. 내 기억력은 원래부터 들쭉날쭉했었다고, 어릴 때에도 깜빡하는 적이 있었다고, 난 원래부터 그런 면이 있었다고 아무리 스스로에게 되뇌어도 소용없다. 마침내 알츠하이머가 날 사로잡았다는 확신이 다른 모든 추론을 압도하는 것이다. 그리하여 난, 어느새 병의 마지막 단계에까지 이르러 세상과의 접촉도, 나 자신과의 접촉도 끊긴 채, 살았었다는 것조차 잊어버린 살아 있는 물건이 되어버린 내 모습을 보는 것이다.

어쨌든 지금까진 디저트를 먹다가 누가 내게 시 한 수를 읊어달라고 하면, 의례적으로 좀 빼는 시늉을 하다 결국 낭송을 해준다. 아! 선생님, 선생님은 어쨌든 알츠하이머에 걸리진 않으셨군요.

그레구아르의 연인이자 내과 교수인 프레데리크가 아주 질색하
는 게 있다. 모처럼 사람들을 만나 저녁이라도 먹을라치면, 함께
하는 사람들이 쉴 새 없이 건강에 관한 질문들을 던지는 통에 제
대로 식사도 할 수 없다는 것이다. 한 번의 예외도 없이, 모인 사람
들 중의 절반은 자신들이나 자기네 가까운 사람들을 위한 진단이
나 치료법, 의견, 권고 사항 등을 묻는단다. 그럴 땐 정말 짜증이
난다고 그는 불평한다. 제가 이 일을 하면서부터, 심지어 학생 시
절부터도 늘 그래왔어요. 제가 의사로서 일하지 않는 시간엔 무슨
일에 관심이 있는지 물어봐준 사람은 단 한 명도 없었다니까요!
그래서 그는 밖에 나가는 게 두렵기까지 하단다. 그레구아르가 사
람 만나는 걸 워낙 좋아하지만 않는다면, 자긴 그냥 집에 틀어박
혀 있을 거라고…… (이러면서 두 손을 머리 위로 흔들어대기까지
한다.) 신물이 나요, 신물이! 그에 따르면 식탁에선 의사가 주술사
대접을 받는다는 것이다. 의사도 보통 사람들처럼 먹고 마시는 걸
보면서, 의사를 친숙한 존재로 여기게 된단다. 그리하여 의사는
건강염려증 종족의 주술사가 되고, 여인들의 구루[9]가 되고, 아무
개네 집에서 만난 적 있는 특별한 의사가——그것도 아주 인간적
인!—— 되는 것이다. 여보, 당신도 그 의사 기억나지? 만일 **그 사람
들**을 병원에서 만난다면, 난 포르셰를 수집하기 위해 건강보험의
적자를 더 심각하게 만든다고 의심받는 특권적 지식인의 표상으

---

9) 산스크리트어로 '정신적 스승'을 일컫는다.

로 보이겠지요. 하지만 식탁에선 안 그래요. 전 존경받아 마땅한
유능하고 인간적인 의사의 표상이 되어 있죠. 어쩌다 친구 집에서
외과의사 한 명을 만나 알게 되면 그를 수술대까지 졸졸 쫓아다니
고, 다른 친구들한테까지 그의 메스를 열렬히 추천해줄걸요. 의사
와 잼은 공통점이 있는 게, 집에서 만든 잼이 월등히 맛있는 것과
마찬가지로, 의사도 집에서 만났을 때 훨씬 더 가치가 있거든요.
응급실에서 고생하고 있는 의사들을 볼 때면 이렇게 소리치고 싶
어요. 관둬, 환자들은 그냥 놔둬. 대신 사람들 만나 저녁이나 먹어.
의사 경력이 쌓이는 건 거기에서지 병실에서가 아니니까!

프레데리크는 저녁 먹는 내내 혼자서 흥분을 했다. 그러더니 식
탁에서 일어나 눈에 독기를 품고 내게 물었다. 할아버지는 어떠세
요? 건강은 괜찮으신가요? 제가 있는 동안 절 최대한 이용하세요!

72세 7개월 30일   1996년 6월 9일 일요일

그레구아르의 동성애. 아무리 맘을 넓게 쓰려 해도 소용없다
('마음을 넓게 쓴다'는 이 표현 자체가 얼마나 옹졸한가). 동성애
문제에 관해선 내 상상력은 둔하기 짝이 없다. 머리론 받아들인다
해도, 내 몸은 그런 욕망을 도저히 상상조차 할 수 없다! 그레구아
르가 동성애자라, 좋다. 우리 그레구아르인데, 자기가 원하는 걸
해야지, 그의 취향에 대해 가타부타 잔소리할 건 아니다. 그러나
그레구아르의 몸이 남자의 몸에서 만족을 느낀다는 것, 이거야말
로 내 몸의 정서가 받아들이지 못하는 것이다. 항문성교가 문제가

아니다. 모나와 나도 그걸 싫어하지 않았다. 모나가 내 항문을 핥을 때 얼마나 황홀했던가. 그럴 때 그녀는 귀여운 소년 같았다! 그렇다고 그녀가 소년은 아니지 않은가. 잠이 들락 말락 하는 상태에서 난 그레구아르의 동성애에 관한 생각에 빠져 있었다…… 그런데 그 생각을 멈추자, 오히려 수수께끼가 풀리는 것 같으면서 난 잠 속으로 빠져들었다.

72세 9개월 12일   1996년 7월 22일 월요일

　정원에서 혼자 책을 읽다가 새 노랫소리에 눈을 들어봤다. 무슨 새인지 알지 못하는 게 아쉬웠다. 마찬가지로 날 둘러싸고 있는 수많은 꽃의 이름도 모른다는 게 아쉬웠다. 대부분의 나무, 하늘의 구름 그리고 내 손가락이 만지작거리고 있는 이 흙덩어리의 구성 요소들에 대해서도 거의 모르는 건 마찬가지다. 그 무엇에도 이름을 불러줄 수가 없다니. 사춘기 때 마네스 아저씨네 농장에서 일을 해보긴 했지만, 자연에 관해 알게 된 건 거의 없다. 그 당시 노동의 목적은 단지 근육을 발달시키는 것뿐이었기 때문이다. 그나마 조금 알고 있던 것조차도 다 잊어버렸다. 한마디로 교양이 너무 넘치다 보니, 기본적인 지식은 깡그리 잊어버린 셈이다! 내 독서를 방해한 새는 이 무지의 침묵 속에서 계속 노래하고 있었다. 그런데 정작 내 귀가 집중해서 들은 건 새의 울음소리가 아니라 정적 그 자체였다. 완전한 정적. 그러다 갑자기 이런 의문이 들었다. 내 이명 현상이 어디로 갔지? 더 주의 깊게 들어봤다. 그리고

내린 결론은, 이명 현상은 사라졌고, 내 귀에 들리는 건 진짜 새소리라는 것이었다. 난 귀를 막고 머릿속에서 무슨 소리가 나는지 들어봤다. 아무 소리도 나지 않았다. 이명이 정말로 사라진 것이다. 머릿속이 텅 비어 있었다. 손가락으로 머리를 두드리니, 울리는 소리가 났다. 마치 빈 통에다 귀를 갖다 댄 것처럼. 그것도 완전히 빈 통. 내가 즐기던 소리도, 내 기본적인 지식도 다 사라져버렸다. 가슴 아픈 일이다. 난 나를 더 많이 비우기 위해 난해한 독서를 또다시 시작했다.

72세 9개월 13일   1996년 7월 23일 화요일

이명이 다시 돌아온 게 틀림없다. 언제? 전혀 아는 바 없다. 오늘 밤 잠 못 들고 있는데, 그 녀석이 쉬익쉬익 소리를 냈다. 난 안심했다. 이런 사소한 병들은 처음 생겼을 땐 엄청나게 겁을 주지만, 점차 길 친구보다도 가까운 사이가 되고 결국 **우리 자신이** 되어버린다. 예전엔 동네 사람들 사이에서 질병의 이름으로 상대를 부르는 게 극히 자연스러웠다. 꼽추, 벙어리, 대머리, 말더듬이. 어린 시절 우리 반에도 그런 애들이 있었다. 뚱뚱이, 사팔뜨기, 귀머거리, 절름발이…… 중세에는 이런 흠들을 단순히 특성이라 여기고 가족의 성(姓)으로 불렀다. 쿠르트퀴스, 르그라, 프티피에르, 그로장, 르보르뉴[10] 같은 이들이 요즘도 길거리를 활보하고 있지 않

---

10) Les Courtecuisse, Legras, Petitpierre, Grosjean, Leborgne. 다리가 짧은 사람, 살

은가. 내가 만일 중세에 태어났다면 어떤 이름으로 불렸을지 궁금하다. 르시플뢰르? 뒤시플레?[11] 뒤시플레 영감? 그래 뒤시플레 영감이 괜찮겠다. 머릿속에 호각을 갖고 있는 늙은이. 뒤시플레, 있는 그대로의 너 자신을 받아들여라. 그리고 네 이름을 영광되게 하라.

72세 9개월 14일   1996년 7월 24일 수요일

이름 모를 그 새를 다시 생각하고 있을 때 문득 쉬페르비엘[12]의 이 시구가 떠올랐다.

숲 속 공터에 들려오는
새의 노랫소리.
어디서 나는 소리일까.
아무도 모른다.
듣지 못하니, 좋아할 수도 없다.
오로지 하느님만이 그 소릴 듣고
이렇게 말하리라. "방울새로군."

쩐 사람, 키가 작은 사람, 체격이 큰 사람, 애꾸 등등, 신체의 특징을 표현하는 형용사가 포함된 프랑스의 성(姓)들.
11) Lesiffleur, Dusifflet. '호각'을 뜻하는 프랑스어 '시플레sifflet'가 포함되어 있는 성(姓)들.
12) Jules Supervielle(1884~1960): 프랑스의 시인 · 소설가 · 극작가.

「예지Prophétie」라는 제목의 이 시는 『인력Gravitations』이란 시집에 수록되어 있었던 것 같다. 좋다, 그럼 내 새, 그 진짜 새는 이름이 뭐였을까? 내일 로베르에게 물어봐야겠다.

72세 9개월 16일   1996년 7월 26일 금요일

얼마 전부터 배에 가스가 심하게 찬다. 시도 때도 없이 방귀가 나오는 걸 참을 수가 없다. 그럴 때 난 **기침을 하면서** 방귀를 뀐다. 기침 소리가 방귀 소리를 덮으리라는 유치한 계산으로. 그러나 그 계략이 먹혀드는지 아닌지 나로선 알 수가 없다. 내 귓속에선, 밖에서 나는 폭발음을 기침 소리가 덮어주는 게 확실하지만 말이다. 게다가 이런 신경을 쓸 필요가 없는 이유가 또 있다. 내 주변 사람들은 다들 교양이 넘쳐, 내 무례함을 비난하기보단 차라리 죽는 게 낫다고 생각할 것이기 때문이다. 마찬가지로 기침 걱정을 해주는 사람도 하나도 없다. 못난 인간들!

티조는 내 고백을 듣고 웃더니 자기도 웃기는 얘기를 들려주었다. 몸을 소재로 하는 티조의 농담들이 늘 그렇듯이, 이 얘기도 샤넬의 최고급 향수처럼 아주 긴 여운을 남겼다.

네 명의 방귀쟁이 늙은이

늙은 친구들 넷이 만났다. 첫번째 사람이 말했다. 내가 방귀를

꾸면 소리도 요란하고 냄새도 아주 끔찍해. 두번째 사람. 난 소리
는 끔찍하지만 냄새는 하나도 안 나는데. 세번째 사람. 난 소리는
하나도 안 나는데 냄새가, 냄새가, 어휴 지독해! 네번째 사람. 난
아니야, 소리도 냄새도 안 나. 한참 침묵이 흐르는 가운데 곁눈질
을 주고받던 나머지 세 명 중의 한 명이 물었다. 그럼 자네는 뭐
하러 방귀를 뀌는 건데?

72세 9개월 27일   1996년 8월 6일 화요일

자, 자, 용기를 내보자. 그레구아르의 동성애에 관해 떠오르는
이 막연한 의문들의 정확한 본질이 뭘까? 그게 바로 진짜 문제다!
오후에 프레데리크와 그레구아르가 함께 산딸기를 따는 걸 바라
보며 이런 생각을 했다. 다행히도 저녁 먹고 나서 크럼블까지 깨
끗이 먹어치운 그레구아르가 스스로 대답을 해주었다. 그레구아
르와 난 팔짱을 끼고 정원을 한 바퀴 돌던 중이었다. 내가 무슨 생
각을 하는지 자기도 **명확히** 알고 있다고 했다. 할아버지가 궁금해
하시는 건 프레데리크와 나 중에 누가 남자 역할을 하고 누가 여
자 역할을 하느냐 하는 거죠?(할아버지는 약간 놀란다.) 그건 너무
나 당연한 일이에요. 동성애에 관해선 누구나 그걸 궁금해하죠.
(잠시 뒤) 내가 할아버지를 사랑하는 것처럼 할아버지도 날 사랑
하니까, 할아버지로선 당신 손자가 그 망할 놈의 에이즈에 걸리지
않도록 필요한 조처를 취하고 있는지 궁금하실 거예요. 실제로 내
걱정들이 모두 결집하는 지점은 거기였다. 그래서 난 질문들을 봇

물처럼 쏟아냈다. 수많은 불쌍한 청년이 불안에 떨면서도 차마 누구에게 물어볼 용기를 내지 못한 질문들 말이다. 침은 어때? 그게 전염의 요인이 되나? 그리고 구강성교는? 구강성교를 통해서 에이즈에 걸릴 수 있나? 치질은? 잇몸은? 이는 조심하고 있니? 그리고 주기는? 파트너의 다양성은? 적어도 정절은 지키겠지? 걱정 마세요, 할아버지. 프레데리크는 자기 아내를 떠나기까지 했는데, 설마 다른 남자 때문에 절 배신하겠어요? 저 역시도 할아버지처럼 절대적으로 일부일처주의자예요. 항문성교는 말이죠, 이거 아니면 저거예요. 기분에 따라, 또 진행 과정에 따라 가끔은 서로 역할을 바꿔서 연속으로 하기도 하죠. 정원을 또 한 바퀴 돌면서 이번엔 좀더 기술적인 설명을 해주었다. **왜 동성애냐**를 아는 문제는 정말이지 방대한 질문이에요! 그러니까 그냥 덮어두자고요. 한마디로, 남자를 정말로 만족시킬 수 있는 건 남자밖에 없다고 해두죠. 예를 들어 구강성교에 관해서도 순전히 기술적인 관점에서 한 번 얘기해보자고요. 구강성교를 잘하려면 스스로 거기서 어떤 즐거움을 느껴야 해요! 여자는 아무리 소질이 있다 해도, 절반밖에는 모를걸요.

밤늦은 시간에 우리 둘은 불가에 앉았다. 그레구아르가 털어놓았다. 사실 할아버지는 내 두 가지 소명의 근원이었어요. 난 할아버지가 돌아가시는 게 싫어서 의사가 됐고, 할아버지가 「그레이스 토크」를 보여주셨기 때문에 동성애자가 된 거예요. 나무들 속에 발가벗고 있던 그 아름다운 소년이 내 가브리엘 수호천사가 된 거죠! 그때 넌 여덟 살밖에 안 됐었잖니! 그래도 그 방면에는 조숙했던 거죠!

그러고 나서 우린 비올레트 아줌마의 죽음에 관해서도 의학적 관점에서 얘기를 나누었다. 그레구아르는 아줌마가 정맥염으로 돌아가셨을 거라고 진단했다. 숨을 헐떡이는 증상이 점점 더 심해졌고, 정맥류가 비대해졌고, 몸을 너무 써서 지치기도 했을 것이다. 그날 오후 혈전이 다리나 서혜부로부터 폐까지 올라갔고 거기서 아줌마의 호흡을 막았다는 것이다. 할머니는 폐색전증을 앓으신 거예요. 할아버지로선 아무것도 할 수 있는 게 없었지요. 할아버지가 아니라 그 누구였다 해도 마찬가지고요.

난 아줌마의 죽음을 생각하며 편안하게 잠들었다. 60년 만에 처음 있는 일이다.

8. 73~79세 (1996~2003)

사람들은 언제부터 자기 나이를 알려주지 않게 되는가?
그리고 언제부터 다시 자기 나이를 알려주기 시작하는가?

73세 28일   1996년 11월 7일 목요일

브뤼셀에서 강연을 하던 도중 뜻하지 않게 끝을 내야 했다. 옆구리가 두 번 뜨끔하더니 숨이 끊어질 것처럼 아파졌다. 내 얼굴이 창백해졌는지 청중도 상을 찌푸렸다. 난 젖 먹던 힘을 다해 몸을 구부리지 않고 연단에 기댄 채로 서 있었다. 다시 숨을 쉬고 강연을 시작했지만 목소리가 한 옥타브는 내려간 것 같았다. 목소리를 다시 높여보려고 부단히 애를 썼지만 통증 때문에 숨을 쉴 수조차 없었다. 어찌어찌 결론을 중얼거리고 뒤로 물러났다. 난 만찬에도 참석하지 않고 부랴부랴 파리로 돌아와 그레구아르를 불렀다. 그레구아르는 프레데리크의 권유에 따라 방광과 신장의 초음파검사를 받게 했다. 방광 근육에 이상이 있고 신장도 두 배나 커져 있다는 검사 결과가 나왔다. 전립선의 문제라 했다. 전립선이 비대해지면서 요도를 압박하여 머리카락처럼 가늘게 만들었다는 것이다. 오줌이 제대로 흘러 나가지 못하는 바람에 방광이 있는 대로 부풀어 올라 탄력을 잃었고(그래서 '근육 이상'이 일어났다), 신장은 배출하지 못한 액체를 지니고 있었던 것이다. 방광 내

시경 검사를 통한 좀더 명확한 진단이 필요하다는 결론이 내려졌다. 그건 음경의 요도를 통해 내시경을 집어넣어 방광을 내부에서 조사하는 것이라고 그레구아르가 설명해주었다. 뭐가 됐든 내 음경 속으로 파고든다는 건 끔찍하기 짝이 없는 일이다. **자지 속에다 줄을 집어넣다니!** 검사의 필요성에 대한 그레구아르의 설명을 받아들이기 위해선 자낙스[1]를 두 알이나 삼켜야만 했다. 얼마나 끔찍한 형벌인가. 오줌이 나오는 길 전체에 고압선처럼 신경이 분포되어 있을 텐데! 걱정 마세요, 할아버지. 국부 마취를 할 거니까요. 아무것도 못 느끼실 거예요. 음경을 마취한다고? 어떻게 음경을 마취하지? 주사를 놓나? 어디다가? 속에다가? 절대 안 돼!

밤을 꼬박 샜다.

73세 1개월 2일   1996년 11월 12일 화요일

어제 아침 죽지 못해 끌려가는 기분으로 그 방광 내시경 검사라는 걸 받기 위한 준비를 했다. 그래도 마음을 충분히 가라앉힌 덕에, 뱀 같은 카메라가 내 요도 속에서 어떻게 움직일지에 관심을 가질 정도가 되었다. 별로 아프진 않았다. 관이 조심스럽게 안으로 들어가는 게, 꼭 누군가가 내 몸속을 기어오르는 것 같았다. 펠리니 감독의 영화 「로마」에 나오는 지하철 생각이 났다. 카메라가 성스러운 내 방광을 침범하여 발견하게 될 숨겨진 보물들. 의사는

---

1) 신경안정제의 일종.

입구를 찾는 데 좀 어려움을 겪었다. 카메라의 머리가 방광의 외벽 같은 데에 여러 차례 부딪히고 나서야 비로소 방광 안으로 들어갈 수 있었다. 아, 그래, 좀 넓혀야 되겠어. (의사들도 참 여러 종류다. 줄이는 의사, 늘이는 의사, 아무 말도 하지 않는 의사, 안심시켜주는 의사, 욕하는 의사 그리고 지금 이 사람처럼 설명해주는 의사. 그들도 말하자면 '다른 사람들과 똑같은 사람들'이다. 자기네 지식이 이끄는 대로, 자기네 기질에 따라 움직이는) 카메라가 마침내 다른 쪽으로 움직인다 싶을 때 의사가 알려주었다. 보세요, 방광 안에 들어와 있으니까요. 로마의 지하에 묻혀 있는 펠리니 식의 보물 같은 건 전혀 없었다. 단지 흔들리는 초음파의 이미지뿐. 경험 없는 나로선 알아볼 수도 없었다. 괜찮네요. 심하게 나쁜 상태는 아니에요. 그냥 지쳐 있는 것뿐이에요. 사진을 다 찍고 나서 의사는 카메라를 꺼냈다. 숨을 참으세요. 삽입할 때 그토록 겁을 먹었었는데, 정작 꺼낼 때의 느낌은 더 놀라웠다. 기다란 촉수 끝에 매달린 그 불경한 눈에 내 몸이 이미 적응을 한 것 같았다. 오후에는 외과의사를 만났다. 수술은 금요일 오후 3시. 전립선을 줄여 요도를 넓힌다는 것이다. 방광이 탄력을 되찾고 제대로 기능할 수 있을 때까지는 휴대용 소변 주머니를 달고 다닐 것이라 했다. 걱정 마세요. 흔한 수술이니까요. 전 일주일에 열 번씩이나 하는걸요. 의사가 말했다.

73세 1개월 4일   1996년 11월 14일 목요일

　지난 사흘간은 유예 상태에서 살았다. 어차피 내 몸은 의사 손
에 맡겨져 있으니 더 이상 감시할 필요도 없지 않은가. 대신 내
몸에 소소한 즐거움들을 선사하기로 했다. 진정으로 삶을 값지게
하는 것들. 비둘기고기를 넣은 타진 요리. 그 안에 들어 있는 고수
와 청포도와 계피 향이 소뇌에까지 퍼지는 느낌. 마당에서 울리
는 아이들의 고함 소리, 어두운 영화관에서 모나의 손을 꼭 잡고
있기. (당신 아프더니 감상적이 됐네, 모나가 말한다.) 그리고 퐁
데자르[2] 위에서 한껏 관광객 티를 내며 황혼을 즐기기. 파리의
공기는 아직까진 투명하다! 파리에선 벤진 냄새는 절대 나지 않
을 것 같다!

73세 1개월 5일   1996년 11월 15일 토요일

　전신마취에서 무사히 깨어났다. 이후의 상태에 대해선 아무런
걱정도 하지 않았다. 걱정스럽지 않아서가 아니라, 병원에 있는데
무슨 걱정인가 싶어서였다. 문제되는 건 몸뿐이니 정신은 쉽게 놔
둬주자, 이거였다. 다른 말로 하자면, 생각해봤자 소용없으니 포기
하자, 라는 뜻도 된다. 아픈 데도 없으니 더욱 그렇다. 나 대신 소

---

[2] 파리 센 강 위의 다리들 중 하나. 자동차 통행이 금지되어 있어 관광객들이
산책을 즐기는 곳.

변 줄이 다 알아서 해준다. 편안하다. 다만 소변 줄을 뺄 땐 어시긴히 괴로울 거라고 옆의 환자가 일깨워주었다. 두고 보세요, 내 말이 맞을 테니. 난 벌써 세번째예요. 망할 놈의 이 수술 해봤자 절대오래가지 않아요. 두고 보세요. 뻔하니까.

그의 사연이 흥미로웠다. 사실 그의 말엔 허풍도 좀 섞여 있었다. 그는 **같은** 수술을 세 번 받은 게 아니었다. 처음엔 나처럼 전립선 경부 절제 수술을 받으러 온 게 사실이지만, 두번째는 암이 의심되어 송로버섯을 완전히 절제하기 위해서 왔다(난 왜 늘 전립선을 송로버섯이라 부를까?) 세번째는 또 다른 얘기다. 그는 두번째 수술을 받고 퇴원하자마자 주치의 권유대로——샤를마뉴 씨(그의이름은 샤를마뉴다), 그냥 예전처럼 사시면 돼요. 전처럼 살아도된다고요? 전처럼 살아도 된단 말이죠!——사냥을 떠났다, 예전처럼. 그날이 9월 15일이었지요. 사냥터 개장일 바로 다음 날. 그 기회를 놓칠 수 있나요! 그런데 함께 갔던 동료가——그의 매부였다——넘어지면서 실수로 발사를 했고, 샤를마뉴 씨는 전립선을 없앤 바로 그 자리에 산탄을 맞은 것이다. 그는 이 얘기를 하며 껄껄웃었다. 나도 함께 웃었다.

"소변 줄 꺼낼 때 몸부림을 치게 될 테니 두고 봐요."

"그럴까요?"

"보나 마나라니까."

73세 1개월 8일   1996년 11월 18일 월요일

누가 면회 오는 게 싫다. 기숙사에 살 때도 그랬었다. 설사 감옥
에 갇힌다 해도 마찬가지일 것이다. 밀폐된 세계 안에 있으면 최
소한의 편안함을 보장받는 느낌이 들어 좋다. 병원에 홀로 있으면
곁에 있는 또 다른 외로운 이들이 따뜻한 동반자 역할을 해준다.
따라서 모나와 그레구아르 외에는 면회 금지다. 아, 티조도 예외
다. 그는 루이 주베³⁾가 전립선 절제 수술을 받고 돌아왔을 때의
이야기를 들려주면서 날 웃겼다. 주베가 아침마다 에스프레소 커
피를 마시던 카페의 웨이터가 그의 건강에 대해 조심스럽게 물었
다. 그 웨이터는 말더듬이였기 때문에 대화는 이런 식이었다. 주
주주……주……베……씨……저저저전……리립……선……수수
술……? 그러자 주베가 여유 있게 받아넘겼다. 여보게, 전립선비
대증이란 게 뭐냐 하면 말이야. 오줌을 자네가 말하는 것처럼 떠
듬떠듬 누는 거야.

73세 1개월 17일   1996년 11월 27일 수요일

내 몸뚱이를 완전히 병원에 맡긴 건 이번이 두번째다. 어제, 퇴
원하기 전에 소변 줄을 떼어낼 수 있을 거라 기대했지만, 방광이
말을 듣지 않았다. 간호사는 그걸 '방광 폐색'이라고 불렀다. 이 표

---

3) Louis Jouvet(1887~1951): 프랑스의 배우.

현은 참 정확하다. 정말로 방광이 꽉 막힌 것이나. 꽉 쥔 주먹처럼. 단 한 방울의 오줌도 흘려보내지 않기로 작정을 한 것 같았다. 숨 막히게 하는 고통이 아랫배 전체와 무릎까지 퍼졌다. 신경이 뜨겁게 달아오른 느낌. 몸을 굽힌 난 너무 놀라 눈을 크게 뜨고, 식은땀에 젖은 채 신음 소리만 겨우 내고 있었다. 옴짝달싹할 수가 없었다. 가래 때문에 숨도 쉴 수 없었다. 내가 말했죠, 우리 몸이 얼마나 영악한데요. 샤를마뉴 씨가 옆에서 거들었다.

일단 소변 줄이 다시 자리를 잡자 고통은 마법처럼 사라졌다. 앞으로 한 달이나 두 달 더 소변 줄을 지니고 있어야 할 것이다. 방광이 기력을 회복할 때까지. 좋다, 좋아, 좋아.

73세 1개월 18일   1996년 11월 28일 목요일

소변 줄을 단 채 밖에 나갔다. 그건 방광에서 시작되어 음경을 통해 나와, 오른쪽 다리를 따라 발목 위에 매달려 있는 오줌주머니까지 이른다. 주머니가 차면 비운다. 거의 네 시간마다. 간단하다. 요도의 탄력성과 무감각은 얼마나 놀라운지! 그 작은 길 안에 내시경을 집어넣는 것도 그토록 겁냈건만, 이젠 전철도 지나가게 할 수 있을 것 같다.

그러나 본질적인 문제는 다른 데 있다. 내 기능, ──**오줌 누는 기능**──당연히 내 것이라 믿고 있었던 그 기능이 문제다. 언제나 내 의식에 복종하고, 내 욕구에 따라 작동하고, 내 결정에 따라 충족되던 기능, 그 기능이 이제 내 의지를 벗어나 자기 자신으로 되돌

아간 것이다. 내 몸은 채워지면 비워진다. 그게 다다. 내 의지와는 상관없는 주기에 따라. 그리고 난 장딴지 아래쪽에 달려 있는 이 주머니를 물통 비우듯 비운다(물통처럼 꼭지까지 달려 있다). 이럴 때의 굴욕감에 관한 얘기라면 얼마나 많이 들었던가! 아시죠, 그분 **장치 달고** 다니잖아요. 그리고 나면 일반적으로 연민이 섞인 조심스런 침묵이 뒤따른다. 가끔은 괜한 호기를 부리는 사람도 있다. 난 그러고 사느니 권총으로 자살해버릴 거예요! (아! 건강한 자의 영웅주의!) 이런 대화에서 '장치'라는 단어는 '오줌' '피' 혹은 '똥'을 점잖게 대신한다. 장치 얘기를 하면서, 속으론 환자와 배설물을 함께 떠올려보는 것이다. 보이지 않아야 할 치부가 겉으로 드러나는 것. 평생 감추고 입 다물고 지내왔던 것이 갑자기 눈과 손이 닿는 곳, 그것도 주머니 안에 들어 있다니. 혐오스럽다! 다행히도 난 내가 특별히 혐오스럽진 않다. 부끄럽지도 주눅 들지도 않는다. 그러나 상대방이 내 상태를 알고 있다 해도 과연 그럴까?

73세 1개월 21일   1996년 12월 1일 일요일

사실 난 내 신장의 호흡을 매일 들여다보고 있는 셈이다.

73세 1개월 28일   1996년 12월 8일 일요일

어제저녁 사고가 있었다. A네 집에 처음으로 초대받아 저녁을

먹고 있던 중이었다. 다리를 무심코 꼬다가 장치를 건드린 것이다. 왼쪽 발이 관을 빠뜨리는 바람에, 오줌이 오른쪽 장딴지를 따라 흐르기 시작해 발 주위로 흥건히 퍼졌다. 난 냅킨을 떨어뜨리는 척하면서 식탁 밑으로 들어가서 오줌을 닦고 관을 다시 연결시켰다. 아무도 보지 못했고 아무도 몰랐지만, 그 이후론 계속 신경이 쓰였다. 떠나면서 난 냅킨을 숨겨 왔다(아무리 생각해도 손님이 식탁 밑에서 오줌을 쌌다는 것보단, 냅킨을 도둑맞았다는 게 나을 것 같아서였다).

73세 2개월   1996년 12월 10일 화요일

또래 친구들이 모이면 질병에 관한 얘기들을 많이 한다. "자넨 이해 못 하겠지, 아파본 적이 한 번도 없잖아!" 이 일기의 미덕들 중 하나는, 내 몸의 갖가지 상태를 남들에게 드러내지 않아도 되게 해준다는 점이다. 그 덕에 난 주변 사람들에게 조금도 걱정을 끼치지 않는다.

73세 2개월 2일   1996년 12월 12일 목요일

난 물시계다.

73세 2개월 4일   1996년 12월 14일 토요일

　종아리에 소변 주머니를 고정시키느라 붙여놓은 반창고 때문에 피부가 수난을 겪고 있다. 빨갛게 짓무른 게 자칫 곪을 수도 있을 것 같다. 여러 차례 위치를 바꾸고 소변 줄도 교체했다. 그러다 보니 다리가 마약중독자의 팔같이 되어버렸다. 무슨 해결책을 찾아야 한다.

73세 2개월 5일   1996년 12월 15일 일요일

　샹젤리제 거리를 지나다 사이클 바지를 입고 자전거를 타고 가는 남자들을 본 순간, 해결책이 떠올랐다. 그들에게 두번째 피부나 마찬가지인 그 쫄쫄이 바지를 내일 당장 사러 가기로 했다. 그걸 입으면 소변 주머니가 자연스레 종아리에 붙어 있을 테니, 더 이상 반창고가 필요 없을 것이다.

73세 2개월 7일   1996년 12월 17일 화요일

　해결됐다. 라이크라[4] 바지 덕에 소변 주머니가 살갗에 달라붙어 있다. 모나가 날 보고 웃는다. 당신 사이클 선수 같네! 엉덩이

---

4) 미국의 듀폰사가 만든 고탄성 우레탄 섬유의 상표명.

도 깜찍하게 튀어나오고! 사이클 바지를 사러 간 스포츠 용품점에는 얼핏 봐도 건장해 보이는 젊은 남자 주인이 있었는데, 그와 언짢은 일이 있었다. 소변 주머니가 가득 찬 걸 미처 생각하지 못하고 있다가 급히 비워야 할 상황이 된 나는 주인에게 화장실이 어디 있냐고 물었다. 그가 대답했다. 고객용 화장실은 없는데요. 난 급하다고 말했다. 그가 똑같은 말을 반복했다. 고객용 화장실은 없는데요! 내가 더 이상 고집 피우지 않고 돌아서자 그가 뒤에서 중얼거렸다. 자기 똥은 자기가 알아서 해결해야지.

난 사냥 용품 코너로 가 물건을 찾는 척하면서 사냥 부츠 속에다 소변 주머니를 비웠다. 초록색 바탕에 갈색 장식이 되어 있는, 아주 멋들어진 가죽 부츠였다.

73세 2개월 10일   1996년 12월 20일 금요일

최근 소송에서 우리 측 변호를 맡아 일을 잘 처리해준 R 변호사를 음식점에 초대했다. 벽에 붙은 긴 의자에 그녀를 앉히고, 난 맞은편 의자에 앉았다. 그녀는 젊고, 지적이고, 경쾌하고, 빛나고, 매력적이었다. 재판 건에 관해선 더 이상 할 얘기가 없었기 때문에 우린 곧 개인적인 얘기를 나누기 시작했다. 금세 얘기에 빠져든 나는―어떻게 된 거지?―어느새 다리 사이의 소변 주머니도, 내 나이도, 심지어 그녀와의 나이 차이까지도 잊어버리고 말았다. 그러나 그녀가 몸을 가볍게 움직이면서 그녀의 얼굴과 내 얼굴이 맞닿을 듯 가까워진 순간, 난 비로소 정신을 차렸다. 내 얼굴과 마

주한 그녀의 얼굴은 신선하고, 젊고, 환하고, 우윳빛과 장밋빛이
감돌았다. 거울에 비친 내 얼굴은 추레하고, 주름지고, 누렇고, 늙
어 있었다. 젊은 사과, 늙은 사과.

73세 2개월 11일   1996년 12월 21일 토요일

어제 쓴 글을 다시 읽다 보니 티조가 들려준 고상한 애기들 중
의 하나가 떠오른다.

벤치에 앉은 두 부랑자가 아주 예쁜 아가씨가 지나가는 걸 보고
있었다. 첫번째 남자가 두번째 남자에게 말했다.
저기, 저 여자 말이야. 어제만 같았어도 어떻게 좀 해봤을 텐데.
상대: 너 저 여자 알아?
첫번째 남자: 아니, 어젠 내 물건이 섰거든.

73세 2개월 16일   1996년 12월 26일 목요일

내일 소변 줄을 뗀다. 또다시 방광 폐색이 오진 않겠냐고 의사
에게 물었다. 그의 고약한 대답이 날 잠 못 들게 한다. 안 그러길
바라야죠. 이걸 한 달씩 차고 계셨다는 것도 이미 대단한걸요. 그
이상은 뭐, 드릴 말씀이 없네요!

드디어 소변 줄을 떼어냈다. 내 평생에 그런 '서스펜스'를 경험할 일이 또 있을지 모르겠다. 방광이 다시 기능을 할 것인가, 안 할 것인가? 방광은 머뭇거렸다. 찌그러져 있던 공이 조금씩 부풀어 오르는 것 같은 묘한 느낌(상상인가?). 그러면서 통증도 점차 심해지는 게, 방광 폐색의 통증을 예고했다. 통증은 압력과 더불어 심해지며 장딴지 안쪽으로 퍼지기 시작했다. 숨을 참았다. 관자놀이에 땀이 흐르기 시작했다. 숨을 쉬세요! 간호사가 외쳤다. 그렇게 긴장하지 말고 몸에 힘을 빼세요. 허파를 비우려고 애를 쓰는데 콧구멍만 비우고 있었다. 눈물이 났다. 그러다 마침내 음경 포피가 부풀더니 폐색이 일시에 중지되고 대야에 오줌이 나왔다. 아직도 핏기가 남아 있었지만, 말이 오줌 눌 때처럼 오줌발이 세찼다. 보세요, 맘대로 눌 수 있잖아요! 간호사가 말했다.

전국의 모든 병원에 한 번씩 다 입원해보고 싶다. 병원에서 환자들에게 어떤 식으로 말하는지 가까이서 관찰해보고 싶어서다.

요 며칠 기분이 오르락내리락한다. 다리 사이에 그 물건을 안 달고 있다는 행복감이, 또다시 달아야 할지도 모른다는 두려움 때문에 다소 약화된다. 그래서 오줌 줄기를 계속 살펴보게 된다. 오줌의 양과 강도가 계속 변한다. 한 번인가 두 번인가는 호스로 물

뿌리듯 시원하게 누었고, 그 소리가 변기 바닥에 경쾌하게 울렸다. 그 순간, 내 몸을 내 맘대로 조절할 수 있다는 젊음의 환희를 느꼈다. 그러나 다른 땐 거의 언제나 형편없다.

73세 7개월 10일   1997년 5월 20일 화요일

가로등과의 꼴사나운 충돌. 오늘 아침 소르본 쪽을 산책하던 중이었다. 눈부신 햇살. 건너편 보도 위에서 여학생들 한 떼가 봄에게 인사를 건네고 있었다. 그들의 젖가슴도 함께 따라 나와 바람이 잘 통하는 셔츠 속에서 자유를 만끽하는 듯했다. 그중에서도 특히 깊이 파인 셔츠 속에서 터질 듯 꽃피어 있는 젖가슴도 있었다. 오! 귀엽기도 하지! 걸으면서 난 그녀들을 쳐다보았다. 그녀들 중 누구에게도 욕망을 느끼지 않는 경지에 이르렀다는 사실을 뿌듯해하면서. 어떤 면에서 그건 아름다움에 대한 순수한 경탄이었다. 그러나 가로등은 내 그런 순수함을 조금도 알아주지 않았다. 마치 내가 먹잇감을 보고 정신이 혼미해진 한심한 늙은이라도 된 듯, 너무 사납게 벌을 준 것이다. 난 뒤로 나자빠졌다. 거의 기절 상태에 빠진 날 구하러 여학생들이 달려왔다. 그녀들이 날 일으켜 카페테라스에 앉혀놓았다. 내 머릿속에선 여전히 가로등이 흔들리고 있었다. 피가 났다. 여학생들이 앰뷸런스를 부르려는 걸 내가 말렸다. 대신 그녀들은 근처 약국으로 가 소독약과 반창고를 사 왔다. 난 내 위로 몸을 숙이고 반창고를 붙여주는 여학생의 젖가슴을 실컷 감상할 수 있었다. 정말로 앰뷸런스를 안 불러도 될

까요? 네. 그녀들이 택시 한 대를 불렀지만 택시 기사는 내 셔츠에 묻은 피 때문에 태우기를 꺼렸다. 하는 수없이 모나에게 전화를 걸고, 그녀가 오기를 기다리며 코냑 한 잔을 시켰다. 그리고 아가씨들에게 감사를 표하기 위해 민트 차와 커피 두 잔도 시켰다. 괜찮으시겠어요? 정말 괜찮으신 거죠? 그래요, 걱정하지 말아요. 살짝 부딪친 것뿐인데 뭐. 점잖은 웃음. 여학생들은 재빨리 떠나버렸다. 우리 사이엔 얘기할 게 정말 없었다. 무슨 얘길 하겠는가. 가로등? 그들의 학업? 그 학생들도 그런 얘길 나눌 마음은 없었을 것이다. 그렇다면 성 불능이 왔을 때 자살을 택한 로맹 가리[5]에 관해? 아니면 반대로, 마침내 리비도에서 해방되었다고 안도감을 느낀 뷔뉘엘[6]에 관해? 학생들이 학교로 돌아가고 난 뒤, 난 정말로 뷔뉘엘을 위해 두번째 코냑을 시켰다. 만일 악마가 그에게 새로운 성생활을 제안했다 해도, 그는 거절했을 것 같다. 성 기능보다는 차라리 튼튼한 간과 허파를 다시 줘서, 실컷 술 마시고 담배 피우게 해달라고 빌었을지 모른다.

73세 7개월 11일   1997년 5월 21일 수요일

언제부터 여자에 대한 욕구가 없어졌다고 확신하게 되었지? 전

---

5) Romain Gary(1914~1980): 프랑스의 소설가.

6) Luis Buñuel(1900~1983): 스페인 태생의 영화감독 루이스 부뉴엘을 말한다. 멕시코로 망명하여 본격적으로 활동했으며 프랑스어로 만든 작품으로 국제적 명성을 얻었다. 프랑스에서는 '루이 뷔뉘엘'로 불린다.

립선 수술 이후로? 발기가 안 되던, 아니 된다 해도 아주 약하게 되던 때부터? 아니면 더 오래전부터? 모나를 만나 한 여자와만 관계를 갖게 되면서부터? 사실 난 모나를 만난 이후로 난 한 번도 바람을 피운 적이 없었다. 솔직히 다른 여자에게 마음이 가질 않았다. 말 그대로 우린 서로의 빈자리를 채워주었고, 그 상태가 쭉 지속되어온 것이다. 그렇다고 해도 나이가 들면서 모나의 욕구가 약해졌다는 이유로 나 자신의 욕망도 사그라진 게 자연스런 일이었을까? 그녀가 더 이상 원치 않는다는 사실이, 나도 더 이상 못할 거라는 암시를 준 걸까? 그렇다면 그건 어떤 의미에선 하나가 된 두 몸의 지혜라고도 할 수 있을 것이다. '할 수 없어'로부터 '더 이상 하고 싶지 않아'까지는 한 걸음만 건너뛰면 된다. 그러나 건너는 동안엔 눈을 감아야 한다. 아주 꼭. 건너는 동안 잠깐이라도 눈을 뜨면, **더 이상 존재하지 않는다**는 천길만길 낭떠러지가 우리 발 아래 모습을 드러낸다. 헤밍웨이, 가리, 그리고 수많은 익명의 사람이 길을 계속 가기보다는 몸을 던지는 쪽을 택했다.

부질없는 걱정은 관두자. 내가 욕구를 느끼느냐 안 느끼느냐와 상관없이, 지금 내 처지는 얼굴 반쪽이 퉁퉁 붓고 눈은 뜰 수조차 없게 되었으니 말이다. 그리고 또 분명한 사실은, 내가 누군가의 욕망의 대상이 될 리도 결코 없다는 것이다.

73세 7개월 12일   1997년 5월 22일 목요일

티조 왈, 난 절대 한 여자하고만은 못 살아. 내 여자라고 소개할

때 꼭 내 고추를 보여주는 것처럼 민망할 것 같거든.

73세 7개월 14일   1997년 5월 24일 토요일

N의 아들네 집에서 저녁 식사. 오래전부터 약속이 되어 있었다. 내가 도움을 준 데 대해 감사를 표하고 싶다고 했다. 이미 한 번 거절을 했던 터라, 얼굴의 상처를 핑계로 또다시 미룰 수는 없었다. 저녁 먹는 내내 내 얼굴에 관해 언급하는 이는 없었다. 하지만 내 몰골은 진짜 볼 만했다. 3차원의 무지개! 이런 종류의 상처는 회복의 각 단계마다 색깔이 변한다. 다양한 색깔과 음영의 변화를 거치는 것이다. 현재 단계에선 불타는 듯한 보라색과 누리끼리한 색으로 덮여 있다. 죽은피로 가득 찬 눈두덩은 사실상 검은색이다. 그러나 식탁에 둘러앉은 그 누구도 이 걸작 예술품에 대해 한마디의 암시조차 하지 않았다. 신사의 얼굴에 관해선 말하지 않는 게 매너일 터. 덕분에 맘이 편했다. 그러나 모임이 끝나갈 때쯤 몸의 문제가(몸을 꾸미는 문제) 전혀 예상치 못한 반전을 일으켰다. N의 막내딸인 리즈라는 아가씨. 엄마 말에 따르면 원래 쫑알거리길 좋아해서 엄마 아빠에 대한 불만을 늘어놓으며 손님들의 마음을 빼앗아야 정상인데, 이상하게 오늘은 계속 조용히 있었다. 한마디도 하지 않고, 한 입도 먹지 않았다. 식탁이 치워지자 아이는 자기 방으로 사라져버렸다. 그때 엄마가 방정맞게 내뱉은 한마디가 상황을 순식간에 바꿔놓았다. 저 계집애가 우리 입맛까지 떨어지게 하네. 거기다 남편까지 작은 소리로 이렇게 대꾸했으니. 어휴 그냥,

꼬맹이가 아주 싸가지가 없다니까. 당신도 그렇고, 됐어, 그만둬. 부인은 경악했고, 부부 씨움이 본격적으로 시끄러워지자 결국 리즈가 자기 방에서 뛰쳐나오며 울부짖었다. "지겨워, 지겨워, 지겨워어어어어!" 고함을 지르느라 한껏 벌린 입안에서 피어싱이 모습을 드러냈다. 작은 쇳덩어리가, 부어오른 혀 깊숙한 곳에서 수은 덩어리처럼 떨리고 있었다. 어머나! 리즈, 이게 도대체 뭐니? 입안에 든 게 뭐야? 얼른 이리 와봐! 그러나 리즈는 악착같이 입을 다물었다. 당황한 엄마는 딸의 혀 자체보다도, 못된 친구들의 영향 때문이 아닌가를 더 걱정했다. 이때 D. G라는 사람이 끼어들었다. 변호사로, 집주인과 같은 세대였다. 그는 영향이라는 주제로 대화를 끌고 갔다.

"사모님도 스트링을 입고 있지 않나요?"

"뭐라고요?"

"스트링 말이에요, 끈으로 된 팬티요. 클로델이라면 '정오의 분할'이라고 불렀을 만한 옷이죠.[7] 브라질 사람들은 또 '치실'이라는 별명으로 부르기도 하고."

여주인의 침묵은 의미심장했다. 엉덩이 위로 치마가 흠잡을 데 없이 매끈하게 내려온 걸로 봐서 그녀는 스트링을 입은 게 분명했고, 그 효과를 십분 누리고 있는 셈이었다.

"친구분들이 다 흠잡을 데 없는 점잖은 분들이라니까 하는 말인데, 그럼 스트링을 입는 건 누구의 영향을 받은 건지 생각해보셨

---

7) Paul Claudel(1868~1955): 프랑스의 외교관이자 극작가. 「정오의 분할」은 그의 희곡 작품 제목이다.

나요?"

침묵.

"왜 이런 말씀을 드리느냐 하면요, 스트링이란 게 원래 창녀의 옷이 아니었나 해서요. 군모처럼 일종의 작업복이었죠. 그런데 오늘날엔 점잖은 집 여자들도 그걸 자연스럽게 입게 됐으니, 어떻게 된 일일까요? 어디서 **영향**을 받은 걸까요?"

이렇게 시작된 대화가 다양한 방면에 걸쳐 나타나는 세계화의 영향이라는 주제에 접근했을 때, 모나와 나는 조용히 자리를 빠져나왔다.

73세 7개월 15일   1997년 5월 25일 일요일

40대들이 모인 어제저녁 모임엔 짧게라도 수염을 기른 남자들이 꽤 여럿 있었다! 모험 정신이라곤 전혀 없어 보이지만, 그렇다고 한마디로 딱 잘라 규정할 수도 없는 묘한 세대다. 보험업자, 변호사, 은행가, 광고전문가, 정보처리기술자, 증권거래사, 그들은 모두 가상의 세계에서 머리만 써서 돈을 버는 자들이다. 다들 과중한 업무에 짓눌린 채 마루에 구멍이 뚫리도록 꼼짝 못하고 앉아, 복잡다단한 전문용어들로 골치를 썩이며 산다. 그러나 그들은 또한 호전적이기도 하다. 모두가 탐험가다. 테네레 사막에서 방금 돌아왔거나, 안나푸르나에서 내려왔거나. 끈 팬티도 같은 맥락에서 볼 수 있지 않을까? 내가 그리워하는 노에미 아주머니보다도 더 도덕적일 게 분명한 N 부인에게, 끈 팬티도 같은 역할을 하는

것이다. 한마디로 반어법의 패션. 그들의 자식들도 마찬가지다. 문신한 아이들, 피어싱한 아이들, 그들 역시 이 정신적인 시대의 산물이다.

74세 4개월 15일   1998년 2월 25일 수요일

V네 집에서 저녁 식사. 음식 맛이 얼마나 끔찍하던지 하마터면 접시에 도로 뱉어버릴 뻔했다. 그러나 집주인과 중요한 대화를 나누고 있던 중이라 억지로 참았다. 무슨 맛인지 생각해볼 여유도 없이 씹지도 않고 꿀꺽 삼켜버린 순간, 집주인이 자기 입에 들어 있던 걸 뱉었다. 여보, 맛이 왜 이래! 그의 아내가 확인해주었다. 가리비조개가 상했다고.

74세 5개월 6일   1998년 3월 16일 월요일

벨렝에서의 콘퍼런스가 끝났다. 통역을 맡았던 나자레가 내 손 위에 자기 손을 얹고 잠자코 있더니, 내 셔츠 소매 끝으로 손가락 두 개를 집어넣어 손목을 어루만지며 말했다. 오늘 밤은 선생님과 함께 보내고 싶은데요. 괜찮으시다면 떠나시기 전 사흘 밤 내내요. 이 제안을 얼마나 자연스럽게 하던지, 나도 거의 놀라지 않았다. 황송할 뿐 놀랍지는 않았다. 아니 감동까지 받았다는 게 정확한 얘기일 것이다. (그래도 다시 생각해보니 상당히 놀랄 만한 일

이긴 하다.) 나자레는 나를 도와 콘퍼런스의 홍보 일을 함께하고, 리셉션을 준비하고, 투사들을 결집하는 등, 열정은 넘치나 허점투성이인 조직을 모든 영역에서 충실히 보완해주었다. 상파울루, 리우, 헤시피, 포르투알레그레, 상루이스, 이 모든 곳에서 난 나자레 덕분에 대부분의 공식 만찬을 생략하고 그녀가 추천해준 곳에서 즐거운 시간을 보낼 수 있었다. 그녀는 또 내게 소개해주고 싶은 음악과 철학의 모임들을 알려주기도 했다. 그리고 이제 그녀의 손이 내 손 위에 얹힌 것이다. 나자레 양(그녀는 스물다섯 살이다), 정말 고마워요. 하지만 그래봤자 자네만 손해야. 난 그게 불가능해진 지 벌써 수십 년 됐어. 나자레는 내 말을 받아들이지 않았다. 그건 부활이라는 걸 안 믿는다는 소리로군요. 난 안 되는 이유들을 열거했다. 난 거기에 메스를 댔고, 욕구도 사라졌고, 일부일처주의자이고, 나이는 세 배나 많고, 최근 몇 년간 한 번도 해본 적이 없어서 성에 관한 한 정체성을 잃었다고. 우리가 함께 침대에 눕는다 해도 그녀는 지루해할 테고, 난 후회하게 될 거라고. 내 말에 설득력이 없었나? 문제점들을 채 다 열거하기도 전에 어느새 호텔 방이 우리를 맞았다. 그녀가 내 옷을 벗기면서 말했다. 그냥 자연스럽게 하자고요. 이 말처럼 난 정말로 자연스럽게 빠져들었다. 비단 같은 그녀의 살결 위로 내 살결이, 벗은 그녀의 몸 위로 내 벗은 몸이 느릿느릿 얼마나 섬세하게 스치던지 시간에 대한 인식, 부담감, 두려움 같은 것들은 모두 사라져버렸다. 나자레, 내가 자신 없는 목소리로 부르자 선생님, 그녀가 내 목에 가벼운 입맞춤을 뿌려대면서 속삭였다. 지금은 콘퍼런스를 하고 있는 게 아니에요, 점잔 빼실 필요 없어요. 그러고는 내 가슴, 배를 지나 성기의 등에까지 가볍게 입을 갖다 댔으나, 내 성기는 움쩍도 하지 않았다. 멍청한 것, 그래도 난 상관하지 않았다. 우리와 함께 놀지 않는 것도 네 자유야, 늙은 것아. 이번엔 넓적다리 사이로 입술이 옮겨갔다. 나자레는 혀로 다리 사이에 틈을 벌리고 얼굴을 집어넣었다. 그러는 한편 그녀의 손은 내 장딴지 밑으로 미끄러져 들어갔다. 나는 윗몸을 일으켜 손가락으로 그녀의 풍만한 머리카락 속을 헤집었다. 그녀의 혀가 날 자세히 음미하고 나서 입술이 날 빨아들였고, 난 그녀의 입안에 들어가 있었다. 그녀의 혀는 날 천천히 어루만지고, 그녀의 입술은 조각가처럼 움직였다. 난 황홀경에 빠졌다. 정말 그랬다. 조심스럽긴 했지만 그래도…… 나자레, 나자레, 그러면서 난 딱딱해졌다, 세상에. 조금씩 그러나 제대로. 나자레, 오, 나자레, 난 그녀의 얼굴을 내 입술로 끌어당겼고, 우리는 부둥켜안고 굴렀다. 자신을 열고 날 받아준 나자레, 난 내 집으로 돌아오듯 그녀 안으로 들어갔다. 좀 쑥스러웠다. 너무 오랜만이었기 때문에 처음엔 문 앞에서 머뭇거리고 있었다. 오래 못 갈걸, 내가 중얼댔다. 그런 말 하지 마세요, 나자레가 내 귀에 대고 속삭였다. 선생님, 사랑해요. 비로소 난 완전히 들어갔다, 그녀에게로, 내 집으로, 기원의 집으로. 축축하고 부드러운 열기 속으로 미끄러져 들어갔다. 점점 더 커지면서 자신 있게. 어느 정도 시간이 지나자 어렴풋이 폭발의 순간이 가까워졌다는 느낌이 들었다. 상승을 충분히 이용하고, 결정적 순간을 늦추고, 기대감을 즐기고, 스멀스멀 기운이 올라오는 걸 느끼고, 그러면서도 결정적으로 솟아오르기 전에 억제할 수 있었다. 선생님, 됐잖아요, 나자레가 날 품에 안으며 말했다. 그래, 내가 해냈다. 난 부활한 자처럼 즐겼다.

74세 5개월 7일   1998년 3월 17일 화요일

　어제저녁에 쓴 일기를 다시 읽어보니, 에로틱한 묘사 속에서 인칭대명사의 역할에 대해 생각해보게 된다. 그녀의 혀가 **날** 자세히 음미하고 나서, 입술이 **날** 빨아들였고, **난** 그녀의 입안에 들어가 있었다…… 이렇게 표현한 건 점잖게 표현하겠다는 것도(사실은 내 음경과 내 고환을 의미하는 말이다), 문체를 멋들어지게 만들려는 것도 아니었다(엄밀히 말해 이건 성관계에서의 내 무능함을 드러내는 것 아닌가). 그건 바로 되찾은 정체성의 표시이다. 다시 말해 온전히 살아 있는 남성을 가리키는 것이다. 물론 꿈에서 깨어나면 뭐라고 할지 모르지만. 나는 **나**다. 나자레의 성기를 가리키는 은유에서도 마찬가지다. **기원의 집**, 이건 그녀, 즉 여성으로서의 그녀의 정체성을 가리키는 말이다.

74세 5개월 9일   1998년 3월 19일 목요일

　나자레의 검은 피부, 측정할 수 없는 색채의 깊이. 갈색, 황토색, 푸른색, 붉은색. 성기의 보랏빛 도는 자주색, 혀의 장밋빛, 손바닥의 불그레한 금빛. 도무지 알 수 없는 묘한 분위기에 내 눈길은 한없이 취한다. 나자레의 벗은 몸을 바라보고 있노라면 그녀의 피부 속으로 빠져들게 된다. 생전 처음으로 난, 내 피부가 그저 표면에 걸친 옷일 뿐이라는 걸 깨달았다. 나자레의 매끈한 피부, 너무 작아 눈에 보이지도 않는 모공, 물에 젖은 조약돌 같은 살갗. 그녀가

한 걸음 옮길 때마다 원피스가 살 위에서 춤을 춘다. 젖가슴, 등, 엉덩이, 배, 장딴지, 어디를 봐도 탄력이 넘쳐 몸이 에너지 자체로 보일 정도다. 나자레의 에로티시즘…… 내가 매번 부활하지 못하는 걸 안타까워하자(어림도 없는 일이지!) 나자레는 이렇게 타일렀다. 선생님은 섹스라는 걸 상대에게 과시하는 방편으로만 여기시나 봐요. 그 말에 난 나자레의 몸을 골고루 어루만져주고, 기대 이상으로 박력 있게 껴안아주었고, 그러면 나자레는 오르가슴으로 갈채를 보냈다. 함께 목욕을 할 땐, 우윳빛 목욕물 위에 나자레의 젖가슴이 두 개의 섬처럼 떠 있었다. 자, 새로 생긴 섬들이 떠오릅니다, 보세요! 후추와 꿀이 섞인 듯한 나자레의 맛, 그녀에게서 나는 용연향[8]의 냄새, 꺼끌꺼끌한 목소리, 내 손가락이 길을 잃을 정도로 풍성한 아프리카인 특유의 머리카락! 황홀경의 정점에서 내가 괜찮군 하고 말하면 그녀는 아주 좋아, 완벽했어! 이렇게 말하고 싶은 거죠,라고 일깨워주며 자신의 철학을 피력했다. 좀 배웠다 하는 유럽인들이 공부한 티를 내기 위해 쓰기 좋아하는 완곡어법이야말로 열광하지도, 제대로 느끼지도 못하게 만들어버렸다는 것이다. 그리하여 **스타일**만을 중시하게 되고, 정작 우리 자신은 사라져버렸다는 것. 나자레의 다정한 유머. 아! 선생니이이이임, 비몽사몽간에 긴 한숨을 내쉬며 내뱉는 애교. 이렇게 놀리듯이 불리는 게 나도 싫지 않다. 내가 떠나올 때 나자레는 얼굴 표정은 조금도 움직이지 않은 채 눈물만 뚝뚝 흘렸다. 그녀의 조약돌 같은 뺨 위로 흘러내리는 고요한 눈물. 그 보물이 날 꼭 껴안아주

---

8) 향유고래의 장에서 생성되는 고체 물질, 사향과 같은 향기가 있다.

는 바람에 내 가슴속에 구멍이 뚫려버렸다.

74세 5개월 15일   1998년 3월 25일 수요일

　R과 마주했을 때 우리 두 얼굴의 대조에 그토록 예민했던 나
(젊은 사과, 늙은 사과). 젖가슴을 드러낸 어린 여학생이 날 간호
해주었을 때 내 성욕의 죽음을 기뻐했던 나. 전립선 수술이 성생
활의 조종(弔鐘)을 울렸다고 생각했던 나. 몇십 년간 세월 가는 데
무심하게 살아온 나. 그랬던 내가 나자레를 생각할 때는 우리 둘
의 나이 차를 의식하지 않게 된다. 내 정신이 몸으로부터 빠져나
와 내 늙은 몸과 그녀의 젊은 몸을 직시하게 된다면 어떤 느낌이
들까? 그로테스크할까? 추잡할까? 음탕한 늙은이? 그런데 대체
무슨 조화인지, 나자레와 함께하면서는 이런 객관적 시선을 가질
수가 없다. 선생님은 부활을 믿지 않으세요? 나자레는 이렇게 속
삭였었다. 이젠 됐다. 부활한 자가 어떤 느낌을 갖는지 이젠 나도
안다. 그건 바로 모든 연령대가 융합되어 있는 기쁨에 찬 몸뚱어
리를 되찾는 것이다.

74세 5개월 16일   1998년 3월 26일 목요일

부활한 자의 상태로 죽는 게 더 달콤할 것 같다.

74세 6개월 2일   1998년 4월 12일 일요일

맞아, 티조가 병상에서 말했다. 형은 늙은이의 몸으로 시작했으니 청년의 몸으로 끝을 내는 게 합당해. 그는 기침을 하면서도 웃으며 또 이렇게 덧붙였다. 학회에선 학자들보다도 오입쟁이들을 더 많이 배출하나 보네! 우리는 웃음을 터뜨렸다. 그 바람에 티조의 숨이 가빠졌다. 약을 갖고 온 간호사가 그를 꾸짖었다. 간호사가 나가자 티조가 말했다. 내가 이렇게 **대접을 받는다니까.**

75세 1개월 17일   1998년 11월 27일 금요일

오늘 저녁 티조가 세상을 떠났다. 나와는 어제 미리 작별 인사를 했다. 오늘 다시 오지 말라면서. 날 조용히 가게 해줘…… 매번 문병 갈 때마다 병도 병이지만 치료의 부작용이 날로 심해져가는 게 눈에 보였다. 까무잡잡하고 야위었던 남프랑스의 사내가, 머리카락 한 올 남지 않은 허여멀건 노인네가 되어 있었다. 신장이 노폐물을 배설하지 못하다 보니 몸이 부댓자루처럼 부풀어 오르고, 손가락들도 순대처럼 퉁퉁 부어 있었다. 죽어가는 사람들이 대부분 작아지는 것과는 반대로 그는 몸집이 너무 커져버렸다. 그러나 병(폐암이 몸 전체에 다 퍼졌다)도, 치료도 그리고 무모한 호기의 후유증(술, 담배를 그렇게 많이 하지 않았더라면 얼마나 좋았을까!)도 그의 호탕한 배짱을 이기진 못했다. 그는 죽음을 존중하고, 삶을 있는 그대로 받아들였다. 그에게 삶은 매혹적인 산책이었다.

병실을 나서려는데 그가 가까이 좀 와보라고 하더니 내 귀에다 입을 대고 물었다. 형, 알아? 숲을 떠나지 않으려고 했던 멧돼지 얘기 말이야. 그의 목소리는 헐떡임이라고밖에 할 수 없을 정도였지만, 통 큰 운명주의와──이렇게 표현하는 게 적절할까?──얘기꾼으로서의 예리한 감각은 여전했다.

숲에서 나오고 싶지 않았던 멧돼지 이야기

아주 늙은 멧돼지가 있었어. 나보다는 형 세대에 가깝다고 할 수 있겠지. 진짜로 늙었다고. 불알도 텅텅 비고 송곳니도 닳아빠지고 말이야. 그는 젊은이들 때문에 무리로부터 쫓겨나, 딱하게도 숲에 혼자 남아 있게 됐지, 바보처럼. 젊은 것들이 암컷들과 어울려서 신나게 놀고 있는 소리가 들려왔어. 그래서 그는 이제 숲을 떠나 다른 곳으로 가야 할 것 같다는 생각을 했지. 그런데 문제는, 그가 그 나무들 밑에서 태어나 평생을 거기서만 보냈다는 것이었어. '다른 곳'은 두려웠지. 그러나 젊은 암컷들이 즐거워 어쩔 줄 모르는 걸 듣고 있자니 참을 수가 없었어. 그는 결국 결심했어. 떠나자! 그는 머리를 내려뜨린 채 앞으로 나아갔지. 덤불, 작은 숲, 잡목림, 가시덤불을 지나 숲의 가장자리까지 이르렀을 때, 거기서 그가 본 게 뭐였는지 알아? 햇빛이 쏟아지는 밭! 온통 푸르렀지! 놀라운 빛의 세계! 그리고 그 풀밭 한가운데엔 울타리가 있었어! 네모나게 둘러쳐진 울타리! 그 안에 뭐가 있었는지 알아? **어마어마하게 큰** 돼지. 수플레가 밖으로 부풀어 오르듯, 그 돼지는 너무 뚱뚱해서 울타리 밖으로 튀어나와 있었어. 털이라곤 한 오라기도 남아 있지 않은 시뻘건 몸뚱이. 이미 햄으로 변해 있었던 거야! 늙은 멧돼지는 놀라 돼지를 불렀어.

"어이! 어이! 너 말이야!"

커다란 햄이 천천히 머리를 돌렸어.

늙은 멧돼지가 물었어.

"화학 치료가 너무 힘들진 않아?"

75세 1개월 28일   1998년 12월 8일 화요일

티조가 죽기 며칠 전, 그의 '가장 친한 친구'인 J. C에게 전화를 걸었다(티조의 친구들은 거의가 청소년기에 사귄 이들이다). 가장 친하다는 그 친구는 티조를 보러 오지 않을 거라고 했다. '늘 활기 넘쳤던' 티조의 이미지가 '깨지는' 걸 원치 않는다는 것이다. 빌어먹을. 그래서 친구 홀로 임종을 맞게 하겠다, 이거지. 꽤나 섬세한 척하지만 속이 빤히 들여다보인다. 난 정신적인 친구들이 싫다. 그냥 살과 뼈만 있는 친구들이 좋다.

75세 9개월 6일   1999년 7월 16일 금요일

티조의 유골을 브리아크에 뿌렸다. 그의 뜻이었다. 그가 어릴 때 까마귀 새끼를 끄집어내곤 하던 너도밤나무 꼭대기에서(이건 그레구아르의 아이디어였다). 세 배는 굵어진 나무둥치 위로 내

손자가 기어올라가는 걸 보고 있자니, 예전에 내가 티조를 구하러 올라가던 장면이 떠올랐다. 『라루스 사전』의 인체 해부도와 닮은 녀석이 가지를 하나하나 기어오르는 모습. 그러나 그레구아르의 동작엔 여유가 있었다. 티조가 놀려대던 **의지의 훈련**을 한 티도 없고 말이다. 티조의 유골은 바람에 날려 흩어졌다 모였다 하며 날개라도 단 듯 빙빙 돌더니 마침내 공중분해되어 사라져버렸다. 그 친구, 마지막 인사도 참 유별나게 했다.

75세 10개월 5일   1999년 8월 15일 일요일

새벽 2시에 오줌이 마려워 깼다. 일어나기 싫어 뭉그적대다 아래층에서 들려오는 웃음소리에 겨우 몸을 일으켰다. 그레구아르, 프레데리크 그리고 쌍둥이 자매가 거위 놀이를 하고 있었다. 운이 나빠 앞으로 나아가는 길이 막혀버렸다고 투덜대는 파니, 더블 6점 덕에 승리가 가까워졌다고 히죽거리는 프레데리크. 가만, 할아버지다! 그레구아르가 손가락으로 나를 가리키며 소리치자 모두가 놀이판 위로 몸을 숙이고 감추는 시늉을 했다. 비밀이에요, 할아버진 보시면 안 돼요! 마르그리트가 어린아이처럼 소릴 질렀다. 처음엔 그레구아르가 사춘기에 접어들었을 때 내가 주었던 '**총각 딱지 떼기 거위 놀이**'인 줄 알았다. 그런데 그게 아니고 한술 더 떠 '**건강염려증 환자 놀이**'라니. 그레구아르가 야간 당직을 서면서 고안해낸 거란다. 한 칸 한 칸 나아갈수록 병이 더 심해지다가 결국 엔 죽음까지 이르는 건데, 마지막 칸에선 마침내 병에 대한 공포

를 치료해준다는 것이다. 할아버지도 같이 놀래요? 파니가 물었다. (요즘 애들의 이런 버르장머리 없는 말투가 귀엽게 들린다.) 내겐 우선적으로 주사위를 세 번 넌질 권리가 주어졌다. 그렇게 해서 도달한 곳이 다발성 경화증 칸이었는데, 그 칸에선 또 한 번 던질 수가 있었다. (이 게임의 원칙은 병이 중하면 중할수록 앞으로 더 많이 나아간다는 것이다.) 내일은 우리 일곱 가족 놀이 해요! 마르그리트가 말했다. 문제의 그 놀이는 42가지 병에 자발적으로 걸리는 것이다. (암 가족에선 전립선을 고르고, 침대 가족에선 생식기 포진을 고르고, 의사들 가족에선 파킨슨을 고르고, 하는 식이다.) 가볍게 생각하세요, 가볍게. 그레구아르가 웃으며 말했다. 어쨌든 마지막 칸은 누구에게나 똑같으니까요! 분명한 건, 쌍둥이 꼬마들이 —이젠 다 컸지만 — 아주 신이 났다는 거다.

75세 11개월 2일   1999년 9월 12일 일요일

나보다 나이가 열 살이나 적은 티조가 죽기 전날 내게 말했다. 난 나이에서도 형을 앞질렀네! 제일 늙은 사람이 출구와 가장 가까이 있는 법인데 말이야.

같은 날 17시

차를 마시면서 이 글을 쓴다. 수술한 이후론 커피를 포기했다.

차가 날 씻어주는 느낌이다. 일종의 몸속 샤워다. 한 잔 마시면 오줌은 석 잔 쌀걸. 비올레트 아줌마가 말했었다. 이러다 나도 언젠가는 따뜻한 맹물만 마시게 되는 것 아닐까. 위게트 아주머니가 그랬던 것처럼.

76세 2일   1999년 10월 12일 화요일

만날 '신물이 올라온다'고 했던 위게트 아주머니나 '위산과다'에 시달렸던 엄마도 몸속 샤워 요법을 쓰면 좋지 않았을까? 하긴 비스무트를 먹고 나서 그게 속을 완전히 덮게 한답시고 5분마다 몸을 4분의 3바퀴씩 돌리는 사람도 있었으니…… 자신의 몸을 커다란 그릇으로 간주하는 이런 행동을 보며 주변 사람들은 웃었었다. 그러나 여러 면에서 우리는 그릇보다 나을 게 없다. 모나는 아침마다 공복 상태에서 물 한 잔에다 골다공증 약을 먹는다. 그리고 나서 30분 동안은 **무슨 일이 있어도** 다시 눕는 법이 없이 선 채로 있다. 약이 가성소다처럼 식도를 망가뜨릴 수도 있기 때문이다. 그러니까 우린 그릇이다. 그 이상이 아니다. 그건 그렇고 한 가지 덧붙이자면, 비스무트는 오늘날 독약으로 간주된다. 병원에서 절대적으로 금하고 있다.

77세 2개월 8일   2000년 12월 18일 월요일

　넷째 손가락의 마디마디가 너무 아파 잠에서 깼다. 밤새도록 벽에다 대고 복싱이라도 한 것처럼. 10년 전 P여사 댁 정원에서 뒤집혔던 바로 그 손가락이다. 고놈 참, 끈질기게 이자를 받아내려 하는 고리대금업자 같다.

77세 6개월 17일   2001년 4월 27일 금요일

　자다가 금방이라도 오줌을 쌀 것 같아 잠을 깨는 일이 잦지만, 정작 나오는 건 거의 없다. 믹시옹 앵포시블Miction impossible[9]이다. (영화 제목으론 어떨까?) 하룻밤에 몇 번씩? 예전 사춘기 땐 고해 신부가 이렇게 물었었다. 하룻밤에 몇 번씩? 이젠 비뇨기과 의사가 묻는다. 신부는 「주기도문」과 성모 기도로 위협했고, 의사는 전립선 절제 수술을 또다시 해야 한다고 위협한다. 다른 수가 없어요, 수술하는 수밖에. 그렇다고 스무 살 때처럼 되진 않겠지만, 밤에 훨씬 편하게 주무실 수 있죠. 물론 그럴 것이다. 하지만 왕좌에라도 앉은 듯 여유 있는 포즈로, 나오지 않는 오줌을 기다리며 즐기는 몽상의 순간들은 어쩌라고? 한밤중에 오줌이 마려워 잠에서 깰 때면, 가죽 부대처럼 팽팽해진 방광이 아니라 성게 껍질, 석회

---

9) 프랑스어 Miction impossible은 '배뇨가 불가능하다'는 뜻으로 미국 영화 제목 「미션 임파서블Mission impossible」을 패러디했다.

질의 껍질처럼 화석화된 방광이 떠오른다. 작은 손가락으로 물렁물렁한 호스를 받친 채 맥 빠진 수문을 열고, 겨우겨우 천천히 나 자신을 비워간다. 수직으로 떨어져내리는 서글픈 오줌 방울. 그러고 있다 보면 초원 한가운데 버려진 늙은 당나귀의 이미지가 떠오르며 가슴이 울컥하기도 한다. 아니면 마네스 아저씨네 집 근처의 말라버린 샘물도 떠오르곤 한다. 아저씨는 이웃인 마르세유 사람들 때문에 그 샘이 말라버렸다고 굳게 믿고 있었다. 그 샘의 세찬 물소리는 잠드는 데 도움을 주는 듣기 좋은 소음들 중의 하나였다. 자갈길 위를 걷는 소리, 포도 넝쿨 정자에 부는 바람, 마네스 아저씨의 숫돌과 더불어…… (마네스 아저씨는 초저녁이면 숫돌과 모루[10]에 연장들을 갈면서 시간을 보냈다. 난 모루의 그 날카로운 소리를 좋아했다. 박자 맞춰 팅팅, 팅팅) 그 샘은 이끼가 끼더니 결국 말라버렸다. 아마도 상류에서 진흙 덩어리가 물줄기를 막고 있는 것 같았다. 갈색의 물줄기가 조용히 흐르더니 점차 방울방울 흐르다, 결국엔 한 방울도 흐르지 않게 되었다. 아저씨는 엄청나게 화를 냈다──어쩌면 자기 자신이 막아버린 것일 수도 있는데.

78세   2001년 10월 10일 수요일

 리종, 그레구아르 그리고 쌍둥이가 생일 선물로 비디오프로젝

---

10) 금속 재료를 쇠망치로 두들겨 원하는 형태로 만들고자 할 때 그 금속을 올려 놓는 쇠받침대.

터와 열 개도 넘는 영화 DVD를 주었다. 그중엔 내가 좋아하는 것
들도 있었다. 잉마르 베리만의 「산딸기」, 맨키비츠의 「유령과 뮤
어 부인」, 휴스턴의 「죽은 자들」 그리고 「바베트의 만찬」까지. 아!
「바베트의 만찬」! 이 영화의 감독이 누구였더라? 가브리엘 악셀!
파니가 살짝 알려준다. 그래, 가브리엘 악셀, 그에게 영광 있으라!
선물을 받고 이렇게 좋아해본 것도 오랜만이다. 왜 진작 나 자신
이 스스로에게 선물할 생각은 하지 못했을까. 모나가 포장을 뜯자
프로젝터가 모습을 드러냈고, 내 기쁨도 하늘을 찔렀다. 얼른 해
가 지기를 어린애처럼 초조하게 기다렸다. 마침내 벽에다 하얀 천
을 걸었을 때, 난 비올레트 아줌마가 거실의 원탁 위에 환등기를
설치했었을 때의 흥분을 다시 한 번 체험했다. 모나와 아이들이
내게 영화 선택권을 주어서 난 「산딸기」를 택했다. 이사크 보리라
는 교수의 명예 학위 수여식. 세상에, 그 이름이 기억나다니 신기
하다! 에버하르트 이사크 보리는 자신의 박사 학위 취득 50년을
기념하는 명예 학위 수여식에 참석하러 며느리 마리안을 데리고
룬드로 향한다. 나와 똑같이 일흔여덟 살이라니! 내가 그 영화를
처음 본 게 마흔 살 때였으니 그 사실을 기억하지 못하는 것도 당
연하다. 일흔여덟 살이라. 난 어느새 그 노인의 얼굴을 살펴보기
시작했다. 나와의 공통점을 찾기 위해. 주름살, 느릿느릿한 거동,
얼빠진 것처럼 보이게 하는 어렴풋한 미소. 그러나 여전히 살아
있는 욕망에 의해(예를 들어 그는 주머니에 룬드행 비행기표를 갖
고 있으면서도 자동차를 탄다) 뜻밖에 맛보게 되는 삶의 광채, 다
시 말해 마리안과 그가 태워준 세 명의 젊은이가 그에게 일깨워주
는 즐거움. 그건 휴가 때 그레구아르, 마르그리트 그리고 파니의

시끌벅적한 존재가 내게 주는 기쁨과 같은 것이다. 그들의 우스갯소리, 말다툼, 유쾌한 화해……

화면에 푹 빠져 있을 때 문득 내 주의를 끈 게 또 한 가지 있었다. 그건 영화와는 아무 상관도 없는 것으로 기계 자체, 그러니까 프로젝터와 관련된 일이었다. 모나와 나는 프로젝터 옆에 앉아 있었다. 그건 검은 플라스틱 통으로, 좁은 틈 사이에 DVD를 밀어 넣으면 나머지는 알아서 다 해주었다. 영사, 음향, 초점 맞추기, 모터의 냉각 등. 거실 한복판에 자리 잡은 그 기계는 천 위에 영상을 투사했다. 우리로부터 4미터 앞에 커다란 흑백 영상이 펼쳐졌다. 오래된 영화라 필름은 낡았겠지만 화면은 충분히 선명해서 내가 백내장 환자라는 것도 잊어버릴 정도였다. 늙은 이사크와 그의 며느리 마리안의 음울한 논쟁에—기질과 세대에 따른 갈등—귀 기울이고 있을 때 갑자기 그들의 목소리가 어디로부터 나오는 것인지가 궁금해졌다. 스크린에서 오는 것 같았다. 인물들이 거기서 말하고 있는 게 보이니까. 그러나 그건 불가능한 일이었다. 그 소리는 바로 내 옆, 낮은 탁자 위에 놓인 프로젝터에서 나오는 것이니 말이다. 난 기계를 들여다봤다. 의심할 것도 없이 목소리는 검은 플라스틱 상자에서 나오고 있었다. 내 왼쪽 귀로부터 50센티미터 떨어진 곳에서. 그런데도 내 눈이 다시 낡은 천을 바라보면, 모든 말이 그 입에서 나오는 것만 같으니! 이 시청각적인 환영의 힘에 놀라서 난 프로젝터에 귀를 쫑긋 기울인 채 화면을 쳐다보려고 애썼다. 소용없었다. 목소리는 여전히 저 4미터 앞에 펼쳐진 스크린 속의 스웨덴 배우들에게서 나왔다. 이걸 확인하면서 난 어떤 원초적인 황홀경에 빠졌다. 마치 편재(遍在)의 기적을 보고 있는 것처럼. 눈을 감아봤다. 목소리는 다시 프로젝터 속을 점령하고 있었다. 다시 눈을 떠봤다. 목소리는 스크린으로 되돌아갔다.

잠자리에 들어서도 난 한참 동안 실제 음성의 발원지와 낡은 천 위에서 우리에게 말을 하던 인물들 간의 불일치에 관해 생각했다. 그에 대한 꽤 적절한 비유가 어렴풋이 떠오를 때쯤 그만 잠이 들어버렸다. 오늘 아침 눈을 떴을 때 내겐 그 인상만이 남아 있었다…… 지금 이 테이블에 앉아 고요히 일기를 쓰고 있는 동안에도, 내 몸이 말하는 것이 저 앞, 멀리서부터 들려오는 것만 같다.

78세 4개월 3일   2002년 2월 13일 수요일

"어째서 하품하는 사람은 다른 사람까지 하품하게 만드는가?" 이 문제는 이미 16세기에 로버트 버튼이라는 사람이 『우울의 해부』라는 저서의 431쪽에서 제기한 바 있다. 이 책은 코르티 출판사에서 프랑스어로도 번역 출간이 되었다. 거기서 만족할 만한 해답을 얻진 못했지만(버튼은 하품의 이러한 전염성을 **에스프리**의 문제로 본다), 덕분에 40년 전의 일을 떠올리게 됐다. 유난히도 지루하던 공부 모임에서 지겨움을 참을 수 없어 해봤던 재미난 생리학 실험 말이다. 난 하품하는 시늉만 해본 것뿐이었는데도 테이블에 앉은 사람들이 전부 하품을 하기 시작했다. 난 무슨 대단한 발견이라도 한 것처럼 뿌듯해했지만, 사실 그건 아무것도 아니었다. 우리는 '몸'이라는 처녀지를 개간하며 살아간다. 우리에 앞서 이미 수많은 사람이 그래왔듯이. 몽테뉴나 버튼은 책을 써서 남겼지만,

아직까지 드러나지 않은 발견들이 얼마나 많을까? 전파되지 않은 놀라운 일들, 감춰져 있는 신기한 일들이 얼마나 많을까? 그 비밀을 간직한 사람들은 다들 침묵을 지키며 얼마나 갑갑해할까!

78세 6개월 14일   2002년 4월 24일 수요일

이젠 털어놓아도 될 것 같은데, 식사를 너무 푸짐하게 하고 난 뒤에는 방귀가 계속 나오는 게 꼭 항문이 숨을 쉬는 것처럼 느껴질 때가 있다. 네다섯 걸음 동안엔 공기를 빨아들이고 그다음 네다섯 걸음 동안엔 배출하는 게 허파처럼 규칙적이다. 이처럼 계속되는 방귀는 내 사회적 지위나 타고난 기품 그리고 집안 어른으로서의 체통을 생각할 때 지나치게 시끄럽다. 이럴 땐 기침 소리로도 방귀를 덮는 게 불가능하다. 그래서 누구와 함께 걸어야 할 때면 난 쉴 새 없이 뭐라고 떠들어댄다. 그 열정은 음울한 배경음을 감추는 임무를 띠고 있다.

78세 11개월 29일   2002년 10월 9일 수요일

내 생일날 오기로 했던 그레구아르가 전화를 했다. 병원에서 수두를 옮아 침대에 누워 있는 신세라는 것이다. 스물다섯 살에 수두라니, 말이 돼요, 할아버지? 할아버진 만날 내가 나이보다 앞서간다고 하셨잖아요! 그런데 이게 뭐예요, 전 허당인가 봐요. 천재

허당! 그래도 허당은 허당이죠. 그의 목소리에선 아프다기보다 허둥대는 기색이 느껴졌고, 그때 난 처음으로 깨달았다. 그레구아르에 대한 내 애정은, 그의 목소리에서 풍겨 나오는 자신감에 찬 음악성과 관련되어 있다는 걸 말이다. 그레구아르는 변성기가 되기 전 아주 어렸을 때에도 누구보다 평온한 목소리를 갖고 있었다. 그 애가 화나 있는 걸 한 번이라도 본 적이 있던가?

79세   2002년 10월 10일 목요일

내 심장, 충직한 내 심장. 예전보다 힘은 없지만, 오! 얼마나 충직한가! 지난밤 난 어린아이 같은 짓에 몰두했다. 태어나면서부터 지금까지 심장이 몇 번이나 뛰었는지를 계산해본 것이다. 1분에 평균 72번 뛴다고 치면 한 시간이 60분, 하루는 스물네 시간, 1년은 365일인데 79년 살았으니. 암산은 도저히 불가능하다. 그래서 계산기의 도움을 빌렸다. 거의 30억 번의 박동! 윤년은 계산도 하지 않았고 감정 때문에 박동이 빨라지는 것도 계산에 넣지 않았다! 난 가슴에 손을 얹고 내 심장이 뛰는 걸 느껴보았다. 평온하게 규칙적으로 뛰고 있다. 생일 축하해, 심장아!

79세 1개월 2일   2002년 11월 12일 화요일

우리 그레구아르가 죽었다. 마지막으로 통화하고 나서 이틀 뒤

에 혼수상태에 빠진 것이다. 프레데리크는 처음엔 수두성 뇌염일
거라 생각하고 회복될 수 있을 거라 예상했으나, 그게 아니었다.
그건 훨씬 더 나쁜 병이었다. 레이 증후군. 수두에 그 병까지 겹쳐
져, 급성 간 기능 부전으로 발전한 것이다. 프레데리크에 따르면
레이 증후군은 아마도 아스피린 때문이었을 거라고 한다. 그레구
아르의 주머니에서 그걸 발견했다는 것이다. 열을 내리기 위해 아
스피린을 먹었던 것 같은데, 아주 드물게 나타나는 부작용에 관해
선 몰랐던 것이다. 프레데리크가 그를 소생시켜놓긴 했지만 이미
어떻게도 손을 쓸 수가 없었다. 모나와 나는 허겁지겁 달려갔다.
처음에 우린 그레구아르를 알아보지도 못했다. 곁에 실비와 프레
데리크가 지키고 있었는데도 우리 욕심에, 그가 아닐 거라고 믿고
싶었다. 이마 끝에서부터 손가락 끝까지 수포로 만신창이가 되어
있는 그 누런 밀랍 같은 몸뚱어리가 내 손자의 몸일 수는 없었다.
어느 영화에서던가, 이집트 학자가 자기가 방금 판 묘지 앞에서
저주를 받아 미라로 변하던 장면이 떠올랐다. 아, 그건 그레구아
르가 맞았다. 병원 침대 위에 누워 있는 건 우리 그레구아르였다.
난 끔찍한 수포가 흐릿하게 보이도록 일부러 눈을 찡그려 초점을
흐렸다. 그러자 비로소 우리 그레구아르가 보였다. 늘 뭔지 모를
장난기를 풍기던 그의 몸이 지금은 누런 안개 속에 누워 있었다.
그레구아르는 테니스를 칠 때도 처음엔 텔레비전에서 본 챔피언
들 흉내를 내며 경기하는 시늉만 했다. 누구 흉내를 내는 건지 알
아맞히느라 상대가 정신 팔려 있는 동안, 그레구아르는 어느새 점
수를 따고 게임에서 이겨버렸다. 당황한 상대방은 좀더 진지하게
경기에 임할 것을 요구했다. 장난하는 거야, 뭐야! 아니면 3년 전

에 W네 아들이 그랬던 것처럼 라켓을 내던지고 경기장을 떠나버리기도 했다. 사실 그 비법은, 그레구아르가 열 살인가 열두 살인가 됐을 무렵 내가 전수해준 것이었다. 젊은 시절에 나도 그런 식으로 테니스를 쳤노라고 말해줬으니 말이다. 테니스라는 세련된 운동이 텔레비전 때문에 과시적인 짐승들의 결투가 되어버린 게 영 못마땅했던 나는, 내 손자가 그 괴상하게 폼만 잡는 스포츠에 기죽지 않기를 바랐다. 내가 그 애를 얼마나 사랑했던가! 지금 내 펜은 그의 죽음을 부인하려 얼마나 안간힘을 쓰고 있는가. 다 부질없는 짓인걸. 세상의 수도 없이 많은 사람 중에 어느 한 사람만 특별히 더 사랑한다는 건 얼마나 얄궂은 일인가. 내 눈엔 신통하게만 보이던 그레구아르의 온갖 장점을 과연 그 애는 정말로 즐겼을까? 구태여 찾자면 그 애에게도 두세 가지 결점은 있었겠지, 안 그래? 만일 그 애가 내 나이까지 살았다면 어떤 혐오스런 괴벽을 갖게 되었을까? 아무리 대단한 사람이라도 망가지게 마련인데! 지금 내가 이렇게 아무 소리나 지껄여대는 건, 입을 완전히 봉한 모나의 침묵을 견딜 수가 없어서다. 모나는 무슨 생각을 하고 있는 걸까? 갑자기 집안일에 미친 듯 매달리는 걸 보면 그녀도 나와 같은 생각을 하고 있는 걸까? 수두가 유행했던 그 여름, 브뤼노가 그레구아르를 우리에게 보냈더라면 그 애가 살아 있을 거라는 생각? 만일 브뤼노가 그 천연의 예방접종을 받아들였더라면? 그러기 위해선 어느 정도 도박을 해야 했고, 브뤼노는 깨끗이 도박을 포기했었다. 아이들은 반팔 셔츠조차도 못 견뎌 해서 모두 발가벗고 있었다. 한 아이가 가렵다고 너무 칭얼대면, 다른 아이들 모두가 몰려들어 끝이 하얗게 곪은 물집에다 입김을 불어주고 살살 어루만져줬다. 그 놀이는 리종이 고안해냈던 것 같다. 아이들은 각각 여덟 방향에서 불어오는 베네치아의 바람을 상징했는데, 그레구아르가 빠지는 바람에 일곱 명밖에 안 됐다. 그가 있었다면 바람 역할을 제일 신나게 했을 테고, 지금도 살아 있을 수 있었을 텐데. 브뤼노가 호주에서부터 오는 데는 이틀이 걸렸다. 다행히도 매장하는 시간에 맞게 도착했다. 시신을 더 오랫동안 놔둘수는 없었다. 브뤼노를 껴안아보니 살이 쪄 있었다. 이두박근에 살집이 만져졌다. 시차에 상심까지 겹쳐 브뤼노의 뺨은 축 늘어졌고, 속을 알 수 없는 표정을 짓고 있었다. 그는 자기 의견을 무시하고 성당에서 장례를 치른 실비에게 인사도 건네지 않았다. 분위기가 줄곧 불편했다. 아무도 말을 많이 하지 않았다. 장례가 끝난뒤 리종 집에 모였을 때 쌍둥이는 부둥켜안은 채 한마디 말도 없이 흐느끼기만 했다. 실비는 횡설수설 혼잣말을 계속했다. 자기가 아들 걱정을 얼마나 많이 했었는지, 또 그런 자기에게 그레구아르는 얼마나 상처를 주었는지. 아버님, 기억하시죠, 아버님도 절얼마나 무시하셨어요! 그녀가 뱉어내는 말들이 모두의 가슴을 후벼 팠다. 프레데리크는 정식 부부도 아니었고 더구나 동성애 관계였다는 이중의 소외감에 사로잡힌 채 구석에 처박혀 있었다. 리종은 우정과 배려로 그의 곁을 지켜주었다. 그러고 보니 프레데리크와 리종은 나이가 같았다. 다른 말로 하자면 프레데리크는 그레구아르의 아버지가 될 수도 있었다는 얘기다. 장례식에 온 그레구아르의 동료들은(병원 동료들이 모두 왔다) 사제의 설교를 비웃었다. 그런 점에서도 종교 의식은 의미가 있다. 신자이건 비신자이건 자신들의 확신을 더 공고히 하고, 슬픔의 화살을 사제에게로 돌리며, 각자가 공인된 비평가로 자처하는 것이다. 그리하여 망자의 이름으로 자기 생각을 드러내고, 사제가 그리는 망자의 초상을 평가한다. 그 과정에서 망자는 신학적 토론의 주세가 되어 품위 있게 추모를 받거나 거칠게 욕을 먹거나 하면서 '완전히 죽지는 않았다'는 인상을 주게 되고, 그건 어떤 의미에서 부활의 시작이기도 한 것이다. 그렇다, 분위기를 살리는 데는 신(神)만 한 게 없다.

79세 5개월 6일   2003년 3월 16일 일요일

식구를 잃은 뒤 우리 몸이 겪는 수난이란! 그레구아르가 죽고 나서 3개월간 나는 일어날 수 있는 온갖 위험에 내 몸을 그대로 방치해뒀다. 지하철에선 얼굴을 다쳤다(모나가 파리에 좀더 머물면서 마르그리트와 파니의 도움을 받자고 고집을 피워서, 파리에 머물던 중이었다). 생미셸 거리에선 자동차에 치일 뻔했다. 운전사는 날 피하려다 쓰레기통을 넘어뜨렸다. 메라크로 돌아오는 길엔 자동차가 두 차례나 굴러서 자르티에르 길의 구덩이에 빠져버렸다. 자동차는 망가졌고, 눈두덩이 찢어졌다. 마지막으로 어느 날 오후 버섯을 따다가 브리아크의 비탈에서 굴러 자동차들이 양방향으로 전속력으로 달리고 있는 국도로 떨어졌다. 모나가 말했다. 당신 정말로 죽고 싶으면, 미리 나한테 말 좀 해줘요. 그럼 둘이 같이 죽든가 아니면 내가 어디 여행이라도 떠나게요. 그러나 이런 우발적인 사건에는 자살의 의도 같은 건 전혀 없었다. 다만 상황

판단을 잘못한 것뿐이었다. 위험에 대한 감지 능력을 잃었던 것일까. 두려움도, 어떤 특별한 욕망도 느껴지지 않았다. 의식이 몸을 삶의 우연에 떠맡겨버린 것 같았다. 내가 하는 행동을 내 몸은 아무 생각 없이 따랐다. 그전엔 너무나 반항적이어서 거의 손도 못 댈 정도였으면서. 집에서 나오면서 나는, 내 몸이 좌우 어느 쪽도 살피지 않고 길을 건너게 내버려뒀다. 그때 자동차 운전사는 죽을 힘을 다해 브레이크를 밟으며 옆으로 미끄러져 길가의 쓰레기통을 넘어뜨렸다. 그런데도 내 정신은 아무런 동요도 느끼지 않았고, 내 몸은 가던 길을 계속 갔다. 지하철 안에선, 옆에 앉은 여자를 괴롭히던 젊은 술주정뱅이의 손을 내 손이 자동적으로 밀쳐냈다. 그가 특별히 술 냄새를 풍긴 것도 아니었고, 젊은 여자에 대한 그의 태도도 공격적이라기보다는 오히려 어줍지 않은 연민에 가까웠는데도, 내 손은 그런 점엔 아무런 주의도 기울이지 않고 파리를 쫓듯 그의 손을 밀어낸 것이다. 그러니 그 청년의 주먹이 내 관자놀이로 날아오고, 그 충격으로 내 눈에서 안경이 날아가버린 것도 당연한 결과였다. 청년을 제지하고 났을 때 옆의 여자가 내게 안경을 건네주었다. 선생님, 안경이 떨어졌어요. 자르티에르 길 위에서도 마찬가지였다. 자동차를 운전하다 말고 괜히 뒷좌석에 벗어둔 옷 속의 쇼핑 리스트를 찾기 시작한 것이다. 뒷좌석으로 몸을 돌렸을 때, 난 내가 운전하고 있다는 사실을 까맣게 잊고 있었다. 내가 쪽지를 찾고 있는 동안 자동차는 운전사 없이 굴러가고 있었던 셈이다. 결과적으로 자동차는 구덩이에 빠졌고, 이로 인한 소동 속에서도 난 두려움을 느낀 기억이 전혀 없다. 버섯을 따던 오후, 내 몸이 국도 위로 굴러떨어지는 동안에도 마찬가지였다. 부러진 왼팔이 팔꿈치와 따로 놀면서 허공을 휘저을 때조차 놀람도 공포도 통증도 없었다. 그냥 확인을 하는 정도였다고 할까. 아, 이런 일이 일어났군, 됐어, 됐어. 이렇듯 슬픔에 빠진 내 뇌는 삶으로부터 아무런 의미도 못 느끼고 있었다. 이 여러 사건의 원인인 그레구아르의 부재가 모든 사건을 압도하고, 또 그것들로부터 모든 의미를 앗아간 것 같았다. 그레구아르가 모든 것의 원칙이었기 때문에, 그가 떠나고 나선 문자 그대로 삶이 의미를 잃은 것이었다. 그리하여 내 몸도 내 판단력의 도움을 받지 못하고 홀로 방향을 벗어나 있었다.

베네치아, 베네치아로 갑시다, 그럼 기분 전환이 좀 될 것 같아요. 모나가 말했다.

79세 5개월 17일   2003년 3월 27일 목요일

베네치아에 와 있다. 한 꼬마 녀석이 엄마 손을 뿌리치고 내 앞에 서더니 턱을 쳐들고 선언했다. 난 네 살 반이에요! 오후엔 또, 알리앙스 프랑세즈의 모임에서 한 후원자 할머니가 이런 소릴 했다. 제가 이래 봬도 아흔두 살이나 됐답니다! 사람들은 언제부터 자기 나이를 알려주지 않게 되는가? 그리고 언제부터 다시 자기 나이를 알려주기 시작하는가? 나로 말할 것 같으면, 내 정확한 나이를 절대 말하지 않는다. 대신 이런 식으로 표현한다. "저도 이제 나이를 먹을 만큼 먹었습니다만." 사실 이 표현은 정말 내키지 않는 것이어서, 어쩌다 내뱉고 나면——초연한 듯한

미소와 함께──분노와 수치심을 느끼지 않을 수가 없다. 그래서 뭘 어쩌자는 거지? 동정을 받겠다는 건가?──나도 이젠 예전 같지가 않네요. 아니면 존경을 받겠다는 것?──그래도 이렇게 팔팔한 걸 보세요. 그것도 아니면 늙은 현자라도 된 양하면서 상대방을 철부지로 격하시키려는 건가?──그러니 내가 당신보단 그래도 세상을 좀더 잘 알지 않겠소! 어찌됐든 이런 한탄에선(이게 한탄이 아니고 뭐겠는가, 빌어먹을!) 치사한 넋두리의 냄새가 난다. 나도 엄마 손을 뿌리치고, 이 건장한 40대 남자 앞에 서서 턱을 쳐들고 선언해볼까. "나 말이요, 난 일흔아홉 살하고도 7개월이나 됐소!"

79세 5개월 20일   2003년 3월 30일 일요일

베네치아에서 젊은 시절의 감각을 좇아 맹인 시늉을 하고 노는 이 두 늙은이는 (남자는 팔에 깁스까지 하고) 그 놀이를 좋아했었을 망자의 할아버지, 할머니다. 물의 도시에서 50년 전 젊은 사랑을 구가하던 때처럼 웃고 즐기는 이 두 노인네 좀 보소. 이들의 얘길 들어보소. 나이가 천 살은 먹은 것 같지 않소.

79세 5개월 25일   2003년 4월 4일 금요일

아쿠아 알타. 눈물의 밀물이 몰려온다. 모나와 나는 장딴지까지

올라오는 마법의 장화[11]를 신고서, 우리 눈물처럼 찝찔한 물속을 첨벙거리며 다닌다. 펌프로 물을 빼내는 집들도 있다. 초원 위를 노니는 암소의 오줌 줄기처럼 시원하게도 쏟아진다.

79세 5개월 29일   2003년 4월 8일 화요일

아니다, 모나와 난 여기서 아주 잘 지내고 있다. 우린 행복하다. 우린 뻔뻔하게도 함께 있다는 동물적인 행복을 만끽하고 있다. 그 거야말로 늘 우릴 위로해주지 않았던가! 젊은 시절 우리가 사랑을 나눴던 비밀 장소들을 순례하고 있다. 그러니 그레구아르의 기억 은 끼일 데도 없다. 그의 죽음은 모나의 얼굴 아주 깊숙한 속까지 파고들었는지, 그녀의 표정 어디에서도 슬픔을 찾아볼 순 없다. 나는? 난 늙은 개처럼 공기를 들이마시며 선창가들이며 다리들이 며 광장들을 활보한다.

79세 6개월   2003년 4월 10일 목요일

가슴 아프지만 현실을 직시하자. 목이 메지만 인정하자. 그레구 아르는 죽었다. 내가 고집스레 머물려 하는 이승에 이제 그레구아

---

11) 동화 『엄지 공주』에 나오는, 한 번에 7리(4킬로미터)를 갈 수 있는 장화를 가 리킨다.

르는 없다. 그레구아르는 어디로 떠난 게 아니다. 그레구아르가 우릴 버린 것도 아니다. **실종된** 것도 아니다. 그레구아르는 죽었다. 다른 말이 필요 없다.

79세 6개월 3일   2003년 4월 13일 일요일

파스타, 리조토, 폴렌타,[12] 단호박 수프, 미네스트로네,[13] 시금치, 해물이나 야채로 된 안티파스티, 종잇장보다도 더 얇게 저민 햄, 모짜렐라, 고르곤졸라, 파나코타,[14] 티라미수, 젤라토. 이탈리아인들은 묽게 먹는다. 그래서인지 여기선 나도 똥을 묽게 눈다. 늙은이들이여, 베네치아에선 틀니는 대운하에 던져버리시오, 여기야말로 우리 세상이라오!

79세 6개월 8일   2003년 4월 18일 금요일

온갖 형태의 감미로움, 그러니까 심리적, 감정적, 촉각적, 미각적, 청각적인 면에서의 감미로움을 표현할 때 이탈리아인들은 **모르비도**morbido라고 말한다. 매일 아침 내가 잠에서 깰 때마다 느끼

---

12) 옥수숫가루, 보릿가루 등으로 끓인 이탈리아식 수프.
13) 채소와 파스타를 넣은 이탈리아식 수프.
14) 우유와 생크림으로 만드는 이탈리아식 푸딩.

는 이 병적인 상태를 프랑스어로는 '모르비디테morbidité'라 표현한
다. 모르비도, 모르비디테. 발음은 비슷한데 뜻은 어쩜 이렇게 다
를까!

9. 마지막(2010)

평생 자기 몸에 관해 일기를 써온 사람이
마지막 가는 길을 거부할 수는 없다.

사랑하는 리종에게

　보다시피 이번엔 7년간이나 공백이 있었구나. 그레구아르가 세상을 떠나고 나서부터는 내 몸을 관찰하는 것에 흥미를 완전히 잃었던 탓이다. 내 맘은 딴 데 가 있었거든. 떠나간 이들이 갑자기 한꺼번에 그리워지기 시작한 거지! 그러면서 비로소 깨닫게 되었단다. 아버지의 죽음, 비올레트 아줌마의 죽음, 티조의 죽음으로부터 단 한 순간도 벗어나본 적이 없었다는 걸 말이다. 마찬가지로 그레구아르의 죽음으로부터도 자유로워질 수 없으리란 걸 알았지. 장례는 단지 의례였을 뿐, 난 홀로 분노를 곱씹으며 슬픔을 키워갔다. 사랑했던 사람들이 죽을 때 우리에게서 뭘 앗아가는지 알아채기란 쉽지 않지. 애정의 둥지가 없어졌다는 건 견딜 수 있더구나. 감정에 대한 신뢰, 공감의 희열을 잃는 것도 마찬가지고. 죽음이 상호 간의 관계를 앗아가는 건 사실이지만, 기억 덕분에 그럭저럭 보상이 되거든(지금도 기억할 수 있어. 아빠가 가끔씩 혼자 중얼대던 것…… 비올레트 아줌마가 날 안심시키려고 들려주던 얘기들…… 티조가 싱겁게 들려주던 웃기는 얘기들…… 기숙학교에 다닐 때의 에티엔…… 그레구아르의 웃음……). 그들은 몸이 살아 있는 동안 기억할 거리들을 만들어놓은 것이다. 하지만 내겐 그 기억들만으론 충분치 않았다. 내가 그리워한 건 그들의 몸이었으니까! 내 앞에 마주하고 있어 손만 뻗치면 만질 수 있는 몸, 그 거야말로 내가 잃어버린 것이었다! 그 몸들은 더 이상 내 풍경 안에 들어 있지 않았다. 그들은 집을 조화롭게 꾸며주다 지금은 없어져버린 가구들과도 같았다. 그들의 육체적 존재가 갑자기 얼마나 그립던지! 그들 없는 세상이 얼마나 허전하던지! 당장 여기서 그들을 보고, 그들을 느끼고, 그들의 소리를 듣고 싶었다! 후추 냄새 나는 아줌마의 땀, 티조의 허스키한 목소리, 거의 꺼져가는 아빠의 숨소리, 보기만 해도 흐뭇해지는 그레구아르의 탄탄한 몸. 머리가 맑은 순간이면 난 스스로에게 물어봤다. 내가 무슨 몸에 관해 말하고 있는 건지. 도대체 어떤 몸 타령을 하고 있는 거냐? 티조는 거무튀튀하고 덩치 크고 호방한 친구가 되기 전엔 목소리는 가늘고 비쩍 마른 다섯 살짜리 어린애였는데, 넌 그중에 어떤 티조를 얘기하는 거냐고. 그레구아르 역시 우람한 근육에 세련된 매너의 청년이 되기 전엔 아기 목욕통 속에 들어 있던 조막만 한 아기였는데, 어느 그레구아르를 얘기하는 거냐! 어쨌든 너무도 분명한 건, 내가 그레구아르의 몸을, 티조의 몸을, 비올레트 아줌마의 몸을, 한마디로 그들의 **육체적** 존재를 그리워했다는 것이다! 아빠의 몸, 그 앙상한 손, 각이 져 있던 뺨. 그들에겐 원래 몸이 있었는데 이젠 없어졌다, 바로 그게 문제였다, 난 오로지 그 몸들을 간절하게 필요로 했던 것이다. 그들이 살아 있던 동안엔 거의 만져보지도 않았으면서! 그토록 스킨십에 인색하고 몸엔 관심이 없다고 알려져 있었으면서! 그러던 내가 지금 이렇게 그들의 몸을 필요로 하고 있다니!

그런 시기를 거치고 나니 이번엔 달콤한 광기에 사로잡힌 시기가 왔다. 나 자신이 바로 그들의 유령이 되어버린 것이다. 가령 설탕 그릇으로 손을 뻗어 설탕 속에 두 손가락을 집어넣는 건 바로, 그레구아르가 커피에 설탕을 넣을 때 하던 몸짓, 그것이었다. 집게손가락과 가운뎃손가락 사이에 각설탕 한 개를 끼울 때의 손동작. 그레구아르는 절대로 엄지를 넣지 않았지(너도 이런 세세한 것까지 알고 있었니?). 난 이렇게 잠깐씩이나마 빙의를 경험하기에 이르렀다. 순간순간마다 커피에 설탕을 타는 그레구아르, 껄껄 웃는 티조, 자갈밭 위에서 휘청거리는 아줌마가 되었던 것이다. 그 몸짓들을 실제로 볼 수 있다면 얼마나 좋을까! 그 웃음소리를 들을 수 있다면! 아줌마의 접이의자를 뒤로 뺄 수 있다면! 그들과 함께하던 시절이 얼마나 그립던지. '함께한다'는 말이 무슨 소린지 너무도 절절히 이해할 수 있었단다!

난 몇 달 동안 이렇게 슬픔의 파도에 몸을 맡기고 지냈다. 네 엄마도 어쩌질 못했지. 실은 나보다도 더 외로웠을 텐데 말이다. 그러면서도 내가 마냥 게을러지지 않은 건 습관 덕이었을 것이다. 샤워하고, 면도하고, 옷을 챙겨 입는 건 자동적이었지. 그러나 난 계속 저기압 상태에 머물렀다. 남에겐 눈곱만치도 신경 쓰지 않는, 존재하지도 않는 사람이 되어버렸지. 그게 결국은 주변 사람들에게도 티가 났는지, 네가 걱정을 하기 시작하더구나. 아빠 혹시 치매는 아니겠지. 자꾸만 역정도 내시고. 그레구아르 때문에 완전히 정신을 놓으셨나 봐. 너는 네 엄마에게 날 다시 파리로 데려가라고 애원했지. 네가 그런 건 날 위한 것이기도 했지만 그보단 엄마를 위한 것이었을 게다. 파니와 마르그리트도 날 기분 전환시켜주려고 애썼지. 영화관에도 데려가고 말이다. 할아버지, 베리만 감독밖에 모른다고 하면 안 돼요. 만날 옛날 영화만 보다 말 순 없잖아요. 「디 아워스」, 스티븐 달드리의 「디 아워스」 보셨어요? 걱정 마세요, 할아버지 연배에 맞을 거예요. 버지니아 울프의 얘기라고요. 네 엄마는 걔들 말을 들으라고 충고하더구나. 젊음의 기(氣)를 수혈 받을 것. 그게 엄마의 처방이었지. 안 갈 이유가 없었지. 내가 쌍둥이 손녀를 얼마나 귀여워하는데. 마르그리트는 네 적갈색 머리카락을 물려받았고, 파니는 찌푸린 눈썹 사이에 오뚝 솟은 코가 너와 똑같잖니. 쌍둥이가 어느새 여인네가 다 되었더구나. 눈부신 젊은 아가씨들, 게다가 재치까지 넘치니! 지하철에서 한 청년이 치근덕거리니까 걔들이 어린애 시늉을 하는 거야. 안 돼요, 할아버지랑 같이 있어서요! 어, 할아버지랑 같이 있다고? 우리 할아버지가 영화 보여주신대요. 신나게 종알대는 게 어쩌나 죽이 잘 맞는지. 스물다섯 살 먹은 두 광채! 내 역할은, 천연덕스럽게 고개를 끄덕이며 손녀들에게 장단을 맞추는 것이었지. 청년은 다음 정거장에서 내리더군. 그 작전은 실패하는 법이 없었어. 두 녀석은 정말로 내게 의리를 지켰다. 일주일에 두세 번씩 영화를 보러 가주었으니. 하지만 난 이 영화 감상도 포기해야 했다. 영상들에 사로잡혀 벗어날 수가 없었기 때문이지. 내 망자들의 자리를 배우들이 빼앗은 거야. 그들이 내게서 내 유령들을 빼내간 거지. 한 가지 예만 들자면, 「디 아워스」를 보고 나오면서 난 에드 해리스의 말라비틀어진 몸 때문에 정신이 혼미해졌단다. 그레구아르의 몸이 있어야 할 곳에 에드 해리스밖에 안 보이는 거야. 그가 악착같은 삶을 끝내려고 창밖으로 몸을 흔드는 장면에서 그의 허약한 상체, 이글거리는 눈 그리고 희미한 미소밖엔 보이지 않더군. 이미지에 사로잡힌 거지! 처음 본 배우에게 그레구아르가 자리를 내준 셈이었어. 그런 이유로「디 아워스」는 내 마지막 영화가 되었지. 쌍둥이는 내가 영화를 포기한 이유에 관해 오해를 했단다. 둘이서 이렇게 싸우고 있더군. 이 바보야, 내가 말했잖아. 병에 걸려 누렇게 뜬 그 동성애자를 보시면서 할아버진 그레구아르 오빠를 떠올리신 거라고. 분명해!

그러고 나서 몇 달간 난 망자들을 뤽상부르 공원으로 데려갔다. 기우뚱한 의자에 앉아 시간을 보냈지. 그 의자는 아무리 봐도 늙은이들이 다신 일어나지 못하게 하려고 일부러 그렇게 만들어놓은 것 같았다. 무릎엔 신문을 펼쳐놓은 채 내 눈은 산책하는 사람들을 훑어보고 있었다. 그러나 그들은 내게 아무런 의미도 없었다. 노년기의 무관심이란, 너도 알겠지만, 웃어넘길 일이 아니란다. 난 공원 앞 르뤼코 카페에 모여 앉은 젊은이들에게 외치고 싶었다. 청년들아, 시류를 좇는 데만 정신이 팔린 너희 같은 인간들에게 난 눈곱만큼의 관심도 없다! 유모차를 끌고 나온 엄마들에게도 난 경멸의 눈길을 보냈다. 유모차 안의 아기에게도 관심이 없었다. 인류의 미래에 관한 경각심을 일깨우고자 하는 신문 기사 내용에 대해서도 마찬가지였고. 내가 인류니 뭐니 하는 걸 얼마나 우습게 알았는지 넌 상상도 못 할걸! 억지로라도 모든 것에 관심을 끊고 살려 애썼던 것이다.

내가 그렇게 추모의 늪에 빠져 있던 어느 봄날 오후(뭐 때문에 이렇게 정확하게 밝히는 건지. 난 딴것과 마찬가지로 계절에 관해서도 관심이 없었는데 말이다), 내 삶에 또다시 '현재'가 뛰어들었다. 그리고 날 원래의 나로 되돌려놓았다! 한순간에! 내가 되살아난 거다! 죽은 이들이여 안녕! 우린 이렇게 살아가는 거다. 소멸과 소생이 연속되면서. 쌍둥이와 너도 내 죽음으로부터 그런 식으로 벗어나게 될 테지. 아무튼 그날 오후 뤽상부르 공원에서 그 기우뚱한 의자에 앉아 습관적으로 신문을 펴 들고 있었을 때(알아둬라, 리종, 매일 하는 이 행동, 읽지도 않을 『르몽드』지를 사는 것, 이게 바로 노쇠의 전조 징후란다) 내 시선은 산책하고 있던 한 여인에게 고정되었다. 난 보자마자 알아보았다. 갑작스레 눈앞에 튀어나온 내 과거를! 내 나이쯤 된 노파가 느릿느릿하면서도 절도 있게 걷고 있었는데, 머리를 어깨 사이로 푹 파묻은 게 금방이라도 땅속으로 파고들어갈 것 같은 기세였다! 그 누구도 멈춰 세울 수 없는 그런 종류의 여인. 내게는 더할 나위 없이 친숙한 그 실루엣. 내 과거로부터 돌아온 실루엣. 등만 보고도 난 그녀의 이름을 불렀다.

"팡슈!"

그녀가 돌아섰다. 입에 담배를 문 채 놀라지도 않은 눈길로 날 보더니 물었다.

"어, 지뢰, 팔꿈치는 괜찮니?"

팡슈, 내 전우! 기나긴 세월에도 불구하고 하나도 변하지 않은 채 내 앞에 서 있다니. 행동이 굼떠지기만 했을 뿐 그대로였다! 담배를 그렇게 피우는데도 목소리조차 변하지 않았다! 몸이 두 배로

붙었는데도 변한 게 없었다! 내 눈엔 변한 게 없는 팡슈! 내 형편 없는 기억력에도 불구하고 그녀가 나타난 바로 그 순간 알아볼 수 있었다. 내가 그녀를 마지막으로 본 게 언제였던가. 마네스 아저씨 장례식 때였나. 무려 48년 전! 그런데 그녀가 내 앞에 갑자기 원래 모습 그대로 나타나다니. 팡슈야말로 영구불변 그 자체였다! 그녀는 곧 내 신문 위로 몸을 숙이고 내가 뭘 읽고 있는지 물어봤다. 그리고 기사 제목을 소리 내어 읽었다. "**농민 없는 농업!**" 산책하던 사람들 두세 명이 뒤돌아봤다. 그녀는 흥분했다. 고래고래 소릴 질렀다. 야, 지뢰, 너 알고 있냐? 전 세계적으로 가족의 생계를 위해 농사짓는 소규모 농민들이 농업 투자자들로 인해서 도시 빈민 신세로 전락하고, 결국엔 집단 자살까지 하고 있다고! 아프리카, 인도, 라틴아메리카, 동남아, 호주! 호주에서까지! 미국의 동조하에 어디서나 그런 일이 벌어지고 있어! 농민이 없는 지구! 그녀는 자료를 속속들이 이해하고 있었고, 수많은 농업식민기구들의 약호들까지 가르쳐주었다. 그것들 중에는 프랑스의 거대 컨소시엄도 있었는데, 그녀는 그 회사의 집행부에 대해서도 완전히 파악하고 있었다. 그리고 그 구성원들의 이름들도 하나하나 열거했는데, 그 목록에 낀 상원의원이 자기 사무실의 열린 창을 통해 그 소리를 들을까 봐 걱정이 될 지경이었다.[1] 지뢰야, 너도 화나지? 난 일찌감치 네 그릇을 알아봤어. 너 아냐? 내가 네 글들도 읽고, 네 강연들도 들은 거! 그러더니 내 강연 제목들을 일일이 열거하고——모조리——내 논문들과 인터뷰 기사들까지 거의 다 줄줄이

---

1) 뤽상부르 공원과 프랑스 상원은 바로 옆에 붙어 있다.

꿰는 것이었다. 난 아주 오래전부터 널 따라다녔어. 멀리서이긴 했지만, 아주 가까이에서라고도 할 수 있지. 무슨 소린지 알겠지. 네가 말하는 건 다 옳은 소리야! 난 기의 언제나 네 의견에 동조했다고! 난 팡슈가 이런저런 사안에 대한 내 입장들을 열거하는 걸 듣고만 있었다. 그녀는 내가 어쩌다 한 번 분노를 표시한 걸 갖고도, 내가 줄곧 감시하고 있었던 걸로 믿고 있었다. 네가 생명 윤리에도 관심이 있었는지는 모르고 있었어. 네가 대리모 문제에서 여성의 인권에 관해 말했던 것 말이야, 나 정말 감동받았다! 놀라기도 했고 흐뭇하기도 했지! 그녀의 눈에선 빛이 났다. 그녀는 마치 내가 어떤 부당한 상황이 발생할 때마다 불의를 척결하기 위해 애쓰며 평생을 보내기라도 한 것처럼 날 우러러봤다. 내 장점을 과장하고 있는 거라고 아무리 말을 해도 소용없었다. 젊었을 때도 난 그냥 어쩌다 레지스탕이 되었던 것뿐이었다고, 난 몇 년 전부터는 어떤 전선에도 모습을 드러내지 않고 있다고, 내 저항 정신은 완전히 무뎌졌다고, 난 떠나간 사람들 때문에 슬픔에 잠겨 있다고 아무리 얘길 해도 그녀는 들은 척도 하지 않았다. 오히려 내 말이 들리지 않는 것처럼 한술 더 뜨기까지 했다. 그녀는 우리가 당장 비판해야 마땅할 몇 가지 문제를 열거했다. 예전의 좋았던 시절을 그리워만 할 게 아니라 예전의 좋았던 시절을 **똑같이** 되살려야 한다고. 은퇴연금 문제만 해도 그래. 우리 각자가 가족의 필요에 부응할 수 있는 권리를 헌법적 가치의 수준까지 올려놓았던 그 시절로 돌아가야 해. 그런데 이 권리, 바로 이 권리가 오늘날에는 다른 어느 때보다 위협받고 있다고! 그녀는 열변을 토했고, 난 듣고 있었다. 그러면서 난 내가 그녀에게 넘어가고 있다는 걸 느껐다. 그녀의 빛나는 눈이 내게 명료한 의식을 되돌려준 것이다!
그래, 리종, 너도 알다시피 난 그녀에게 항복했다. 난 젊은이처럼
벌떡 일어섰다. 그 망할 놈의 의자에서 몸을 일으켜 그녀를 따라
갔다. 그녀가 새로운 피의 흐름에 막 수문을 열어준 것이다. 우리
도 뭔가 유익한 일을 위해 함께 소리쳐보자, 친구야! 그럼 사람들
도 우리 말에 귀를 기울일 거야, 틀림없어. 특히 젊은이들이 그럴
걸! 젊은이들한텐 그리오[2]가 필요한데, 부모들이 영감을 주지 못
하니 우리라도 나서야지. 멍청이들한테만 맡겨놓을 게 아니라.

난 그녀를 따랐다. 내 자료들을 그녀에게 맡기고, 그녀의 파일
들을 세상에 내보이고, 그녀의 설문조사를 세련되게 고쳐주고, 그
녀의 배낭을 들어주고, 그러는 몇 년 동안 난 내 몸보다도 그녀의
몸을 더욱 걱정해줬단다. 요즘처럼 위생이 유일한 종교인 시대에,
예방을 주창하는 플래카드가 머리 위에서 나부끼는 때에, 팡슈는
담배를 지독히도 많이 피우고, 술은 더 많이 마시고, 먹는 건 새
모이처럼 조금 먹고, 사무실 책상 위에 쓰러져 잠들 정도로 일을
많이 했다. 팡슈, 조심해, 좀 느긋하게 해. 지금 같은 리듬으로라면
너 백 살까지 못 살아. 아냐, 세상엔 전속력으로 끝내야 할 일이란
게 있어. 비탈길을 쏜살같이 내려와야 할 경우도 있어. 천천히 천
천히 시작하는 것, 좋지. 처음 시작할 때 신중히 생각하는 것, 그것
도 필요하지. 하지만 우리에겐 몸뚱어리도 돌보지 않고 전속력으
로 끝내는 것, 가속의 원칙, 바로 그게 필요해. 우리는 기운 없이
떨어지는 발사체가 아니야. 우리는 점점 더 가팔라지는 인생의 비

2) griot: 아프리카의 음유 시인. 구술을 통해 전통을 계승하는 역할을 한다.

탈 위에 내던져진 의식의 덩어리들이야. 우리 몸뚱어리가 따라와 주느냐 마느냐 하는 건 그것들의 문제지.

그리하여 우리는 세상의 건강에 몰두하느라 우리의 몸은 내팽개쳐버렸다. 너도 기억나지? 회의, 강연회, 자유 토론회, 미팅, 고등학교, 중학교, 비행기, 기차, 긴 기억력과 생생한 의식을 가진 늙은이들의 끝도 없는 사설. 난 자료의 남자였고 (기억에 나 있던 구멍들도 다 메워졌다!) 팡슈는 토론의 여인이었다. 그녀가 얼마나 인기 있었는지! 우리의 반대파들은 우리에게 살 날이 얼마 남지 않았다는 사실을 악용했다. 이 골동품들께서 우릴 영원히 성가시게 하진 않겠지요! 1 대 1 토론에서 팡슈에게 도전했던 무례한 자들에게 그녀는 기죽지 않고 대꾸했다. 당신 속이 훤히 들여다보이는군요. 당신은 내가 대답하기도 전에 죽어버리기를 바라겠지요. 팡슈의 곁엔 생각 많은 사람과 잘 웃는 사람들이 모여들었다. 성깔 있는 사람들은 그녀가 자기들보다도 더 화를 잘 낸다고 보았고, 다혈질의 사람들은 그녀를 냉혹한 여인으로 보더구나. 난 팡슈에게 너무 큰 소리로 고함치지 말라고 충고했단다. 그게 그녀의 의견을 망칠 수도 있으니까. 그녀가 고함을 지르는 건 타고난 기질 때문이기도 했지만 귀가 잘 들리지 않는 탓이기도 했어. 청력을 개선시키는 게 급선무였지. 네 엄마와 난 팡슈에게 보청기를 사주었다. 그 기계는 그녀의 청력을 개선시키면서 혈기도 열 배는 더 강화시켰단다. 이젠 상대방의 속삭임까지 다 들을 수 있게 되는 바람에 등 뒤에서 뭐라고 불평을 해댈 수도 없게 되어버렸지. 그녀는 자기의 영향력 안에 청년 세대까지 끌어들였다. 쌍둥이는 우리의 논리적 기반을 보장해주는 역할을 맡았지. 걔들은 그렇게 경쟁력 있는 고모할머니를 왜 자기들에게 감추고 있있냐고 원망할 정도였어. 그러는 동안 마르그리트는 세상에 스테파노를 내놓았고, 파니는——쌍둥이는 뭐든 같이 한다더니——루이를 낳았지. 사촌 두 놈이 태어난 거다. 난 증조할아버지가 되었고, 넌 할머니가 되었고, 네 엄마는 증조할머니가 되었지! 태어난 사람이 있으면 죽는 사람도 있는 법. 몇몇이 더 망자의 리스트에 이름을 올렸다. 그중에 팡슈도 있었다. 그녀는 피티에살페트리에르 병원에서 마지막 작별 인사를 했다. 3주 전의 일이지.

팡슈의 마지막 인사는 이랬다. 그런 얼굴 하지 마, 지뢰. 너도 알잖아. 누구에게나 다 끝은 있다고.

*

86세 2개월 28일   2010년 1월 7일 목요일

그레구아르가 죽은 후론 이 일기장을 열어보지 않았다. 그러니까 7년 동안이다. 그사이 내 몸은 나와 상관없는 게 되어버렸다. 하긴 어린 시절에도 그랬었다. 그땐 내 존재를 드러낸답시고 아빠 흉내를 내는 게 다였다. 난 이제 몸에 이상한 일이 생겨도 놀라지도 않는다. 점점 짧아지는 보폭, 몸을 일으킬 때의 현기증, 굳어버린 무릎, 터지는 정맥, 또다시 비대해진 전립선, 쉰 목소리, 백내장 수술, 이명, 광시증, 자꾸만 헐어 달걀노른자처럼 돼버린 입술 가장자리, 바지 입을 때의 어설픈 동작, 자꾸만 잊고 잠그질 않는 바지 앞 지퍼, 갑작스런 피곤, 점점 잦아지더니 이젠 일상이 되어버

린 낮잠. 내 몸과 나는 서로 상관없는 동거인으로서, 인생이라는 임대차 계약의 마지막 기간을 살아가고 있다. 양쪽 다 집을 돌볼 생각을 하지 않지만, 이런 식으로 사는 것도 참 편안하고 좋다. 그러나 최근의 혈액검사 결과를 보며, 이젠 마지막으로 펜을 들 때가 되었다는 걸 깨달았다. 평생 자기 몸에 관해 일기를 써온 사람이 마지막 가는 길을 거부할 수는 없다.

86세 2개월 29일   2010년 1월 8일 금요일

프레데리크가 6개월마다 혈액검사를 통해 날 관리해주기 시작하면서부터는 결과지가 든 봉투를 뜯을 때의 불안감도 훨씬 덜해졌다. 프레데리크가 결과를 해석해주면, 우리 둘은 머리를 맞대고 해결 방안을 모색한다. 이런저런 수치가 좀 높아졌다 해도 그건 나이를 먹은 탓이라고 결론 내리는 게 대부분이다. 이만하면 할아버지 연세에선 꽤 괜찮은 편이에요! 이런 식으로. 그러나 이틀 전엔 한 가지 수치가 좀 께름했다. 적혈구 수치가 이렇게 낮아진 건 좀…… 괜찮아요, 프레데리크가 잘라 말했다. 좀 피곤하셨겠죠. 40대처럼 활동을 하시니 무리가 안 갔겠어요. 팡슈 할머니 때문에 피곤하셨던 거예요. 게다가 할머니가 돌아가시면서 맥이 쫙 풀린 거고요. 그게 다예요. 자, 이젠 가보세요. 6개월 안엔 다시 뵐 일이 없었으면 좋겠네요. 할머니가 그사이에 불러주신다면 또 모를까.

홀로 남은 그레구아르의 연인과 나의 관계는 이런 식이다. 모나는 가끔씩 그를 식사에 초대한다. 그의 짓궂은 유머가 싫지 않은

게다. 이성애자들은 동성애자로 전향하는 경우가 많은데 그 반대는 왜 드무냐고 모나가 물었을 때 그는 딱 잘라 대답했다. 천국에 가까이 갈 수 있는데 뭐 하러 지옥에서 계속 살겠어요?

86세 5개월 8일   2010년 3월 18일 목요일

기운이 다 빠졌다. 침실로 올라갈 때면 계단이 절벽처럼 느껴진다. 왜 침실을 이렇게 높은 데다 두었을까? 며칠 전부터는 오른손이 몸을 위로 끌어올린다. 계단 하나하나 오를 때마다 난간을 내게로 잡아당긴다. 속으로 "하나 둘!" 세면서. 어부가 그물을 잡아당기듯이. 배에 다시 올라타듯이. 하루하루 지날수록 점점 더 힘이 든다. 그래도 그물질을 제대로 해야 한다. 아무리 힘들어도 멈춰 서선 안 된다. 아래쪽에서 식구들이 날 지켜보고 있으니까. 아이들한테 걱정을 끼칠 순 없다. 그들이 보기엔 난 여전히 씩씩하게 계단을 오른다. 그러나 일단 층계참에 이르러 그들의 시야에서 벗어나면 난 벽에 기대어 가쁜 숨을 몰아쉰다. 관자놀이에서, 가슴에서, 심지어 발바닥에서까지 피가 뛴다. 내겐 이제 심장만 남아 있나 보다.

86세 8개월 22일   2010년 7월 2일 금요일

내 예감이 확실히 맞았다. 적혈구의 감소를 더 심각하게 여겼어

야 했다. 새로운 혈액검사 결과를 보고 난 프레데리크의 눈길에서 그걸 읽었다. 요즘 특별히 피곤을 느끼세요? 계단을 올라갈 때 숨이 차네. 놀랄 일도 아니네요. 헤모글로빈 수치가 9.8까지 떨어졌으니. 혹시 출혈이 있나요? 내가 아는 한은 없는데. 코라든가 뭐 다른 데도요? 그는 좀더 자세한 검사를 받아보자고 했다. 이 해골 같은 몸에다 또 검사를 할 가치가 있을까? 잔소리하지 마시고, 제가 하라는 대로 하세요! 그리하여 또다시 피를 뽑았다. 바로 그 자리에서. 그런데도 결과는 똑같았다. 한 가지 더 알게 된 건, 비타민 B_{12}가 부족한 건 아니라는 거다. 아! 다행이군, 내가 말했다. 그게 어떻게 다행이에요, 전혀 좋은 소식이 아닌데요. 어쩌면 내성(耐性) 빈혈이 있을 수도 있다는 의미거든요! 내성이라니, 뭐에 대한 내성? 치료에 대한 내성이죠. 어떤 치료든 간에요. 프레데리크의 대답에 짜증이 섞여 있었다. 순간적으로 내가 환자라는 걸 잊고 한심한 학생에게 훈계하듯 한 것이다. 어떻게 저 나이가 되도록 내성 빈혈이 뭔지도 모를 수 있단 말인가? 화가 어지간히 났는지 입을 꼭 다물고 있던 그가 한참을 고민하는 눈치더니 마침내 결단을 내렸다. 할아버지, 골수 검사 하십시다. 그게 뭔데? 골수를 채취하는 거예요. 척수를 채취한다고? 척추에 바늘 꽂는 건 절대 안 해! 그가 기막히다는 듯이 날 쳐다봤다. 누가 척수라고 했어요? 척수는 아무도 안 건드려요! 지금 무슨 생각 하고 계신 거예요? 가슴뼈, 종격막, 심장, 대동맥을 거쳐서 척수를 뽑아낼 거라고 생각하시는 거예요? 척수 얘기를 한 건 바로 자네 아닌가? 골수라고 했지, 척수라곤 안 했다고요! 골수요! 그는 화를 풀지 않았다. 지나친 무지가 그를 숨 막히게 한 것이다. 그의 교육자적인 관점에선

(프레데리크는 정말 뛰어난 교수예요, 그레구아르가 말했었다), 무지는 무관심과 동의어이다. 할아버지는 정말 할아버지 몸에 대해 아무것도 모르세요? 이 문제에 관심이 없으세요? **미지의 땅**인가요? 세상의 건강을 지키겠다고 지구 전체를 돌아다니는 양반이 자기 몸은 의사한테 떠맡긴 거예요? 할아버지 몸이에요, 제 몸이 아니고요! 할아버지 몸이라고요! 침묵. 죄송해요, 그가 중얼거렸다. 그러고는 못 참고 또 덧붙였다. 유식한 척은 혼자 다하시면서!

86세 8개월 26일   2010년 7월 6일 화요일

골수 검사 대기 중. 모레 예정. 프레데리크에게 그 검사에 관해 상세히 설명해달라고 부탁했다. 환자의 가슴뼈에 투관침을 꽂고 골수를 뽑아내어 분석하는 것이란다. 그러니까 나라는 존재가 골수로 가득 찬 뼈 덩어리로 간주되는 거로군. 투관침을 좀 보여달라고 했다. 가느다랗고 속이 비어 있는 쇠바늘이었는데, 길이가 몇 센티미터밖에 안 됐다. 또 너무 깊이 박히는 걸 방지하기 위해 안전장치도 달려 있었다. 그건 르네상스 시대의 궁정 신하들이 몰래 사람을 죽일 때 썼던 단검을 연상시켰다. 또 시술 방식도 드라큘라가 피를 빨아먹는 장면을 떠올리게 했다. 그야말로 가슴에다 말뚝을 박는 것 이상도 이하도 아니지 않은가. '말라르메 투관침', 이게 말뚝의 정확한 이름이다. 시인[3]과는 무슨 관계가 있는 거지?

---

3) 말라르메Stéphane Mallarmé(1842~1898)는 19세기 프랑스의 시인의 이름이기

내가 의학 분야에서 말라르메에 관해 알고 있는 거라곤 그가 의사 앞에서 자기 병의 증상들을 보여주던 중에 죽었다는 것 정도다. 괴상망측한 죽음. 현장 검증하다가 진짜로 살인이 일어난 형국이 아닌가.

내 몸에 무관심하다고 프레데리크에게 지적당하고 나서 난 쓴 웃음을 지었다. 그에게 이 일기장을 보여준다면 뭐라고 할까! 어쨌든 그가 잘못한 건 없다. 문제는 내가 내 몸을 과학적 호기심의 대상으로 여겨본 적이 한 번도 없었다는 것이다. 책을 통해 내 몸을 해독하려고 애써본 적도 없었다. 내 몸이 의학적 관찰의 대상이 되게 한 적도 없었다. 난 몸이 날 놀라게 하는 한이 있어도 그냥 자유롭게 내버려뒀다. 이 일기를 씀으로써 놀람을 받아들일 수 있는 여유를 갖게 된 것이다. 이런 관점에서 볼 때, 그렇다, 난 의학적인 무지를 선택한 셈이다. 우리가 의학 지식을 다 갖추고 진단 내용에 대해서도 다 파악하고서 진찰실로 뛰어들면 의사들이 어떤 표정을 짓겠는가. 콩도르세[4]를 처단한 것도 그런 사태가 발생하는 걸 방지하기 위해서가 아니었을까. 프레데리크도 그 점을 기억해야 할 것이다!

도 하다.

4) Marquis de Condorcet(1743~1794): 18세기 프랑스 계몽사상가. 국민교육제도 확립에 힘을 기울였다.

　　결국 골수 검사를 받았다. 국부 마취. 내 몸 상태가 충격을 견뎌
낼 만한지 확인한 뒤, 가슴에 말라르메 투관침을 꽂았다. 인정사
정없이. 가슴뼈 안 다치게 조심! 내 가슴은 휘기만 했지 부러지진
않았다. 좋아요. 투관침에 보호 장치가 있어 뼈를 건드리진 않는다
고 담당 의사가 ─ 그 역시 프레데리크의 제자다 ─ 친절하게 설명
해주었다. 다행이군, 수술대에 몸이 박혀 있는 일은 없을 거라니(에
티엔의 나비들⋯⋯ 그가 지극정성으로 수집한 나비들⋯⋯ 바늘이
나비의 몸을 관통할 때마다 난 상을 찌푸리지 않을 수 없었다. 죽
은 건데 뭐! 에티엔은 태연했다. 그래도 난 소름이 끼쳤다. 말뚝과
십자가에 대한 뿌리 깊은 공포). 이젠 본격적으로 골수를 뽑아낼
때다. 내가 할게, 의사가 말했다. 피스톤을 끌어올리기 시작했다.
좀 불편하시긴 할 거예요. 프레데리크가 미리 일러주었었다. 그러
고는 장난기 있는 미소를 띠며 이런 소리도 덧붙였었다. 하긴 여
든여섯 살쯤 되면, 덜 보이고, 덜 들리고, 오줌 줄기도 약해지고,
근육의 탄력도 없어지고, 모든 게 느려지죠, **그러니** 통증도 덜 느
끼실 거예요. 이 검사를 할 때 힘들어 하는 건 오히려 젊은 사람들
이에요. 천만에, 그가 잘못 알았다. 이 통증은 펄펄 살아 있다. 아
주 지독하다. 뽑혀 나가는 아픔. 골수의 섬유들이 발악을 한다. 뼈
와 떨어지기가 싫은 것이다. 괜찮으세요? 냉혹한 의사가 물었다.
네, 대답하는데 뺨에 눈물이 흘렀다. 그럼 또 시작하겠습니다.

86세 8개월 29일   2010년 7월 9일 금요일

오늘 아침 가슴이 무너져 내리는 듯한 느낌. 숨도 가쁘다. 살았다고 할 게 없다. 뼛속에도 영혼이 들어 있긴 한가 보다. 내 안에서 나를 끄집어냈다고 통증으로 저항을 하고 있는 것이다. 난 지금 침대에서 쟁반을 받치고 이 글을 쓰고 있다. 의사들이 환자에게 통증에 관해 얘기할 때 쓰는 '불편함'이라는 완곡어법에 관해 생각해보게 된다. '불편함'이란 예측할 수 있는 예사로운 통증, 의사들 자신이 환자들에게 시술을 위해 인위적으로 가하는 통증이다. 거즈 패킹, 내시경 검사, 소변 줄 제거, 말라르메 투관침…… 우리 몸으로부터 생겨나는 불치의 통증, 늘 놀랍고, 늘 정체를 알 수 없고, 늘 우릴 떠나지 않는 그 통증과는 구분된다. 아픈가요? 환자가 묻는다. '좀 불편하실 겁니다.' 의사가 대답한다. 위험 부담 없는 이 불편함을 의사들 스스로도 한번쯤은 체험해봐야 한다. 그러나 그들은 절대 그렇게 하지 않는다. 자기네 스승도 그렇게 한 적이 없기 때문이다. 또 자기네 스승의 스승도, 그 누구도 자기가 가하는 통증의 학교에 의사를 등록시킨 적은 없었기 때문이다. 이런 생각을 감히 해보는 것만으로도 속이 다 후련하다.

86세 9개월 6일   2010년 7월 16일 금요일

예견했던 바대로 결과가 좋지 않다. 헤모글로빈 수치는 또다시 낮아졌고, 내 골수엔 '블라스트blaste', 그러니까 적혈구건 백혈구건

혈구를 생산해내지 못하는 세포들이 가득 차 있다. 그 이름이 '블라스트'란다(세상에 이름 안 붙은 건 없군). 내 골수엔 블라스트가 많다. 석회질의 침투. 공장이 멈춰 선다. 생산 종결. 혈구 재고 바닥. 연료가 없다. 산소도 없다. 에너지가 없다. 이제 난 원래부터 갖고 있는 피만으로 살아가야 한다. 그건 눈에 보이게 녹아내린다. 내 기력도 그와 더불어 녹아내린다. 오늘 저녁 난 계단을 올라가다 중간에 멈추었다. 모나는 서재로 침대를 옮기기로 했다. 이건 임시야. 그녀가 혼자서 중얼거렸다. 그리고 우리는 의미심장한 미소를 나누었다.

*

리종에게 남기는 말

서재를 나서는 네 엄마. 문짝과 책장 사이의 비좁은 틈에서 그녀의 몸이 유연하게 움직인다. 오늘 난 비로소 고백할 수 있다. 내가 그 책장을 절대로 움직이지 않겠다고 한 건, 네 엄마의 고양이 같은 움직임을 즐기기 위해서라는 걸. (여든여섯 살 먹은 고양이라. 너도 알겠지, 내가 네 엄마에게 얼마나 빠져 있는지!) 만일 내가 내면 일기를 썼더라면 우리 부부의 전혀 다른 모습들이 비춰졌을지도 모르겠다. 부부 싸움, 그녀의 침묵 때문에 전전긍긍하며 어쩔 줄 몰라 하던 일, 그녀가 너와의 사이에 유지하고 있던 묘한 거리감, 한마디로 그녀의 수수께끼 같은 면이 일기의 대부분을 차지했겠지. 너도 엄마와의 '소통'에서 겪은 괴로움에 관해선 할 말이 산더미같이 많으리라 생각된다. 그러나 이 일기에선, 아니다. 몸의 관점에서 본다면 얘기가 전혀 달라지지. 난 모나의 몸을 거의 찬미하다시피 사랑했다. 비록 수십 년간 성생활은 하지 않았지만, 모나는 계속 다른 모습을 보여주며 날 한결같이 매혹했단다. 그녀가 내 인생에 나타난 순간부터 난 그녀를 바라보는 기술을 연마해왔다. 그녀를 그냥 보는 걸로 그치는 게 아니라 제대로 쳐다볼 줄 알아야 했다. 그녀의 돌발적인 매력을 즐기기 위해 일부러 미소를 짓게 만들기도 하고, 길에서 몰래 그녀 뒤를 따라가며 공중에 살짝살짝 뜨듯 경쾌하게 움직이는 그녀의 걸음걸이를 감상하기도 했지. 또 그녀가 반복적인 일들에 몰두하며 몽상에 빠져 있는 걸 지켜보기도 했다. 난 늘 그녀를 응시했다. 나이가 들어선 팔걸이에 얹힌 그녀의 손, 책 읽느라 숙인 목덜미의 곡선, 목욕의 열기로 발그레해진 하얀 피부, 눈꺼풀 가에 처음 생긴 주름, 팔자주름까지도 보았다. 몇 가지 특징만으로 걸작을 기억하는 것처럼 말이다. 한마디 덧붙이자면, 내가 세상을 뜨고 난 뒤엔 문과 책장 사이의 간격을 좀더 넓혀도 될 것이다.

*

86세 9개월 8일   2010년 7월 18일 일요일

가여운 프레데리크, 아침부터(운수 더러운 날!) 내 머리맡까지 달려와 의사로서 가장 고역스러운 일을 했다. 병의 예후를 알려주는 것 말이다. 일정한 나이를 먹고 나서부턴, 그 일은 어떤 식으로

든 죽음을 선고하는 것이 된다. 난 그가 쉽게 입을 열도록 설레발을 쳤다. 어이, 프레데리크, 우리 이제 얼마나 남았나? '우리'라니, 그와 내가 공동 운명체라도 된다는 말인가. 하긴, 그가 내 주치의니까 말이 되긴 된다. 화학 치료를 받으면 1년이고, 치료를 받지 않으면 6개월. 우리는 화학 치료의 이득과 손해를 검토해보았다. 치료라는 것도 따지고 보면 선택 가능한 상품 아닌가. 6개월간 더 살 수 있다는 건 상당히 의미 있는 일이지만, 사실상 기운이 다 빠질 테고, 마지막(어쩌면) 머리카락도 빠지고 구토가 날 수도 있는데다, 내 늙은 피가 블라스트 없이 재생할 힘을 가질 수 있을지의 여부도 불확실하지 않은가. 구토 문제는, 프레데리크의 생각으론 무시해도 좋을 정도라 했지만, 바로 그 점이 결단을 내리는 기준이 되었다. 난 구토가 두렵다. 토끼 가죽 벗기듯 내 속을 뒤집어 보이는 건 늘 창피하고 화가 난다. 그래서 구토의 위험은 피하기로 했다. 흉한 모습으로 모나 곁을 떠나긴 싫다. 결국 화학 치료는 포기하는 걸로 했다. 그 대신 또 다른 방법이 있다고 했다. 수혈. 수혈을 하면 활기가 생긴다는 것이다. 효과가 떨어질 때쯤 다시 수혈을 하는 식으로, 끝까지 수혈을 계속한단다. 화학 치료를 택하든 수혈을 택하든——이미 정했지만——마지막 가는 길은, 혈소판 감소에 의한 출혈, 아니면 백혈구의 부족으로 인한 감염, 가령 폐렴 같은 것이 될 거라고 한다(영국인들은 말한다. **폐렴은 늙은이의 친구다**). 그것도 아니면, 모나와도 떨어진 채 병상 위에서 욕창에 시달리며 기운이 빠져 임종을 맞이하게 될 것이다. 한밤중에 심장이 멈추는 것 같은 평범한 죽음을 맞고 싶다. 자다가 죽는 것. 평생 동안 잠드는 기술을 연마해온 자가 꿈꿔온 종말.

무엇으로도 깨뜨릴 수 없는 황홀감(문짝과 책장 사이에서의 모나의 움직임), 내가 그걸 되찾은 건 백내장 수술 덕분이다. 수술한 지 벌써 몇 년이나 지났지만, 아직까지도 그 효과를 느끼게 된다. 왜 여기에다는 그 얘기를 쓰질 않았을까? 팡슈의 깃발 아래에선 일기 쓰는 것보다 활동하는 게 더 중요했기 때문일 것이다.

내 앞에 남아 있는 삶은 암흑천지이리라. 백내장의 장막 뒤에서 살고 있을 땐 이렇게 생각했었다. 빛이 슬금슬금 뒤로 물러나고 있었다. 세상은 윤곽을 잃으면서 밀도도 잃었다. 알아채지도 못하는 사이 정확성이 사라져버렸다. 윤곽이 희미한 존재들은 그저 존재들의 개념이 되었을 뿐이다. 두 눈은 보는 대신 생각을 해야 했다. 머리가 짐작하는 바를, 난 본다고 믿었다. 그레구아르의 죽음 이후 회색이 더욱 짙어졌다. 난 점점 더 불투명해져 가는 구름 속을 헤매며, 곧 잠들 거라고 예감하듯 실명을 기다렸다. 팡슈는 생각이 달랐다. 너 눈에 각막백반이 낀 게 꼭 눈먼 개 같다! 야, 지뢰, 행동 개시! 백내장! 수술! 자, 빨리! 요즘엔 아무것도 아니야!

이리하여 다시 수술대에 눕게 됐다. 메스가 달걀 반숙 헤집듯 눈을 쑤시는 동안 머리는 벨트로 고정되어 있었다. 다음 날 의사가 붕대를 푸는데, 갑자기 의사가 불쌍해졌다. 하룻밤 사이에 그가 스무 살은 더 먹어 보였다! 그러고 나서 다른 쪽 눈도 떴을 때, 몇 년간 내가 보지 못했던 온갖 것이 한순간에 다 되살아났다. 광명! 풍요로운 세부! 아주 가까운 것과 아주 먼 것! 선명함과 음영! 윤곽과 떨림! 다양한 색채들! 없는 색이 없는 팔레트! 폭넓은 세상! 어떻게 이 하늘과, 이 얼굴들이 빛을 잃고 어두운 상태로 있도록 놔두었던 거지?

끝까지 바라볼 것. 한 조각도 놓치지 말 것.

86세 9개월 12일   2010년 7월 22일 목요일

수혈은 드라큘라의 이미지와 통하는 데가 있다. 병상에 누운 채 남의 피로 내 몸을 채워가는 것이다. 담당 간호사 세 명의 피를 다 빨아먹고 취해서 한밤중에 사라져버린다면 어떨까. 그러나 흡혈광도 그게 합법화되면서는 매력을 잃었다. 게다가 난 이제 이도 없다. 그저 한 방울 한 방울 떨어지는 피를 받아들일 뿐. 마르그리트는 내가 지루해할까 봐 귀에다 자기 아이포드를 꽂아주겠다고 했다. 거기다 셰익스피어와 말러를 가득 채워놓았단다. 아니, 아니, 오락은 필요 없어. 난 한 번도 수혈을 해본 적이 없거든. 핏방울들이 떨어지는 소릴 들어보고 싶어. 그리고 잘 지켜보고 싶어. 할아버지, 깜짝 선물이 있어요. 파니가 말했다. 엄마가 할아버지 뵈러 온대요! 우리가 먼저 얘기했다고 하지 마세요, 네! 깜짝 선물은 그걸 주는 사람이 더 즐거운 거잖아요. 벌써 엄마가 왔네! 아! 리종! 리종이 순회 전시에서 돌아왔나? 일정을 당겨서? 그렇다면 브뤼노의 방문도 기대해야 하나? 뭔가 게임이 끝나가는 것 같다.

수혈은 느리게 진행되어 도중에 잠이 들어버린다. 그러니 소생도 즉각적으로 이루어지진 않을 것이다. 아무리 빨라도 사흘은 걸릴 테지. 반쯤 잠든 상태에서 간간이 들려오는 허튼소리들, 자기

자신과 놀고 있는 뇌. '블라스트'라는 단어가 다시 떠오른다. 난 그게 파장을 가리키는 말이라고 믿었다. 천만에, 그건 살인 세포를 뜻하는 **블라스토스**blastos에서 나온 말이다. 블라스트…… 내 책꽂이를 바퀴벌레들이 습격했다…… 그들은 책의 피를 빨아 날개를 기름지우고, 더듬이를 드러낸다…… 너 보이니, 블라스트가?

86세 9개월 15일   2010년 7월 25일 일요일

문득 그 음악가의 —한때 리종과 동거했던— 얘기가 떠오른다. 그는 죽을 정도로 약에 중독되었던 적이 있었다. 헤로인 주사의 효과를 '정확하게' 묘사해달라고 모나가 부탁했을 때, 그는 한참 생각하더니 부드러운 목소리로 대답했다(난 그 청년처럼 공격성이란 게 아예 없는 사람은 도대체 본 적이 없다). 진짜 주사요? 아! 모든 걸 다 이해하게 되죠. 하느님이 품에 안고 얼러주는 것 같은 기분이죠. 그렇다, 수혈도 내게 그런 효과를 준다. 하느님의 품에 안긴 신생아! 피가 말라버렸던 몸속에 생명의 힘이 돌아오는 걸 달리 어떻게 표현할 수 있을까? 말 그대로 소생이다. 뭔지 모를 순수함, 새로움. 아기가 태어나기를 미리 기다리고 있진 않듯, 나도 그런 걸 기대하진 않았다. 더 나은 것, 더 나은 것은 아무런 의미도 없다. 그들은 수혈이 더 낫게 해줄 거라고 말한다. 하지만 난 더 **낫다고** 느끼는 게 아니라 살아 있음을 느낀다! 살아 있다, 명료하다, 확신이 선다, 현명해진다. 하느님의 품 안에서. 거기서 내려오고 싶은 욕심도 없진 않다. 계단을 올라 내 방에 다시 가보기 위해. 어

제저녁부터 난 그렇게 하고 있다. 내 침실, 내 서재, 내 공책을 되찾았고, 지금도 이렇게 공책을 새까맣게 채우며 리종에게 해설을 쓰고 있고. 당연한 일이지만 요 며칠 남들 앞에서 단 한마디도 말할 힘이 없었다. 단지 짧막한 메모를 남겼을 뿐이다. 소생! 그렇다고 내가 스무 살 시절로 돌아갔단 얘긴 아니다. 그 시절은 죽었다. 그 뒤를 이은 60년 세월도 마찬가지다. 난 오늘, 내 나이로 다시 태어난 것이다. 아주 새것으로. 회복의 단계가 필요없는 치유, 삶을 다시 배울 필요가 없는 치유. 한마디로 약물을 투여한 거다. 마약 주사!

86세 9개월 16일   2010년 7월 26일 월요일

우리 몸은 끝까지 어린아이다. 어찌할 바를 모르는 아이.

86세 9개월 19일   2010년 7월 29일 목요일

오늘 아침 거울 속의 내 모습을 바라보며 면도를 하다가 어린 시절이 생각나서 웃음을 터뜨렸다. 얼굴과 직각을 이루고 서 있는 내 귀. 귓바퀴를 뺨에 붙여보고 싶지만 안 된다. ──사실 이 얘긴 여기서 처음 하는 거다! 난 아빠에게 불평을 했었다. 아빠는 이 귀가 어때서 불평을 하냐고 물었다. 다른 사람들 귀랑 다르잖아요! 다른 사람들 귀는 뭐 특별한 게 있는데? 아빠의 이 말에 난 웃었

다. 그러자 아빠는 대칭에 관해 훈계를 시작했다. 자연은 대칭을 아주 싫어한단다. 그러니 대칭으로 만드는 안목 없는 실수 따위는 절대 저지르지 않지. 대칭적인 얼굴을 만나게 되면 그 **무표정**에 놀라게 될걸! 벽난로 위의 꽃다발을 손질하던 비올레트 아줌마가 우리 얘기를 듣고는 끼어들었었다. 너도 벽난로를 닮고 싶니? 이번엔 아빠가 웃었다. 돌아가시기 몇 주 전이라 헐떡거리는 웃음이었다······ 그때 아빠에게 남았던 시간이나, 오늘 내게 남은 시간이나 비슷하다.

86세 9개월 21일   2010년 7월 31일 토요일

내 소생을 축하하던 레스토랑에서 난 프레데리크에게 헌혈자를 잘 선택해준 데 대한 감사를 표했다. 최고 등급의 피! 그가 리종과 눈길을 나눴다. 모나와 나는 이 정다운 두 지성 사이에 흐르는 암묵적인 동조를 눈치챘다. 노인네가 실컷 즐거워하시게 놔둡시다. 수혈의 효과는 금세 사라질 테지만.

86세 9개월 22일   2010년 8월 1일 일요일

샤워를 하고 벗은 채로 나오던 파니가 날 보고 비명을 질렀다. 어머나! 죄송해요! 순간적인 감탄 뒤에 예전에 느꼈던 공포감이 다시금 엄습했다. 열 살 되던 해 어느 날 저녁 이를 닦으려고 욕실

에 들어서다, 벌거벗은 채로 욕조에서 나오는 엄마를 본 것이다. 엄마는 놀라서였는지 겁을 먹어서였는지, 내 쪽으로 몸을 돌리면서 벌거벗은 채로 나와 마주하게 됐다. 수증기 때문에 윤곽이 흐릿했다. 날씬한 몸매에 풍만한 가슴이 지금도 눈에 선하다(지금 내 기억 속에선 아주 젊은 여인의 몸이다). 욕실의 열기로 온통 발그레해진 살갗, 벌어진 입, 휘둥그레 뜬 눈, 그리고 엄마 뒤로 세면대 위의 뿌옇게 김 서린 거울. 난 비명을 지르며 재빨리 문을 다시 닫았다. 이도 닦지 않고 곧장 잠자리에 누웠을 때, 난 정말로 지독한 공포에 사로잡혔다. 사실 난 그때 아무것도 몰랐다. 목욕하다가 들킨 다이애나도, 개들에게 물려 죽은 악테온[5]도. 그날 저녁 엄마는 멀리서 내가 자고 있는지 확인하는 걸로 그치지 않고, 내게로 와서 이마에 입을 맞추고는 손으로 머리카락을 매만져주며 두 번씩이나 되풀이했다. "착한 도련님."

86세 9개월 23일   2010년 8월 2일 월요일

뼈야말로 우리 생명의 근간인데, 죽은 자의 상징을 해골로 한다는 건 아무리 생각해도 좀 그렇다! 생각하는 뇌, 펌프질하는 심장, 환기(換氣)시키는 허파, 용해시키는 위, 걸러내는 간과 신장, 예지 능력을 가진 고환, 그 어떤 것도 뼈에다 대면 부수적인 장식에 지

---

5) 그리스 신화에서 다이애나의 벗은 몸을 구경하던 악테온은 개들에게 물려 죽는다.

나지 않는다. 생명, 피, 혈구······ **살아 있다면서** 골수의 존재도 감
지하지 못하다니!

86세 9개월 29일   2010년 8월 8일 일요일

중대한 사건. 파비앵, 일고여덟 살 먹은, 루이와 스테파노의 친
한 친구. 녀석이 미사 시간에 방귀를 뀌었단다. 그것도 거양성체
(擧揚聖體)[6]의 정적 속에서! 루이와 스테파노 두 녀석은 그 일로
시끌벅적하게 토론을 벌이고 있었다. 자기들만의 작은 세계에서
생겨난 일이 어른들의 사회에서 어떤 결과를 초래하느냐 하는 거
야말로 어린 시절 최고의 관심사 아니던가. 파비앵은 마땅히 '그러
지 말았어야 했다.' 성령이 깃든 곳에서 그처럼 몸 안의 가스를 방
출한다는 건 '있어서는 안 될 일'이다. 그러나 파비앵은 '일부러 그
러진 않았다.' 따라서 걔네 아버지가 '다른 사람들 보는 앞에서 야
단을 친 건' 잘못한 일이다. 게다가 아버지가 준 벌은 '야비하다.'
불쌍한 파비앵은 그 일요일 오후 내내 집에 갇혀 있어야 했던 것
이다. 친구 루이의 생일에 초대를 받았었는데도. [결국 파비앵의
아버지가 차가운 열정으로 믿고 있는 종교란 게 내 무신론만큼이
나 비이성적이란 얘기다. 멍청한 젊은이 같으니라고. 그의 아들은
성기실(聖器室)에서 자라난 골고사리처럼 비실비실하다. 그가 방
귀를 뀌었다면 오히려 기적이라고 반가워해야 하는 것 아닌가.]

---

6) 미사 때 사제가 성체로 변한 빵의 형상을 높이 쳐드는 일.

스테파노와 루이는 내가 자기들 애기에 귀 기울이는 걸 보고는, 방귀의 문제에 관한 내 의견을 물었다. 전지전능한 증조할아버지의 자격으로. 나 자신도 몇 년 전부터 줄곧 방귀 문제에 갇혀 있는 마당에 답을 주기가 쉽진 않았다. 그러나 난 단호하게 말해주었다. 방귀를 참는 건 건강에 위험하다고. 왜요? 왜냐하면 애들아, 우리 몸이 가스로 가득 차게 놔두면 우리도 열기구처럼 날아가버릴지 모르거든. 그게 바로 이유지! 날아간다고요? 그럼, 날아가지. 그리고 일단 공중에 올라간 상태에서 혹시라도 방귀를 꿰게 되면—이런 일은 늘 일어난단다. 방귀를 무한정 참을 수는 없는 법이니까—바람이 빠져서 암석 위로 떨어져 부서져버리게 돼. 공룡들처럼. 아! 그래요? 그래서 공룡들이 다 죽어버린 건가요? 그럼. 방귀 꿰는 게 무례한 짓이라는 얘길 워낙 많이 들어와서 방귀를 참고 참고 또 참는 바람에 몸이 부풀고 부풀고 또 부풀어서 결국엔 공중으로 날아올라 방귀를 뀔 수밖에 없게 된 거지. 바람이 빠지면서 공룡들은 암석 위로 떨어져서 최후를 맞았단다! (지금 생각해도 암석 얘기는 참 기발했다.)

86세 9개월 30일   2010년 8월 9일 월요일

옛 일기장들을 한 차례 전부 훑어보는 동안 왼쪽 팔꿈치 아래에 달걀 한 알이 생겨났다. 프레데리크에 따르면 **활액낭종**이란다. 딱딱한 표면 위에 팔꿈치를 너무 오랫동안 비비거나 충격을 받았을 때 생기는 물주머니. 어디 부딪치신 적 있어요? 글쎄, 기억이 나지

않는데. 그렇다면 어디다 대고 비볐다는 얘긴데, 책 읽을 때 어떤 자세로 읽으세요? 손으로 얼굴을 받치고 팔꿈치는 테이블 위에 괴고. 아하! 이제부턴 소파에 잘 앉아서 읽으세요. 그래야 팔꿈치가 편할 거예요! 됐다. 명료한 진단 그리고 짜증 섞인 처방. 프레데리크와 함께할 땐 늘 이런 식이다. 그러니까 내가 이 몸의 일기를 다시 읽고 해설을 붙이고 하는 동안에, 왼쪽 팔꿈치의 뼈와 살 사이에 체액이 새어 나온 것이다. 흉하게 물컹거리는 작은 물주머니. 마네스 아저씨도 가끔씩 오른쪽 무릎에 그런 물주머니가 생기곤 했었다. 그게 가득 차면, 아저씬 그 '불알'을 칼로 단번에 비워내버렸다. 그건 좋은 방법은 아니에요, 시간이 흐르면 저절로 괜찮아지거든요. 이 말을 한 프레데리크가 아차 싶었는지, 혼자 중얼거리며 떠났다.

　시간이라……

　그렇다. 너무 오래 산 사람의 한계는, 치료가 되기 전에 떠나야만 한다는 것이다.

　그러나 몸 안에 공룡 알 하나를 품고 떠나는 것도 나쁠 것 같지만은 않다.

86세 10개월 6일　　　　　　　　　　　2010년 8월 16일 월요일

　두번째 수혈을 받기 전날 아이들이 떠났다. 안녕, 할머니! 안녕, 할아버지! 태어나면서부터 우릴 줄곧 봐온 이 아이들로선, 우릴 다시 못 보게 될지도 모른다는 생각은 추호도 안 들 것이다. 어릴

땐 어른들이 늙어가는 게 눈에 들어오시 않는나. 그들이 관심 있는 건 오로지 성장이다. 그러나 어른들은 성장하는 대신 성숙함 속에서 익어간다. 노인들도 당연히 성장하지 않는다. 그들은 원래부터 늙어 있다. 주름이 그들의 불멸성을 보장한다. 우리 증손자들의 생각엔, 모나와 난 늘 존재해왔으니 앞으로도 영원히 살아 있어야 할 것이다. 그러니 우리의 죽음이 더더욱 놀라운 일로 받아들여질 테고, 그러면서 처음으로 인생의 덧없음을 경험하게 될 것이다.

86세 10개월 9일   2010년 8월 19일 목요일

두번째 수혈은 첫번째 수혈만큼 감미롭지 않다. 기운을 돋워준다는 점은 같지만, 효과가 더 빨리 사라질 것이다. 그걸 알고 있다는 사실만으로도 도취감이 덜해진다.

86세 10개월 13일   2010년 8월 23일 월요일

우리 침대를 정돈하고 있는 리종, 내 피를 뽑고 나서 처방전을 쓰고 있는 프레데리크, 두 사람의 모습을 보고 있으려니 마음이 짠했다. 남들의 노화 과정까지 지켜봐야 하는 이 왕늙은이의 달갑지 않은 특권. 세월이 흐름에 따라 내 자식들과 손자들의 몸이 보기 흉하게 변해가는 걸 보는 건 서글픈 일이다. 지난 40년간 내 자

식들이 **변해가는** 걸 봐오지 않았던가. 60대의 프레데리크. 머리카락은 누레졌고, 손에는 검버섯이 생기고, 목은 야위었고, 가죽과 뼈가 따로 놀기 시작한 이 중늙은이는 예전에 그레구아르가 반했던 프레데리크, 목덜미가 통통하고 손가락이 유연하던 그 프레데리크가 아니다. 마찬가지로 리종에게서도 파니와 마르그리트의 젊음을 찾아볼 순 없다. 다음 달에 또 와서 할아버지와 '놀아주겠다고' 약속하며 계단을 뛰어내려오는 쌍둥이 자매도 아직까진 광채가 나지만, 집 안을 온통 휘젓고 다니는 루이와 스테파노가 가진 타이어 같은 팽팽함은 이미 잃어버렸다.

그런데 입고 있는 옷을 보고 있자면, 너나 할 것 없이 블루진 일색이다. 아주 오래전부터 보편적이 되어버린 바지, 성의 구별도 세대 구별도 없이 입는 블루진 역시 시간의 흐름을 보여주는 끔찍한 표지다. 남자는 나이를 먹을수록 진 바지가 헐렁거리고, 여자는 나이를 먹을수록 진 바지가 낀다. 남자 바지의 뒷주머니는 푹 꺼져버린 엉덩이 위에서 펄럭이고, 사타구니엔 주름이 지고, 앞섶은 펄럭거린다. 그러나 벨트 주위로는 살이 뒤룩뒤룩 넘친다. 젊은이는 더 이상 입지 않는 청바지를 늙은이가 대신 입다니. 반면 나이 든 여자가 꽉 끼는 진 바지를 입은 모습은 비장하기까지 하다. 아, 부어오른 상처 같은 앞섶! 우리 시대엔 나이에 따라 옷을 입었다. 아기 땐 헐렁한 반바지, 아동기엔 반바지와 세일러복, 청년기에는 골프 바지, 어른이 되었을 땐 첫 양복(부드러운 플란넬이나 트위드 천으로 어깨를 한껏 부풀려 만든), 그리고 마침내 조끼가 포함된 정장. 그건 사회적으로 성숙했다는 표시로, 나도 이제 얼마 안 있어 관에 들어갈 때 그 옷을 입게 될 것이다. 아버진

30대부터 양복만 입고 노인 티를 내셨죠. 브뤼노가 말했다. 정말이다, 양복 정장은 우릴 너무 빨리 늙게 만들었다. 아니, 우리 대신 옷이 늙어간 건지도 모른다. 반면 오늘날의 남자와 여자는 블루진 속에서 늙어간다.

86세 10개월 14일   2010년 8월 24일 화요일

그래도 역시 우리보다 스무 살이나 서른 살 덜 먹은 사람들이 확실히 젊다는 건 어쩔 수 없는 사실이다! 또 우리의 늙은 자식들에게서 어린 아이의 모습이 엿보인다는 것도! 오 내 사랑하는 리종!

*

리종에게 남기는 말

리종, 기억하니, 파니를 질겁하게 하고 마르그리트를 웃겼던 책 말이야. 그건 가르시아 마르케스의 작품이었어. 네 엄마가 그해 여름 쌍둥이에게 마르케스를 읽어주었단다. 낮잠 잘 시간이었지. 『100년간의 고독』이었을 거야. 정확하게 기억나는 건 아니다만. 아무튼 이 책을 읽어주었던 날은 아주 또렷이 기억이 난다! 줄거리는 이랬어. 매년 크리스마스나 생일 때 젊은 여인은 아버지로부터 선물을 받아. 무슨 이유에서인지는 몰라도 아버지는 멀리서 살고 있지만, 선물 보내는 일에 있어선 아주 정확했지. 커다란 상자

에 무슨 선물이 들어 있는지는 모르는 상태라 아이들은 열광했단다. (아마 크리스마스였을 거다, 애들이 굉장히 기뻐한 걸로 봐서.) 그런데 어느 해, 상자가 정해진 날짜보다 일찍 도착한 거야. 보낸 사람도 받는 사람도 같았지만, 날짜만 잘못된 거지. 가족은 놀라 상자를 열었어. 놀랍게도 거기엔 아버지의 몸이 들어 있었어. 부패했던가? 미라가 됐던가? 아님 박제? 아무 기억도 나지 않지만, 아무튼 그건 아버지의 시신이었어. 파니는 겁에 질려 "끔찍해!"라고 했고, 마르그리트는 황홀해하며 "멋져!"라고 했지. 네 엄마는 아이들의 그런 반응에 환호하며 "환상적 리얼리즘 만세!"라고 외쳤고. 그리고 넌 언제나처럼 그 장면을 네 스케치 공책에다 그리고 있었지. 말해보렴, 리종. 내가 지금 너한테 하고 있는 짓이 그것과 똑같은 건 아니니? 네가 이걸 불에 다 태워버린다 해도 절대 무덤으로 되돌아오진 않을 테니 걱정 마라.

*

86세 10개월 29일   2010년 9월 8일 수요일

혈구의 감소 여부를 측정하는 간호사가 내 혈관에게 원망을 퍼부었다. 너무 자주 자극을 받다 보니 정맥이 굳거나 자취를 감춰버린 것이다. 채혈사는 다른 곳을 찾는다. 손등, 발목 아래까지. 혈종, 상처, 딱지…… 자꾸 긁으셔서 더해요! 이것 좀 보세요! 나한테 헤로인을 좀 놔주면 안 될까. 난 이러면서 프레데리크를 약 올렸다. 이젠 체면 같은 거 따질 것도 아니고, 내 팔들을 좀 봐! 그리고

그편이 더 쉽지 않겠어. 병원 약국에다가 말만 하면 되잖아! 딱한 프레데리크는 또 한 번 화를 냈다. 자기는 마약 딜러가 아니라며, 헤로인과 모르핀을 혼동하는 날 나무랐다. "평소에 그렇게 무심하시니! 헤로인, 모르핀, 이 두 가지는 전혀 다른 거예요! 정말이지……" 그가 머리를 절레절레 흔들며 날 보더니 갑자기 눈물을 흘렸다. 또 시작이군. 흐느낌. 그가 방을 나갔다. 죽음 앞에서 의사의 무력감…… 자기 환자들이 죽어가는 걸 봐야 한다면 나라도 화를 참지 못했을 것 같다. 점점 나아져가는 환자들도 마찬가지고. 그들도 결국은 죽을 테니 말이다. 낫는 사람들 그리고 죽는 사람들…… 이게 의사들의 일상의 삶이로군! 죽어가는 환자들이 원망스럽기도 할 것이다. 불쌍한 의사! 어차피 실패하도록 고안된 프로그램을 고치며 평생을 보내야 하다니. 『타르타리 사막』[7]이 생각난다. 의사로서 프레데리크는 걸작이다.

86세 11개월 1일   2010년 9월 11일 토요일

이 일기장에 리종을 위한 해설을 붙이다 보니, 기록하지 못했던 이런저런 일들이 눈앞을 스쳐 지나간다. 뭐든 다 말하고 싶었으면서도 말하지 못한 게 태반이다. 그토록 묘사하고 싶었던 내 몸에

---

7) 이탈리아 작가 디노 부차티Dino Buzzati(1906~1972)가 1940년에 발표한 소설. 타르타리 사막을 사이에 두고 있는 두 나라의 국경에서 오래된 요새를 지키고 있는 주인공의 덧없는 기다림과 절망, 죽음의 문제 등을 이야기하고 있다.

관해 그저 피상적으로만 언급하고 지나갔을 뿐이다.

86세 11개월 4일   2010년 9월 14일 화요일

끝이 가까워 올수록 하고 싶은 말은 많아지는데 기운은 점점 달린다. 매 순간 몸이 달라진다. 악화되는 속도는 점점 빨라지고 기능은 느려진다. 가속과 감속…… 팽이처럼 돌던 동전이 이제 그만 돌려고 하는 것 같다.

86세 11개월 27일   2010년 10월 7일 목요일

마침내 리종에게 남기는 글을 마무리했다. 글을 쓰는 건 지치는 일이다. 만년필 무게가 천근만근이다. 글자 한 자 한 자가 등정이요, 단어는 산이다.

87세 생일   2010년 10월 10일 일요일

『라루스 사전』의 인체 해부도를 마지막으로 거울에 붙여놓았다. 거울에 비친 내 모습은, 인체 해부도와 비교하면 너무 보잘것없다. 생일 축하해.

87세 17일   2010년 10월 27일 수요일

수혈은 더 이상 하지 않는다. 온정에 매달려 영원히 살 건 아니다.

87세 19일   2010년 10월 29일 금요일

그래, 나의 도도, 이젠 가야 할 때가 된 것 같구나. 겁먹지 마, 너
도 데려가줄게.

다니엘 페나크의 어린이 책들을 번역한 인연으로 이 작품의 번역을 의뢰받았을 때, 400쪽 가까운 프랑스어 원서의 양에 엄두가 안 나면서도 선뜻 사양하지 못한 건, '몸'이라는 단어가 끌어당기는 힘 때문이었다.

지병을 갖고 있어 매끼 약을 먹어야 하는 내게, 몸이란 늘 '풀어야 할 어려운 문제'를 던지는 대상이었다. 먹는 것 앞에서 내 이성의 명령을 듣지 않는 몸, 의사 앞에서 한없이 주눅 들게 하는 몸, 장밋빛 미래를 꿈꾸기는커녕 투병생활에 찌든 노후를 상상케 하는 원흉…… 이런 터라, 도대체 이 작가는 몸에 관해 무슨 얘길 하고 있는지가 궁금해졌던 것이다. 투병기? 건강을 지키는 비법? 아니면 몸을 멋지게 가꾸는 묘책이라도?

책을 펼치면 곧장 '이것은 허구가 아니라 진짜 일기장이다'라는 능청스런 서두와 만나게 되고, 뒤이어 죽음을 앞에 둔 늙은 아버지가 사랑하는 딸에게 남기는 선물이 등장한다. 그 선물은 바로

"내 몸! 살과 뼈로 된 몸이 아니라 내가 평생 동안 몰래 써온 일기장"이다. 자신의 몸이라 여길 정도로 중요시되는 이 일기장은, 한 남자가 10대에서 80대에 이르기까지 '존재의 장치로서의 몸'에 관해 써온 글이다. 아내조차도 모르게……

보통 '일기'라 할 때 떠올리게 되는 '내면 일기'가 주로 정신의 변화를 기록한 것이라면, '몸의 일기'는 몸이 정신에게 신호를 보내올 때마다 그 몸의 상태를 충실히 기록해놓은 것이다. 몸에서 일어날 수 있는 온갖 종류의 상황이 놀라우리만치 솔직하게 서술되어 있다. 이명, 건강염려증, 동성애, 구토, 티눈, 월경, 용종, 불안증, 성 불능, 불면증, 몽정, 자위, 권투, 수영, 비출혈, 비듬, 코딱지, 현기증, 악몽, 위내시경 검사, 건망증, 노안, 몸을 긁는 쾌감, 오줌 누는 기술, 똥의 모양, 코피, 설태, 전립선비대증, 수혈, 치매……

남녀가 사랑에 빠진 순간을 묘사하는 순간에도, 두 사람의 정신적 교감보다는 남자의 몸과 여자의 몸이 만났을 때 어떤 반응이 일어나는가에 초점이 맞춰진다. 마찬가지로 결혼 과정을 기록할 때에도 결혼식 장면 같은 건 슬그머니 건너뛰고, 신혼여행지에서 느끼는 오감의 만족에 대해서만 자세히 묘사하는 식이다.

이 일기에는 금기라는 것이 없다. 이 닦기 싫어하고, 코딱지를 만지작거리며 놀기 좋아하고, 남의 가게 부츠에다 오줌주머니를 비우고…… 감추고 싶을 수도 있는 일상이 거리낌 없이 묘사되어 있다. 대신 일기 쓰는 이의 신상은 거의 드러나 있지 않다. 화자에 관해 알 수 있는 것은 1923년 10월 10일에 태어난 남자로 아내와 두 자녀가 있다는 것 정도. 그의 이름도 직업도 사회 활동도 알 수 없다. 아마도 사회적으로 명망 있는 인사일 것이라는 짐작이 가능할 뿐이다.

화자는 왜 '몸의 일기'라는 걸 쓰게 되었을까?

그는 제1차 세계대전에 참전했다가 산송장이 되어 돌아온 아버지와, 자식을 낳음으로써 그런 남편을 회생시켜보겠다는 희망을 품은 어머니 사이에서 태어났다. 그러나 그가 태어나자마자 아버지의 병세가 더 위중해지면서, 절망에 빠진 어머니는 그를 "아무 짝에도 써먹을 게 없는 존재"로 여기고 아버지에게 떠맡겨버린다. 어린아이는 자신이 존경하는 아버지와 닮기 위해 아버지의 흉내를 내게 된다. 열 살도 안 된 어린아이가 죽어가는 환자처럼 살려고 했으니, 그에게는 '몸'이라는 게 없어진 셈이었다. 아버지는 자신이 죽기 전에 아들에게 살아갈 대책을 마련해주어야 한다는 생각에 일찌감치 수준 높은 교양 교육을 시켰고, 그 결과 아이는 정신적으로는 나이에 비해 조숙하지만 몸은 거의 없다시피 한 불균형한 존재가 된다.

열 살 때 아버지가 세상을 떠나자마자 아버지의 흔적마저 모조리 없애버린 엄마 때문에 이중으로 고아가 된 듯한 슬픔에 사로잡힌 그는 몸이 없는 그림자처럼 집 안을 떠돈다. 거울을 보는 것조차 두려워할 정도로.

그런 그는 열두 살 때 보이스카우트 활동 중 숲에 혼자 버려짐으로써 극한의 공포를 체험한 다음 날부터 일기를 쓰기 시작한다. 첫 일기의 첫 문장은 다름 아닌 "이젠 두려워하지 않을 거야"(27쪽)이다. 그가 몸의 일기를 쓰기로 한 건 바로 겁먹은 자기 자신에게 '몸'을 돌려주고, 몸을 보호하기 위해서이다.

"난 이 일기장에다 강렬한 느낌들, 심각한 두려움들, 질병들, 사건들뿐 아니라 내 몸이 느끼는 것(혹은 내 정신이 내 몸에게 느끼게 하는 것)을 하나도 빼놓지 않고 묘사할 것이다."(36쪽)

이렇게 쓰기 시작한 일기는 정신과 몸 사이의 소통을 도와주고, 감각을 드러내어 표현하게 해주는 역할을 하게 된다. 그러나 "이건 생리학 논문이 아니라 내 비밀 정원이다"(11쪽)라고 했듯이, 몸에 관해 쓰겠다고 작정하고 쓰기 시작한 일기엔 결과적으로 그의 전 생애에 걸친 삶의 애환이 다 녹아 있다. 자신의 잃어버린 몸을 다시 만들어준 거나 다름없는 비올레트 아줌마에 대한 무한한 신뢰와 애정, 아내의 몸에 대한 변치 않는 사랑, 어린 시절부터 평생을 함께한 티조와의 형제애에 가까운 우정, 전쟁터에서 만난 팡슈에게서 느끼는 의리가 때론 감동적으로 때론 유머러스하게 묘사되어 있다.

오늘, 번역 원고의 세번째 교정도 다 끝냈다며 '옮긴이의 말'을 보내달라는 출판사의 전화를 받고 나니, 드디어 숙제를 끝냈다는 후련함과 더불어 떠오르는 구절들이 있다.

"루소가 산책길에 식물채집을 했던 것처럼 나도 내 몸을 채집하고 싶다. 죽는 날까지, 그리고 오로지 나 자신만을 위해."(112쪽)

식물채집 할 때 이파리 하나라도 다치지 않게 고이 간직하듯, 자기 몸을 관찰하고 소중히 여기는 태도. 이런 태도로 평생을 살아온 80대 노인은 몸이 전혀 말을 듣지 않는, 죽음이 멀지 않은 시점에 또 이런 말을 남긴다.

"내 몸과 나는 서로 상관없는 동거인으로서, 인생이라는 임대차 계약의 마지막 기간을 살아가고 있다. 양쪽 다 집을 돌볼 생각은 하지 않지만, 이런 식으로 사는 것도 참 편안하고 좋다."(458쪽)

처음 이 문장을 읽었을 때 가슴이 뻥 뚫리듯 통쾌했던 기억이 지금도 생생하다. 몸을 대하는 이 여유로운 관조의 자세! 몸을 길들이고 몸을 정복하고 몸의 주인이 되려는 게 아니라, 더불어 살아가는 동거인으로 여기는 것. 마음속에 새겨놓고 싶은 문장이다.

어느 책의 경우나 마찬가지지만 이번 번역 과정에서도 가장 힘들었던 건, 프랑스어의 동음이의어를 통한 표현이 나오거나 두 언어의 문법 차이로 인해 직역이 불가능할 경우, 원문의 분위기를 어떻게 살릴 것인가 하는 문제였다. 그럴 경우 불가피하게 의역을 하되, 독자에게 프랑스어 원문을 보여주고 각주를 달아 설명하는 식으로 했다. 각주 때문에 독서에 방해를 받게 될 독자, 특히 프랑스어를 모르는 독자 여러분의 양해를 구한다. 좀더 매끄럽게 표현할 순 없었을까 지금도 많이 아쉽지만 나의 한계를 인정하는 수밖에.

마지막으로 오랜만에 두꺼운 책과 씨름하느라 지친 나를 대신해 원문과 번역 원고를 꼼꼼히 대조하여 내 실수를 발견케 해준 문학과지성사 편집부 직원 분들께 진심으로 고맙다는 말씀을 드리고 싶다. 또 남자의 몸에 관해 나로선 이해하기 힘든 부분과 마주쳤을 때, 질문할 수 있는 유일한 상대였던 남편에게도 감사한다.

2015년 7월

조현실